Fascinația

Evelina
28 aug 2015

SYLVIA DAY

Fascinația

Traducere din limba engleză
Florența Simion

LITERA®

Captivated by You
Sylvia Day

LITERA®

Editura Litera
O. P. 53; C. P. 212, sector 4, Bucureşti, România
tel.: 021 3196390; 031 4251619; 0752 548372;
e-mail: comenzi@litera.ro

Ne puteţi vizita pe

www.litera.ro

Fascinaţia
Sylvia Day

Editor: Vidraşcu şi fiii
Redactor: Adriana Marcu
Corector: Alina Popescu
Design copertă: Sarah Oberrender
Fotografie copertă: Edwin Tse
Tehnoredactare şi prepress: Ioana Cristea

Seria de ficţiune a Editurii Litera este coordonată
de Cristina Vidraşcu Sturza

Descrierea CIP a Bibliotecii Naţionale a României
DAY, SYLVIA
Fascinaţia / Sylvia Day; trad.: Graal Soft. –
Bucureşti: Litera, 2015
ISBN 978-606-741-871-2
I. Soft, Graal (trad.)
821.111-31=135.1

Acest roman le este dedicat tuturor cititorilor care au așteptat cu nerăbdare următorul capitol din viața lui Gideon și a Evei.

Sper să vă placă tot atât de mult cât îmi place și mie!

Capitolul 1

Apa înghețată îmi sfârâia pe pielea care îmi ardea ca focul, usturimea alungând umbrelele unui coșmar pe care nu reușeam să mi-l amintesc în toate amănuntele.

Am închis ochii, lăsând jetul de apă să mă potopească; voiam să mă spăl de spaima și de greața care îmi tăiau picioarele. Un fior de gheață mă străbătu, căci gândul îmi zburase la soția mea. Îngerul meu, care dormea liniștită în apartamentul vecin. Aveam nevoie disperată de ea, voiam să mă pierd în ea și mă uram pentru că nu puteam să fac asta. Nu puteam s-o strâng la piept. Nu puteam să-i acopăr trupul plin de dorință cu al meu și să mă afund în ea, să o las să-mi izgonească amintirile cât mai departe.

–La dracu'!

Mă sprijinisem cu palmele de faianța rece, lăsând potopul înghețat cu care mă pedepseam să-mi pătrundă până în oase. Eram un ticălos egoist. Dacă aș fi fost un om mai bun, m-aș fi ținut cât mai departe de Eva Cross încă din clipa când am întâlnit-o.

În schimb, eu o luasem de soție. Și mai și răspândisem știrea despre căsătoria noastră în toate mijloacele de comunicare existente, în loc să păstrez totul secret, cunoscut doar de o mână de oameni. Ba mai rău încă, din moment ce nu voiam cu nici un chip s-o pierd, trebuia să găsesc o cale să mă revanșez pentru că eram într-atât de distrus, încât nici măcar nu puteam să dorm în aceeași cameră cu ea.

M-am săpunit, îndepărtând rapid sudoarea lipicioasă în care mă trezisem scăldat. Peste câteva minute, m-am întors în dormitor, mi-am tras pe mine o pereche de pantaloni de trening, după care m-am dus în birou. Nu era decât șapte dimineața.

Plecasem din apartamentul pe care Eva îl împărțea cu prietenul ei cel mai bun, Cary Taylor, cu doar câteva ore în urmă, căci voiam s-o las să doarmă un pic înainte să plece la serviciu. Petrecuserăm împreună toată noaptea, unul mai disperat și mai lacom după celălalt. Dar mai era ceva pe lângă asta. Eva era mistuită parcă de o grijă care mă rodea și pe mine, umplându-mă de neliniște.

Soția mea era îngrijorată de ceva.

Mi-am aruncat privirea pe fereastră, de unde se vedea Manhattanul, după care mi-am ațintit ochii asupra peretelui gol, pe care, în același spațiu în biroul din apartamentul nostru de lux de pe Fifth Avenue, tronau fotografii ale ei și ale noastre. Colajul acela îmi apărea clar în minte, căci în ultimele luni îmi petrecusem ceasuri nenumărate studiindu-l. Cândva, îmi puneam gândurile în ordine privind orașul. Acum, pentru asta îmi era necesar să mă uit la Eva.

M-am așezat la birou, scoțând din adormire computerul cu o mișcare a mouse-ului și oftând din rărunchi când chipul soției mele a apărut pe monitor. În fotografia pe care o pusesem pe ecran nu era machiată și cei câțiva pistrui de pe nas o făceau să pară și mai tânără decât cei douăzeci și patru de ani pe care îi avea. I-am mângâiat din ochi trăsăturile – curba sprâncenelor, strălucirea ochilor cenușii, buzele pline. În clipele când îmi zbura gândul la ea, aproape că îi simțeam acele buze pe piele. Săruturile ei erau binecuvântări, făgăduieli ale îngerului meu, care făcuse să merite să-mi trăiesc viața.

Am oftat apoi, hotărât, și, luând telefonul, am format numărul scurt pentru Raúl Huerta. În ciuda faptului că sunam la o oră foarte matinală, mi-a răspuns imediat; părea foarte treaz.

–Doamna Cross și Cary Taylor se duc azi la San Diego, l-am anunțat, iar la gândul acesta pumnul mi s-a încleștat de la sine. Nu era nevoie să spun mai mult.

–Am înțeles.

–Până la prânz, vreau să am pe birou o fotografie recentă a lui Anne Lucas și un raport detaliat despre locurile unde s-a aflat azi-noapte.

–Cel mai târziu la prânz, confirmă el.

Apoi am închis, rămânând iar cu privirea pierdută pe chipul captivant de frumos al Evei. O surprinsesem într-un moment de fericire, în care nu-și controla expresia feței, într-o stare sufletească pe care eram hotărât să i-o păstrez toată viața. Noaptea trecută însă ea fusese supărată din cauza unei posibile dispute cu o femeie pe care o folosisem cândva. Trecuse ceva vreme de când n-o mai văzusem pe Anna, dar dacă ea era vinovată de supărarea soției mele, avea să dea din nou ochii cu mine. Curând.

Am deschis e-mailul și m-am apucat să-mi triez mesajele, schițând răspunsuri scurte acolo unde era cazul, așteptând să ajung la e-mailul care îmi atrăsese atenția încă din clipa în care deschisesem mesageria.

Am simțit prezența Evei înainte s-o văd.

Mi-am ridicat capul și am încetinit tastarea. Un val de dorință mă cuprinse, potolindu-mi agitația pe care o simțeam neîncetat când ea nu era lângă mine. M-am lăsat apoi pe spate, ca să o admir mai bine.

– Te-ai trezit devreme, îngeraș.

Eva stătea în cadrul ușii cu cheia în mână, cu părul ei blond răvășit căzându-i foarte apetisant pe umeri, cu obrajii și buzele roșii de somn; curbele unduitoare al trupului îi erau ascunse de o bluză scurtă și de pantaloni scurți. Nu avea sutien, iar sânii obraznici se ițeau pe sub dungile tricoului de bumbac. Era minionă, făcută să îngenuncheze bărbații, și îmi amintise adesea cât de mult se deosebea de femeile cu care fusesem fotografiat înaintea ei.

– M-am trezit și mi-era dor de tine, îmi răspunse, cu glasul acela ușor răgușit care mă excita întotdeauna. De câtă vreme te-ai sculat?

– Nu de mult, i-am zis, împingând raftul tastaturii, ca să-i fac loc la birou.

Ea se îndreptă spre mine, fermecându-mă fără să-și dea absolut deloc silința. Din clipa în care o văzusem pentru prima oară, știusem că o să mă facă bucăți. Făgăduiala asta îi sticlea în ochi, în felul în care se mișca. Oriunde s-ar fi dus, îi făcea pe bărbați să rămână cu ochii holbați după ea. Să râvnească la ea. Așa cum râvneam și eu.

De îndată ce a ajuns destul de aproape de mine, am prins-o de mijloc și am luat-o la mine în poală. Mi-am lăsat capul în jos, prinzându-i în gură sfârcul prin tricou și sugându-i-l cu sete. Am auzit-o cum gemea, cutremurându-se din cauza senzației, și am zâmbit în sinea mea. Aș fi putut să-i fac tot ce doream. Îmi dăduse dreptul acesta. Era cel mai mare dar pe care îl primisem vreodată.

–Gideon! Își trecea degetele prin părul meu, răvășindu-l.

Deja mă simțeam infinit mai bine. Mi-am înălțat capul și am sărutat-o, gustând aroma de scorțișoară a pastei ei de dinți și parfumul care era al ei și numai al ei, mormăind întrebător. Ea îmi atinse obrazul, scrutându-mă cu privirea.

–Iar ai avut un coșmar?

Am oftat din greu. Mereu putea să citească în mine ca dintr-o carte deschisă. Nu știam dacă eu aveam să fiu vreodată în stare de asta.

–Aș prefera să vorbim despre visele pe care mi le inspiri chiar acum, am replicat, trecându-mi degetul mare peste tricoul ud care i se lipise de sân.

–Ce-ai visat?

Am zâmbit ușor, amuzat de insistența ei.

–Nu-mi aduc aminte.

–Gideon...

–Las-o baltă, îngeraș!

Am simțit-o cum se încorda.

–Nu vreau decât să te ajut.

–Și știi și cum.

–Obsedat sexual! pufni ea.

Am tras-o mai aproape de mine. Nu aveam cuvinte să-i spun ce simțeam când era în brațele mele, așa că m-am mulțumit să-mi îngrop fața în scobitura gâtului ei, umplându-mă de aroma prea iubită a pielii sale.

–Asule!

Ceva din tonul glasului ei mă umplea de fiori reci. M-am dat înapoi încet, privind-o scrutător.

–Vorbește!

–În legătură cu San Diego... începu ea, lăsând ochii în jos și mușcându-și buza.

Am rămas tăcut, așteptând să văd unde vrea să ajungă.

–Cei de la Six-Ninths o să fie acolo, zise într-un sfârșit.

Nu încercase să ascundă de mine ceea ce știam deja, iar asta era o ușurare. Dar apoi am fost cuprins de un alt soi de agitație.

–Vrei să-mi spui că e o problemă. Glasul mi-era calm, dar numai așa nu eram.

–Nu, nu e o problemă, spuse ea încet, dar degetele ei îmi răvășeau părul, într-o agitație nepotolită.

–Nu mă minți!

–Nu te mint, zise ea. Trase adânc aer în piept, susținându-mi privirea. Ceva nu e în regulă. Sunt confuză.

–În legătură cu ce, mai exact?

–Nu fi așa, murmură ea. Nu te mai face rece ca un aisberg, ca să mă îngheți și pe mine.

–Scuză-mă, te rog! Faptul că o ascult pe soția mea care îmi mărturisește că se simte confuză în legătură cu alt bărbat nu mă face să mă simt nemaipomenit de bine.

Ea începu să se foiască, vrând să se desprindă din brațele mele, așa că i-am dat drumul, ca s-o pot privi – s-o pot ține sub observație – punând o mică distanță între noi.

– Nu știu cum să-ți explic.

Am ignorat cu bună știință nodul care mi se pusese în gât.

– Încearcă!

– Doar că... murmură ea cu ochii în jos, mușcându-și buza... doar că a rămas ceva... neterminat.

Simțeam că o gheară îmi prinsese pieptul într-o strânsoare de foc.

– Te excită, Eva?

– Nu-i așa, răspunse ea, parcă înțepenind.

– Ce e, vocea? Tatuajele? Scula lui fermecată?

– Oprește-te! Nu mi-e deloc ușor să vorbesc despre asta. Nu face să-mi fie și mai greu!

– Dar și pentru mine e al dracu' de greu, m-am răstit, sărind în picioare.

O măsuram acum cu privirea din cap până în picioare; aș fi vrut să i-o trag și, în același timp, să o pedepsesc. Aș fi vrut să o leg, să o pun sub lacăt, la adăpost de oricine mi-ar fi amenințat stăpânirea asupra ei.

– Eva, s-a purtat ca un rahat cu tine. Ce-i cu tine, ai văzut videoclipul de la *Fata de aur* și ai uitat? Ai nevoie de ceva și eu nu pot să-ți ofer?

– Nu fi măgar! replică ea, încrucișându-și brațele la piept, într-o postură defensivă care mă înfuria și mai tare.

Aveam nevoie de ea deschisă spre mine și blândă. Și uneori mi se făcea frică de cât de mult însemna pentru mine. Era singurul lucru pe care nu-mi puteam închipui că l-aș pierde. Și acum îmi spunea exact ceea nici măcar nu puteam îndura să aud.

– Te rog, nu fi urâcios din cauza asta, șopti ea.

– Ba sunt remarcabil de civilizat, dacă mă gândesc la cât de violent mă simt în clipa asta.

– Gideon!

În ochii ei cenușii se citea vinovăția; apoi, roua lacrimilor apăru în lumina lor. Mi-am întors privirea.

– Nu face asta!

Ea însă mă citise, așa cum mă citea mereu.

– N-am vrut să te rănesc.

Diamantul de pe inelarul ei stâng – semnul că ea era a mea – strălucea în lumină, aruncând scântei de foc pe zid.

– Nu pot să sufăr să fii supărat pe mine. Și pe mine mă doare, Gideon. Nu îl vreau. Jur că nu.

Fără să mă pot liniști, m-am dus la fereastră, încercând să-mi recapăt calmul de care aveam nevoie ca să înfrunt primejdia pe care o reprezenta Brett Kline. Făcusem tot ce-mi stătea în puteri. Rostisem jurămintele, îi pusesem inelul pe deget. O legasem de mine în orice fel cu putință. Dar tot nu era de ajuns.

Orașul se întindea în fața mea, dar priveliștea îmi era ecranată de clădirile mai mari. De la fereastra penthouse-ului, puteam să văd la depărtare de kilometri. Dar din apartamentul din Upper West Side pe care îl luasem lângă cel al Evei, priveliștea era limitată. Nu puteam să văd panglicile nesfârșite ale străzilor înțesate de taxiuri galbene, nici razele de soare scânteind pe geamurile zgârie-norilor.

I-aș fi putut oferi Evei New Yorkul. Îi puteam pune lumea la picioare. Nu aveam cum s-o iubesc mai mult decât o iubeam deja; eram mistuit de iubire. Cu toate astea, un tâmpit din trecutul ei se înghesuia să mă dea la o parte.

Mi-am amintit cum stătea în brațele lui Kline, sărutându-l cu acea disperare pe care ar fi trebuit s-o simtă doar pentru mine. Gândul că era cu putință să-l mai dorească încă mă făcea să-mi vină să distrug ceva. Îmi încleștasem pumnii atât de tare, că mi se vedeau oasele degetelor.

– Trebuie cumva să luăm deja o pauză? Să așteptăm o vreme, ca să-ți scoată Kline îndoielile din minte? Poate ar trebui să fac și eu la fel și să o ajut pe Corinne să-și rezolve problemele

La auzul numelui fostei mele logodnice, am văzut-o tresărind.

– Tu vorbești serios?

Tăcerea care se lăsă apoi între noi era îngrozitoare. Fu însă urmată de:

– Felicitări, idiotule! Ai reușit să mă rănești mai rău decât oricând.

M-am întors chiar în clipa în care ieșea din încăpere, ținându-și spatele drept, încordată. Cheile pe care le folosise ca să descuie rămăseseră pe biroul meu, iar la vederea lor, părăsite acolo, dădea impresia de disperare.

– Oprește-te!

Am prins-o în brațe, iar ea a început să se zbată. Mișcarea asta ne era deja tare cunoscută: Eva fugea, iar eu o urmăream.

– Dă-mi drumul!

Am închis ochii, lipindu-mi obrazul de al ei.

– N-o să permit să fii a lui.

– În clipa asta sunt așa de furioasă pe tine, că-mi vine să te lovesc.

Voiam s-o facă. Aveam nevoie să simt durerea.

– Dă!

Ea își înfipse unghiile în antebrațele mele.

– Lasă-mă jos, Gideon!

Am întors-o cu fața la mine, țintuind-o de peretele de pe hol.

– Ce-ar trebui să fac eu când îmi spui că ești confuză în privința lui Brett Kline? Am impresia că sunt agățat de marginea unei stânci și că-mi alunecă degetele.

– Așa că mă sfâșii pe mine ca să poți să te ții? De ce nu-ți intră odată în cap că nu plec nicăieri?

Am rămas cu privirea țintuită pe chipul ei, străduindu-mă să găsesc ceva de spus care să îndrepte lucrurile. Buza ei de jos începuse să tremure, iar eu... am simțit cum mă sfâșii pe dinăuntru.

– Spune-mi cum să mă port în situația asta, i-am cerut pe un ton răgușit, prinzându-i încheieturile și strângând-o ușor. Spune-mi ce să fac.

– Vrei să-ți spun cum să te porți cu mine? replică ea, dându-și umerii în spate. Pentru că eu nu sunt în regulă în situația asta. L-am cunoscut pe Brett într-o perioadă din viața mea când eram plină de ură față de mine, dar voiam ca alții să mă iubească. Iar acum el se poartă exact cum voiam să se poarte atunci și asta mă încântă.

– Eva, pentru numele lui Dumnezeu! am exclamat, strângând-o mai tare, lipindu-mă cu totul de ea. Și eu cum de n-ar trebui să mă simt amenințat de asta?

– Ar trebui să ai încredere în mine. Ți-am spus pentru că nu voiam să simți ceva ciudat și să tragi concluzii greșite. Voiam să fiu cinstită cu tine în privința asta, ca să nu te simți amenințat. Știu că trebuie să lucrez la ceva cu mintea mea. În weekendul ăsta mă duc la doctorul Travis și...

– Psihologii nu sunt un tratament... nu sunt deloc!

– Nu țipa la mine!

Mi-am reprimat impulsul de a da cu pumnul în peretele fals din spatele ei. Credința oarbă pe care o avea soția mea în proprietățile vindecătoare ale terapiei mă umplea de o frustrare nebună.

– N-o să ne ducem la un blestemat de doctor de fiecare dată când avem o problemă. În căsătoria asta suntem împreună, noi doi. Nu afurisita de comunitate psihiatrică!

Ea își înălță bărbia, încleștându-și maxilarul cu acea mișcare hotărâtă care mă făcea s-o iau razna. Nu-mi dădea absolut nimic până nu-mi cufundam mădularul în ea. Atunci însă îmi oferea totul.

– Asule, tu poate că nu crezi că ai nevoie de ajutor, dar știu bine că ai.

– Eu de tine am nevoie, am zis, prinzându-i chipul în mâini. Am nevoie de soția mea. Și am nevoie ca ea să se gândească la mine, nu la un altul!

– Mă faci să-mi doresc să nu-ți fi spus nimic.

– Știam cum te simțeai, am zâmbit amar. Văzusem.

– Doamne! Nebun gelos... gemu ea încetișor. De ce nu pricepi cât de mult te iubesc? Brett nu ți-a furat nimic. Absolut nimic. Dar, serios, acum chiar nu vreau să stau lângă tine.

O simțeam cum îmi rezistă, cum mă împinge, încercând să scape. M-am agățat însă de ea, ca și cum ar fi fost un colac de salvare.

–Tu nu-ți dai seama ce-mi faci?

Eva se îmblânzi în brațele mele.

–Nu pot să te înțeleg, Gideon. Cum poți să te sucești și să-ți reduci sentimentele la tăcere? Doar știi ce simt eu în legătură cu Corinne, cum poți să mi-o arunci așa în față?

–Tu ești rațiunea mea de a trăi, asta nu am cum să reduc la tăcere, am zis, mângâindu-i obrazul cu buzele. Nu mă gândesc la nimic altceva decât la tine. Toată ziua. În fiecare zi. Tot ce fac, fac cu tine în minte. Nu mai e loc pentru nimic altceva. Și mă ucide când știu că în mintea ta e loc și pentru el.

–Nu mă asculți.

–Nu te apropia de el, asta-i tot!

–Asta e evitare, nu o soluție, răspunse ea, prinzându-mă de mijloc. Gideon, sunt o ființă distrusă, știi prea bine. Și fac tot ce pot ca să mă reclădesc la loc.

Eu o iubeam exact așa cum era. De ce nu era de-ajuns?

–Datorită ție, sunt mai puternică decât am fost vreodată, continuă ea, dar încă mai există fisuri și, când le descopăr, trebuie să-mi dau seama ce le-a produs și în ce fel să le astup. Pentru totdeauna.

–Ce mama naibii mai înseamnă și asta? am exclamat, în vreme ce mâinile mele se strecurau pe sub tricoul ei, flămânde să-i simtă pielea.

Ea se încordă și mă împinse, respingându-mă.

–Gideon, nu...

Dar i-am pecetluit gura cu buzele, am luat-o în brațe și am întins-o pe jos. Ea se zbătea, făcându-mă să mormăi:

–Nu mi te împotrivi!

–Nu poți să înlături problemele trăgându-mi-o.

–Eu nu vreau decât să ți-o trag.

Mi-am băgat mâna în pantalonii ei scurți, trăgându-i în jos. Eram înnebunit să intru în ea, să o posed, să o simt cum mi se supune. Aș fi făcut orice, numai să reduc la tăcere vocea aia din capul meu care îmi spunea că o dădusem iar în bară. Din nou. Și de data asta, n-aveam să mai fiu iertat.

–Dă-mi drumul! zise ea, rostogolindu-se pe burtă.

Mi-am împletit brațele în jurul șoldurilor ei, simțind-o că încerca să se târască, să iasă de sub mine. Ar fi putut să mă dea la o parte de pe ea așa cum învățase, după cum ar fi putut să mă oprească doar cu o vorbă. Cuvântul ei de siguranță...

–Crossfire.

Eva încremeni la auzul glasului meu, la auzul singurului cuvânt care putea să țină în frâu tăvălugul de emoții cu care mă zdrobise.

În tot uraganul acela, se rupsese parcă o coardă. Mă năpădea o liniște înspăimântătoare, bine cunoscută, reducând la tăcere panica ce-mi zguduise încrederea în mine. Am rămas nemișcat, umplându-mă de acea absență neașteptată a zbuciumului. Trecuse multă vreme de când nu mai simțisem trecerea aceea amețitoare de la haos la control. Numai Eva mă putea zgudui atât de profund, putea să mă azvârle înapoi într-o perioadă când fusesem la mila oricui și a orice.

–Acum o să încetezi să mi te mai opui, i-am spus liniștit. Și eu o să-mi cer scuze.

Am simțit-o cum se înmoaie în brațele mele. Se supusese brusc, cu totul. Aveam din nou controlul.

Am ridicat-o de jos și am așezat-o în poală. Eva avea nevoie ca eu să dețin controlul. Când eram bulversat, se clătina și ea, iar asta mă zguduia și mai tare. Era un cerc vicios, și trebuia să fiu mai atent să nu intru în el.

– Îmi pare rău.

Pentru că o jignisem. Pentru că-mi pierdusem controlul asupra situației. De când mă trezisem din coșmar nu fusesem în apele mele – iar ea intuise asta – și prin faptul că imediat după aceea mă lovise cu vorbele despre Kline nu-mi lăsase deloc vreme să mă adun.

O să rezolv situația asta cu el. O s-o prind și mai bine pe Eva. Punct. Nu existau alte opțiuni.

– Am nevoie să mă sprijini, Gideon.

– Trebuie să-i spui că ești căsătorită.

– Asta am de gând, murmură ea, lăsându-și tâmpla pe obrazul meu.

Mi-am schimbat poziția, ca să se cuibărească mai bine la mine în poală, și m-am sprijinit de zid, trăgând-o mai aproape de mine. Ea își încolăci brațele pe după gâtul meu, făcându-mă să mă simt iar stăpân pe mine.

– Asule... spuse, în timp ce-și trecea mâna peste pieptul meu.

Îi cunoșteam prea bine tonul ademenitor din glas. Într-o clipă m-am excitat nebunește; îmi fierbea sângele în vene. Eva se excitase supunându-mi-se, iar reacția aceasta mă înnebunea cum nu reușea nimic altceva s-o facă.

Mi-am băgat mâna în părul ei, trăgând-o ușor de buclele de aur, uitându-mă cum ochii cenușii i se închideau pe jumătate datorită senzației. Era biruită, era în puterea mea și îi plăcea la nebunie. Avea nevoie de asta, la fel de mult ca și mine.

Am pus stăpânire pe gura ei.

Și apoi pe ea toată.

În timp ce Angus ne ducea la serviciu pe amândoi, mi-am verificat agenda cu întâlniri, cu gândul la zborul de la ora opt și jumătate al soției mele. I-am aruncat o privire.

– O să iei un jet spre California.

Ea se uita pe geamul mașinii, scrutând orașul cu interesul obișnuit. Își întoarse însă privirea spre mine.

Eu eram născut în New York. Crescusem în oraș sau în apropiere și ajunsesem să-l simt ca pe un alt eu al meu. La un moment dat, încetasem să-l mai văd. Dar fascinația și încântarea pe care le simțea Eva în fața orașului meu natal mă făcuse să-l observ din nou. Nu studiam orașul la fel de intens ca ea, dar îl vedeam cu ochi la fel de proaspeți.

– Chiar așa? m-a provocat ea, deși ochii îi trădau atracția pe care o simțea față de mine.

Privirea aceea, care îmi cerea să i-o trag, mă ținea continuu la turație maximă.

– Da, am zis, închizându-mi tableta. E mai rapid, mai confortabil și mai sigur.

– În regulă, răspunse ea, schițând un zâmbet.

Sclipirea aceea amuzată mă fascina, mă făcea să vreau să-i fac ceva rău, ceva dur, până când nu avea să mai rămână în ea decât supunerea completă în fața mea.

– Du-te să-i spui lui Cary, continuă ea și, cum stătea picior peste picior, își schimbă poziția, lăsând să se vadă marginea de dantelă a ciorapilor și o bucățică din jartieră.

Purta o bluză roșie, fără mâneci, o fustă albă și pantofi cu toc înalt, cu bretele. Era o ținută de serviciu absolut acceptabilă, pe care trupul pe care îl îmbrăca o ridica la o declarație sexuală bine ascunsă. Între noi săreau scântei electrice, ca o recunoaștere instinctivă că fuseserăm făcuți unul pentru altul.

–Cere-mi să vin cu tine, i-am zis, căci uram gândul că o să fiu despărțit de ea un weekend întreg.

Ei îi dispăru zâmbetul de pe buze.

–Nu pot. Dacă o să încep să le spun oamenilor că ne-am căsătorit, trebuie să încep cu Cary și nu pot să fac asta dacă tu ești lângă mine. Nu vreau ca el să simtă că e lăsat pe dinafară în viața pe care încep să mi-o construiesc împreună cu tine.

–Dar nici eu nu vreau să fiu lăsat pe dinafară.

–Dacă îmi petrec timpul cu prietenii, asta nu înseamnă că noi nu mai suntem un cuplu, mă asigură ea, luându-mi mâna și împletindu-și degetele cu ale mele.

–Eu prefer să-mi petrec timpul cu tine. Ești ființa cea mai interesantă pe care o cunosc.

Ea făcu ochii mari, uitându-se la mine. Apoi, brusc, începu să se miște, ridicându-și fusta și încălecându-mă înainte să apuc să-mi dau seama ce făcea. Îmi luă fața în mâini și-și lipi buzele rujate de ale mele, sărutându-mă ca ieșită din minți.

–Mmmm, am gemut când s-a îndepărtat, fără suflare. Îi cuprinsesem în mâini curbele generoase ale posteriorului ei minunat. Mai vreau o dată!

–Sunt așa de înnebunită după tine acum, murmură ea, în timp ce-mi curăța buzele cu degetul mare.

– Mă pricep la asta.

Râsul ei excitat mă pătrundea până în străfundurile ființei.

– Mă simt nemaipomenit în clipa asta.

– Mai bine decât pe hol? Veselia ei era molipsitoare. Dacă aș fi putut opri timpul în loc, aș fi păstrat pentru totdeauna momentul acela.

– Asta e minunat în alt fel.

Bătea darabana cu degetele pe umerii mei. Era... radioasă când era fericită, iar plăcerea ei făcea ca totul să strălucească în jurul ei. Până și eu.

– Ăsta a fost cel mai frumos compliment, asule. Mai ales că vine din partea lui Gideon Cross. Doar tu întâlnești în fiecare zi oameni fascinanți.

– Și mi-aș dori să plece cu toții, ca să mă întorc la tine.

Ochii ei licăreau.

– Doamne, te iubesc atât de mult, că mă doare.

Începuseră să-mi tremure mâinile, așa că i-am cuprins coapsele în mâini ca să le ascunde de privirea ei. Privirea îmi rătăcea, neliniștită, căutând ceva de care să mă ancorez. De-ar fi știut ce-mi făcea cu acele două cuvinte...

– Vreau să faci ceva pentru mine, murmură ea, cuprinzându-mă în brațe.

– Orice. Totul.

– Hai să dăm o petrecere.

M-am agățat de ocazia de a schimba subiectul...

– Perfect. Eu aranjez leagănul.

– Nu genul ăla de petrecere, fiară ce ești, replică Eva, retrăgându-se și dându-mi o palmă peste umăr.

– Nasol, am oftat eu.

Ea zâmbi răutăcios.

– Și dacă îți promit că o să mă dau în leagăn, drept mulțumire pentru petrecere?

– Ei, așa mai vii de-acasă, am zis, lăsându-mă pe spate, bucurându-mă ca un nebun de existența ei. Spune-mi la ce te-ai gândit.

– Băutură și prieteni, ai tăi și ai mei.

– În regulă, am zis, gândindu-mă la posibilități. O să-ți cunosc băuturile și prietenii și o s-o punem și de una mică în vreun colțișor mai întunecat în timpul petrecerii.

Ea înghiți în sec, făcându-mă să zâmbesc în sinea mea. Îmi cunoșteam prea bine îngerul. Faptul că mă complăceam în exhibiționismul ei în spații publice închise mă dădea cu totul peste cap, dar când mă gândeam la asta, eram uluit că nu mă deranja absolut deloc. Nu m-aș fi înfrânat de la nimic pentru acele momente când tot ceea ce conta pentru ea era să fiu implântat cu totul în ea.

– Negociezi tare dur, zise.

– Asta mi-e și intenția.

– Bine, atunci, conchise, trecându-și limba peste buze. O să mă ocup de una mică pentru tine, frecându-ți-o pe sub masă.

Eu am ridicat din sprânceană.

– Îmbrăcat, am contraatacat.

Între noi, aerul parcă torcea.

– Cred că trebuie să revizuim și să corectăm, domnule Cross.

– Cred că va trebui să te străduiești mai mult să mă convingi, doamnă Cross.

Ca întotdeauna, ea era pentru mine cea mai revigorantă negociere a zilei.

La etajul douăzeci ne-am despărțit; ea ieși în foaierul de la Waters Field & Leaman. Eram hotărât s-o aduc în echipa mea și să lucreze pentru mine. În fiecare zi puneam la cale strategii pentru acest obiectiv.

Când am ajuns la biroul meu, asistentul meu mă aștepta deja.

– Bună dimineața, mă întâmpină Scott, ridicându-se în picioare când m-am apropiat de el. Cei de la PR au sunat acum câteva minute. Au primit o cantitate neobișnuită de întrebări despre zvonul că v-ați fi logodit cu domnișoara Tramell și ar vrea să știe cum să răspundă.

– Ar trebui să confirme, i-am zis, în timp ce mă îndreptam spre dulapul de haine aflat într-un colț al biroului meu.

– Felicitări! spuse el, urmându-mă.

– Mulțumesc, am răspuns, în vreme ce-mi scoteam sacoul ca să-l pun pe un umeraș. Când mi-am întors privirea spre el, am observat că avea un zâmbet larg pe față.

Scott Reid se ocupa de mii și mii de lucruri pentru mine, cu o grijă plină de discreție, care îi făcea adesea pe mulți să îl subestimeze, iar el putea să treacă neobservat. De multe ori, observațiile lui amănunțite asupra unui individ sau a altuia se dovediseră extrem de prețioase, așa că îi plăteam un salariu enorm pentru poziția lui, numai ca să nu plece în altă parte.

– Domnișoara Tramell și cu mine o să ne căsătorim până la sfârșitul anului, l-am anunțat. Toate interviurile și cererile de a ni se face fotografii, oricăruia dintre noi, trebuie direcționate la Cross Industries. Și anunță-i același lucru și pe cei de jos, de la securitate. Nimeni nu trebuie să ajungă la ea fără să treacă întâi de mine.

–O să-i anunț. De asemenea, domnul Madani voia să fie anunțat când ajungeți. Ar dori să vorbească un pic cu dumneavoastră înainte de ședința de dimineață.

–Sunt gata când vrea el.

–Excelent, zise Arash Madani, intrând. Pe vremuri, ajungeai aici înainte de ora șapte. Ai început să te lenevești, Cross.

M-am uitat amenințător la avocat, dar fără să fiu supărat câtuși de puțin. Arash trăia pentru munca lui și era tare bun în ceea ce făcea, de aceea îl și răpisem de la angajatorul lui anterior. Fusese cel mai bun consilier pe care îl întâlnisem vreodată și situația nu se schimbase absolut deloc în anii care trecuseră.

I-am arătat unul dintre scaunele din fața biroului meu, m-am așezat și eu, urmărindu-l din priviri pe când lua loc. Costumul albastru-închis pe care îl purta era simplu, dar făcut pe comandă; părul negru și cârlionțat era tuns cu multă atenție. Ochii căprui-închis îi sclipeau de inteligență, care se citea și în zâmbetul ce părea mai degrabă prevestitor decât de întâmpinare. Mi-era tot atât de mult prieten, cât și angajat și prețuiam enorm la el faptul că nu-și pierdea vremea cu lingușeli.

–Am primit o ofertă respectabilă pentru proprietatea de pe Thirty-six Street, începu el.

– Da? O clipă, n-am putut să spun mare lucru, gâtuit de emoții. Hotelul pe care Eva îl ura rămânea o problemă cât timp rămânea proprietatea mea. Asta e bine.

– E ciudat, replică el, așezându-se picior peste picior, mai ales la cât de greu își revine piața. A trebuit să sap destul de adânc, dar am aflat că ofertantul depinde de LanCorp.

– Interesant.

– Îngâmfat. Landon știe că următoarea ofertă e la ani-lumină distanță – cu vreo zece milioane mai puțin. Aș recomanda să scoatem proprietatea de pe piață și să ne mai gândim la ea peste vreun an, doi.

– Nu, am respins sugestia, lăsându-mă pe spate în scaun. Lasă-l s-o cumpere.

– Îți bați joc de mine? clipi Arash. De ce ești așa de grăbit să scapi de hotelul ăla?

„Pentru că nu-l pot păstra fără s-o rănesc pe soția mea."

– Am motivele mele.

– Așa ai spus și acum câțiva ani, când te-am sfătuit să-l vinzi, iar tu ai preferat să bagi câteva milioane în renovare. A fost o cheltuială pe care abia acum ai amortizat-o. Și acum vrei să te descotorosești de el, pe o piață care încă e zguduită, și încă în favoarea unui individ care-ți vrea capul?

– Pentru vânzarea de imobiliare în Manhattan, timpul e mereu potrivit.

Și, fără îndoială, era mereu timpul potrivit să scap de un loc pe care Eva îl numise „cuibușorul meu de nebunii".

–Sunt și timpuri mai bune, iar tu știi prea bine. Și știe și Landon. Dacă i-l vinzi lui, nu faci decât să-i dai nas.

–Bine. Poate așa o să ridice miza.

Ryan Landon avea un dinte împotriva mea. Nu i-o luam în nume de rău. Tatăl meu îi mâncase averea, și Ryan voia ca unul din familia Cross să plătească pentru asta. Nu era nici primul, nici ultimul om de afaceri care mă hăituia din cauza tatălui meu, însă el era cel mai tenace. Și era destul de tânăr ca să aibă suficient timp la dispoziție să se dedice acestei misiuni.

M-am uitat la fotografia Evei pe care o aveam pe birou. Toate celelalte lucruri erau secundare.

–Uite ce e, zise Arash, ridicându-și mâinile ca și cum s-ar fi predat, la urma urmelor, este afacerea ta. Eu vreau să știu doar dacă s-au schimbat regulile.

–Nu s-a schimbat nimic.

–Dacă așa crezi, Cross, o să ieși din joc mai repede decât credeam. În timp ce Landon plănuia să te ruineze, tu erai la plajă.

–Arash, nu mă mai toca la cap pentru că mi-am luat și eu liber un weekend.

Voiam s-o fac din nou cât mai repede. Zilele pe care le petrecusem împreună cu Eva în Outer Banks fuseseră toate visurile pe care nu-mi îngăduisem niciodată să le am.

M-am ridicat în picioare și m-am dus la fereastră. Birourile LanCorp se înălțau mândre în fața mea, la două clădiri distanță, iar biroul lui Ryan Landon avea o priveliște de toată frumusețea spre clădirea Crossfire. Bănuiam că petrecea destule momente în timpul zilei cu ochii ațintiți asupra biroului meu, plănuindu-și următoarea mișcare. Din când în când, îi întorceam și eu privirea, sfidându-l să se străduiască mai mult.

Tatăl meu fusese un infractor care distrusese nenumărate vieți. Dar tot el mă învățase să merg pe bicicletă și să-mi scriu numele cu mândrie. Nu aveam cum să-i mai salvez reputația lui Geoffrey Cross, dar eram mai mult decât sigur că pot să apăr ceea ce reconstruisem din cenușa lăsată de el.

Arash veni și el lângă mine la fereastră.

–N-am de gând să-ți spun că și eu m-aș face nevăzut cu o bucățică bună, cum e Eva Tramell, dacă aș putea. Dar mi-aș lua afurisitul ăla de celular la mine. Mai ales dacă sunt în mijlocul unor negocieri cu miză foarte mare.

Eu îmi aminteam însă ce gust avea ciocolata topită pe pielea Evei, iar asta mă făcu să mă gândesc că, chiar dacă ar fi smuls un uragan țiglele de pe acoperiș, tot nu mi-ar fi păsat în clipele acelea.

–Mă faci să te compătimesc.

–Când LanCorp a cumpărat softul ăla, te-a dat înapoi cu câtiva ani în cercetare și dezvoltare. Iar el s-a umflat în pene de nu se mai putea.

Asta îl scotea cu adevărat din minți pe Arash – încântarea de sine pe care o afișa Landon la fiecare reușită.

–Softul ăla nu-i bun de mai nimic fără sistemul PosIT.

–Și ce-i cu asta? zise el, aruncându-mi o privire.

–Numărul trei din agendă.

El se întoarse cu totul spre mine:

–Acolo scrie: *să fiu hotărât* cu ceea ce am de făcut.

–Ei bine, la mine scrie PosIT. Asta ți-e de ajuns?

– Fir-ar!

Telefonul din birou începu să sune, urmat de îndată de vocea lui Scott în difuzor:

– Două lucruri, domnule Cross. Domnișoara Tramell e pe linia unu.

– Mulțumesc, Scott, am zis, îndreptându-mă spre telefon cu sângele fierbând de fiorul vânătorii, căci, dacă reușeam să punem mâna pe PosIT, Landon avea să fie trimis înapoi în punctul de pornire. Când termin, vreau să-mi faci legătura cu Victor Reyes.

– De îndată. Vă așteaptă și doamna Vidal la recepție, continuă Scott, făcându-mă să mă opresc. Ați dori să amân ședința de dimineață?

Am aruncat o privire pe peretele de sticlă care despărțea biroul meu de restul etajului, chiar dacă, de la distanța aceea, n-o puteam vedea pe mama. Mi-am încleștat mâinile. Dacă mă luam după ceasul telefonului, aveam zece minute la dispoziție, iar soția mea aștepta la telefon. Aș fi avut chef să o fac pe mama să aștepte până când puteam să-i fac loc în programul meu, nu să fiu eu nevoit să mă strecor în al ei; mi-am înfrânat însă această pornire.

– Fă-mi rost de douăzeci de minute, i-am spus. O să vorbesc cu domnișoara Tramell și cu Reyes, după care poți să o aduci pe doamna Vidal aici.

– Am înțeles.

Am așteptat o clipă, după care am ridicat receptorul și am apăsat pe butonul care clipea cu repeziciune.

Capitolul 2

– Îngeraș!

Impactul pe care îl avea glasul lui Gideon asupra simțurilor mele era la fel de puternic ca prima dată când îl auzisem. O voce elegantă, dar din care răzbătea senzualitatea, mă făcea să-mi pierd capul atât în întunericul din dormitor, cât și la telefon, unde nu puteam să am atenția distrasă de chipul incomparabil de minunat.

– Bună! Am zis, dându-mi scaunul ergonomic mai aproape de birou. Te-am prins într-un moment prost?

– Dacă ai nevoie de mine, sunt aici.

Ceva din glasul lui nu părea tocmai în regulă.

– Pot să te sun mai târziu.

– Eva! Tonul autoritar cu care îmi pronunțase numele mă făcea să-mi încordez degetele de la picioare în pantofii cu bretele de la Louboutin. Spune-mi ce dorești!

„Pe tine“, era cât pe ce să spun, lucru care era mult mai mult decât un pic nebunesc, din moment ce făcuse amor cu mine ca un dement, cu doar două ore în urmă. După ce făcuse amor cu mine ca un dement aproape toată noaptea.

– Vreau să-mi faci un serviciu, i-am zis.

– Și o să mă bucur când o să plătești pentru el.

O parte din povara pe care o simțisem până atunci mi se ridică de pe umeri. Mă rănise aruncând în discuție numele lui Corinne așa cum o făcuse, iar cearta care urmase încă nu mi se ștersese din minte. Trebuia să mă eliberez însă de ea, să merg mai departe.

– Cei de la securitate au adresele de acasă ale tuturor persoanelor care lucrează în Crossfire?

– Au copii după actele lor de identitate. Spune-mi de ce te interesează asta.

– Recepționista noastră e prietenă cu mine și a lipsit toată săptămâna, e bolnavă. Sunt îngrijorată pentru ea.

– Dacă speri să te duci la ea acasă și să vezi cum se simte, ar trebui să iei adresa chiar de la ea.

– Aș face-o, dacă mi-ar răspunde la telefon.

Zicând asta, mi-am trecut ușor degetul peste marginea cănii mele cu cafea, cu privirea pierdută pe colajul de fotografii ale mele împreună cu Gideon, care îmi decora biroul.

– Ați avut ceva de împărțit în ultimul timp?

– Nu, nu ne-am certat, nici pe departe. Pur și simplu, nu e genul ei să nu mă caute, mai ales că în fiecare zi sună și anunță că nu se simte bine. E o fată vorbăreață, știi?

– Nu, răspunse el tărăgănat. Habar n-am.

Dacă vorbele astea ar fi fost spuse de orice alt tip, aș fi crezut că e pur și simplu sarcastic. Nu era însă cazul lui Gideon. N-aș fi crezut că el stătuse vreodată de vorbă cu femeile într-un mod logic. De multe ori, habar n-avea ce să spună când discuta cu mine, ca și cum dezvoltarea competențelor lui sociale ar fi rămas la stadiul de schiță atunci când venea vorba de interacțiunea cu sexul opus.

–Atunci, va trebui să mă crezi pe cuvânt, asule. Nu vreau decât... vreau doar să mă asigur că n-a pățit nimic.

–Avocatul meu e aici, cu mine, dar n-am nevoie să-l întreb pe el despre cât e de legal să-ți dau informația de care ai nevoie în felul pe care mi l-ai sugerat tu. Sună-l pe Raúl! O s-o găsească el.

–Serios? Imaginea specialistului în securitate, omul cu părul ca pana corbului și ochi negri, îmi apăru o clipă în fața ochilor. Și crezi că o să-i convină să facă asta?

–Îngeraș, omul e plătit ca să-i convină orice.

–A!

Am început să mă joc cu pixul. Știam că n-ar fi trebuit să mă simt stânjenită că mă folosesc de resursele lui Gideon, dar asta mă făcea să simt că relația noastră înclina în avantajul lui. Chiar dacă nu credeam că el avea să folosească asta vreodată împotriva mea, nici nu credeam că mă considera egala lui, iar asta chiar că era important pentru mine.

Deja se ocupase singur de probleme de care ar fi trebuit să mă ocup eu. Așa cum se întâmplase cu înregistrarea aceea îngrozitoare a partidei de sex dintre mine și Brett. Și cu Nathan.

Totuși, în cele din urmă am întrebat:

–Cum dau de el?

–O să-ți trimit numărul lui într-un SMS.

– Bine. Mulțumesc.

– Când te duci la ea, vreau să fii însoțită fie de mine, fie de Raúl sau de Nathan.

– Iar asta n-o să fie câtuși de puțin ciudat, am zis, aruncând o privire spre biroul lui Mark, ca să mă asigur că șeful meu nu avea nevoie de mine pentru ceva anume. Încercam să nu am convorbiri personale când eram la serviciu, dar Megumi lipsea de patru zile și în tot timpul acesta nu-mi răspunsese absolut deloc nici la telefon, nici la mesaje.

– Eva, nu-mi servi clișee de tipul „prietenele înaintea iubiților". Trebuie să-mi dai ceva în cazul ăsta.

Pricepeam ce era în spatele cuvintelor lui. Era îngrijorat că plecam la San Diego și că problema aceea îi scăpa printre degete. Trebuia să-i ofer ceva la schimb.

– Bine, bine. Dacă nu se întoarce la birou până luni, o să vedem cum facem.

– Bine. Mai e ceva?

– Nu, asta e tot. Mi-am lăsat privirea să rătăcească pe una dintre fotografiile lui, simțind cum mi se strânge inima, ca întotdeauna când mă uitam la el. Mulțumesc. Sper să ai o zi minunată. Te iubesc ca o nebună, dar știi. Și nu, nu mă aștept să-mi răspunzi cu aceleași cuvinte, din moment ce avocatul tău e de față.

– Eva! În glasul lui era o notă de durere care mă impresiona mai mult decât ar fi putut s-o facă vreodată vorbele. Vino la mine când termini lucrul!

– Normal. Nu uita să-l suni pe Cary, ca să ia avionul tău.

– S-a făcut.

Am închis și m-am lăsat pe spate în scaun.

– Bună dimineața, Eva!

M-am întors și am dat ochii cu Christine Field, președinta executivă.

– Bună dimineața!

– Voiam să te felicit încă o dată pentru logodnă, spuse ea, cu privirea ațintită pe fotografiile înrămate din spatele meu. Îmi pare rău, nu mi-am dat seama că te întâlnești cu Gideon Cross.

– E în regulă. Încerc să nu vorbesc la slujbă despre viața mea personală.

Spusesem asta așa, în treacăt, întrucât nu voiam să-mi atrag dușmănia unuia dintre partenerii firmei. Cu toate astea, speram ca ea să fi prins aluzia. Gideon era centrul vieții mele, dar voiam ca unele părți ale ei să fie doar ale mele.

– Asta e bună! râse ea. Dar nu dovedește decât că nu stau cu urechile destul de ciulite.

– Mă îndoiesc că v-ar scăpa ceva important.

– Datorită ție ne-a contactat Cross cu campania pentru Kingsman?

M-am crispat în sinea mea. Normal, credea că eu îmi recomandasem șeful iubitului meu, întrucât presupunea că noi doi eram împreună de suficient de multă vreme pentru ca o logodnă să fie plauzibilă. Dacă îi spuneam că eram la Waters Field & Leaman de dinainte să fiu cu Gideon, când până și acolo nu eram angajată decât de vreo două luni, aș fi dat naștere unor speculații pe care nu aveam deloc chef să le văd născându-se.

Ba mai rău, eram absolut sigură că Gideon se folosise de pretextul campaniei la votcă pentru a mă atrage în lumea lui în termenii lui. Asta nu însemna că Mark nu făcuse o treabă excelentă cu cererea de ofertă.

Nu voiam ca relația mea cu Gideon să distragă în vreun fel atenția de la șeful meu și reușita lui.

–Domnul Cross a contactat agenția din proprie inițiativă, am răspuns, ceea ce era adevărat. Iar asta a fost o decizie excelentă. Mark a strălucit cu proiectul acela.

–Într-adevăr. Christine înclină din cap. În regulă. Te las să lucrezi. Apropo, să știi că Mark te ridică în slăvi. Ne bucurăm că faci parte din echipa noastră.

Am zâmbit, dar ziua mea era departe de a fi început bine. Mai întâi, Gideon îmi dăduse o lovitură sub centură cu tâmpenia pe care o zisese despre el și Corinne. Pe urmă, aflasem că Megumi era tot bolnavă. Și, de parcă nu era de ajuns, aveam să am parte și de un tratament preferențial la slujbă, deoarece numele meu era legat de al lui Gideon într-un mod semnificativ.

Mi-am deschis mesageria și m-am apucat să sortez corespondența de dimineață. Înțelesesem că Gideon voia să mă facă să simt și eu ceea ce simțea el, de aceea îmi aruncase în față numele lui Corinne. Știusem prea bine că avea să fie problematic să discut despre Brett, motiv pentru care și amânasem conversația, dar nici nu se mai ivise ocazia acestei discuții, după ce îl sărutasem pe Brett. Da, îl rănisem pe Gideon, dar puteam să spun cu toată sinceritatea că nu voisem să o fac în mod conștient.

Pe de altă parte, Gideon chiar dorise să mă rănească. Nu-mi dădusem seama până atunci că era în stare de așa ceva sau că ar fi vrut să facă una ca asta. În dimineața aceea, între noi doi se petrecuse ceva grav. Aveam senzația că unul dintre pilonii încrederii între noi se cutremurase.

Oare el își dădea seama de asta? Înțelegea ce problemă imensă aveam?

Telefonul de birou începuse să sune și am răspuns cu salutul pe care îl foloseam la serviciu.

–Cât timp avea să mai treacă până să mă anunți și pe mine că te-ai logodit?

N-am putut să-mi opresc oftatul. Ziua mea de vineri chiar că avea să mă pună din greu la încercare.

–Bună, mamă! Voiam să te sun la prânz.

–Dar știai încă de aseară! mă învinui ea. Te-a cerut cumva pe drumul spre dineu? Pentru că n-ai spus nimic despre vreo propunere când am discutat despre faptul că trebuie să ceară permisiunea tatălui tău și a lui Richard. Am văzut inelul la magazinul Cipriani și puteam să jur că așa o să fie, însă n-am vrut să forțez lucrurile, pentru că în ultimul timp ai fost foarte nervoasă. Și...

–Și tu ai și încălcat legea în ultima vreme, i-am replicat tăios.

–... și Gideon purta și el un inel, așa că m-am gândit că e un fel de inel de făgăduință sau ceva de genul ăsta...

–Așa și e.

–... iar pe urmă am citit pe net despre logodna ta! Eva, serios acum! Nici o mamă n-ar trebui să afle de pe internet că fiica ei urmează să se mărite!

Am rămas cu privirea ațintită asupra monitorului, fără să văd nimic; inima îmi bătea din ce în ce mai tare.

–Ce? Unde pe internet?

–Ghici! Page Six, Hufington Post... Și e cazul să repet, în nici un caz n-am cum să aranjez o căsătorie cum se cade până la sfârșitul anului!

Alerta zilnică pe care mi-o pusesem pe Google nu-mi intrase încă în cutia poștală, așa că am trecut la o căutare rapidă, lovind tastele atât de repede, încât mi-am scris greșit propriul nume. Dar n-avea importanță.

Starleta de societate Eva Tramell a pus gheruța pe inelul de alamă. Nu în mod literal, fără doar și poate. Gideon Cross, antreprenorul multimiliardar, al cărui nume a devenit un sinonim pentru excese și lux, nu ar pune nimic mai puțin prețios decât platina pe degetul femeii care o să-i poarte numele (vezi fotografia din stânga paginii). O sursă din Cross Industries a confirmat semnificația pietrei uriașe de la mâna stângă a lui Tramell. Nu a fost făcut nici un comentariu despre inelul care a fost zărit pe degetul lui Cross (vezi fotografia din dreapta). Nunta este plănuită înainte de sfârșitul anului. E cazul să ne întrebăm de ce atâta grabă. Operațiunea de supraveghere a bebelușului Gideva a fost lansată.

–O, Doamne! am bâiguit, îngrozită. Trebuie să plec. Trebuie să-l sun pe tata.

–Eva! Trebuie să vii la noi când ieși de la slujbă. Trebuie să vorbim despre nuntă.

Din fericire, cum tata locuia pe Coasta de Vest, asta însemna că aveam cel puțin trei ore la dispoziție, în funcție de programul lui de lucru.

–Nu pot. În weekendul acesta mă duc la San Diego împreună cu Cary.

–Cred că va trebui să renunți o vreme la orice călătorie. Trebuie să...

–Începeți fără mine, mamă, am întrerupt-o disperată, aruncând o privire la ceas. Eu n-am nimic anume în minte.

–Doar nu vorbești ser...

–Trebuie să închid. Am de lucru.

Și am închis, după care mi-am scos telefonul din sertar.

–Salut! Capul lui Mark Garrity se ițea peste marginea de sus a postului meu de lucru, oferindu-mi un zâmbet fermecător de ștrengăresc. Ești gata de dans?

–Ăăă...

Mâna îmi rămăsese deasupra butoanelor telefonului. Eram împărțită între a face lucrurile pentru care eram plătită – adică să muncesc – și a mă asigura că tata avea să afle chiar de la mine despre logodnă. De obicei, alegerea asta n-ar fi reprezentat deloc o dilemă. Îmi plăcea mult prea mult slujba mea, ca să risc să o dau în bară. Dar, de când se întâlnise iar cu mama, tata nu mai ieșea din depresie, iar eu eram îngrijorată pentru el. Nu era deloc genul de bărbat pentru care era o nimica toată dacă face amor cu o femeie măritată, chiar dacă era îndrăgostit de ea.

În cele din urmă, am pus telefonul la loc în sertar.

–Absolut, am răspuns, ridicându-mă și luându-mi tableta.

După ce m-am așezat pe scaun, în biroul lui Mark, i-am trimis rapid tatei un mesaj de pe tabletă, spunându-i că aveam să-l anunț ceva important și că o să-l sun la prânz.

Mai mult de atât nu puteam face. Nu puteam decât să sper că era de ajuns.

Capitolul 3

–Da' știu că te-ai îmblânzit.

Am pus receptorul la loc, ridicându-mi privirea spre Arash.

–N-ai plecat încă?

Avocatul izbucni în râs, lăsându-se pe spate pe canapeaua de la mine din birou. Priveliștea asta nu era nici pe departe la fel de plăcută ca aceea pe care mi-o oferise soția mea acolo, nu cu prea multă vreme în urmă.

–Să stai de vorbă și cu tata socru, zise el. Pe mine m-ai impresionat. Cred că și Eva o să fie impresionată. Pun pariu că și tu contezi pe asta pentru weekend.

Chiar că avea dreptate. Îmi trebuiau toate atuurile cu putință când aveam să mă întâlnesc cu Eva la San Diego.

–Se pregătește să plece din oraș. Iar tu trebuie să te duci în sala de conferințe, înainte ca ceilalți să se neliniștească. Vin și eu cât pot de repede.

–Da, am auzit, răspunse el ridicându-se. A venit mama ta. Să înceapă nebunia nunții! Din moment ce ești liber weekendul ăsta, ce-ar fi să aducem câteva suspecte de serviciu la mine acasă? A trecut ceva vreme de când nu ne-am mai distrat, iar zilele tale de burlăcie sunt numărate. Bine, tehnic, s-a terminat cu ele, dar nimeni altcineva nu știe asta.

Iar el era legat de mâini și de picioare de contractul între avocat și client.

M-am hotărât pe dată:

– În regulă. La ce oră?

– Pe la opt.

Am dat din cap, după care m-am uitat la Scott, care, înțelegând mesajul, s-a ridicat de la birou, îndreptându-se spre recepție.

– Perfect, rânji Arash. Ne vedem la ședință.

Timp de două minute, cât am rămas singur, i-am trimis un mesaj lui Angus în legătură cu plecarea în California. Mai aveam câte ceva de făcut acolo și faptul că mă ocupam de ele în timp ce Eva era în vizită la tatăl ei îmi oferea un pretext legitim să mă aflu în același loc cu ea. Nu că aș fi avut cu adevărat nevoie de așa ceva.

– Gideon!

Mama mea intra, iar eu am simțit cum mi se încleștează degetele. Scott intră și el, întrebând:

– Sigur nu doriți să vă aduc ceva, doamnă Vidal? Poate o cafea sau apă?

– Nu, mulțumesc, clătină ea din cap. E în regulă.

– Cum doriți, zâmbi el și ieși, închizând ușa.

Am apăsat pe butonul care controla opacitatea peretelui de sticlă, ascunzându-ne vederii tuturor celor care lucrau la același etaj. Mama se apropie de mine; pantalonii albastru-închis și bluza albă o făceau zveltă și elegantă. Își strânsese părul de abanos într-un coc mătăsos, care îi punea în valoare chipul fără cusur pe care tatăl meu îl adorase. Cândva, și eu îi fusesem adorator. Acum, mi-era greu și să o privesc.

Și, cum semănam atât de mult cu ea, uneori mi-era greu să mă uit și la mine.

– Bună, mamă! Ce te aduce în oraș?

Ea își puse geanta pe marginea biroului meu.

– De ce poartă Eva inelul meu?

Ultima urmă de plăcere pe care o simțisem la vederea ei se risipi ca și cum n-ar fi fost.

– Este inelul meu. Iar răspunsul la întrebarea ta e mai mult decât evident: poartă inelul pentru că eu i l-am dat când am cerut-o de soție.

– Gideon! exclamă ea, iar umerii îi căzură. Nu știi în ce te bagi cu ea.

Mă controlam, ca să nu-i întorc spatele. Detestam să o văd că se uită la mine cu o privire rănită. Cu ochii ei albaștri, care semănau atât de mult cu ai mei.

– N-am timp de asta. Am amânat o ședință importantă ca să te pot primi.

– N-aș fi fost nevoită să vin la tine la birou dacă mi-ai fi răspuns la telefoane sau ai mai fi trecut și pe acasă din când în când! replică ea, strângându-și dezaprobator buzele roz, frumoase.

– Acolo nu e casa mea!

– Se folosește de tine, Gideon.

– Am mai avut discuția asta, am zis, punându-mi sacoul.

Ea își încrucișă brațele la piept ca pe un scut. O cunoșteam bine pe mama: abia se pornise.

– Are o legătură cu cântărețul ăla, Brett Kline. Știai? Și are o latură urâtă, pe care n-ai văzut-o niciodată. În seara trecută, s-a purtat îngrozitor cu mine.

–O să vorbesc cu ea, am zis, aranjându-mi cu o mișcare bruscă reverele sacoului și îndreptându-mă spre ușă. N-ar trebui să-și piardă timpul.

Mama rămase o clipă încremenită, dar își reveni imediat.

–Eu încerc să te ajut.

–E un pic cam târziu pentru asta, nu ți se pare?

Ea se dădu un pas înapoi, ca lovită de privirea mea.

–Știu că ți-a fost greu când a murit Geoffrey. A fost foarte greu pentru noi toți. Am încercat să-ți dau...

–Nu fac asta aici! am întrerupt-o, furios pe ea că, în timp ce mă aflam la lucru, aducea vorba despre ceva atât de personal cum era sinuciderea tatălui meu. Că voia, de fapt, să vorbească despre asta. Mi-ai dat peste cap toată dimineața și m-ai umplut de nervi. Dar o să-ți explic, ca să pricepi. Nu există pe lumea asta nici o situație în care tu și Eva să vă confruntați, iar tu să fii mai presus de ea.

–Nu mă asculți.

–Nimic din ceea ce spui nu poate să schimbe absolut nimic. Dacă ea ar fi ahtiată după banii mei, i-aș da totul, până la ultimul cent. Dacă ar vrea un alt bărbat, aș face-o să-l uite.

Ea își netezi părul cu o mână tremurândă, chiar dacă nici măcar un singur fir nu i se clintise din cap.

–Nu vreau decât să ai parte de ce-i mai bun, iar ea răscolește lucruri care au fost de mult uitate. Asta nu are cum să fie o relație sănătoasă pentru tine. A săpat o prăpastie între tine și familia ta, care...

–Mamă, noi singuri am devenit niște străini unul pentru altul. Eva nu are nimic de-a face cu asta.

–Dar eu nu vreau să fie așa!

Și se apropie de mine, cu mâna tot ridicată. Purta la gât un șirag de perle negre, iar la încheietură avea o brățară cu safire de la Patek Philippe. După moartea tatei, ea nu-și luase iar viața de la capăt; nu, ea ștersese totul cu buretele și pornise iar ca nouă. Și nu se uitase niciodată în urmă.

– Mi-e dor de tine. Te iubesc.

– Nu îndeajuns.

– Nu e corect, Gideon. Nu-mi dai nici o șansă.

– Dacă ai nevoie de mașină, Angus e la ordinele tale, am zis, cu mâna pe clanță, apoi m-am întors spre ea. Să nu mai vii din nou, mamă. Nu-mi place să mă cert cu tine. Ar fi cel mai bine pentru amândoi dacă ai sta deoparte.

Apoi, lăsând ușa deschisă, m-am îndreptat spre sala de conferințe.

– Ai făcut poza asta azi?

Mi-am ridicat ochii spre Raúl, care stătea în picioare în fața biroului meu. Așa cum era îmbrăcat, în costumul negru, avea o privire fermă și scrutătoare, de om care trăiește de pe urma faptului că vede și aude orice.

– Da, răspunse el. Acum aproape o oră.

Mi-am coborât iar privirea la fotografia din fața mea. Îmi venea greu să mă uit la Anna Lucas. Vederea chipului ei ca de vulpe, cu bărbie ascuțită și ochi pătrunzători, îmi trezea amintiri pe care aș fi vrut să mi le pot șterge din minte. Și nu era doar amintirea ei, ci și a fratelui ei, care semăna cu ea într-un fel care îmi dădea fiori.

– Eva a spus că femeia are păr lung, am șoptit, observând că Anna era tunsă tot foarte scurt.

Îmi aminteam senzația de plastic pe care mi-o dădeau șuvițele ținute țepene cu ajutorul gelului, care mă zgâriau pe coapse în timp ce ea își înfunda gâtul cu penisul meu, încercând cu frenezie să mă excite atât de mult încât să i-o pot trage.

– Află cine era, am zis, i-am cerut lui Raúl, înapoindu-i tableta.

– Sigur.

– Eva te-a sunat?

– Nu, răspunse el, încruntându-se nedumerit. Își scoase însă telefonul, ca să verifice încă o dată. Nu, repetă.

– Poate că o să aștepte până plecați la San Diego. Vrea să o găsești pe o prietenă a ei.

– Nici o problemă. O să mă ocup de asta.

– Tu ocupă-te de ea! i-am zis, fixându-l cu privirea.

– Nu-i nevoie să-mi spuneți.

– Știu. Îți mulțumesc.

După ce el a ieșit din birou, m-am rezemat de spătarul scaunului. Câteva femei din trecutul meu puteau să-mi facă necazuri în relația cu soția mea. Femeile cu care mă culcasem erau agresive de felul lor, mă obligau să fiu dur cu ele. Eva era singura femeie care reușise să mă pună sub papucul ei și să mă facă să vreau să stau și mai mult acolo.

În loc să-mi fie mai ușor, îmi era tot mai greu să o las să stea departe de mine.

– Echipa de la Envoy a venit, se auzi glasul lui Scott în difuzor.

– Poftește-i înăuntru!

Am muncit cu spor toată ziua, terminând tot ceea ce avusesem pe agendă în această săptămână și punând bazele pentru ceea ce urma să fac în continuare. Aveam o mulțime de lucruri de rezolvat înainte să pot să mă bucur de un răgaz împreună cu Eva. Luna noastră de miere, lungă de numai o zi, fusese perfectă, dar înfiorător de scurtă. Mi-aș fi dorit să am cel puțin două săptămâni, sau mai bine o lună, singur numai cu ea. Să mergem undeva, cât mai departe de servicii sau de alte obligații, într-un loc unde să o am doar pentru mine, fără nici o întrerupere.

Telefonul meu începuse să vibreze. M-am uitat la el și am văzut, uimit, poza surorii mele. Cu puțin timp înainte îi scrisese un mesaj lui Ireland, ca s-o anunț că m-am logodit, iar răspunsul ei fusese scurt și simplu: „Uau! Șoc. Felicitări, frățioare!"

Am răspuns, fără să apuc însă să-i spun măcar salut, că ea m-a și întrerupt:

– Sunt al dracului de încântată! Zbiera, obligându-mă să țin telefonul mai departe de ureche.

– Ai grijă ce spui!

– Glumești? Am șaptesprezece ani, nu șapte. E absolut bestial! Mereu mi-am dorit o soră, dar mă gândeam că o să fiu o babă cu părul alb până ca tu și Christopher să vă așezați o dată la casele voastre.

– Trăiesc pentru a sluji, am răspuns, așezându-mă confortabil.

– Ha! Da, cum să nu! Să știi că ai făcut un lucru bun. Eva merită.

– Da, știu.

– Datorită ei, acum pot să te bat la cap. Ea e întotdeauna cel mai tare moment al zilei pentru mine.

Mi s-a strâns inima; mi-au trebuit câteva clipe, până să-i pot răspunde și eu pe un ton vesel:

–Ca să vezi ce ciudățenie, și pentru mine e un moment tare.

–Da, logic. Așa și trebuie, zise ea, după care coborî glasul: Am auzit-o adineauri pe mama care făcea crize. I-a spus lui tata că a fost la tine la serviciu și că v-ați certat. Cred că e cam geloasă. Dar o să-i treacă.

–Nu-ți bate capul cu asta! Totul e-n regulă.

–Știu. Doar că e nașpa că nici măcar azi nu e și ea în stare să n-o ia razna. Oricum, eu sunt în culmea încântării și voiam să-ți spun.

–Îți mulțumesc.

–Dar să știi că n-o să arunc eu petale de trandafiri. Sunt prea mare pentru asta. Totuși, sunt disponibilă pentru postul de domnișoară de onoare. Sau de cavaleriță pentru mire. Sau ceva pe acolo. Zic și eu.

–În regulă, am zâmbit. O s-o anunț pe Eva.

Nici nu închisesem bine, că Scott mă și apelă.

–A venit domnișoara Tramell, mă anunță, făcându-mă astfel să-mi dau seama cât de târziu se făcuse. Și, ca să nu uitați, peste cinci minute începeți videoconferința cu echipa de dezvoltare din California.

Mi-am întins gâtul peste birou, la timp ca s-o văd apărând pe Eva. Aș fi putut s-o privesc ore întregi cum mergea. Își unduia șoldurile într-un fel care mă înnebunea de dorința de a face amor cu ea, iar capul și-l ținea înălțat cu o hotărâre care îmi punea la grea încercare toate instinctele mele de dominator.

Îmi venea să-mi înfig mâna în coada ei și să o sărut cu sălbăticie. Așa cum dorisem și prima dată când o zărisem. Cum doream neîncetat de atunci încoace.

–Trimite echipei dosarele propunerii, i-am cerut lui Scott. Spune-le să se uite peste ele și vin și eu imediat.

– Da, domnule.

Eva se strecură pe ușă și m-am ridicat.

– Eva! Ce-ai făcut azi?

Ea dădu ocol biroului, apucându-mă de cravată. Mi s-a întărit într-o clipită și n-am mai știut de nimeni altcineva.

– Te iubesc al naibii de mult, răspunse ea și mă trase în jos, ca să-și lipească buzele de ale mele.

Am cuprins-o cu brațul pe după mijloc, căutând pe pipăite cu mâna cealaltă butonul care opaciza peretele de sticlă, lăsând-o să mă sărute ca și cum aș fi fost proprietatea ei. Ceea ce era adevărat. Întru totul.

Să-i simt buzele lipite de buzele mele, să o văd cât este de posesivă, asta era exact ce-mi trebuia după o zi atât de grea, cum fusese asta. Îmbrățișând-o strâns, m-am răsucit și m-am așezat pe birou, trăgând-o între coapsele mele. Aș putea să mă prefac și să spun că în felul ăsta o puteam ține în brațe mai ușor, dar, dacă e să recunosc, îmi tremurau genunchii.

Săruturile ei aveau acest efect asupra mea. Reușeau ceea ce puteau face trei ore de lupte cu antrenorul meu.

Plin de dorință, îmi umpleam plămânii cu aroma ei, lăsându-mă îmbătat de mireasma delicată a parfumului său și de miresmele provocatoare care erau numai și numai ale ei. Îi simțeam buzele moi și umede, care cereau atenție într-un mod atât de subtil... Limba ei mă atingea cu delicatețe, gustându-mă, tachinându-mă și excitându-mă fără să se străduiască absolut deloc.

Eva mă săruta ca și cum aș fi fost mâncarea cea mai delicioasă de care avusese parte vreodată, ca și cum aș fi fost o aromă de care avea poftă și de care era cu totul și cu totul dependentă. Senzația asta îmi dădea amețeli și nu mai puteam rezista fără ea. Trăiam pentru sărutările ei.

Când mă săruta, știam că locul meu era cu adevărat lângă ea.

Își lăsă capul într-o parte, gemând, un murmur blând de plăcere și de abandon. Își înfipsese degetele în părul meu, mângâindu-mă, trăgându-mă spre ea. Sentimentul că eram prins – că își clama stăpânirea asupra mea – mă zguduia până în cele mai profunde fibre ale ființei mele. Am tras-o mai aproape, până când pântecele ferm i s-a lipit de erecția mea.

Mădularul îmi zvâcnea, tânjind.

– O să mă faci să-mi dau drumul, am șoptit.

Toate eforturile pe care le făceam altădată ca să fiu îndeajuns de excitat încât să ajung la orgasm deveniseră total inutile cu soția mea. Simplul fapt că ea exista îmi făcea sângele să fiarbă în vene. Puterea dorinței ei era îndeajuns ca să mă facă să explodez.

– Nu m-aș supăra, șopti ea la fel de epuizată ca și mine, lăsându-se ușor pe spate.

– Nici eu, dacă n-aș avea chiar acum o întâlnire.

– Nu vreau să te țin din treabă. Voiam doar să-i mulțumesc pentru ce i-ai spus lui tata.

Am zâmbit, strângându-i funduletul cu amândouă mâinile.

– Avocatul mi-a spus că o să primesc o grămadă de puncte pentru asta.

– Am fost tare ocupată la serviciu și n-am avut timp să-l sun până la prânz. Eram tare îngrijorată că o să audă de logodna noastră înainte să-i pot spune eu, zise ea, dându-mi un ghiont ușor în umăr. Ai fi putut să-mi spui și mie că o să trâmbițezi asta în gura mare în toată lumea!

– Să știi că n-am planificat nimic, am ridicat eu din umeri, dar n-aveam de gând să dezmint dacă eram întrebat.

– Sigur că nu, zâmbi ea ironic. Ai văzut postarea aia tembelă despre o burtică de bebeluș?

– În clipa asta, e un gând înspăimântător, am zis, încercând să-mi păstrez tonul vesel, în ciuda sperieturii care mă cuprinsese brusc. Deocamdată, planul meu este să rămâi încă a mea în exclusivitate.

– Știu, evident. Clătină din cap. M-au apucat nebuniile la gândul că tata o să creadă că m-am logodit și sunt și gravidă și că nici nu m-am obosit să-l anunț și pe el. Am fost așa de ușurată când l-am sunat și am aflat că tu i-ai explicat deja totul și ai liniștit apele.

– A fost plăcerea mea.

Aș fi dat foc întregului univers numai ca să-i croiesc ei cărări, dacă ar fi fost nevoie.

Mâinile ei începuseră să-mi desfacă nasturii de la vestă. Am ridicat din sprâncene, într-o întrebare fără vorbe, însă n-aveam de gând s-o opresc.

– Nici măcar n-am plecat încă, și deja mi-e dor de tine, zise ea încetișor, în timp ce-mi aranja cravata.

– Nu pleca!

– Dacă n-ar fi vorba decât să petrec câteva zile cu Cary, aș rămâne aici, acasă, nu m-aș duce la San Diego, spuse ea, ridicându-și ochii spre mine. Dar și-a ieșit din minți cu sarcina Tatianei. Și, pe lângă asta, trebuie să petrec câtva timp cu tata. Mai ales acum.

– Ai ceva să-mi spui în legătură cu asta?

– Nu. Părea liniștit când am vorbit cu el, dar cred că spera ca noi să fi fost mai mult timp împreună înainte să mă mărit. Din punctul lui de vedere, noi doi abia ne-am cunoscut.

Știam că ar fi trebuit să-mi țin gura, dar nu eram în stare.

– Și nu trebuie să uităm nici de Kline.

Am văzut-o cum își încleștează maxilarul. Își întoarse privirea la vesta mea, pe care acum o încheia.

– O să plec imediat. Nu vreau să ne mai certăm.

– Eva, uită-te la mine! am zis, prinzând-o de mâini.

Uitându-mă în ochii ei cenușii ca furtuna, am simțit o gheară în piept, care îmi smulgea încet carnea, distrugându-mă. Încă nu-i trecuse supărarea pe mine, iar eu nu puteam îndura așa ceva.

– Tot n-ai înțeles ce-mi faci. Mă înnebunești.

– Nu-mi spune una ca asta! N-ar fi trebuit să vorbești de Corinne așa cum ai făcut-o.

– Poate că nu. Dar, ca să fim cinstiți, tu ai adus vorba de Kline azi-dimineață pentru că îți faci griji în legătură cu faptul că te vei întâlni cu el.

– Ba nu-mi fac griji!

– Îngeraș! am zis, privind-o răbdător. Ești îngrijorată. Nu cred că o să te culci cu el, dar chiar cred că ești neliniștită că ai putea să treci o barieră unde ar fi cazul să te oprești. Aveai nevoie ca eu să am o reacție puternică, așa că ai fost mai brutală și ai primit ceea ce doreai. Aveai nevoie să vezi ce-o să-mi faci cu asta. Să vezi în ce hal mă face s-o iau razna numai și gândul la tine împreună cu el.

– Gideon! zise ea, înfigându-și mâinile în bicepșii mei. N-o să se întâmple *nimic*.

– Să știi că nu-mi caut scuze, am zis, mângâindu-i ușor obrazul. Te-am rănit și îmi pare rău.

– Și mie îmi pare rău. Voiam să evit să-ți fac probleme, dar tot au apărut.

Știam că regreta cearta pe care o avuseserăm. Se vedea asta în ochii ei.

– Învățăm încetul cu încetul. O s-o dăm iar în bară, de multe ori. Îngeraș, va trebui doar să ai încredere în mine.

– Am, Gideon. De asta am ajuns până aici. Dar faptul că m-ai putut răni – în mod intenționat... Clătină din cap; mi-am dat seama atunci în ce hal o măcinaseră vorbele mele. Tu ar fi trebuit să fii omul pe care puteam conta că n-o să mă rănească în mod intenționat.

Era o lovitură zdravănă, s-o aud că se îndoiește de mine. Am primit lovitura, apoi mi-am explicat-o în felul în care aș fi făcut-o mereu cu ea. Aș fi fost în stare să explic orice, să vorbesc ceasuri întregi, să-i scriu promisiuni cu propriul meu sânge... dacă asta ar fi fost necesar ca s-o fac să creadă în mine.

– E o deosebire între deliberare și intenție malefică, nu-i așa? am zis, luându-i chipul în mâini. Îți promit că n-o să-ți mai provoc niciodată durere doar ca să te rănesc. Nu vezi că și eu sunt la fel de vulnerabil? Și tu ai aceeași putere să mă rănești.

Chipul i se îndulci iar, devenind și mai uluitor.

– N-aș face asta.

– Dar eu am făcut-o. Va trebui să mă ierți.

– Detest când îmi vorbești pe tonul ăsta, zise ea, făcând un pas înapoi.

Simțul autoconservării m-a făcut să-mi ascund zâmbetul.

– Dar te face să te exciți.

Eva se uită urât la mine peste umăr, apoi se duse la fereastră, în același loc unde stătusem eu de dimineață. Părul strâns în coadă îi scoteau în evidență frumusețea și nu-i dădea deloc putința să-și ascundă emoțiile. Obrajii îi erau în flăcări.

Oare știa când de des mă gândeam cum ar fi s-o leg când era enervată, ca acum? Nu s-o închid într-o colivie ori s-o pun în lesă, ci să țin în mâini energia ei vibrantă, pofta ei de viață pe care eu nu învățasem niciodată s-o am. Ea mi-o dăruia mie, o punea pe toată la picioarele mele.

– Gideon, nu încerca să mă controlezi cu ajutorul sexului, adăugă, întorcându-se cu spatele la mine.

– Nu vreau să te controlez deloc.

– Ba mă manipulezi. Faci lucruri... spui unele lucruri... numai ca să-mi produci o anumită reacție sau alta.

Mi-am încrucișat brațele la piept. Îmi amintisem cum îl săruta pe Kline.

– Așa cum faci și tu, lucru de care doar ce-am discutat.

Ea se întoarse cu fața.

– Eu am voie, doar sunt femeie.

– A! am zis, îngăduindu-mi în sfârșit să zâmbesc. Știam asta.

– Ești așa o enigmă pentru mine! oftă ea; vedeam cum dispare și ultima rămășiță a supărării ei. Dar m-ai priponit bine. Îmi cunoști toate butoanele și știi cum să apeși pe ele.

– Dacă crezi cumva că nu-mi petrec o bună parte din zi încercând să-mi dau seama cum să fac înseamnă că n-ai fost atentă. Gândește-te la asta cât timp sunt eu în ședință, după care o să ne luăm la revedere așa cum trebuie.

În timp ce mă așezam, ea mă urmărea cu privirea. Mi-am aranjat căștile, dar m-am oprit, dându-mi seama că ea mă sorbea din ochi. Îi plăcea să se uite la mine. Iar privirea ei înfometată era singura care mă făcuse vreodată să mă simt bine în pielea mea. În fața interesului ei sexual, nu aveam niciodată reacția aceea de apărare care mă făcea să tresar și să mă îndepărtez de alte femei. Ea mă făcea să mă simt iubit și dorit într-un mod care nu era câtuși de puțin amenințător.

– Mă excită să te privesc când intri în pielea omului de afaceri, îmi explică ea, cu glasul îndeajuns de răgușit ca să mă împiedice să mă concentrez total asupra muncii mele. Ești înfiorător de sexy.

Am zâmbit ironic.

– Îngeraș, fii cuminte un sfert de oră!

– Atunci, unde ar mai fi distracția? În plus, îți place când sunt rea.

Chiar că o nimerise cu asta.

– Un sfert de oră, am repetat. Dacă mă gândeam că plănuisem ca ședința să dureze aproape o oră, asta era o concesie majoră.

– Tu vezi-ți de treabă! zise Eva, oprindu-se lângă scaunul meu și aplecându-se ca o midinetă ca să-mi șoptească la ureche: O să găsesc eu ceva cu care să mă amuz în timp ce tu vorbești la telefon, jucându-te cu milioanele tale.

Mădularul era atât de tare și de sculat, că începuse să mă doară. La prima noastră întâlnire ca iubiți, îmi spusese ceva similar și, în săptămânile care trecuseră de atunci, visasem la asta.

Aș fi putut să-i spun să aștepte, dar știam că n-avea s-o facă. Avea o expresie hotărâtă în ochi, iar șoldurile i se unduiau ademenitor în timp ce dădea ocol biroului meu. O dădusem rău în bară, iar ea voia să recupereze ceea ce-i aparținea. Unele cupluri se pedepseau provocându-și durere sau prin privațiuni. Eu și Eva ne pedepseam unul pe altul cu plăcerea.

În clipa când a dispărut din raza mea vizuală, m-am conectat la grupul de conferință fără să-mi activez camera și mi-am pus microfonul pe mut. Toți cei șase participanți erau adânciți în discutarea materialelor pe care le trimisese Scott. I-am lăsat câteva clipe, ca să observe că mă conectasem...

... folosindu-mă de acest răgaz ca să mă ridic în picioare și să-mi desfac șlițul.

Eva bătu din picior.

– Bine. O să-ți fie mai ușor dacă vei coopera.

– Doar nu crezi că o să fie ușor când stai cu gura lipită de penisul meu în timp ce sunt într-o videoconferință.

În momentul acela, echipa din California mă saluta. I-am ignorat o clipă, cu gândul numai la ceea ce avea să se petreacă chiar aici, în biroul meu.

Cu numai câteva săptămâni în urmă, posibilitatea ca eu să joc jocuri erotice în timpul lucrului fusese practic inexistentă. Dacă Eva s-ar fi purtat fie și puțin diferit, aș fi obligat-o să aștepte până când aș fi putut să-i dedic întru totul timpul și atenția mea.

Însă îngerașul meu era o iubită primejdioasă, care se excita la gândul că e atât de posibil să fie descoperită.

Dacă n-ar fi fost ea, nu mi-aș fi dat seama vreodată că îmi place să stau pe marginea prăpastiei. Uneori, îmi venea să i-o trag în văzul întregii lumi, ca să știe toți, fără nici o îndoială, cât de complet era numai și numai a mea.

Zâmbetul ei era expresia însăși a tachinării:

– Dacă ți-ar fi plăcut ca lucrurile să meargă ușor, nu te-ai fi însurat cu mine.

Și aveam să mă mai însor o dată cu ea, cât de repede urma să se poată. Și n-avea să fie singura dată. O să ne reînnoim jurămintele cât de des vom putea, amintindu-ne unul altuia că ne-am făgăduit să fim împreună pe veci, indiferent câte obstacole ne-ar azvârli viața în cale.

Eva se lăsă în genunchi cu o mișcare plină de grație și, din partea cealaltă a biroului, începu să se îndrepte spre mine în patru labe, ca o leoaică în urmărirea prăzii. Îi vedeam reflexia în peretele de sticlă opacizată, în timp ce se apropia de mine, umezindu-și buzele cu limbuța.

Simțeam cum mă pârjolește nerăbdarea, sângele îmi fierbea în vene de ațâțare și de așteptarea plină de erotism. Fiecare părticică a trupului soției mele era dătătoare de plăcere, însă gura ei era mai presus de orice. Mă sugea ca și cum ar fi fost hămesită după sperma mea, ca și cum gustul ei i-ar fi dat dependență. Eva făcea amor cu mine pentru că îi plăcea la nebunie. Pentru ea, să mă vadă cuprins de extaz în timp ce o făcea era doar o plăcere în plus.

Mi-am aranjat șlițul și mi-am dat în jos elasticul boxerilor, studiindu-i chipul în timp ce-i arătam ce efect avea asupra mea. Ea avea buzele întredeschise, iar răsuflarea îi devenea mai grăbită; se lăsase pe călcâie, ajungând într-o poziție ca de rugăciune.

M-am așezat mai confortabil, umplându-mă de un sentiment cu care nu eram obișnuit, o senzație că sunt îngrădit, atât în jurul coapselor, cât și din cauza elasticului care îmi presa testiculele. Am avut de îndată o reacție neplăcută, căci senzația că sunt legat îmi răscolise amintiri pe care le țineam îngropate fără de milă.

Apoi m-am răzgândit și m-am lăsat la loc în scaun, cu inima bătând tot mai tare...

Eva mi-a înghițit-o pe toată.

–Fir-ar! Am șuierat, înfigându-mi degetele în brațele fotoliului în timp ce degetele ei săpau brazde în coapsele mele.

Senzația de fierbințeală umedă pe calota sensibilă a mădularului meu era șocant de intensă. Ea mi-l sugea cu putere, ținându-l strâns, iar limba moale ca satinul îmi făcea masaj în locul perfect. Cu greu, printre bubuiturile inimii, i-am auzit pe cei din echipă, care mă întrebau dacă microfonul și camera mea video mergeau cum trebuie...

M-am îndreptat de spate, m-am întins spre computer și am activat fluxul de știri.

–Scuze pentru întârziere, am zis, în vreme ce Eva mă sugea și mai profund. Acum, că ați avut ocazia să treceți prin materiale, e timpul să discutăm pașii pe care o să-i faceți ca să implementați modificările pe care vi le-am recomandat.

Eva mormăi aprobator, iar sunetul acesta vibra prin mine. Mădularul îmi era așa de tare, că puteam să bat cuie cu el, iar degetele ei subțiri mă tachinau, frecându-mă doar într-atât de puternic încât să mă facă să vreau și mai mult.

Tim Henderson, managerul de proiect care era și șeful echipei, luase cuvântul primul. Abia dacă mă puteam concentra; îi vedeam chipul mai degrabă din memorie decât pe ecranul din fața mea. Un bărbat înalt și înfiorător de slab, cu fața palidă și o hălăciugă de cârlionți negri; îi plăcea să vorbească, iar asta era de-a dreptul o binecuvântare, dacă mă gândeam cât de uscată mi-era gura.

– Aș dori să am mai mult timp la dispoziție ca să analizez asta, începu el, dar, dincolo de ce mi-ar plăcea mie, mi se pare că e o agendă mult prea accelerată. Unele dintre aceste lucruri sunt super și sunt foarte încântat să văd ce putem face cu ele, dar până la faza de testare beta pentru consumatori trebuie să treacă cel puțin un an, nu șase luni.

– Asta mi-ai spus și acum șase luni, i-am amintit, încleștându-mi pumnii, căci Eva îmi trăsese mădularul până în fundul gâtului ei. Începuse să-mi curgă sudoarea pe ceafă în timp ce ea trăgea, ca o pompă de catifea fierbinte.

– Ne-am pierdut designerul principal, care a plecat la LanCorp...

– Și v-am propus să vă dau un înlocuitor, dar m-ai refuzat.

Henderson își încleștă maxilarul. Era un geniu în programe de codare, avea o minte incredibil de creativă, dar nu lucra bine cu alții și era opac la intervenții din afară. Astea ar fi fost prerogativele lui... dacă n-ar fi consumat timpul și banii mei.

–O echipă creativă este o balanță delicată, mă contrazise el. Nu poți pur și simplu să umpli locul vacant cu un om ales la întâmplare. Acum am găsit omul potrivit pentru sarcina asta...

–Mulțumesc, îl întrerupse Jeff Simmons, cu un zâmbet de încântare pe chipul triunghiular.

–... și facem progrese, continuă Tim. Noi...

–... continuați să vă bateți joc de termenele-limită pe care vi le-ați impus singuri.

Tonul vocii mele era mai arțăgos decât aș fi vrut, din cauza limbii înfiorător de agile a soției mele. Mă lingea de la rădăcină până la vârf, încetișor, aproape în joacă, făcându-mă să-mi ies din minți. Mă dureau coapsele de cât erau de încordate, iar mușchii mi se întăriseră din cauza forței cu care mă străduiam să mă țin lipit de scaun. Ea îmi urmărea fiecare venă sensibilă, mângâind ușor cu limba marginile care zvâcneau.

–În timp ce creăm o experiență excepțională și inovatoare pentru consumatori, replică interlocutorul meu. Ducem slujba la bun sfârșit și o facem așa cum trebuie.

Aș fi vrut s-o aplec pe Eva peste biroul meu și să i-o trag. Tare.

Dar ca să fac asta, trebuia mai întâi să termin cu afurisita asta de ședință.

–Excelent. Acum, trebuie doar să faceți asta mai repede. Vă trimit o echipă care să vă ajute să vă îndepliniți obiectivele la timp. Ei o să...

–O clipă, Cross! se răsti Henderson, aplecându-se spre cameră. Ne trimiți niște legume corporatiste care să ne sufle în ceafă, iar în felul ăsta n-o să reușești decât să ne întârzii! Trebuie să lași departamentul în seama noastră. Dacă o să avem nevoie de ajutorul tău, o să ți-l cerem.

–Dacă crezi că-ți dau bani ca să fiu un partener care stă cuminte în colțul lui, înseamnă că nu ți-ai făcut lecțiile.

–O-o, murmură Eva, cu ochii strălucind a râs pe sub sticlă.

Am întins mâna sub birou și am prins-o de ceafă, strângând-o ușor.

–Zona aplicațiilor este foarte concurențială. De asta m-ai abordat pe mine. Mi-ai prezentat un concept de joc unic și foarte incitant, precum și o perioadă de un an pentru dezvoltarea lui, iar echipa mea a considerat că e un termen rezonabil și care poate fi atins.

Am făcut o pauză scurtă, chinuit de senzația buzelor ei calde, care alunecau în sus și-n jos pe mădularul meu înnebunit. Acum, Eva se apucase serios de treabă, frecându-mi-o cu putere cu mâna. Se dusese timpul excitării, al gâdilării. Voia să-mi dau drumul. Acum.

–Vedeți lucrurile dintr-o perspectivă greșită, domnule Cross, interveni Ken Harada, trecându-și mâna prin bărbuța albăstruie. Termenele tehnice nu lasă loc pentru un proces creativ organic. Nu înțelegeți cum...

–Nu mă face pe mine să par ticălosul din povestea asta! Nevoia să împing, să fac sex, era înnebunitoare. Simțeam că mă copleșește un val de agresiune, care mă făcea să mă străduiesc din greu să mai păstrez o aparență de politețe. Mi-ați garantat livrarea la timp a tuturor elementelor, după un program pe care voi înșivă l-ați creat, dar nu vă țineți de el. Iar acum, sunt obligat să vă ajut să vă țineți promisiunile pe care le-ați făcut.

Artistul se lăsă la loc în scaun, mormăind ceva în barbă.

Am strâns-o mai tare de ceafă pe Eva, încercând s-o fac s-o ia mai încet. Pe urmă însă m-am dat bătut, începând să-i mișc chiar eu capul, obligând-o să sugă mai repede. Mai tare. Să mă stoarcă.

–Uite cum o să facem de acum încolo. O să lucrați împreună cu echipa pe care v-o trimit. Dacă mai aveți fie și o singură întârziere, o să-l scot pe Tim din proiect.

–Aiurea! exclamă el. Asta e aplicația mea! Nu poți să mi-o iei.

Ar fi trebuit să dau dovadă de mai multă diplomație, dar nu mai aveam nici urmă de așa ceva, căci mintea îmi era năucită de dorința animalică de împreunare.

–Trebuia să citești contractul cu ceva mai multă atenție. Fă-o în noaptea asta și o să discutăm din nou mâine, după ce sosește echipa.

„După ce îmi dau drumul..."

Mă treceau fiori pe șira spinării. Testiculele mi se retrăseseră. Mai aveam puțin, iar Eva știa. Mă sugea cu atâta putere, că obrajii i se scobeau, în timp ce mă mângâia ușor cu limba în partea inferioară a glandului, atât de sensibilă. Îmi bătea inima să-mi spargă pieptul, iar palmele îmi erau ude de sudoare.

Cu ochii la cele șase chipuri supărate, auzind în căști protestele lor furioase, am simțit cum orgasmul năvălește peste mine ca un tren de mare viteză. Am oprit în grabă sunetul, dând drumul unui geamăt animalic, în timp ce mă goleam cu frenezie în gura neostenită a Evei. Ea gemu la rândul ei, frecându-mi mădularul cu amândouă mâinile, storcându-mă, în vreme ce eu îmi dădeam drumul în valuri de neoprit.

Simțeam cum mi se înroșise fața. Uitându-mă la monitor cu chipul împietrit, am reușit în cele din urmă să-mi zăgăzuiesc nevoia de a închide ochii și de a-mi da capul pe spate, de a-mi îngădui să mă umplu de plăcerea nemaipomenită de a avea orgasm pentru soția mea. De a ajunge la orgasm *datorită* ei.

Când presiunea s-a mai potolit, i-am ridicat capul, mângâind-o ușor pe obraz.

Apoi am pornit iar sunetul microfonului.

– Administratorul meu de rețea o să vă sune peste câteva clipe, am zis, cu glasul încă răgușit, ca să stabilească detaliile întâlnirii de mâine. Sper să putem ajunge la o înțelegere amiabilă. Până atunci.

După care am închis programul și m-am descotorosit de căști.

– Vino încoace, îngeraș!

Și zicând asta, mi-am dat scaunul în spate și am tras-o spre mine înainte ca ea să apuce să se ridice singură.

– Ești un robot! gemu ea, cu glasul la fel de răgușit ca și al meu; avea buzele roșii și umflate. Nu-mi vine să cred, nici măcar n-ai tresărit! Cum poți... O!

Danteluța minusculă a desuurilor ei tocmai căzuse pe jos, sfâșiată.

– Îmi plăceau chiloțeii ăia, se văită ea cu răsuflarea întretăiată.

Am luat-o în brațe și am pus-o, așa, goală, pe sticla rece, în așa fel încât să pot să intru în ea de îndată.

– Asta o să-ți placă mai mult.

*

– Îngeraș!

Eva clipi ca o pisicuță adormită, văzându-mă că ies din baia biroului.

– Mmmm?

Nu mi-am putut ascunde un zâmbet larg, văzând-o că rămăsese tolănită la mine pe scaun.

– Bănuiesc că te simți bine.

– Cum nu se poate mai bine, zise ea, trecându-și o mână prin păr. Mi-e dor de mintea pe care mi-ai alungat-o de cât de tare mi-ai tras-o, dar în rest mă simt excelent, mulțumesc foarte mult de întrebare.

– Cu multă plăcere, am răspuns, îndreptându-mă spre ea cu un prosop cald și umezit.

– Încerci cumva să stabilești un nou record pentru cele mai multe orgasme pe zi?

– Interesantă propunere. Aș vrea să încerc.

Ea ridică o mână, ca pentru a mă ține la distanță.

– Gata, obsedatule! Dacă mi-o mai tragi o dată, o să ajung o retardată bâlbâită, cu balele curgând.

– Anunță-mă, te rog, dacă te răzgândești.

Pe urmă am îngenuncheat și am pus-o să-și desfacă picioarele. Păsărica ei rozalie, epilată total, era absolut încântătoare. Perfectă.

Ea mă privea în timp ce o ștergeam, trecându-și degetele prin părul meu.

– Să nu lucrezi prea mult în weekendul ăsta, bine?

– De parcă aș putea să fac altceva când tu nu ești aici, am șoptit.

– Dormi mai mult, citește o carte, pune la cale o petrecere...

– Să știi că n-am uitat, am zâmbit eu. În seara asta o să-i invit pe băieți.

– Da? întrebă ea, scuturându-se dintr-odată de lene. M-am dat înapoi înainte să mă înlănțuie cu picioarele. Ce băieți?

– Cei pe care vrei să-i cunoști.

– Îi suni?

– Ne întâlnim, am spus, ridicându-mă.

– Și ce-o să faceți?

– Bem. Ne distrăm.

Apoi m-am întors în baie, am aruncat prosopul în coșul de rufe și m-am spălat pe mâini. Eva venise după mine.

– Într-un club?

– Poate. Probabil însă că nu.

Ea se sprijinise de tocul ușii, cu brațele încrucișate.

– E vreunul dintre ei căsătorit?

– Da, am răspuns, punând prosopul la loc pe suport. Eu.

– Serios? O să fie și Arnold?

– Poate. Așa cred.

– Ce-i cu răspunsurile astea telegrafice?

– Ce-i cu interogatoriul ăsta?

Pusesem o întrebare căreia îi cunoșteam deja răspunsul. Soția mea era o femeie geloasă, posesivă. Din fericire pentru noi doi, mie îmi plăcea asta. Și încă foarte mult.

Ea înălță din umeri, într-un gest defensiv.

– Nu voiam decât să știu ce-o să faci, nimic mai mult.

– Rămân acasă, dacă rămâi și tu.

– Nu-ți cer să faci asta.

Avea o dâră de creion negru întinsă sub ochi. Îmi plăcea enorm s-o smotocesc și să-i dau aparența aceea de abia-ce-am-făcut-amor. Nici unei alte femei nu-i stătea așa de bine.

– Atunci, treci la subiect!

Ea pufni, enervată:

– De ce nu-mi spui ce-ați pus voi la cale?

– Pentru că nu știu, Eva. De obicei, ne întâlnim la unul dintre noi și bem. Jucăm cărți. Câteodată, ieșim în oraș.

– La agățat. O gașcă de tipi super care s-au afumat și vor să se distreze.

– Asta nu e o crimă. Și cine a zis că sunt atrăgători?

Ea mă privi ironic.

– Ies împreună cu tine la agățat. Asta înseamnă fie că sunt destul de arătoși ca să nu se piardă cu totul în umbra ta, fie că au atâta încredere în ei, încât nu-și fac griji din cauza asta.

Am ridicat mâna stângă, iar rubinele roșii ca sângele din verigheta mea au strălucit în lumină. Nu scosesem deloc inelul de pe deget și nici n-aveam s-o fac vreodată.

– Îți aduci aminte de asta?

– Nu-mi fac griji pentru tine, mormăi ea, lăsând să-i cadă brațele. Dacă nu ți-o trag îndeajuns de mult, ai nevoie de ajutor.

– Spune nevasta care n-a putut să aștepte un sfert de oră.

Ea scoase limba.

– De asta am ajuns să ți-o trag chiar aici.

– Arnoldo nu are încredere în mine, Gideon. Nu vrea deloc să te vadă cu mine.

– Dar nu e decizia lui. Și chiar și printre prietenii tăi o să fie unii cărora n-o să le plac. Știu că, de exemplu, Cary e cu garda ridicată.

– Dar dacă Arnoldo o să le spună celorlalți ce părere are despre mine?

– Îngeraș! am zis, ducându-mă spre ea și punându-i mâinile pe șolduri. Discuția despre sentimentele proprii este domeniul exclusiv al femeilor.

– Nu fi misogin!

– Știi că am dreptate. În plus, Arnoldo știe cum e. A fost și el îndrăgostit.

Ea se uită la mine cu ochii ei de o frumusețe unică.

– Și tu ești îndrăgostit, domnule Cross?

– În mod irevocabil.

Manuel Alcoa îmi dădu o palmă pe spinare, dându-mi ocol.

– Tocmai am pierdut o mie de dolari din cauza ta, Cross.

Mă sprijineam de blatul din bucătărie, cu mâna încleștată pe telefon, în buzunarul de la blugi. Eva era cam pe la mijlocul zborului și eu stăteam pe ghimpi, așteptând o veste de la ea sau de la Raúl. Nu-mi fusese niciodată teamă de zbor, nu mă temusem niciodată pentru siguranța cuiva care mergea cu avionul. Până acum.

– Cum așa? am întrebat, luând o dușcă de bere.

– Ești ultimul bărbat pe care l-aș fi bănuit vreodată în stare să-și pună pirostriile, și când colo, te-ai legat primul la gard, zise Manuel, clătinând din cap. Asta mă ucide.

– Ai pariat împotriva mea? am zis, lăsând sticla jos.

–Da. Deși am o bănuială că cineva a avut niște informații din interior. Și managerul meu de portofoliu îi aruncă o privire urâtă lui Arnold Ricci, care stătea în partea opusă a insulei de bucătărie și care ridică din umeri.

–Dacă asta te consolează în vreun fel, i-am spus, să știi că și eu aș fi pariat tot împotriva mea.

Manuel rânji:

–Latinoamericanele sunt cele mai tari, prietene. Sunt sexy, ai pe ce pune mâna. Nu le pierzi prin pat sau pe afară. Au temperament. Sunt pătimașe. Bună alegere, mai mormăi el.

–Manuel! strigă Arash, din living. Adu odată lămâile alea verzi!

Manuel ieși din bucătărie cu bolul de felii de lime. Apartamentul de lux al lui Arash era modern și spațios și avea o vedere panoramică spre East River. Era incredibil cât de puțini pereți avea, cu excepția celor ai băilor.

Am înconjurat insula cu blat de granit, ducându-mă la Arnoldo.

–Cum îți mai merge?

–Bine, răspunse el, cu ochii în lichidul gălbui din paharul de whisky pe care îl clătina în mână. Te-aș întreba și eu același lucru, dar arăți bine. Mă bucur.

N-am stat să mă învârt în jurul subiectului.

–Eva își face griji că ai o problemă cu ea.

El îmi aruncă o privire scurtă.

–N-am fost niciodată lipsit de respect cu femeia ta.

–Iar ea n-a spus niciodată că ai fi fost.

Arnold sorbi din whisky, plimbând un pic lichidul fin prin gură înainte să-l înghită.

– Înțeleg că ești – care-i cuvântul? – ținut captiv de femeia asta.

– Înlănțuit, i-am zis, întrebându-mă de ce n-o fi vorbit pur și simplu în italiană.

– A, da! Zâmbi ușor. Și eu am trecut pe acolo, prietene, după cum știi prea bine, așa că nu te judec.

Știam că Arnoldo înțelegea. Îl găsisem la Florența; încerca să-și revină după ce pierduse o femeie, înecându-și amarul în alcool și gătind ca un nebun, făcând atât de multă mâncare de cinci stele, că o dădea pe gratis. Fusesem fascinat de disperarea lui absolută, dar nu fusesem în stare să o pricep.

Fusesem atât de sigur că eu n-aveam să cunosc niciodată așa ceva. La fel ca peretele de sticlă din biroul meu, care se opaciza și bloca sunetele, imaginea mea despre viață era absolut opacă. Știam că n-aveam să fiu niciodată în stare să-i explic Evei cum mi se păruse ea când o văzusem pentru prima dată, atât de vibrantă, de caldă. O explozie de culoare într-un peisaj în alb-negru.

– *Voglio che sia felice*. Era o declarație cât se poate de simplă, însă în ea stătea esența problemei. *Vreau ca ea să fie fericită*.

– Dacă fericirea ei depinde de ceea ce cred eu, răspunse el în italiană, atunci ceri prea mult. Eu nu voi spune niciodată o vorbă împotriva ei. O să mă port întotdeauna cu ea cu respectul pe care îl simt pentru tine, atâta timp cât veți fi împreună. Dar, Gideon, ceea ce cred eu este alegerea și dreptul meu.

Mi-am aruncat privirea spre Arash, care aranja paharele pe barul din living. Cum era avocatul meu principal, știa despre căsătoria mea și despre înregistrarea partidei de sex a Evei și nu avusese nici o problemă cu nici una dintre astea.

–Relația noastră este... complexă, i-am explicat încetișor. Eu am rănit-o tot atât de mult cât m-a rănit și ea pe mine; ba, după cât se pare, chiar și mai mult.

–Nu mă miră să aud asta, dar îmi pare rău, zise Arnoldo, scrutându-mă cu privirea. Nu puteai să alegi și tu pe vreuna dintre celelalte femei care te-au iubit și care nu-ți dădeau bătăi de cap? Vreo prezență decorativă și confortabilă, care să-ți intre în viață fără să facă valuri?

–Ca s-o citez pe Eva, și care ar mai fi distracția în cazul ăsta? Am zâmbit, după care am redevenit serios. Arnoldo, ea mă ține în priză. Mă face să văd lucruri... să mă gândesc la lucruri într-un fel în care nu o făceam înainte. Și mă iubește. Nu ca toate celelalte.

Și mi-am băgat mâna în buzunar, luând telefonul din nou.

–Celorlalte nu le-ai permis să te iubească.

–Nu puteam. O așteptam pe ea. Văzând că pe chipul lui apăruse o expresie gânditoare, am adăugat: Nu-mi închipui că Bianca ta era blândă ca un mielușel.

–Nu, râse el. Dar viața mea e simplă. Mi-ar prinde bine niște complicații.

–Viața mea era foarte ordonată. Acum a devenit o aventură.

Arnoldo redeveni serios, privindu-mă grav.

–Dar pe mine tocmai sălbăticia din ochii ei, care îți place ție atâta, mă îngrijorează cel mai mult.

–Nu-ți mai face griji!

–O să spun asta o dată și numai o dată. N-ai decât să te superi pe mine pentru ce-am de zis, dar te rog să înțelegi că ți le spun așa cum le simt.

–Spune ce-ai pe suflet, am zis, cu maxilarul încleștat.

–La cină, am stat la masă cu Eva și cu Brett Kline. I-am observat împreună. Între ei există o atracție, care nu-i prea departe de ceea ce am văzut între Bianca și bărbatul pentru care m-a părăsit. Aș dori să cred că Eva o s-o ignore, dar a dovedit deja că nu este în stare de asta.

–A avut motive, am răspuns, susținându-i privirea. Motive pe care i le-am dat chiar eu.

Arnoldo își turnă iar în pahar.

–Atunci, mă rog să nu-i mai dai și alte motive.

–Hei! strigă Arash. Mai lăsați italiana și mișcați-vă fundurile aici!

Arnoldo își ciocni paharul de sticla mea, trecând pe lângă mine. Mi-am terminat berea singur, gândindu-mă câteva clipe la vorbele lui Arnoldo.

După care m-am dus și eu la petrecere.

Capitolul 4

– De ce te-ai încruntat, fetițo? mă întrebă Cary. Vorbea încet, era încă somnoros după pastila de dramamin pe care o luase la decolare.

Mă uitam la variantele din meniul derulant peste care treceam cu cursorul, întrebându-mă pe care să o aleg. *Logodită* sau *E complicat*? Din moment ce mi se potrivea și *Căsătorită*, mă gândeam că *Toate cele de mai sus* ar fi fost opțiunea potrivită.

N-ar fi amuzant să explic asta?

Mi-am lăsat apoi privirea să alunece prin cabina luxoasă a avionului privat al lui Gideon, oprindu-mă la prietenul meu. Era tolănit pe canapeaua albă de piele, cu mâinile sub cap. Așa, înalt și zvelt, era o imagine frumoasă, cu tricoul ridicat și cu pantalonii safari lăsați mult, lăsând la vedere mușchii uluitori care ajutau firma Grey Isles să vândă blugi, lenjerie și alte haine pentru bărbați.

Cary nu avea nici o problemă să se simtă în largul lui în interioarele luxoase, caracteristice pentru imensa avere a lui Gideon. Se instalase de îndată, confortabil, în eleganța cabinei ultramoderne. Și nu știu cum, chiar așa, îmbrăcat foarte lejer, arăta absolut în largul lui în decorul de oțel sablat și stejar cenușiu.

– Încerc să-mi fac niște conturi pe rețelele de socializare, l-am lămurit.

– Uau! făcu el, ridicându-se cu o grație naturală, înviorându-se brusc și în mod surprinzător. Ăsta chiar că-i un pas mare!

– Mda.

Din cauza lui Nathan, mă tot ascunsesem, speriată să mă afișez și să risc ca în felul acesta să-i fie mai ușor să mă găsească.

– Dar acum e timpul. Mă simt... Lasă! Pur și simplu, a venit vremea.

– În regulă, zise el, sprijinindu-și coatele pe genunchi și ciocnindu-și ușor degetele unele de altele. Atunci, de ce pari așa de încruntată?

– Păi trebuie să mă gândesc la multe. Vreau să spun, cât de mult despre mine ar trebui să dezvălui? Nu mai trebuie să-mi fac griji în legătură cu Nathan, însă Gideon e supravegheat constant.

Acum, că gândurile îmi zburaseră la Gideon, am dat o căutare pe profilul lui. Mi-a apărut cu un mic semn albastru de văzut, care îmi arăta că fusese verificat și că era chiar profilul lui. La vederea fotografiei lui, într-un costum negru la trei piese și purtând cravata albastră care îmi plăcea foarte mult, am simțit o gheară de dor. Fusese fotografiat pe un acoperiș, cu Manhattanul încețoșat în fundal, el fiind însă înfățișat foarte clar de lentila aparatului.

În realitate, avea o figură și mai pronunțată și mai vibrantă. Am rămas cu privirea ațintită spre ochii lui

Gideon, pierzându-mă în albastrul lor imposibil. Părul lui negru îi cădea în șuvițe netede, negre ca smoala, încadrându-i chipul perfect de înger căzut.

Eram prea poetică? O, da. Dar numai privirea lui, și ar fi putut să inspire sonete. Ca să nu mai vorbesc de o căsătorie pe nepregătite.

Oare când fusese făcută fotografia? Înainte să ne cunoaștem? Avea privirea aceea implacabilă, îndepărtată, care mă făcea să-l văd ca pe un vis imposibil.

–M-am căsătorit, am trântit-o brusc, smulgându-mi privirea de la bărbatul cel mai minunat pe care îl văzusem în viața mea. Cu Gideon, firește. Cu cine altcineva aș putea să mă mărit?

Cary încremenise, în timp ce eu trăncăneam fără rost.

–Ce-ai zis?

Mi-am frecat palmele de pantalonii de yoga. Profitam de un avantaj dându-i vestea în timp ce medicamentele pentru răul de mișcare îi adormeau creierul, dar voiam să mă servesc de tot ce-mi ieșea în cale.

–În weekendul trecut, când am fost plecată cu el. Am fugit în lume.

El rămase tăcut vreme îndelungată, după care sări în picioare:

–Îți bați joc de mine?

Raúl întoarse capul înspre noi. Era o mișcare lejeră, lentă, însă privirea îi era vigilentă și la pândă. Stătea în colțul celălalt al cabinei, ciudat de pierdut în peisaj pentru un tip atât de vizibil de felul lui.

–Ce-i cu graba asta nebună? se răsti Cary.

–Pur și simplu... s-a întâmplat.

Nu aveam cum să-i explic. Și eu crezusem că e prea devreme. Și încă mai aveam aceeași impresie. Însă Gideon era unicul bărbat pe care aveam să-l iubesc vreodată atât de complet. Și, cu cât mă gândeam mai mult, îmi dădeam seama că el avea dreptate: n-am fi făcut decât să amânăm inevitabilul. Iar Gideon avea nevoie de făgăduiala mea că o să fiu a lui pe vecie. Soțul meu cel uluitor, căruia îi venea atât de greu să creadă că poate fi iubit.

– Să știi că nu regret.

– Nu încă, mi-o întoarse Cary, trecându-și mâinile prin păr. Doamne, Eva! Doar nu te repezi să te măriți cu primul tip cu care ai o relație serioasă.

– Dar nu-i deloc așa, am protestat, aruncând stânjenită o privire în direcția lui Raúl. Doar știi ce simțim unul pentru altul.

– Sigur că da. Luați separat, sunteți doi țicniți. Împreună, faceți balamucul perfect.

I-am arătat degetul mijlociu, zicând apoi:

– O să lucrăm la asta. Faptul că purtăm o verighetă nu înseamnă că nu ne mai dăm seama cum stau lucrurile.

El se prăvăli în fotoliul de lângă mine.

– Și ce motivație ar mai avea el ca să repare ceva? Și-a primit premiul cel mare, ambalat și cu fundiță. Iar tu te-ai împotmolit în visele lui de psihopat și în schimbările de dispoziție uriașe cât Marele Canion.

– Ia stai puțin, l-am întrerupt înțepată, căci vorbele lui purtau în ele adevăruri mușcătoare. Când ți-am spus că ne-am logodit, nu te-ai înfoiat așa.

– Pentru că m-am gândit că o să treacă cel puțin un an până când Monica o să pună la cale nunta. Poate chiar un an și jumătate. Că o să aveți ceva vreme la dispoziție ca să încercați să trăiți împreună.

L-am lăsat să bodogănească. Era mai bine aici, la 12 000 de metri înălțime, decât cine știe pe unde în public, unde putea să-l audă tot universul.

El se apleacă spre mine, cu o sclipire fioroasă în ochii verzi.

–Eu o să am un copil și nu sunt căsătorit. Știi de ce? Pentru că sunt mult prea distrus și o știu prea bine. Nu am nici un chef să car un pasager după mine în goana asta nebună. Dacă el te-ar iubi, s-ar gândi la tine și la ce e cel mai bine pentru tine.

–Sunt tare încântată că te bucuri pentru mine, Cary. Înseamnă enorm pentru mine.

Vorbele mele musteau de sarcasm, însă erau adevărate în felul lor. Aveam destule prietene pe care puteam să le sun și care mi-ar fi spus ce nemernică uluitor de norocoasă eram. Cary era prietenul meu cel mai bun, pentru că îmi spunea mereu totul verde în față, chiar și atunci când îmi doream cu disperare să fiu dusă cu zăhărelul.

Cary se gândea însă numai la părțile întunecate. Nu pricepea ce lumină adusese Gideon în viața mea. Acceptarea și iubirea. Siguranța. Gideon îmi dăduse înapoi libertatea, viața neumbrită de spaimă. Faptul că îi jurasem credință în schimbul acestor lucruri era numai o parte din plata datoriei față de el.

M-am uitat iar la profilul lui Gideon; dând în jos pagina, am observa că postarea cea mai recentă era un link către un articol despre logodna noastră. Mă îndoiam că îl postase chiar el: era prea ocupat ca să-și bată capul cu lucruri din astea. Dar îmi închipuiam că el îi dăduse undă verde. Și în caz că nu, probabil că îi anunțase deja pe oamenii lui că eu eram îndeajuns de importantă încât să devin acea bucățică din știrile despre viața lui personală pe care era în regulă să o împărtășească pe un profil care în rest era concentrat întru totul pe afaceri.

Gideon era mândru de mine. Era mândru că se însoară cu mine, o tipă absolut varză, cu o istorie de alegeri proaste în spinare. Orice ar fi crezut oricine altcineva, știam că de fapt eu eram cea care primise premiul cel mare, ambalat și legat cu fundiță.

– Fir-ar! mormăi Cary, prăbușindu-se în scaun. Mă faci să mă simt ca un măgar.

– Dacă așa zici tu... am murmurat, dând clic pe link ca să mai văd și alte poze ale lui Gideon.

Dar asta a fost o greșeală.

Toate fotografiile postate de oamenii care se ocupau cu profilul lui social erau legate de afacerile sale, însă pozele neoficiale în care era etichetat erau departe de a fi astfel. Acolo, scăldate în culori vii, erau poze cu el însoțit de femei superbe. Și asta avu darul să-mi dea parcă un pumn în față. Gelozia își înfipsese ghearele în stomacul meu și îl sfâșia încetișor.

Doamne, cât de bine putea să arate în smoching! Întunecat și primejdios. Cu chipul lui de o frumusețe sălbatică, cu pomeții și cu gura perfect tăiate, într-o postură încrezătoare și de-a dreptul arogantă. Un mascul alfa în deplinătatea forțelor sale.

Știam că fotografiile acelea nu fuseseră făcute de curând. Știam că femeile din ele nu știau cu adevărat cât era el de nebunește de bun la pat; el avea reguli stricte în legătură cu asta. Dar asta nu mă împiedica să mă simt agitată la vederea acelor imagini.

– Și eu am aflat ultimul? întrebă Cary.

– Tu ești singurul care știe, am răspuns, aruncând o privire spre Raúl. Cel puțin în ceea ce mă privește. Gideon ar vrea să spună asta întregii lumi, însă o să ținem totul la cutie.

El mă privea scrutător.

– Pentru câtă vreme?

– Pentru totdeauna. Nunta care o să aibă loc va fi prima din punctul de vedere al tuturor.

– Nu ești sigură că ai făcut ce trebuia?

Faptul că lui Cary nu-i păsa că avem audiență mă scotea din minți. În ce mă privea, eu nu-mi puteam scoate absolut deloc din minte gândul că orice mișcare pe care o făceam și cel mai mic cuvințel pe care îl scoteam erau înregistrate.

Asta nu însemna însă că prezența lui Raúl ar fi avut vreun efect asupra răspunsului meu.

– Nu. Mă bucur că ne-am căsătorit. Cary, îl iubesc.

Eram bucuroasă că Gideon era al meu. Și-mi era dor de el. Chiar și mai tare, după ce văzusem pozele acelea.

– Știu prea bine asta, oftă Cary.

Fără să mă mai pot abține, am deschis aplicația de mesaje de pe laptopul meu și i-am scrie lui Gideon: „Mi-e dor de tine".

El mi-a răspuns aproape instantaneu: „Întoarce avionul înapoi!"

Asta mi-a smuls un zâmbet. Era atât de tipic pentru el. Și atât de diferit de felul cum eram eu. Să-i mănânc timpul pilotului, consumul de carburant... toate astea mi se păreau frivolități. Totuși, chiar mai mult decât atât, ar fi fost dovada că devenisem înfiorător de dependentă de Gideon. Iar asta ar fi fost de-a dreptul sărutul morții pentru relația noastră. El putea să aibă totul, orice femeie, oricând. Dacă aș fi devenit vreodată prea ușor de manevrat pentru el, amândoi ne-am fi pierdut respectul pentru mine. Iar după asta n-ar mai fi durat mult până să pierd și iubirea lui.

Am revenit la profilul meu și am încărcat o poză selfie cu mine și cu Gideon pe care o făcusem cu telefonul meu. Am pus-o ca poză principală, după care l-am etichetat pe el și am adăugat și o descriere: „Iubirea vieții mele".

La urma urmelor, dacă printre fotografiile lui tot erau și unele în care apărea cu femei, voiam ca măcar una dintre ele să fie cu mine. Iar cea pe care o alesesem era fără îndoială foarte intimă. Stăteam culcați pe spate, cu tâmplele lipite, eu nemachiată, iar el relaxat, cu un zâmbet în privire. Sfidam pe oricine să se uite și să îndrăznească să nu vadă că aveam o legătură personală cu el, pe care lumea n-avea s-o cunoască vreodată.

Dintr-odată, m-a cuprins dorința să-l sun. Era atât de presantă, că aproape că-i auzeam glasul acela uluitor de senzual, la fel de îmbătător ca o băutură extrem de rafinată, elegant, dar cu o urmă de asprime. Voiam să fiu cu el, să-l țin de mână, cu buzele lipite de gâtul lui, în locul în care mireasma pielii lui trezea în mine ceva flămând, de dinaintea timpurilor.

Uneori, mă înspăimânta cât de mult îl doream. Atât de mult, că nu-mi mai păsa de nimic altceva. Cu nimeni pe lume nu voiam mai mult să-mi petrec timpul, nici măcar cu prietenul meu cel mai bun, care în clipa aceea avea o nevoie aproape înnebunitoare de mine.

–Cary, totul este în ordine, l-am asigurat. Nu-ți face griji!

–Aș fi și mai îngrijorat dacă m-aș gândi că tu chiar crezi asta, răspunse el, trecându-și nerăbdător mâna prin păr ca să și-l dea pe spate. Eva, e prea repede.

Am încuviințat cu un gest al capului.

–Dar o să meargă.

Trebuia să meargă. Nu-mi puteam închipui viața fără Gideon în ea.

Cary își lăsă capul pe spate și închise ochii. Aș fi putut crede că fusese doborât de pastilele împotriva răului de mișcare, dacă n-aș fi văzut că încheieturile degetelor i se albiseră de cât de tare strângea brațele fotoliului. Vestea nu-i picase deloc bine. Și eu nu știam ce să-i spun ca să-l liniștesc.

„Tot în direcția greșită mergi", îmi scrise Gideon.

Era cât pe ce să-l întreb de unde știe, dar m-am abținut.

„Te distrezi cu prietenii?"

„M-aș distra mai bine cu tine."

Am zâmbit larg. „Sper și eu." Am făcut o pauză, apoi: „I-am spus lui Cary".

Răspunsul n-a venit chiar pe dată: „Mai sunteți prieteni?"

„Încă nu m-a dezmoștenit."

N-a răspuns nimic la asta, iar eu m-am hotărât să nu despic prea mult firul în patru în legătură cu această tăcere. La urma urmelor, își petrecea seara cu prietenii. Fusese prea mult chiar și să aștept un simplu răspuns de la el.

Dar tot am fost în culmea fericirii când, peste zece minute, am primit încă un mesaj de la el: „Nu înceta să-ți fie dor de mine".

Mi-am ridicat privirea spre Cary, observând că mă urmărea. Oare și Gideon se confrunta tot cu dezaprobarea prietenilor săi?

„Nu înceta să mă iubești", i-am răspuns la mesaj.

Răspunsul lui a fost simplu și tipic pentru el: „S-a făcut".

–California, iubito, ce dor mi-a fost de tine! Cary coborâse scara avionului și acum pășea pe pista aeroportului, dându-și capul pe spate ca să admire cerul nopții. Doamne, ce bine e să scapi de umezeala de pe Coasta de Est!

Am coborât și eu grăbită după el, nerăbdătoare să zăresc silueta înaltă și oacheșă, așteptând lângă un Suburban negru, strălucitor. Victor Reyes era genul de bărbat care îți poruncea să-i acorzi atenție. În parte pentru că era polițist. În rest, pentru că așa era el.

–Tati!

M-am repezit ca un bolid spre el, iar el s-a desprins de SUV-ul de care stătuse lipit, deschizându-și brațele să mă întâmpine. A rezistat cu brio forței cu care m-am aruncat în brațele lui și m-a ridicat, strângându-mă așa de tare, că nu mai puteam respira.

–Mă bucur așa de mult că te văd, fetița mea, zise cu glas răgușit.

Cary se apropia de noi alene. Tata mă lăsă jos.

–Cary! Tata dădu mâna cu el, după care îl trase spre el, îmbrățișându-l repede și dându-i o palmă zdravănă pe spate. Arăți bine, băiete!

– Mă străduiesc.

– Ați luat tot? întrebă tata, uitându-se la Raúl, care ieșise primul din avion și acum stătea tăcut lângă un Mercedes Benz negru care fusese parcat și aștepta în apropiere.

Gideon îmi spusese să uit de prezența lui Raúl. Dar nu era lucru ușor pentru mine.

– Dap, răspunse Cary, aranjându-și pe umăr cureaua genții de voiaj. Îmi ducea și bagajul meu, care era mai ușor decât al lui. Chiar dacă îmi luasem toate machiajele, plus trei perechi de pantofi, Cary tot avea mai mult bagaj decât mine.

Asta îmi plăcea la nebunie la el.

– Vă e foame? zise tata, deschizându-mi portiera din față.

În California abia trecuse de ora nouă, dar la New York era miezul nopții. De obicei, era prea târziu ca să mai mănânc, dar nu luasem cina.

Cary fu cel care răspunse, chiar când intra în mașină:

– Suntem leșinați.

– Ție ți-e mereu foame, am râs eu.

– Și ție, bucălato, replică el, așezându-se în spate pe scaunul din mijloc, ca să se poată apleca spre noi. Numai că eu nu simt nici o urmă de vină din cauza asta.

Ne-am îndepărtat de avionul privat, care se făcea tot mai mic pe măsură ce noi străbăteam asfaltul pistei, înspre ieșire. Am strecurat o privire spre profilul tatei, încercând să prind vreun semn după care să-mi dau seama care îi sunt gândurile despre stilul de viață pe care îl aveam ca soție a lui Gideon. Avioane particulare. Bodyguarzi care nu mă slăbeau o clipă din ochi.

Știam ce simțea el în legătură cu averea lui Stanton, însă cel din urmă era tatăl meu vitreg. Speram că avea să fie ceva mai relaxat în prezența unui soț.

Totuși, știam că schimbarea programului era cam de rău augur. Înainte, nu ne-am fi dus în portul San Diego. Ne-am fi dus spre Gaslamp și acolo am fi luat o masă la Dick's Last Resort, petrecându-ne o oră, două râzând de toate trăsnăile și savurând o bere la cină.

Acum, între noi exista o tensiune care nu se făcuse simțită înainte. Nathan. Gideon. Mama. Toți își băgau nasul.

Era ca naiba. Absolut enervant.

– Ce-ați zice de cârciuma aia din Oceanside, cu bere ieftină și cu coji de alune pe jos? sugeră Cary.

– Da! am exclamat, întorcându-mi privirea recunoscătoare spre el. Ar fi mișto.

Relaxat și cunoscut. Perfect.

Era clar că și tata era de aceeași părere, căci, uitându-mă la el, am văzut cum încerca să-și ascundă zâmbetul.

– Te-ai prins.

Am ieșit din aeroport. Mi-am scos telefonul și l-am redeschis, vrând să-l sincronizez cu playerul mașinii, ca să putem asculta niște muzică și să ne întoarcem astfel la vremuri ceva mai puțin complicate.

Mesajele începuseră să curgă atât de repede, că mi-au umplut ecranul, creând o bară de defilare.

Cel mai recent era de la Brett. „Sună-mă când ajungi în oraș."

Și, chiar în clipa aceea, la radio începu să cânte *Fata de aur*.

*

A doua zi, tocmai urcam treptele verandei micuțe a casei tatălui meu, când telefonul începu să-mi vibreze. L-am scos din buzunarul pantalonilor scurți, simțind un fior de fericire la vederea fotografiei lui Gideon pe ecran.

– Bună dimineața, l-am salutat, cuibărindu-mă într-unul dintre cele două fotolii din fier forjat pline cu perne care tronau pe verandă. Ai dormit bine?

– Destul de bine. Ușoara răgușeală din glasul lui mult iubit mi se insinua în mod delicios în trup. Raúl susține că Victor face o cafea care ar putea să trezească și un urs din hibernare.

Am aruncat o privire spre Mercedesul parcat vizavi, pe strada îngustă. Ferestrele fumurii erau atât de închise la culoare, că nu puteam să-l văd pe bărbatul din mașină. Era un pic cam înspăimântător că Raúl reușise să discute deja cu Gideon despre cafeaua pe care tocmai i-o dusesem, înainte ca eu să apuc să mă întorc în casă.

– Încerci cumva să mă intimidezi, arătându-mi că mă supraveghezi într-atât de aproape?

– Dacă aș vrea să te intimidez, nu m-aș purta cu atâta subtilitate.

Mi-am luat și eu cana, pe care o lăsasem pe măsuța de pe verandă ca să i-o duc lui Raúl pe a lui.

– Și nu-i așa că știi că tonul ăsta al tău mă face să vreau să te enervez și eu?

– Pentru că-ți place cum reacționez eu la provocări, răspunse el mieros, făcându-mi pielea de găină, în ciuda căldurii zilei de vară.

Am schițat un zâmbet.

– Deci, cum te-ai distrat cu băieții aseară?

– Ca de obicei. Am băut. Ne-am sâcâit unii pe alții.

– Ați ieșit în oraș?

– Da, vreo două ore.

Mi-am încleștat mâna pe telefon, imaginându-mi o gașcă de tipi super, ieșiți la vânătoare.

– Sper că te-ai distrat bine.

– N-a fost rău. Spune-mi ce planuri ai tu azi.

Am simțit în glasul lui aceeași notă de gelozie pe care o dezvăluisem și eu. Din nefericire, căsătoria nu era un leac pentru gelozie.

– După ce se trezește Cary și-și dezlipește fundul de pe canapea, o să luăm prânzul cu tata, după care ne ducem la San Diego, să-l vedem pe doctorul Travis.

– Și diseară?

Am luat o gură de cafea, pregătindu-mă sufletește pentru o ceartă. Știam că se gândește la Brett.

– Managerul trupei mi-a trimis un e-mail, ca să știm de unde să ne luăm biletele VIP, dar am hotărât să nu mă duc la spectacol. Cary cred că poate să ia un prieten, dacă vrea. N-am prea multe de spus, așa că fie o să mă văd mâine cu Brett, înainte să plec, fie o să vorbim la telefon.

L-am auzit cum oftează încetișor.

– Bănuiesc că ai o idee despre ce vrei să-i spui.

– O să vorbesc foarte simplu. Din cauză de *Fata de aur* și de logodna mea, nu cred că e în regulă să ne mai vedem în societate. Sper că o să rămânem prieteni și că o să ținem legătura, dar e mai bine să ne scriem e-mailuri sau mesaje, dacă tu nu o să fii împreună cu mine.

El rămase tăcut vreme atât de îndelungată, încât începeam să mă întreb dacă nu cumva se întrerupsese legătura.

– Gideon?

– Vreau să știu dacă ți-e frică să te întâlnești cu el.

Am mai luat o gură de cafea. Nu mă simțeam în largul meu. Băutura se răcise, dar oricum, aproape că nici nu-i simțeam gustul.

– Nu vreau să ne certăm în legătură cu Brett.

– Prin urmare, soluția ta e să-l eviți.

– Tu și cu mine avem destule tâmpenii în legătură cu care să ne certăm, fără să-l mai băgăm și pe el. Nu merită.

Gideon rămase iar tăcut. De data asta, am așteptat să rupă el tăcerea. În cele din urmă, i-am auzit din nou glasul, de data asta încrezător și hotărât:

– Eva, să știi că pot să trăiesc cu asta.

Încordarea din umeri mi-a dispărut dintr-odată și am simțit că mă liniștesc pe dinăuntru. După care, în mod paradoxal, mi s-a strâns inima. Îmi aminteam că îmi spusese cândva că ar putea îndura ca eu să iubesc un alt bărbat, numai să nu-l părăsesc pe el.

Mă iubea mult mai mult decât se iubea pe sine. Mi se rupea inima să văd că se vindea pe sine la un preț de nimic. Asta făcea cu neputință ca eu să am vreo reținere față de el.

– Tu ești totul pentru mine, am murmurat. Mă gândesc neîncetat la tine.

– Și eu la el.

– Serios? am zis, coborând și mai mult glasul, încercând să vorbesc cât mai încet. Pentru că eu sunt plină de tine. Sunt... da, sunt excitată. Mă copleșește o nevoie disperată de a te atinge. Creierul parcă mi s-a făcut terci; am nevoie de timp ca să mă concentrez, dar mi-e tare greu. De nu știu câte ori era să las baltă ce făceam ca să mă întorc la tine.

– Eva...

– Am fantezii despre cum mi-aș face apariția la o ședință a ta și aș sări pe tine. Ți-am spus asta? Atunci când tânjesc rău de tot, aproape că pot să te *simt* cum mă pătrunzi.

I-am auzit geamătul ușor și am continuat grăbită:

– De fiecare dată când te văd, mi se oprește respirația. Dacă închid ochii, îți pot auzi vocea. Azi-dimineață, când m-am trezit, am intrat un pic în panică, pentru că ești atât de departe. Aș fi dat orice să pot ajunge la tine. Îmi venea să plâng că nu puteam.

– Dumnezeule, Eva, te rog...

– Gideon, dacă e să-ți faci griji pentru ceva, atunci ar trebui să-ți faci pentru mine. Pentru că nu mai pot să fiu rațională când e vorba de tine. Sunt nebună după tine. Literalmente. Nu mă pot gândi la un viitor fără tine, că o iau razna.

– Fir-ar să fie! N-o să fii niciodată fără mine. O să îmbătrânim împreună. O să murim împreună. Eu n-o să trăiesc nici o singură zi fără tine.

Mi-am șters o lacrimă care mi se scurgea din colțul ochiului.

– Vreau să înțelegi că nu va trebui niciodată să te mulțumești cu o bucățică din mine. De fapt, n-ar trebui să te mulțumești cu nimic. Meriți ceva mult mai bun. Ai fi putut să ai pe oricine...

– Gata!

Am tresărit, auzindu-i șfichiul din glas.

–N-o să-mi mai spui niciodată așa ceva, se răsti el. Altfel, îngeraș, jur pe bunul Dumnezeu că o să te pedepsesc.

Între noi se așternu o tăcere șocată. Vorbele pe care le rostisem mi se învârtejeau neîncetat în minte, luându-mă în râs pentru că mă arătasem atât de jalnică. Nu dorisem deloc să devin dependentă de el, dar uite că eram.

–Trebuie să plec, am zis cu glas răgușit.

–Nu închide! Eva, pentru numele lui Dumnezeu, suntem căsătoriți. Suntem îndrăgostiți. Nu e nici o rușine în asta. Și ce dacă e o nebunie? Suntem doar noi. Asta suntem. Trebuie să te obișnuiești cu asta.

În spatele meu, se auzi scârțâitul ușii; tata ieșise pe verandă. M-am uitat la el, spunând:

–Gideon, a venit tata. Vorbim mai încolo.

–Mă faci fericit, zise el, pe tonul acela ferm și grav pe care îl avea când lua o hotărâre de nestrămutat. Uitasem cum e. Să nu cumva să micșorezi ceea ce însemni pentru mine.

Doamne!

–Și eu te iubesc.

Am închis telefonul și l-am pus pe masă cu o mână tremurătoare.

Tata se așeză pe celălalt fotoliu, cu cafeaua în mână. Avea pantaloni lungi și un tricou kaki-închis, dar era în picioarele goale. Se răsese și avea părul încă ud, iar vârfurile i se ondulaseră ușor.

Era tata, dar asta nu mă împiedica să văd cât era de atrăgător. Avea grijă să fie în formă, și înfățișarea lui emana o încredere în sine naturală. Înțelegeam de ce mama nu putuse să-i reziste când se cunoscuseră. Și, după cum se părea, tot nu reușea să-i reziste.

– Te-am auzit vorbind, zise el fără să mă privească.

– Ah! am simțit un ghem în stomac.

Era destul de rău că-i dezvăluisem totul lui Gideon. Iar faptul că aflasem că tata mă auzise nu făcea decât să înrăutățească lucrurile și mai tare.

– Voiam să vorbesc cu tine, să văd dacă știi ce faci, logodindu-te atât de repede, la o vârstă atât de tânără.

Mi-am ridicat picioarele, trăgându-le sub mine.

– Mă gândeam că așa o să faci.

– Acum însă cred că pricep ce simți, continuă el, scrutându-mă cu ochii lui cenușii și blânzi. Tu îți exprimi sentimentele mult mai bine decât am făcut-o eu pe vremuri. Mie nu mi-a ieșit niciodată decât cel mult „te iubesc", iar asta pur și simplu nu-i de ajuns.

Îmi dădeam seama că se gândea la mama. Știam că-i era greu să se abțină, din moment ce eu semănam atât de mult cu ea.

– Nici Gideon nu crede că vorbele acelea sunt de ajuns.

Am lăsat ochii în jos, uitându-mă la inelele mele. Cel pe care mi-l dăruise Gideon ca să-și exprime nevoia de a pune stăpânire pe mine, iar celălalt, un simbol atât al angajamentului său, cât și un omagiu adus vremurilor în care se simțise pentru ultima oară iubit.

– Dar îmi arată. Tot timpul.

– Am stat de vorbă cu el de câteva ori, spuse tata, continuând după o pauză. Trebuie să-mi amintesc mereu că încă n-a împlinit treizeci de ani.

Asta m-a făcut să zâmbesc.

– E foarte atent la propria persoană.

– E și foarte greu de citit.

Am zâmbit și mai tare.

– E un jucător de pocher. Dar să știi că e serios în ceea ce spune.

Îl credeam pe Gideon, așa, aprioric. Întotdeauna îmi spusese adevărul. Problema era că nu-mi vorbea de foarte multe lucruri.

– Și vrea să se însoare cu fata mea.

I-am aruncat o privire.

– I-ai dat binecuvântarea ta.

– Mi-a spus că o să aibă mereu grijă de tine. Mi-a promis că o să aibă grijă să nu pățești nimic și că o să te facă fericită, mai zise el, cu ochii ațintiți la Mercedesul Benz parcat de partea cealaltă a străzii. Încă nu știu de ce îl cred, chiar dacă mi-a pus casa sub observație pentru tine. Și nu-i deloc de ajutor că a mințit în legătură cu faptul că aștepta să te ceară de soție.

– Tati, nu mai putea să aștepte. Nu i-o lua în nume de rău! Mă iubește mult prea mult.

El își îndreptă iar privirea spre mine.

– Nu păreai prea fericită în timp ce vorbeai cu el.

– Ba nu. Păream disperată și nesigură, am oftat eu. Îl iubesc ca o nebună, dar îmi vine să urlu când ajung să cerșesc iubire. Ar trebui să fim echilibrați în relația asta. Egali.

– Bun scop. Să nu cumva să-l pierzi din vedere. Și vrea și el același lucru?

– Vrea să fim împreună. În toate. Însă el și-a făcut o reputație, și-a ridicat un imperiu, iar eu vreau să realizez ceva la rândul meu. Nu neapărat un imperiu, dar reputația cu siguranță.

– Ai vorbi cu el despre asta?

–O, da, am zâmbit ironic. Însă el consideră că doamna Cross ar trebui, în mod firesc, să joace în echipa Cross. Şi îi înţeleg punctul de vedere.

–Mă bucur să aud că v-aţi gândit la asta.

Am făcut o pauză.

–Dar?

–Dar asta poate fi o problemă serioasă, nu-i aşa?

Îmi plăcea foarte mult cum mă îndemna tata să sap mai adânc, fără să încerce să mă domine ori să mă judece. Aşa făcuse mereu.

–Ba da. Nu cred că ar putea să ne ducă la ruptură, însă ne-ar putea face probleme. El nu e obişnuit să nu primească ce vrea.

–Atunci, înseamnă că eşti bună pentru el.

–Aşa crede şi el. Am ridicat din umeri. Dar problema nu e Gideon. Eu sunt. El a trecut prin multe şi a trebuit să-şi rezolve problemele singur. Nu vreau să mai simtă că trebuie să se lupte de unul singur în continuare. Vreau să simtă că suntem o echipă şi că sunt aici ca să-l sprijin. Şi mi-e tare greu să-i transmit mesajul acesta când şi eu vreau să fiu independentă.

–Semeni enorm cu mine, zise tata zâmbind; arăta aşa de bine, că mi se umplea inima de mândrie.

–Ştiu că o să te înţelegi cu el. E un om bun, cu o inimă de aur. Ar face orice pentru mine, tati. „Chiar şi să ucidă pentru mine."

Gândul ăsta mă făcu să mă înfior de spaimă. Posibilitatea ca Gideon să fie făcut răspunzător pentru moartea lui Nathan era atât de reală... Nu puteam să permit să i se întâmple ceva.

–O să-mi lase să plătesc eu nunta? întrebă tata, izbucnind în râs. Cred că mai degrabă ar trebui să întreb cât de tare o să mă cert cu mama ta în problema asta.

–Tati... Simțeam că mi se strânge iar inima.

După toate discuțiile despre plata taxelor mele de facultate, știam prea bine că nu e cazul să-i spun că nu trebuie să strângă cureaua de s-o rupă pentru mine. Era o problemă de mândrie, iar tata era un om foarte mândru.

–Nu știu ce să spun, în afară de mulțumesc.

El îmi zâmbi ușurat; mi-am dat seama că și el se așteptase ca eu să mă opun.

–Am vreo cincizeci de mii. Știu că nu e mult...

–E perfect, l-am întrerupt, luându-i mâna.

În minte, deja o auzeam pe mama făcând un caz imens din asta. Aveam să rezolv problema asta la timpul ei.

Și merita din plin, pentru expresia de pe chipul tatei în momentul acela.

–Nu s-a schimbat.

Cary se oprise pe trotuar, în fața fostului centru de recreație, și-și scosese ochelarii de soare. Privirea îi rătăcea peste intrare sălii de sport.

–Mi-a fost dor de locul ăsta.

–Și mie, am zis, luându-l de mână.

Am făcut împreună cei câțiva pași până la intrare, dând din cap în semn de salut spre cuplul care stătea la o țigară lângă ușă. Am intrat apoi, întâmpinați de zgomotele unui meci de baschet. Două echipe, cu câte trei jucători, jucau un joc pe jumătate din teren, șicanându-se unii pe alții și râzând. Știam din proprie experiență că uneori birourile neobișnuite ale doctorului Travis erau singurul loc unde unii se simțeau liberi și destul de în siguranță încât să-și permită să râdă.

Le-am făcut cu mâna jucătorilor, care se opriseră o clipă, să ne privească, după care am luat-o pe culoarul principal către ușa pe al cărei geam de sticlă era scris tot *Antrenor*. Ușa era larg deschisă, și înăuntru un chip îndrăgit stătea pe un scaun de birou ponosit, cu picioarele pe masa de lucru. Lovea de zor cu o minge tenis într-un perete, prinzând-o cu agilitate, în timp ce o pacientă pe care o știam de ceva vreme pufăia dintr-o țigară electronică și vorbea.

–O, Doamne! Kelly se ridică în picioare, căscând gura ei frumoasă și dând drumul unui nor de fum. Nu știam că voi doi v-ați întors!

Și se aruncă așa de repede în brațele lui Cary, că abia am avut timp să-i dau drumul la mână.

Doctorul Travis își lăsă picioarele jos de pe birou și se ridică la rândul lui în picioare, cu un zâmbet larg pe chipul lui plin de bunătate. Purta pantalonii și cămașa lui kaki obișnuite, sandale în picioare, iar cerceii din urechi îl dădeau de gol ca un tip neconvențional. Părul lui nisipiu și țepos era ciufulit, iar ochelarii cu ramă de sârmă îi stăteau un pic strâmb pe nas.

–Nu vă așteptam să apăreți până după trei, ne întâmpină el.

–La New York e trecut de trei, răspunse Cary, desprinzându-se de Kyle.

Eu aveam ceva bănuieli că prietenul meu se culcase cu blonda cea drăguță, și că ea nu trecuse peste asta la fel de ușor ca el.

Doctor Travis mă îmbrățișă mai întâi pe mine, apoi pe Cary. Am văzut cum prietenul meu cel mai bun închidea ochii, odihnindu-și o clipă capul pe umărul doctorului Travis. Și îmi dădură lacrimile, așa cum mi se întâmpla întotdeauna când îl vedeam pe Cary fericit. Doctorul Travis era un adevărat tată pentru el, și știam cât de mult îl iubea Cary.

– Voi tot vă mai protejați unul pe celălalt în marele oraș?

– Sigur că da, am răspuns eu.

Cary însă mă arătă cu degetul.

– Ea își pune pirostriile. Și eu o să am un copil.

Kyle scoase un strigăt de uimire, iar eu i-am dat un cot în coaste.

– Auuu! se văită el, frecându-și locul lovit.

– Felicitări! zise doctorul Travis, clipind. Dar știu că amândoi v-ați mișcat repede.

– Așa s-ar zice, mormăi Kyle. Cât a trecut? O lună?

– Kyle! spuse doctorul, trăgându-și scaunul la birou. Poți să ne lași singuri un minut?

Ea pufni și se îndreptă alene spre ușă.

– Ești bun, doctore, dar cred că o să ai nevoie de ceva mai mult timp.

– Deci te-ai logodit? întrebă Kyle, trăgând încă o dată din țigara ei electronică, fără să-și ia ochii de la Cary, care tocmai sărea peste doctorul Travis, făcând un eseu.

Stăteam pe băncile ponosite, în rândul al treilea de sus, destul de departe ca să nu putem auzi discuția terapeutică în desfășurare pe teren. Cary nu avea astâmpăr când se destăinuia. Doctorul Travis învățase repede să-l mențină activ fizic dacă voia ca el să continue să vorbească.

Kyle se uita la mine.

– Eu m-am gândit mereu că până la urmă tu și cu Cary o să rămâneți împreună.

– Nu-i deloc cazul cu noi, am râs eu, clătinând din cap. Lucrurile... nu au stat niciodată în felul ăsta.

Ea dădu din umeri. Avea ochii de culoarea cerului din San Diego și și-i punea în evidență cu un creion de ochi albastru-electric.

– Îl cunoști de multă vreme pe tipul cu care te măriți?

– De destul de mult.

Doctorul Travis reușise să înscrie un coș, după care îl ciufuli drăgăstos pe Cary. Am văzut privirea pe care mi-o arunca; știam că îmi venise rândul. M-am ridicat în picioare, întinzându-mă.

– Ne vedem mai încolo, i-am zis lui Kyle.

– Baftă!

Am zâmbit într-un colț al gurii, coborând treptele până la doctorul Travis.

Era cam de aceeași înălțime ca Gideon, așa că m-am oprit înainte să ajung la ultima treaptă, ca să pot fi cam la același nivel cu el.

– Te-a gândit vreodată să te muți la New York, doctore?

El îmi dărui zâmbetul lui ștrengăresc.

– De parcă n-ar fi destul de rele impozitele în California.

– Oricum, trebuia să încerc, am zâmbit eu dramatic.

– Ca și Cary, zise el, cuprinzându-mă cu brațul pe după umăr când am coborât ultima treaptă. Sunt flatat.

Ne-am îndreptat spre biroul lui. Eu am închis ușa, în vreme ce el își lua un scaun de metal ciobit, întorcându-l cu spatele și încălecându-l, cu brațele pe spătar. Asta era una dintre ciudățeniile lui. Stătea în scaunul de birou numai când pierdea vremea; când se apuca de treabă, încăleca pe antichitatea aia.

– Povestește-mi despre logodnicul tău, îmi ceru, după ce m-am așezat pe locul meu obișnuit, pe canapeaua tapițată cu vinilin verde, lipită cu scotch ca să nu se dezintegreze și plină de semnăturile pacienților foști și actuali.

– Ei, hai, l-am dojenit eu. Știm amândoi prea bine că ți-a raportat Cary totul.

Cary își începea întotdeauna ședințele vorbind despre viața mea și despre mine. Asta îl ajuta să ajungă în cele din urmă și la el.

– Iar eu știu cine e Gideon Cross.

Am stat pe gânduri câteva momente, timp în care el a rămas tăcut, nu în așteptare, ci doar observându-mă.

– Gideon e... oh, Doamne, sunt atât de multe! E un om complicat. Avem câteva probleme la care trebuie să lucrăm, dar o s-o facem. Problema mea imediată e însă cea a sentimentelor pe care le am pentru un cântăreț cu care... cu care am fost.

– Brett Kline?

– Ți-ai amintit cum îl cheamă.

– Mi-a adus aminte Cary, însă îmi amintesc discuțiile pe care le-am avut despre el.

– Mda, așa e. Mi-am oborât privirea spre minunata mea verighetă, răsucind-o pe deget. Sunt înfiorător de îndrăgostită de Gideon. El mi-a schimbat viața în foarte multe feluri. Mă face să mă simt frumoasă și neprețuită. Știu că pare prea repede, însă el e alesul.

Doctorul Travis zâmbi.

– Pentru mine și soția mea a fost dragoste la prima vedere. Eram în liceu când ne-am cunoscut, dar am știut că ea e fata cu care o să mă însor.

Privirea mi-a alunecat către fotografiile soției sale pe care le avea pe birou. Într-una era ceva mai tânără, iar alta era făcută de curând. Pe biroul lui era un talmeș-balmeș de hârtii, echipamente de sport, cărți și postere ale unor personalități sportive de mult dispărute, dar ramele și sticla care protejau fotografiile erau curate ca lacrima.

– Nu pricep de ce Brett mai are încă efect asupra mea. Nu e vorba în nici un caz de dorință. Nu mă imaginez cu nimeni altcineva, doar cu Gideon. În mod sexual sau altfel. Însă nu sunt indiferentă față de Brett.

– Și de ce ai fi? mă întrebă el simplu. El a făcut parte din viața ta într-un moment de răscruce, iar când relația voastră a luat sfârșit, acest lucru ți-a provocat o revelație.

– Interesul meu – dacă ăsta e cuvântul potrivit – nu poate fi descris ca nostalgie.

– Nu, sunt sigur că nu e nostalgie. Aș zice mai degrabă că ai niște regrete. Te gândești la ce-ar fi fost dacă. Ai avut o relație puternic sexuală, așa că poate a mai rămas o urmă de atracție, chiar dacă știi că n-o să te mai întorci niciodată acolo.

Eram aproape sigură că are dreptate în privința asta. El bătea darabana pe spătarul scaunului.

– Ai zis că logodnicul tău e un bărbat complicat și că încă mai lucrați la anumite probleme. Brett era un tip foarte simplu. Știai la ce să te aștepți cu el. În ultimele luni, tu ai avut parte de o mutare serioasă, ești mai aproape de mama ta și te-ai mai și logodit. S-ar putea ca, din când în când, să-ți dorești ca lucrurile să fie ceva mai simple.

Am rămas cu ochii țintă la el, în vreme ce reflectam la spusele astea.

–Cum reușești să găsești așa ușor sensul lucrurilor?

–Experiență.

–Nu vreau să stric relația cu Gideon, am zis, mânată de frică.

–Ai pe cineva cu care să discuți la New York?

–Facem terapie de cuplu.

–E practic, încuviință el dând din cap. Așa e bine. Înseamnă că și el vrea ca lucrurile să meargă. Știe?

„Despre Nathan?"

–Da.

–Sunt mândru de tine, puștoaico.

–O să-l evit pe Brett, dar mă întreb dacă asta nu înseamnă cumva că nu mă confrunt cu rădăcina problemei. La fel cum un alcoolic care nu mai bea rămâne tot alcoolic. Problema e tot acolo, doar că nu se apropie de ea.

–Nu-i chiar așa, însă e interesant că ai folosit o analogie care trimite la dependență. Tu ești predispusă la un comportament autodistructiv cu bărbații. Multe persoane care au povești asemănătoare cu a ta sunt astfel, așa că nu e ceva neașteptat și am mai vorbi despre asta.

–Știu.

De asta mi-era așa de teamă să nu mă pierd în Gideon.

–Trebuie să te gândești la câteva lucruri, continuă el. Te-ai logodit cu un bărbat care, la suprafață, se pliază foarte mult pe modelul pe care l-ar dori mama ta pentru tine. Dacă ne gândim la părerea ta despre dependența de bărbați a mamei tale, s-ar putea să te confrunți cu o anume rezistență.

Am strâmbat din nas. El îmi făcu semn cu degetul.

–A, e o posibilitate? Cealaltă ar fi să simți că nu meriți ceea ce ai găsit împreună cu el.

Mi se pusese un pietroi în stomac.

–Și îl merit pe Brett?

–Eva! Doctorul zâmbi blând. Simplul fapt că pui întrebarea asta... arată că asta e problema ta.

Capitolul 5

–Nici măcar nu te-am recunoscut, fără costum, fără cravată, spuse Sam Yimara, în timp ce luam loc, în fața lui.

Era un bărbat masiv; avea puțin peste 1,80 m înălțime, dar era musculos. Era ras în cap și tatuat și avea în urechi niște găuri așa de mari, că puteam să văd de-a dreptul prin ele.

Barul lui Pete, Sixty-ninth Street, nu era amplasat pe strada cu pricina, așa că habar nu aveam de unde i se trăgea denumirea. Înțelesesem că formația Six-Ninths își luase numele de la el, după ce cântase câțiva ani buni pe scena lui. Înțelesesem și că toaletele din spate fuseseră un loc potrivit pentru ca Brett Kline să i-o tragă soției mele.

Mi-aș fi înfipt bucuros pumnii în mutra lui pentru asta. Ea merita palate, insule private, nu toaletele unor baruri murdare.

La Pete nu era chiar groaznic, însă nu avea clasă. Era pur și simplu un bar pe plajă care arăta cel mai bine la adăpostul întunericului și era cunoscut mai ales printre studenții de la Universitatea din San Diego, care veneau aici să agațe și să bea până nu mai știau ce făcuseră ori cu cine și-o trăseseră.

După ce aveam să fac locul ăsta una cu pământul, nimeni n-avea să-și mai aducă aminte nici de bar.

Yimara alesese în mod deliberat și absolut strălucitor scena. Mă făcea să mă simt neliniștit și îmi amintea de ceea ce era în joc. Și dacă hotărârea mea să vin singur, îmbrăcat în blugi și tricou, îl făcuse și pe el să se simtă nesigur, atunci însemna că primisem cum trebuie provocarea.

M-am lăsat pe spătarul scaunului, studiindu-l cu atenție. Barul avea mai mulți patroni; cei mai mulți se așezaseră pe scaune pe verandă. Numai câțiva dintre noi rămăseseră în interiorul decorat cu tematici de plajă.

–Ați hotărât să-mi acceptați oferta?

–Ne-am gândit la asta, răspunse el, încrucișându-și picioarele și lăsându-se pe spate cu coatele sprijinite de spătarul scaunului. Exagerat de încrezător și nu îndeajuns de deștept încât să fie un pic mai prudent. Dar totuși, dacă ne gândim la cât valorezi tu, mă mir că viața particulară a Evei nu valorează mai mult de un milion de dolari pentru tine.

Am zâmbit în sinea mea.

–Liniștea sufletească a Evei e neprețuită pentru mine. Dar dacă crezi că o să ridic oferta, înseamnă că nu gândești foarte clar. Urmărirea judecătorească împotriva voastră o să-și urmeze cursul. În plus, mai e și amănuntul acela enervant despre legalitatea actului de a o filma pe Eva fără consimțământul ei, care e un scenariu foarte diferit de acela al unei casete cu o filmare asupra căreia protagoniștii au fost reciproc de acord și care a devenit publică.

L-am văzut cum își încleșta maxilarul.

–Credeam că vrei să ții totul sub tăcere, nu să faci publică afacerea. Eva o să fie pe cont propriu dacă face o plângere, să știi. Am vorbit deja cu Brett și am stabilit niște lucruri.

Simțeam că mi se încordează mușchii.

–El a văzut filmarea?

–Are caseta, zise Sam, scoțând din buzunar un stick de memorie. Aici ai o copie pentru Eva. M-am gândit că vrei să vezi pe ce dai banii.

Gândul că Brett Kline văzuse imagini sexuale ale Evei mă făcea să spumeg. Amintirile lui erau deja îndeajuns de rele. O înregistrare era inacceptabilă.

Am înșfăcat stickul.

–Existența filmării o să iasă la iveală; n-am cum s-o opresc. Ai contactat prea mulți reporteri, cu oferta ta de vânzare. Eu însă pot să te distrug pe tine. Personal, asta ar fi preferința mea. Aș vrea să văd cum arzi, rahatule.

Sam se foia pe scaun. Eu m-am aplecat spre el.

–Ai filmat mult mai mulți oameni, nu numai pe Eva și pe Brett. Există zeci de alte victime care nu au semnat contracte. Eu sunt proprietarul acestui bar. La dracu', sunt proprietarul trupei. Nu mi-a trebuit mult să-i găsesc pe tipii și pe fanii Six-Ninth care se aflau aici când tu făceai filmări ilegale prin budă.

Ultima fărâmă de lăcomie din ochii lui se întunecă și apoi dispăru de tot.

–Dacă ai fi fost ceva mai destupat la minte, am continuat, te-ai fi gândit cum să faci să primești bani pe termen lung, nu cum să pui gheara imediat pe o plată.

În loc de asta, o să semnezi contractul pe care ți-l pun în față și o să te cari cu un cec de 250 000 de dolari.

– Pe dracu'! sări el. Ai zis un milion. Așa ne-a fost înțelegerea.

– Pe care n-ai acceptat-o, am replicat, ridicându-mă în picioare. Nu mai e valabilă. Și dacă mai stai mult până te hotărăști, n-o să mai fie valabilă nici noua ofertă. O să te pun pur și simplu la pământ și-o să te târăsc la închisoare. Este de ajuns că pot să-i spun Evei că m-am străduit.

Și m-am îndepărtat, strângând în pumn stickul de memorie din buzunar, care îmi provoca o arsură pe care nu mă puteam face că n-o observ. La un moment dat, privirea mi s-a încrucișat cu a lui Arash, care stătea la bar, așteptând să-i vină rândul să intre în scenă.

– Mereu e o plăcere să văd cum îi sperii pe oameni de moarte, zise el sărind de pe scaun, ca să se așeze în locul de unde tocmai mă ridicasem eu, cu contractul și cu cecul necesare în mână.

Din barul întunecat, am ieșit în strălucirea soarelui din San Diego. Eva nu voia ca eu să văd înregistrarea aceea; mă pusese să-i promit că n-o să mă uit.

Simțea însă ceva pentru Kline. Omul acesta rămânea o amenințare foarte reală. Dacă îi vedeam împreună, într-o postură așa de intimă, poate că aveam să descopăr informația de care aveam nevoie ca să-l înving.

Oare și cu el fusese la fel de sălbatică sexual pe cât era cu mine? Fusese la fel de disperată și de lacomă de el? Oare el o făcuse să atingă orgasmul așa cum o făceam eu? Am închis ochii strâns, ca să alung imaginile care mi se învârtejeau în cap, însă nu voiau să dispară.

Cu amintirea făgăduielii în minte, am traversat parcarea, până la mașina pe care o închiriasem.

„E o prostie că sunt la fel de încântată că sunt «prietena» ta pe cât sunt că-ți sunt soție?"

Am zâmbit în sinea mea citind mesajul Evei și i-am răspuns: „Sunt la fel de încântat că sunt iubitul tău pe cât sunt că-ți sunt soț".

„OMG... bestie."

Asta m-a făcut să izbucnesc în râs.

– Ce-a fost sunetul acesta? Arash mă privi peste tableta la care se uita, tolănit ca la el acasă pe canapeaua din apartamentul meu de hotel. Cross, a fost cumva un râs? Pe bune, tu chiar râdeai? Nu cumva aveai un atac cerebral?

I-am arătat degetul.

– Hai, pe bune! replică el. Îmi arăți degetul?

– Eva zice că e un gest clasic.

– Eva e destul de sexy ca să scape dacă-l folosește. Tu nu ești.

Am deschis o fereastră nouă pe laptopul meu și m-am conectat la profilul meu social, conectându-l cu al Evei prin eticheta „Logodit cu", acum, că deveniserăm „prieteni". În timp ce așteptam ca ea să accepte link-ul relației noastre, am dat clic pe profilul ei și am zâmbit din nou la vederea imaginii de copertă pe care o alesese. Pentru prima dată în viață, se expunea în fața lumii și făcea asta ca femeia care era a mea.

După ce a aprobat statusul nostru împreunat, i-am scris:

„Acum ești și una, și alta."

„Îmi țin partea mea din înțelegere."

De la mesagerie, ochii mi-au alunecat spre fotografia noastră pe care și-o pusese pe profil. I-am mângâiat chipul cu degetele, reușind să mă împotrivesc pornirii de a mă duce la ea. Era prea devreme. Avea nevoie de spațiul pe care mă înduram să i-l las.

„Și eu, îngerașul meu."

Teatrul din cazinou nu avea o scenă uriașă, dar nici mică, și era mai ușor de umplut. Era mai bine pentru Six-Ninths să aibă concerte cu casa închisă decât să riște să aibă locuri goale, stânjenitoare, chiar la ei acasă. Probabil Christopher se gândise la asta.

Fratele meu era bun în meseria lui. Învățasem să nu-i spun însă așa ceva, pentru că laudele îl făceau și mai ticălos.

În timp ce sala se golea încetul cu încetul, m-am îndreptat spre culise. Nu eram pe teren propriu, chiar dacă aveam un permis de liberă trecere, ca deținător principal al acțiunilor la Vidal Records. Fără îndoială, Kline era în avantaj.

Dar nu fusesem în stare să aștept până a doua zi de dimineață, deși știam că asta ar fi fost o mișcare mai înțeleaptă. Atunci avea să fie epuizat. Poate chiar mahmur. Atunci, eu aș putea să fiu în avantaj.

Dar nu puteam să aștept atâta. Avea filmul. Probabil că se uitase cel puțin o dată la el. Poate chiar de mai multe ori. Nu puteam să accept gândul că se putea uita din nou la el. Lucrul cel mai important din agenda mea devenise să iau filmul de la el.

În plus, voiam ca el să știe că sunt în apropiere înainte să se vadă cu Eva. Îmi marcam teritoriul, ca să spun așa, și alesesem să fac asta purtând blugii și tricoul în care mă întâlnisem cu Yimara. Tot ce avea legătură cu Eva era o problemă personală, nu de afaceri, și voiam ca acest lucru să fie clar încă din clipa când Kline avea să mă vadă.

Am intrat în culise prin stânga scenei, pătrunzând drept în mijlocul haosului. Femei pe jumătate goale, amețite de droguri sau de băutură, se sprijineau de coridorul strâmt. Bărbați cu tatuaje și piercinguri strângeau și împachetau echipamentul, repede și cu gesturi îndelung exersate. Din boxele ascunse vederii se revărsa muzică tare, creând o cacofonie zdravănă cu melodiile care veneau din cabine. Mi-am făcut loc prin tot balamucul acela, căutând din priviri un cap inconfundabil, cu părul făcut țepi.

La câțiva metri în fața mea, ieși dintr-o încăpere o tipă cu părul de un blond dureros de cunoscut; părul îi cădea până la umeri, atrăgând atenția asupra rotunjimilor apetisante ale fundului minunat.

Am încetinit pasul. Inima îmi bătea mai tare. Kline ieși după ea, cu o bere într-o mână și întinzându-și cealaltă mână spre ea. Femeia i-o prinse, trăgându-l într-o parte.

Știam cât de delicată era atingerea acelei mâini, ce piele moale avea. Cât de fermă îi era strânsoarea. Știam cum e când își înfige unghiile în spatele meu. Cum mă trăgeau degetele acelea de păr când atingea orgasmul, cu gura lipită de gura mea. Zumzetul electric al atingerii tale. Conștiența primară.

Rămăsesem încremenit, cu un ghem în stomac. Stătea aproape, prea aproape de Kline. Avea un umăr rezemat de zid. Un șold îl ținea ieșit în afară, în mod provocator, iar mâna i se plimba sugestiv pe abdomenul lui Kline. El avea un zâmbet ștrengăresc, flirta cu ea, în vreme ce o mângâia pe braț într-un mod mult prea intim.

Oricine i-ar fi văzut împreună ar fi putut să jure că sunt amanți.

Furia îmi ardea în sânge. Mă cufundam într-o mânie neagră.

Durerea. Sfâșietoare, până în fundul sufletului. Îmi tăia respirația, mă făcea să pierd orice urmă de control.

Un braț de femeie mi se furișă pe umăr. Își vârâse mâna pe sub gulerul tricoului meu, atingându-mi pieptul, iar cu cealaltă mă cuprinsese peste șold, ca să mă prindă de penis. Un parfum dulceag îmi agresa nasul, făcându-mă să mă scutur violent, ca să o dau de pe mine, exact când o brunetă slabă ca un manechin, cu ochii albaștri machiați strident, încerca să se lipească de pieptul meu, făcându-mă sandviș.

–Cărați-vă! am mârâit, uitându-mă așa de urât la ele, că amândouă se dădură un pas înapoi, făcându-mă ticălos.

Altădată, le-aș fi tras-o la amândouă, preschimbând senzația că sunt vânat în una de control deplin. După Hugh, învățasem cum să mă port cu prădătorii sexuali. Cum să-i pun la locul lor.

Am țâșnit înainte, croindu-mi drum prin mulțime; îmi aminteam cum îi simțisem falca sub pumnul meu. Cât de tare îi era corpul, ca de piatră.

Voiam să-l văd întins la pământ, băut măr. Plin de sânge. Cu oasele rupte.

Kline se aplecase spre ea, vorbindu-i aproape la ureche. Mi se încleștaseră mâinile. Ea își dădu capul pe spate și începu să râdă, ceea ce mă făcu să mă opresc brusc. Uimit, încurcat. În ciuda zgomotului din jur, râsul acela mă făcuse să-mi dau seama că era ceva greșit.

Nu era râsul Evei.

Era prea ascuțit. Soția mea râdea mai gros, ca din gât. Foarte sexual. La fel de unic ca femeia căreia îi aparținea.

Blonda întoarse capul și am văzut-o și din profil. Nu era Eva. Semăna doar la corp și la păr. Nu însă și la față.

„Ce dracu'?"

Apoi am revenit la realitate. Era femeia care jucase în clipul de la *Fata de aur*. Cea care apăruse în rolul Evei.

Grupuri de fani treceau în toate părțile pe lângă mine, însă eu rămâneam nemișcat, în timp ce Kline mângâia și vrăjea o palidă imitație a incomparabilei mele soții.

Telefonul începu să vibreze în buzunarul meu, făcându-mă să tresar. Am mormăit o înjurătură, scoțându-l, și am citit un mesaj de la Raúl: „Tocmai a ajuns la cazinou".

Prin urmare își schimbase părerea în legătură cu întâlnirea cu Kline. M-am gândit să folosesc situația în avantajul meu și am răspuns: „Du-o acum spre aripa stângă".

„Am înțeles."

M-am lipit de zid, trecând într-un soi de nișă pe jumătate ascunsă de cutiile de oțel pentru echipament care fuseseră puse pe cărucioare. Minutele se târau mult prea încet.

Am simțit-o înainte chiar să-și facă apariția, am simțit fiorul acela al recunoașterii. Am întors capul, descoperind-o cu mare ușurință. Spre deosebire de imitatoarea ei, care purta o rochie mini strâmtă, Eva era în niște blugi care-i puneau în valoare toate curbele și într-un tricou simplu, cenușiu. În sandale cu toc și cu niște cercei rotunzi, era îmbrăcată relaxat, fără pretenții.

Foamea mă izbi cu brutalitate. Era cea mai frumoasă femeie pe care o văzusem în toată viața mea și, fără îndoială, cea mai sexy femeie din lume. Celelalte femei întorceau capetele după ea în timp ce trecea pe lângă ele, geloase pe frumusețea și sexualitatea ei absolut naturale. Bărbații o mâncau din priviri, însă ea nu părea să-i bage de seamă. Toată atenția îi era concentrată asupra lui Kline.

Își îngustă ochii la vederea scenei pe care o observasem și eu cu câteva minute mai devreme. Am urmărit-o în timp ce evalua situația și mi-am dat seama în ce moment a ajuns la concluzia la care ajunsesem și eu. Pe chipul ei se puteau citi o mulțime de emoții. Probabil că era ciudat pentru ea să vadă un fost iubit care era atât de disperat să regăsească ceea ce avusese cândva împreună cu ea.

Pentru mine, era ceva de neconceput. Dacă n-o puteam avea pe Eva, n-aveam să mai am pe nimeni.

Își îndreptă spatele. Își ridică bărbia, După care, pe buze i se ivi un zâmbet. Vedeam cum acceptă situația, cum se umple de o liniște nouă. Orice și-ar fi dorit găsise.

Eva trecu pe lângă mine fără să mă vadă, însă Raúl rămase lângă mine.

–Ciudat, comentă el, fără să-și ia ochii de la Kline.

Cântărețul își ridică privirea și o zări pe soția mea, încremenind în mod vizibil.

–Perfect, i-am răspuns, în timp ce soția mea îl salută pe Kline întinzându-i mâna stângă. Verigheta de la mine scânteia puternic pe degetul ei, imposibil să treacă nevăzută. Ține-mă la curent!

Și zicând asta, am plecat.

La a optzecea flotare, mușchii îmi ardeau de-a dreptul, însă ochii îmi erau ațintiți asupra stickului de memorie care zăcea pe covor, în fața mea. Felul în care rezolvasem situația cu Yimara și cu Kline fusese eficient, însă nesatisfăcător. Mă simțeam tot tensionat și plin de nervi; mă mâncau palmele să mă iau la bătaie.

Mă usturau ochii; sudoarea îmi curgea șiroaie de pe tâmple. Mă durea pieptul de atâta efort. Iar faptul că știam că Eva era în oraș, prin cluburi, împreună cu Cary și cu câțiva dintre prietenii lor din California nu făcea decât să mă împotmolească și mai tare în agitația de care eram cuprins. Știam cum înflorea când bea și dansa. Îmi plăcea la nebunie să o pătrund când era leoarcă de sudoare, aburind de transpirație, când păsărica îi era toată udă și lacomă.

Doamne! Mădularul îmi zvâcnea, întărindu-se și mai mult. Îmi tremurau brațele; aproape că ajunsesem la epuizarea musculară. Venele îmi ieșeau în evidență ca niște șerpi pe brațe. Aveam nevoie de un duș rece, dar nu voiam să mă eliberez singur de tensiune. Mă păstram întotdeauna pentru Eva. Până la ultima picătură groasă, cremoasă.

Aplicația de mesaje de pe laptopul meu piui; mi-am încetinit ritmul nebunesc, ajungând la o sută de flotări, după care m-am ridicat în picioare. Am luat stickul de memorie și l-am aruncat pe birou, luând apoi prosopul atârnat pe spătarul scaunului. M-am șters pe față, am deschis fereastra de dialog, așteptându-mă să citesc ultimele știri despre felul în care își petrecea Eva seara. În schimb, am dat peste un mesaj de la ea.

„În ce cameră ești?"

Am rămas o clipă cu privirea ațintită asupra ecranului, încercând să pricep întrebarea. Un alt piuit m-a anunțat că primisem un mesaj de la Raúl: „Vine spre hotel".

Fiorul de nerăbdare mi-a deplasat atenția de la exercițiile de sport spre minunata și deșteapta mea soție. I-am răspuns îndată: „4269".

Am ridicat receptorul telefonului și am sunat la room-service. „O sticlă de șampanie Cristal", am cerut. „Două pahare, căpșune și frișcă. Să ajungă în zece minute. Mulțumesc."

Punând receptorul în furcă, mi-am pus prosopul pe gât. Am aruncat o privire rapidă spre ceas: era trecut de două dimineața.

Când a sunat soneria, aprinsesem toate luminile în living și în dormitor și trăsesem perdelele, lăsând la vedere oceanul luminat de lună.

M-am dus la ușă și am deschis. Eva și chelnerul așteptau în fața ușii. Ea era îmbrăcată la fel cum o văzusem mai devreme; arăta acum ca o fată care nu era deloc cuminte, iar asta m-a excitat pe dată la maximum. Avea părul ud și fața îi strălucea; rimelul i se scursese puțin. Mirosea a sudoare curată și a alcool.

Dacă n-ar fi fost chelnerul lângă ea, aș fi pus-o jos chiar acolo, în hol, înainte să-și dea seama ce se întâmplă.

–La dracu'! murmură ea, măsurându-mă din cap până-n picioare.

Mi-am lăsat și eu privirea în jos. Eram încă foarte încălzit; pielea îmi strălucea de transpirație. Elasticul pantalonilor de trening era ud, atrăgând astfel atenția asupra erecției pe care nici măcar nu încercam s-o ascund.

–Scuze, tocmai îmi făceam exercițiile.

–Ce cauți la San Diego? mă întrebă ea, rămânând în hol.

În loc de răspuns, am poftit-o înăuntru cu un gest. Ea însă nu se clinti din loc.

–Până nu-mi răspunzi, n-o să mă las trasă în vârtejul tău de zeu al sexului.

–Am niște afaceri.

–Rahat! replică ea, încrucișând brațele.

Am întins mâna, prinzând-o de cot și trăgând-o înăuntru.

–Pot să-ți dovedesc.

În urma ei, chelnerul intră și el, împingând căruciorul.

–Dai dovadă de un optimist deșănțat, murmură ea, aruncând o privire spre comandă, în timp ce eu semnam de primire.

I-am dat apoi chelnerului chitanța și stylusul, așteptând ca el să plece, după care m-am dus la telefonul aflat lângă canapea și am sunat la Arash în cameră.

–Pe bune? răspunse el, cu glas adormit. Unii mai și dorm, Cross.

– Soția mea vrea să discute cu tine.

– Ce? zise el și am auzit cum foșnesc cearșafurile. Unde ești?

– În camera mea. Apoi i-am întins Evei telefonul: E avocatul meu.

– Ai înnebunit? mă întrebă ea. E cinci dimineața la New York! Duminică!

– E în camera alăturată. Ia telefonul! Întreabă-l dacă am lucrat azi.

Eva făcu un pas și îmi smulse telefonul din mână.

– Ar trebui să-ți cauți altă slujbă, îi zise. Șeful tău e dus cu pluta.

El răspunse ceva, iar ea oftă.

– Înainte. Apoi îmi aruncă o privire. Slavă Domnului că arată super! Totuși, ar trebui să-mi fac un control la cap. Scuze că te-a trezit. Du-te la culcare!

Apoi îmi întinse telefonul. L-am luat și l-am dus la ureche.

– Așa cum a zis ea, du-te să te culci!

– Îmi place de ea. Te plesnește peste bot.

– Și mie îmi place de ea, am răspuns, măsurând-o din priviri. Noapte bună!

Pe urmă am închis și am întins mâna spre ea. Eva se feri însă, evitându-mă.

– De ce nu mi-ai spus că ești aici?

– N-am vrut să te incomodez.

– N-ai încredere în mine?

– Întreabă soția care mi-a urmărit telefonul la hotel, am replicat eu, ridicând o sprânceană.

– Voiam doar să știu dacă stai în apartamentul tău sau nu! Și, cum nu-mi dezlipeam privirea de a ei, făcu un botic bosumflat: Și... mi-era dor de tine.

–Sunt aici, îngeraș, am zis, deschizând brațele. Vino și ia-mă!

Ea strâmbă din nas.

–Trebuie să fac duș. Put.

–Amândoi suntem transpirați, am răspuns, îndreptându-mă spre ea; de data asta, nu s-a mai dat înapoi. Și eu mă înnebunesc după mirosul tău. Doar știi.

I-am cuprins mijlocul cu mâinile, ducându-le în sus până când am ajuns la coastele delicate, chiar sub sânii ei plini. I-am prins în palme, peste tricou, cântărindu-i în palme, strângându-i ușor.

Nu avusesem niciodată un fetiș pentru vreo parte anume a corpului femeii, până la Eva. Pe ea o veneram până la ultima bucățică, îi prețuiam toate curbele generoase.

Îi mângâiam acum ușor sfârcurile cu degetele mari, simțind cum i se întăresc.

–Îmi place atât de mult cum te simt.

Și mi-am îngropat capul în gâtul ei, mângâindu-l, frecându-mi părul ud de al ei.

–Nu-i corect, gemu ea. Tu ești minunat, strălucești ești aproape gol, iar eu n-am pic de voință.

–Nici n-ai nevoie. Mi-am băgat mâinile pe sub tricoul ei și i-am desfăcut sutienul. Vreau să ți-o trag, Eva.

Și am gemut și eu încet, căci ea își băgase mâna pe sub elasticul pantalonilor, punând stăpânire pe mădularul meu.

–Miam, șopti, ia te uită ce-am găsit!

–Îngeraș, am spus, punându-i mâinile pe fese. Spune-mi că o vrei exact așa cum vreau să ți-o dau eu.

Ea își ridică spre mine ochii peste care pleoapele i se lăsau grele.

– Și cum ai vrea, mă rog?

– Aici. Pe jos. Cu blugii rămași agățați de-un picior, cu tricoul ridicat, cu chiloții dați doar într-o parte. Vreau să mi-o bag în tine, să te umplu de spermă, am mai spus, trecându-mi ușor limba peste gâtul ei, simțindu-i pulsul nebunesc. O să am grijă de tine când o să fim în pat, dar acum... acum vreau doar să te folosesc.

– Gideon! șopti ea, înfiorându-se.

Mi-am trecut mâna pe sub coapsele ei și, luând-o în brațe, am așezat-o ușor jos, pe covor. Mi-am lipit gura de buzele ei fierbinți și umede, iar limbile ni s-au împletit. Își încolăcise brațele în jurul gâtului meu, încercând să mă țină lângă ea. Am lăsat-o să facă asta, încălecând-o și desfăcându-i blugii.

Pântecele plat și neted ca mătasea i se înfioră, gâdilat, la atingerea degetelor mele. Nu mi-am putut reține zâmbetul, în vreme ce o sărutam, văzând-o că se gâdilă; bucuria care mă cuprinsese era atât de mare, că se revărsa din mine în valuri.

– O să rămâi cu mine, i-am zis. O să te trezești împreună cu mine.

– Da, șopti ea, ridicându-și șoldurile, ca să mă ajute să-i scot pantalonii.

I-am lăsat atârnați de un crac, desfăcându-i picioarele cu mâna, ca s-o pot vedea în voie. Chiloțeii îi stăteau într-o parte, după ce îi trăsesem blugii de pe ea, făcând-o să arate exact așa cum îmi doream.

Era soția mea. Cea mai de preț comoară a mea; era neprețuită pentru mine. Dar îmi plăcea și când arăta a târfuliță, când vorbea murdar. Când era un obiect sexual, destinat doar plăcerii mele. Era singura femeie din lume care putea să reducă la tăcere amintirile din mintea mea și să mă elibereze.

– Îngeraș!

Am alunecat în jos, călare pe ea; deja îmi lăsa gura apă în așteptarea gustului ei.

– Nu! a protestat ea, acoperindu-se cu mâinile.

I-am imobilizat însă încheieturile, uitându-mă urât la ea.

– Te vreau așa.

– Gideon...

Eu însă începusem s-o ling prin mătase, făcând-o să se arcuiască, scâncind și proptindu-se cu călcâiele în covor, ridicându-și astfel păsărica spre gura mea. I-am tras chiloțeii într-o parte cu dinții, dezvelindu-i pielea imposibil de moale. Am gemut fără să vreau; mădularul mi se întărise așa de mult, că mă durea.

I-am prins clitorisul cu buzele, sugându-i-l, lingând-o. O simțeam cum devine tot mai încordată, așa că i-am eliberat mâinile, știind că de-acum era a mea, neînstare să mi se mai opună.

– O, Doamne, murmura, zvârcolindu-se. Gura ta...

Mi-am vârât umerii între coapsele ei, desfăcându-i-le cât puteam, și am început s-o ling, ca să-și dea drumul. Își înfipsese degetele în părul meu, trăgându-mă până la durere, îmboldindu-mă tot mai mult, până când, cu un strigăt, ajunse la orgasm. Am continuat s-o ling, pătrunzând-o cu limba, simțind-o astfel cum se cutremură. Era tot mai alunecoasă, tot mai excitată.

I-am frecat ușor clitorisul, după care mi-am băgat două degete în ea, iar moliciunea ei strâmtă m-a făcut să mă împing în van în podea. Mădularul meu tânjea să se afunde în arșița aceea tainică, căci știa cât de uluitor de bine se simțea acolo, tânjea să fie prins strâns acolo.

– Te rog, mă imploră Eva, scrâșnind din dinți sub frecarea degetelor mele, disperată să simtă cum o pătrund toată.

Voiam să i-o trag. Să-mi dau drumul. Dar nu pentru că aveam nevoie să fac sex, ci pentru că aveam nevoie de ea.

Trupul i se zvârcolea acum, cuprins de alt orgasm, cu gâtul arcuit spre spate, într-un strigăt.

Mi-am șters gura de coapsele ei, apoi m-am ridicat în genunchi și mi-am lăsat în jos pantalonii. Sprijinit cu o mână de podea, mi-am aranjat mădularul, împingându-mă și înfigând în ea capul ce pulsa. Am împins cu putere, cu toată greutatea corpului meu, și am pătruns gemând prin deschizătura strâmtă.

– Gideon!

– Doamne!

Mi-am frecat fruntea udă de sudoare de obrazul ei; voiam să aibă același miros ca mine. Ea își înfipsese unghiile în spatele meu, brăzdându-mă cu ele. Voiam să mă marcheze astfel, să-mi lase cicatrice.

I-am prins fesele în palme și am ridicat-o, aranjând-o și înfigându-mă mai bine cu picioarele în podea, ca să am destul echilibru ca să pot împinge până la capăt. Eva a gemut și și-a răsucit coapsele, încercând să mă primească cu totul.

– Ia-mă, am șuierat printre dinții încleștați, străduindu-mă să nu-mi dau drumul până când ea n-avea să fie toată înfiptă în mine. Lasă-mă să te pătrund!

Păsărica i se unduia acum, trăgându-mă tot mai adânc în ea. Mi-am pus mâinile pe umerii ei, ca să rămână nemișcată, și am împins și mai tare. Iar ea s-a deschis cu totul, permițându-mi să o iau.

Doar de atât aveam nevoie, să o simt cum se strânge pe tot mădularul meu. Am prins-o la piept, ținând-o strâns, sărutând-o cu sălbăticie și dându-mi drumul cu atâta violență, că tremuram ca o frunză în brațele ei.

Aburii se vălătuceau în jurul nostru. O țineam în brațe pe Eva, în imensa cadă de baie îngropată a apartamentului. Părul ei ud mi se lipise de piept; o înlănțuiam cu brațele peste mijloc, iar ea își pusese mâinile peste ale mele.

– Asule!

– Mmm? am mormăit, lipindu-mi buzele de tâmpla ei.

– Dacă noi n-am putea fi împreună – nu că așa ceva s-ar putea întâmpla vreodată, e doar o ipoteză – ai face amor cu cineva care seamănă cu mine? Bine, știu că eu nu sunt genul tău, dar ai vrea să te prefaci cu cineva care ți-ar aminti de mine?

– Nu fac speculații în legătură cu situații care n-o să devină niciodată realitate.

– Gideon! exclamă ea, lăsându-se într-o parte și dându-și capul pe spate ca să mă poată privi. Am priceput. Încercam să văd dacă eu aș găsi vreo alinare în faptul de a fi cu o persoană care seamănă cu tine. De exemplu, dacă ar fi întuneric și ar avea părul la fel de lung...

– Eva, am întrerupt-o strângând-o mai tare în brațe. Nu-mi povesti despre fantezii cu alți bărbați!

–O, Doamne! Nu asculți, ca de obicei.

–Ce dracu' mai e și asta? Evident că știam, dar nu voiam să explorez cărările oferite de subiectul ăsta.

–Brett se culcă cu tipa aia din clipul de la *Fata de aur*. Tipa care seamănă cu mine.

–Nimeni nu seamănă cu tine.

Ea își dădu ochii peste cap.

–Bine, poate că are rotunjimi ca ale tale, m-am învoit, dar nu are cum să fie ca tine. Nu are simțul umorului așa cum îl ai tu, nu are hazul tău. Nu are sufletul tău.

–O, Gideon!

Am mângâiat-o pe frunte cu degetele ude.

–Chiar dacă aș stinge toate luminile, tot nu mi-ar fi de nici un ajutor. O blondă oarecare n-ar putea mirosi ca tine. Nu s-ar mișca la fel ca tine. Nu m-ar atinge la fel, n-ar fi la fel de disperată după mine.

Chipul i se îmblânzi; își lipi obrazul de umărul meu.

–Așa m-am gândit și eu. N-aș putea s-o fac. Și în clipa când l-am văzut pe Brett cu tipa cealaltă, mi-am dat seama că nici tu n-ai putea.

–Cu nimeni. Niciodată, am rostit, sărutându-i vârful nasului. Eva, tu ai schimbat sensul sexului pentru mine. Nu m-aș mai putea întoarce. Nici măcar n-aș încerca.

Ea se întoarse, încălecându-mă, iar în mișcarea asta apa începu să sară peste marginea căzii. Eu o priveam, umplându-mă de imaginea părului ud și blond, dat pe spate, de imaginea dârelor de machiaj, de sclipirea apei pe pielea ei de aur.

Mă mângâia ușor, masându-mi ceafa.

– Tata vrea să plătească nunta.

– Chiar trebuie?

Ea dădu din cap.

– Vreau să fii de acord.

Eram de acord cu orice când soția mea se lipea de mine goală, udă și zglobie.

– Eu am avut nunta pe care mi-am dorit-o. De data asta, e rândul tău să faci tot ce vrei.

Zâmbetul ei strălucitor și plin de entuziasm era singura răsplată pe care mi-o doream.

– Te iubesc.

Drept răspuns, am strâns-o și mai tare la piept. Apoi ea își mușcă buza de jos, spunând:

– Mama o să aibă o limită. E în stare să azvârle cincizeci de mii de dolari numai pe flori și pe invitații.

– Atunci, anunță-ți părinții că tatăl tău o să plătească nunta, iar mama ta recepția. Și s-a rezolvat.

– Ooo, îmi place asta. Ești bun la casa omului, domnule Cross.

– Stai să-ți dovedesc, am răspuns, ridicând-o ca să-i pot linge sfârcurile.

Lumina zilei se strecura în dormitor când respirația Evei se schimbă în sfârșit, atingând ritmul profund și calm al somnului. M-am desprins din brațele ei și din cearșafuri pe cât de grijuliu am putut, rămânând în picioare lângă pat ca s-o privesc. Părul i se răsfirase pe umeri și avea încă buzele și obrajii roșii după partida de sex. Mi-am dus mâna la piept, căci mi se strângea inima de durere.

Îmi era mereu greu să o las așa; cu atât mai greu era așa, la lumina zilei. Parcă mi se sfâșia pielea că mă separam de ea.

Am tras perdelele în dormitor, după care m-am dus în living și am făcut același lucru, cufundând încăperea în întuneric.

Pe urmă m-am întins pe canapea și am adormit.

O lumină orbitoare m-a trezit brusc. Am clipit, frecându-mă la ochi, și am văzut că draperiile fuseseră date la o parte, iar lumina soarelui îmi bătea drept în față. Eva se îndreptă spre mine, cu trupul gol înconjurat de lumină ca de o aură.

– Bună, șopti ea, lăsându-se în genunchi lângă mine. Ai zis că o să mă trezesc cu tine.

– Cât e ceasul? M-am uitat la ceas, observând că nu dormisem decât o oră și jumătate. Trebuia să dormi mai mult.

Ea îmi atinse pântecele cu buzele:

– Nu dorm bine fără tine.

Am simțit că mă sfâșie părerile de rău. Soția mea avea nevoie de lucruri pe care eu nu i le puteam oferi. Mă trezise făcând lumină în loc să mă atingă, pentru că se temea de reacția mea. Avea dreptate să manifeste prudență. Dacă eram pradă unui coșmar, atingerea unei mâini m-ar fi putut face să mă trezesc împărțind pumni. I-am dat la o parte părul de pe față.

– Îmi pare rău.

„Pentru tot. Pentru toate lucrurile la care renunți ca să fii cu mine."

– Șșșt!

Apoi își băgă mâna pe sub elasticul pantalonilor mei, scoțându-mi mădularul. Se întărise deja pentru ea. Cum ar fi putut fi altfel, când ea venise la mine goală, pe jumătate adormită?

Îmi prinse în gură glandul.

Am închis ochii strâns, gemând învins de ea.

M-am trezit din nou la auzul unei bătăi în ușă. Eva mi se mișcă în brațe, cuibărită cum era la pieptul meu pe canapeaua îngustă.

– Fir-ar! am mormăit, trăgând-o mai strâns la piept.

– Nu răspunde!

Bătaia însă continua. Am lăsat capul jos, strigând:

– Pleacă!

– V-am adus cafea și croasanți, răspunse glasul lui Arash. Deschide, Cross, e trecut de prânz și vreau s-o cunosc pe soția ta.

– Dumnezeule!

– E avocatul tău? întrebă Eva, clipind.

– A fost. M-am ridicat în capul oaselor, trecându-mi mâna prin păr. Tu și cu mine o să plecăm undeva departe. Foarte curând.

– Sună bine, zise ea, sărutându-mă pe spate.

Mi-am băgat picioarele în pantalonii de trening, după care m-am ridicat în picioare ca să-i trag, iar Eva a profitat de asta ca să-mi sărute zgomotos fesele.

– V-am auzit! strigă Arash. Potoliți-vă și deschideți ușa!

– Ești concediat, i-am zis, îndreptându-mă spre ușă.

Am aruncat o privire în urmă, ca să-i spun Evei să se acopere, însă ea o tulise deja în dormitor. Arash aștepta în fața ușii, cu un cărucior de room-service după el.

–Ce te-a apucat?

Am fost nevoit să mă dau la o parte, altfel m-ar fi dărâmat cu căruciorul când s-a năpustit înăuntru.

–Las-o baltă! rânji el, dând din drum căruciorul și aruncându-mi o privire pătrunzătoare. Păstrează-ți maratonul de sex pentru luna de miere.

–Nu-l asculta! strigă Eva din dormitor.

–N-ai grijă, am zis, întorcându-i spatele avocatului. Nu mai lucrează pentru mine.

–Doar nu-mi porți pică, spuse Arash, venind după mine în living. Uau! După cum arată spatele tău, ai zice că te-ai luptat cu o pumă. Nu-i de mirare că ești frânt.

–Mai taci!

Mi-am luat tricoul de pe jos.

–Nu mi-ai spus că și Eva era la San Diego.

–Nu era treaba ta.

–Hai să facem pace, ridică el mâinile, în semn că se predă.

–Să nu sufli o vorbă despre Yimara, i-am zis în șoaptă. Nu vreau ca ea să-și facă griji din pricina asta.

–S-a făcut, șopti Arash, redevenind serios. Nu mai scot un cuvânt despre asta.

–Bine.

M-am dus la cărucior și am turnat două cești cu cafea, pregătindu-i-o pe a Evei așa cum îi plăcea.

–Îmi iau și eu o ceașcă, zise el.

–Servește-te!

El zâmbi ironic în timp ce se îndrepta spre mine.

–Iese și ea?

Am ridicat din umeri.

–Nu-i supărată, nu-i așa?

–Mă îndoiesc, am zis, punând ceștile pe masă, după care m-am îndreptat spre peretele unde erau butoanele pentru draperii. E nevoie de mult mai mult ca să fie scoasă din sărite.

–Și tu te pricepi la asta, zâmbi el, așezându-se într-un fotoliu. Îmi aduc aminte de filmulețul acela viral, cu voi doi ciorovăindu-vă în Bryant Park.

I-am aruncat o privire în vreme ce soarele se revărsa în încăpere.

–Cred că îți urăști de moarte slujba.

–Zi tu că n-ai fi curios dacă eu m-aș face nevăzut cu o puicuță pe care o cunosc doar de două luni.

–I-aș trimite condoleanțe.

Arash izbucni în râs.

În clipa aceea se deschise ușa dormitorului, și Eva își făcu apariția, îmbrăcată în hainele pe care le purtase în noaptea trecută. Se spălase pe față, însă cearcănele adânci din jurul ochilor și gura umedă o trădau că avusese parte de o partidă de amor pe cinste și o făceau să pară și extrem de dezirabilă. Îți tăia respirația, în picioarele goale și cu părul ciufulit.

Mi se umpluse pieptul de mândrie. Pistruii ei, pe care lipsa machiajului îi lăsa la iveală, o făceau să pară adorabilă. Trupul îți spunea că era un adevărat vis în ale sexului, postura mândră arăta că nu înghițea tâmpenii de la nimeni, iar scânteia de amuzament din ochii ei te făcea să înțelegi că n-aveai să ai nici o clipă de plictiseală împreună cu ea.

Reprezenta toate făgăduielile, toate speranțele, toate fanteziile oricărui bărbat. Și era a mea. Rămăsesem cu privirea agățată de ea. Ca și Arash.

Eva își schimbă ușor poziția și-l salută cu timiditate. Sunetul glasului ei îl făcu să se trezească din vis. Sări atât de repede în picioare, încât își vărsă cafeaua.

–Fir-ar! Scuze! Bună!

Lăsă jos ceașca, își scutură picăturile care-i căzuseră pe pantaloni, apoi se îndreptă spre ea și-i întinse mâna.

–Eu sunt Arash.

–Mă bucur de cunoștință, Arash. Eu sunt Eva.

M-am îndreptat și eu spre ei, trăgându-l înapoi pe Arash.

–Hai, gata cu balele!

–Amuzant, Cross, nemernicule! zise și se uită urât la mine.

Eva izbucni în râs și se lipi de mine când am cuprins-o pe după umeri.

–Mă bucur să văd că lucrează cu oameni care nu se tem de el, zise ea.

Arash făcu cu ochiul, flirtând cu nerușinare.

–Știu cum procedează.

–Pe bune? Mi-ar plăcea să-mi spui totul.

–Nu cred, am intervenit eu cu glas tărăgănat.

–Nu ne strica cheful, asule.

–Chiar așa, asule, mă necăji Arash. Ce-ai de ascuns?

–Cadavrul tău, am zâmbit eu.

El își întoarse privirea spre soția mea, oftând:

–Vezi cu ce trebuie să mă lupt eu?

Capitolul 6

O masă spre sfârșitul după-amiezii, în frumosul oraș San Diego, împreună cu cei trei bărbați esențiali din viața mea era, fără îndoială în capul listei celor mai frumoase momente avute vreodată. Stăteam între tata și Gideon, iar Cary era așezat în fața mea.

Dacă m-ar fi întrebat cineva în urmă cu câteva luni, aș fi spus că palmierii mă lasă rece. Acum însă, după o vreme în care nu-i văzusem, îi apreciam altfel. Îi priveam cum se clatină ușor în briza caldă a oceanului și simțeam acea împăcare pe care mi-o doream cu disperare, dar o găseam numai rareori. Pescărușii și porumbeii se luau la harță pentru firimiturile de sub mese, iar zgomotul valurilor murind pe plajă se auzea ca un fundal în restaurantul aglomerat.

Ochelarii de soare ai prietenului meu îi ascundeau ochii, dar zâmbea mult și cu ușurință. Tata era în pantaloni scurți și tricou, iar la începutul mesei fusese neobișnuit de tăcut. Își mai revenise după o bere, iar acum părea la fel de în largul lui ca și Cary. Soțul meu avea niște pantaloni de safari cafenii și un tricou alb;

îl vedeam pentru prima dată purtând haine de culori deschise. Arăta super și relaxat cu ochelarii de aviator; mă ținea de mână, peste brațele scaunului.

– O nuntă la începutul serii, m-am trezi eu gândind cu voce tare. În apus. Numai familia și prietenii cei mai buni. Tu o să fii cavalerul de onoare, evident, i-am spus lui Cary.

El îmi zâmbi leneș.

– Ar fi și cazul.

Mi-am întors privirea spre Gideon.

– Știi pe cine o să rogi să-ți fie cavaler de onoare?

Buzele i se strânseră într-un mod aproape imperceptibil, dar mișcarea nu-mi scăpă.

– Încă nu m-am hotărât.

Fericirea mea era puțin umbrită. Oare se întreba dacă Arnoldo era omul potrivit, gândindu-se la sentimentele pe care le nutrea maestrul bucătar față de mine? Gândul că aș fi putut duce la răcirea relației dintre ei mă întrista mult. Gideon ținea foarte mult la intimitatea lui. Nu știam eu sigur, dar bănuiam că era foarte apropiat de prietenii lui, deși nu avea mulți.

L-am strâns de mână.

– Vreau s-o rog pe Ireland să fie domnișoară de onoare.

– O să-i placă.

– Cu Christopher ce facem?

– Nimic. Cu puțin noroc, nici n-o să vină.

– Despre cine vorbiți? se încruntă tata nelămurit.

– Despre fratele și sora lui Gideon, am răspuns.

– Gideon, tu nu te înțelegi cu fratele tău?

Am vorbit eu pentru el, întrucât nu voiam ca tata să aibă vreun dinte împotriva soțului meu:

– Christopher nu e deloc un tip OK.

Gideon întoarse capul spre mine. Nu spunea nimic, însă am înțeles mesajul: nu voia ca eu să vorbesc în locul lui.

– Vrei să spui că e un ticălos și jumătate, se băgă Cary. Nu te supăra, Gideon.

– În nici un caz. Apoi, ridicând din umeri, Gideon îi explică lui tata cum stăteau lucrurile. Christopher mă consideră un concurent. Eu n-aș zice deloc că e așa, însă nu e alegerea mea.

Tata dădu încet din cap.

– E tare păcat.

– Dacă tot discutăm despre nuntă, schimbă Gideon vorba cu îndemânare, mi-ar face mare plăcere ca transportul să fie din partea mea. Asta mi-ar da șansa să am și eu o contribuție, lucru pentru care aș fi tare recunoscător.

Am tras adânc aer în piept, înțelegând – așa cum știam că avea să priceapă și tata – că deschiderea și tactul de care dădea dovadă soțul meu făceau ca oferta lui să fie tare greu de refuzat.

– E foarte generos din partea ta, Gideon.

– E o ofertă fermă. Dacă mă anunți cu o oră înainte, poți să te urci în avion și să vii. Așa o să vă fie mai ușor, și ție, și Evei, să lucrați la ceea ce aveți de făcut și să petreceți mai mult timp împreună.

Tata nu răspunse chiar pe dată.

– Mulțumesc. S-ar putea să-mi ia ceva vreme să mă obișnuiesc cu ideea. E un pic cam extravagant, și nu vreau să fiu o povară.

Gideon își scoase ochelarii de soare, ca să i se vadă ochii.

– De asta sunt banii. Unica mea dorință e să o fac fericită pe fiica ta. Domnule Reyes, te rog să-mi înlesnești această dorință. Cu toți vrem ca Eva să aibă un zâmbet pe față cât mai des cu putință.

În clipa aceea, am înțeles cu adevărat de ce se opunea tata atât de tare ca Stanton să plătească ceva. Tatăl meu vitreg nu o făcea pentru mine, ci pentru mama. Gideon nu avea să se gândească decât la mine de fiecare dată când avea de luat decizii. Știam că tata putea să se împace cu gândul acesta.

I-am căutat privirea lui Gideon, șoptindu-i neauzit: „Te iubesc". El mă strânse atât de tare de mână, că mă durea, însă nici că-mi păsa. Tata zâmbi:

– Să o faci fericită pe Eva. Cum aș putea să mă opun acestui lucru?

În dimineața următoare, aroma cafelei proaspăt făcute îmi aduse simțurile bine antrenate din nou la viață. Am clipit, cu ochii în tavanul apartamentului meu din Upper West Side și am zâmbit somnoroasă la vederea lui Gideon care stătea în picioare lângă patul meu, scoțându-și tricoul. Vederea torsului său zvelt și musculos și a mușchilor netezi aproape că mă făcea să uit că-mi petrecusem singură noaptea trecută, după ce adormisem în brațele lui.

– Bună dimineața, am șoptit, întorcându-mă pe o parte, în timp ce el își dădea jos pantalonii de pijama, azvârlindu-i cât colo.

Cine spunea că zilele de luni sunt oribile fără îndoială că nu se treziseră lângă Gideon Cross gol pușcă.

– O să fie, răspunse el, ridicând cearșaful și strecurându-se în pat lângă mine.

M-am înfiorat când pielea lui rece s-a lipit de a mea.

–Aah!

El m-a cuprins în brațe, sărutându-mă pe gât.

–Încălzește-mă, îngeraș!

Când am terminat cu el, era leoarcă de sudoare, iar cafeaua pe care mi-o adusese se răcise.

Dar nu-mi păsa nici cât negru sub unghie.

Când am ajuns la serviciu, eram într-o dispoziție excelentă. Firește, partida de sex de dimineață avusese o contribuție. Ca și vederea lui Gideon îmbrăcându-se pentru slujbă, faptul de a-l vedea cum se schimbă din bărbatul pe care îl cunoșteam și îl iubeam în magnatul global întunecat și primejdios. Iar ziua părea că o să fie și mai bună când am ieșit la etajul douăzeci și am zărit-o pe Megumi la biroul ei.

I-am făcut cu mâna prin ușile de sticlă, dar când m-am uitat mai bine la ea mi-a pierit zâmbetul de pe față. Coafura ei asimetrică, emanând energie, părea acum lipsită de viață, prea lungă, și mai purta și o bluză cu mâneci lungi și pantaloni negri, care nu se potriveau deloc cu umezeala din august.

–Bună! am salutat-o după ce mi-a deschis. Ce faci? Am fost îngrijorată pentru tine.

Ea îmi zâmbi stins.

–Scuze că nu te-am sunat înapoi.

–Nu-i nimic. Eu devin total antisocială când sunt bolnavă. Nu vreau decât să zac în pat și să mă lase în pace toată lumea.

Lui Megumi începuse să-i tremure buza, iar în ochi i se adunau lacrimile.

– Te simți bine? am întrebat-o aruncând o privire în jur, îngrijorată să n-o vadă și alți angajați care treceau pe acolo. Ai fost la doctor?

Ea izbucni în plâns. Am rămas încremenită o clipă, cuprinsă de spaimă.

– Megumi, ce s-a întâmplat?

Ea își smulse căștile de la urechi și se ridică în picioare, cu lacrimile scăldându-i fața, clătinând violent din cap.

– Nu pot să vorbesc despre asta acum.

– La ce oră ai pauză?

Însă ea fugea deja spre toaletă; nu-mi mai rămânea decât s-o urmăresc din priviri.

M-am îndreptat spre biroul meu și mi-am lăsat geanta, după care m-am dus la biroul lui Will Granger. Nu era acolo, dar l-am găsit în bucătărie, unde m-am oprit ca să-mi iau o cafea.

– Salut! Din spatele ochelarilor cu rame pătrățoase, el îmi aruncă o privire la fel de îngrijorată ca și a mea. Ai văzut-o pe Megumi?

– Da. Pare stoarsă de puteri. Și a început să plângă când am întrebat-o ce face.

– Indiferent ce-ar fi nu e de bine, zise el, împingând spre mine cutia de cafea.

– Eu nu reacționez deloc bine când nu știu ce se petrece. Imaginația mi-o ia razna. Sar de la o sarcină la cancer, cu toate posibilitățile intermediare.

Will înălță neputincios din umeri. Cu perciunii tunși cu grijă și cu cămășile lui cu modele ușor excentrice, era genul de tip amabil și simpatic pe care era greu să nu-l placi.

–Eva! Mark băgă capul pe ușă. Am vești pentru tine.

Strălucirea din ochii șefului meu îmi spunea că avea un motiv de încântare.

–Sunt ochi și urechi. Cafea?

–Sigur. Mersi. Ne vedem la mine în birou.

Și zicând asta, ieși. Will își luă și el cana de pe blat, urându-mi la ieșire:

–O zi bună să ai!

M-am grăbit și eu să-mi fac cafeaua, după care m-am dus în biroul lui Mark. El își scosese sacoul și se uita la ceva pe monitor. Își ridică privirea spre mine zâmbitor la vederea mea.

–Am primit o nouă cerere de ofertă, mă anunță el zâmbind și mai tare. Și mă vor pe mine în special.

M-am încordat. Am lăsat jos cafeaua și am întrebat precaută:

–Alt produs de la Cross Industries?

Oricât de mult l-aș fi iubit pe Gideon, oricât de mult admiram ceea ce realizase, nu voiam să fiu eclipsată cu totul de universul lui. O parte din ceea ce eram noi ca un cuplu se datora faptului că eram doi oameni care aveau servicii diferite. Era o încântare pentru mine să plec la serviciu împreună cu soțul meu, dar trebuia să-i spun și la revedere. Îmi erau necesare acele câteva ore în care el nu mă devora.

–Nu, de la unii mai mari.

Am ridicat sprânceana, mirată. Nu-mi venea în minte nimic sau nimeni care să fie mai mare decât Cross Industries.

Mark împinse către mine o poză în care se vedea o cutie roșu cu argintiu.

–Este noul sistem de pariuri PhazeOne, de la LanCorp.

M-am așezat pe scaunul din fața lui, oftând ușurată în sinea mea.

–Tare! Pare amuzant.

Trecuse puțin de ora 11 când m-a sunat Megumi, să mă întrebe dacă sunt liberă la prânz.

–Sigur, i-am răspuns.

–Să mergem undeva unde e liniște.

M-am gândit un pic, apoi:

–Am o idee. Lasă pe mine!

–Perfect. Mersi!

M-am așezat pe scaun.

–Cum ți-ai petrecut dimineața?

–Am fost ocupată. Trebuie să recuperez.

–Să-mi spui dacă pot să te ajut cu ceva.

–Mulțumesc, Eva.

Apoi am auzit-o cum trage adânc aer în piept; își pierdea aparența calmă.

–Îți sunt recunoscătoare.

Imediat cum am închis, am sunat la biroul lui Gideon și mi-a răspuns secretarul lui.

–Bună, Scott, sunt Eva. Ce mai faci?

–Bine, răspunse el cu un zâmbet în glas. Cu ce pot să te ajut?

Băteam neliniștită din picioare. Nu-mi puteam stăpâni îngrijorarea pentru prietena mea.

–Ai putea să-l rogi pe Gideon să-mi dea un telefon când are o clipă liberă?

–Îți fac acum legătura.

–O, e perfect. Mersi!

–Numai puțin!

După câteva secunde, am auzit glasul mult iubit.

–Ce îți trebuie, Eva?

Mi-a luat o secundă să răspund, mirată de bruschețea întrebării lui.

–Ești ocupat?

–Sunt într-o ședință.

Fir-ar!

–Greșeala mea. La revedere!

–Eva...

Am închis, după care l-am sunat iar pe Scott, ca să discut cu el în ce fel să rezolvăm cu problemele în viitor, astfel încât să nu mai pic de proastă. Dar înainte ca el să răspundă, am primit un telefon pe linia secundară și am răspuns:

–Biroul lui Mark Garrity...

–Să nu-mi mai închizi niciodată telefonul! se răsti Gideon.

Mi s-a zbârlit părul pe ceafă la auzul tonului său.

–Ești sau nu într-o ședință?

–Eram. Acum o rezolv cu tine.

Pe bune că n-o să „rezolve“ nimeni cu mine! Și eu puteam să fie la fel de scârbă ca și el, în orice zi puteam.

–Să știi că l-am rugat pe Scott să-ți dea un mesaj să mă suni când ai timp, dar el mi-a făcut legătura. N-ar fi trebuit s-o facă dacă erai ocupat cu...

–Are ordine clare să-mi facă întotdeauna legătura cu tine. Dacă vrei să-mi lași doar un mesaj, scrie-mi un SMS sau un e-mail.

–Atunci, te rog să mă scuzi că nu cunoșteam eticheta în funcție de care să intru în contact cu tine!

–Lasă asta acum! Spune-mi de ce ai nevoie!

– De nimic. Las-o baltă!

L-am auzit pufnind.

– Nu te juca cu mine, îngeraș!

Mi-am amintit ultima dată când îl sunasem la serviciu și ce voce avusese și atunci. Dacă îl rodea ceva, cu siguranță nu împărtășea cu mine.

M-am aplecat peste birou, coborând glasul.

– Gideon, atitudinea ta mă scoate din sărite. Nu vreau „s-o rezolv" cu tine când ești enervat. Dacă ești prea ocupat ca să poți vorbi cu mine, n-ar trebui să dai ordine ferme care să te întrerupă.

– N-o să fiu niciodată indisponibil pentru tine.

– Pe bune? Pentru că acum exact așa pari.

– Fir-ar a dracu' de treabă!

La auzul expresiei folosite, am simțit un val de satisfacție.

– Nu ți-am scris pentru că nu voiam să te deranjez în timpul vreunei ședințe. N-am vrut să-ți trimit un e-mail pentru că voiam să-ți cer ceva care trebuie făcut repede și nu știu cât de des îți verifici mesajele primite. M-am gândit că o să fie cel mai bine dacă îți transmit un mesaj prin Scott.

– Iar acum ai atenția mea întru totul. Spune-mi ce dorești!

– Vreau să închid și tu să te întorci la ședință.

– Ceea ce o să primești, zise el cu un glas periculos de liniștit, este prezența mea la tine la birou dacă nu încetezi cu prostiile și nu-mi explici de ce ai sunat.

– Mă faci să-mi doresc o slujbă în New Jersey, am replicat, uitându-mă urât la poza lui.

– Mă înnebunești, gemu el încetișor. Nu pot să funcționez normal când ne certăm, știi prea bine asta.

Eva, spune-mi te rog ce vrei și iartă-mă deocamdată. Putem să ne certăm și să facem sex de împăcare ceva mai târziu.

În clipa aceea, mi-a dispărut toată încordarea. Cum mai puteam să fiu supărată pe el după ce recunoștea cât de vulnerabil îl făceam să se simtă?

– Fir-ai să fii, am mormăit. Detest când devii rezonabil după ce m-ai călcat pe nervi.

El chicoti ușor, ca și cum și-ar fi ascuns amuzamentul. Asta m-a făcut pe dată să mă simt mai bine.

– Îngerașul meu. În glasul lui se ivise iar căldura aceea răgușită și sexuală pe care aveam nevoie s-o aud. Fără îndoială, nu e un accesoriu tăcut și comod.

– Ce tot spui acolo?

– Nu-ți bate capul! Ești perfectă. Spune-mi de ce m-ai sunat.

Cunoșteam tonul acela al vocii lui. Cine știe cum, reușisem să-l excit.

– Ești obsedat sexual. Pe bune.

Norocoasa de mine!

– Oricum, asule, voiam să te întreb dacă aș putea să folosesc una dintre sălile tale de conferință ca să iau prânzul cu Megumi. S-a întors, dar e varză și cred că vrea să-mi spună ce-i cu ea, dar în jur nu-i nici un loc potrivit, unde să avem intimitate și să fie liniște.

– Vino la mine în birou! O să vă comand eu ceva și o să aveți spațiul numai pentru voi cât o să fiu eu plecat.

– Serios?

– Da, sigur. În orice caz, trebuie să-ți amintesc că atunci când o să lucrezi la Cross Industries o să ai propriul birou în care să iei prânzul.

– Mai taci! am exclamat, dând capul pe spate, exasperată.

Cercetarea pe care o făceam ca să pregătim cererea de ofertă pentru PhazeOne mă ținea în priză, însă nu-mi găseam liniștea, tot așteptând să vorbesc cu Megumi, așa că ora aceea părea că se târăște ca melcul.

La prânz, m-am întâlnit cu ea la recepție.

– Dacă nu ți se pare prea ciudat, am anunțat-o, în timp ce ea își lua geanta din dulap, o să folosim biroul lui Gideon ca să luăm prânzul. El nu e acolo, și așa o să avem intimitate.

– Uau! exclamă ea, privindu-mă vinovată. Eva, îmi pare rău, trebuia să te felicit. Will mi-a spus de logodna voastră, dar mi s-a șters din minte.

– E absolut în regulă. Nu-ți bate capul cu asta!

Ea veni spre mine, cu mâna întinsă:

– Mă bucur foarte mult pentru voi.

– Mulțumesc

Îngrijorarea mea se făcea tot mai mare. Megumi mirosea întotdeauna ultimele bârfe. Prietena pe care o cunoșteam eu ar fi auzit de logodnă aproape chiar înaintea mea.

Am urcat cu liftul la ultimul etaj. Foaierul de la Cross Industries era aproape la fel de impunător ca Gideon. Era mult mai mare decât altele din clădire și plin de crini și de ferigi așezate în coșuri suspendate. Pe ușile de securitate din sticlă fumurie, numele CROSS INDUSTRIES era gravat cu litere masculine, dar elegante.

– Impresionant, murmură Megumi, în timp ce așteptam ca omul de la recepție să ne dea drumul înăuntru.

Probabil că roșcata pe care o vedeam de obicei la recepție plecase să ia prânzul, căci ne-a deschis un tip brunet.

La apropierea noastră, el se ridică în picioare:

– Bună ziua, domnișoară Tramell! Scott vă transmite să intrați.

– Domnul Cross a plecat?

– Nu știu. Eu abia am ajuns aici.

– În regulă, mulțumesc.

Am condus-o pe Megumi în spate. Am cotit după colț și am ajuns la biroul lui Gideon chiar în clipa când el ieșea.

La vederea lui, m-a cuprins o mândrie nebună, un sentiment de posesie. Și plăcere, observând că se clătinase un pic la vederea mea. Ne-am întâlnit la mijlocul drumului.

– Bună, l-am întâmpinat.

El îmi răspunse cu un semn din cap și îi întinse mâna lui Megumi.

– Nu cred că ne-am cunoscut oficial. Gideon Cross.

– Megumi Kaba, zise ea, strângându-i mâna cu putere. Felicitări pentru logodna cu Eva!

Pe buzele lui sexy trecu o umbră de zâmbet.

– Sunt un bărbat norocos. Simțiți-vă ca acasă! Dacă aveți nevoie de ceva, sunați la recepție și spuneți-i lui Ron.

– O să fie în regulă, am zis eu. După ce plecăm, nici măcar n-o să știi că am făcut-o lată la tine în birou.

El zâmbi larg.

– Bine, pentru că pe urmă am o ședință și o să fie foarte interesant să explic prezența paharelor de votcă și a confettilor.

Credeam că după asta o să plece, însă el îmi luă fața în mâini, îmi dădu capul pe spate și își lipi buzele de ale mele, sărutându-mă pe îndelete, rezervat și făcându-mă astfel să văd stele verzi. După care îmi șopti la ureche:

– Abia aștept să te împac mai târziu.

Simțeam că o să cad din picioare. Gideon se trase înapoi, reluându-și masca de persoană rezervată pe care o arăta lumii.

– Doamnelor, poftă bună!

Apoi se îndepărtă cu pasul acela încrezător, în mod natural sexual care îi făcea pe toți să întoarcă capetele după el.

– Și tu încă nu te-ai scurs pe jos, murmură Megumi, clătinând din cap. Nu pricep nici să mă omori.

Nu puteam să-i explic cât de slabă mă făcea Gideon să mă simt. Cât de zguduită și de disperată puteam să devin, și cu câtă ușurință.

– Hai, am bâiguit. La masă!

Ea mă urmă în biroul lui Gideon, spunând:

– Nu cred că pot.

În vreme ce ea admira spațiul larg, cu vedere panoramică și decorat monocromatic, eu m-am dus la bar, unde ne aștepta prânzul. Îmi aminteam cum mă simțisem prima dată când intrasem în acea încăpere. În ciuda faptului că erau mult zone de ședere, în care vizitatorii s-ar fi putut simți îmbiați să se așeze și să rămână o vreme, designul contemporan, futurist îi împiedica să se simtă prea în largul lor.

Bărbatul pe care îl iubeam avea o mulțime de fațete. Biroul lui o reflecta numai pe una dintre ele. Stilul european clasic din penthouse-ul lui reflecta alta.

– Ai avut vreodată experiențe BDSM? mă întrebă Megumi, atrăgându-mi atenția.

De uimire, am scăpat din mână tacâmurile învelite în șervete pe care tocmai le luasem. M-am răsucit spre ea, văzând-o la fereastră, privind orașul.

– Acronimul ăsta acoperă multe lucruri.

Ea își frecă încheietura.

– Să fii legată, să ai un căluș în gură. Să fii neputincioasă.

– Da, neputincioasă am fost.

Ea întoarse capul spre mine. Pe chipul palid, ochii îi erau umbre gemene.

– Ți-a plăcut? Te-a excitat?

– Nu, am răspuns, așezându-mă pe canapeaua cea mai apropiată. Însă nu am făcut-o cu persoana potrivită.

– Ai fost speriată?

– Îngrozită de moarte.

– Și el știa?

Mirosul mâncării, care mi se păruse apetisant inițial, începea să-mi întoarcă stomacul pe dos.

– Megumi, de ce îmi pui întrebările astea?

În loc de răspuns, ea își ridică mâneca, dând la iveală o încheietură atât de învinețită, că părea aproape neagră.

Capitolul 7

Trecuse de ora opt când am ajuns acasă la Eva; am găsit-o stând pe sofaua albă din living împreună cu Cary, ținând un pahar de vin roșu cu amândouă mâinile.

Soția mea prefera mobilierul în stil tradițional modern, însă în decorul încăperii detectam și gusturile mamei și ale colegului ei de apartament. Nu aveam nimic împotriva tușelor de Monica și de Cary, însă abia așteptam ziua în care urma să am împreună cu Eva o casă care să ne reflecte pe noi doi, nediluați.

Totuși, apartamentul acela avea să rămână întotdeauna un loc special pentru mine. N-aveam să uit niciodată cum arăta Eva prima dată când venisem la ea. Goală pe sub halatul de mătase care îi ajungea până la coapse, machiată deja pentru serată și cu o brățară de diamante la picior care îmi făcea cu ochiul, mă chema spre ea.

Îmi pierdusem orice urmă de rațiune. Îmi pusesem gura pe ea, mâinile mele o atinseseră peste tot, degetele și limba mi se furișaseră în ea. Nici măcar nu-mi trecuse prin minte să o duc la „cuibușorul de nebunii". N-aș fi fost în stare să aștept, chiar dacă m-aș fi gândit la asta. Nu semăna cu nici una dintre femeile de dinaintea ei. Nu numai datorită felului ei de a fi, ci și datorită felului cum eram eu când eram cu ea.

Nu cred că aveam să-i permit vreodată managerului clădirii să mai închirieze spațiul acesta. Era plin de prea multe amintiri, și bune, și rele.

Am dat din cap spre Cary în semn de salut și m-am așezat lângă Eva. Prietenul cel mai bun al soției mele era îmbrăcat ca să iasă în oraș, însă Eva purta un tricou inscripționat cu Cross Industries și avea părul prins cu o clamă. Amândoi se uitau la mine; mi-am dat seama imediat că se întâmplase ceva. Aveam lucruri de discutat, însă prioritatea era ceea ce o îngrijora pe Eva. Cary se ridică.

–Eu ies. Să mă suni dacă ai nevoie de mine.

Ea dădu din cap.

–Să te distrezi!

–Asta e porecla mea, puștoaico.

Ușa se închise în urma lui. Eva își lăsă blând capul pe umărul meu. Am cuprins-o cu brațul, m-am așezat mai confortabil și am tras-o la pieptul meu.

–Spune-mi ce te roade, îngeraș!

–Megumi, oftă ea. Era îndrăgostită de un tip, iar lucrurile nu prea mergeau între ei – el ba era în limbă, ba nu-i păsa de ea, așa că a rupt-o cu el. Pe urmă însă, el a contactat-o din nou și ea i-a permis să vină la ea. Au început să se distreze, a legat-o puțin, însă lucrurile au scăpat urât de sub control.

Referirea la legare m-a pus în alertă. I-am pus mâna pe spate și am strâns-o și mai tare la piept. Dacă nu puteam avea răbdare, dacă nu puteam să-mi acordez dorințele la spaimele ei, atunci nu eram bun de nimic. Sigur că aveam să ne mai confruntăm și cu contratimpi, dar nu voiam ca problemele altcuiva să ne pună nouă în cale alte obstacole.

–S-ar zice că nu s-au gândit mai deloc, am spus. Unul dintre ei ar fi trebuit să știe ce face.

–Asta-i problema, răspunse ea, întorcându-se cu fața spre mine. Megumi mi-a povestit totul, cu toate amănuntele. Ea a spus nu, și încă de multe ori, până când el i-a pus un căluș. El și-a dat drumul bucurându-se de durerea ei, Gideon. Și acum o terorizează cu mesaje și cu pozele pe care i le-a făcut în noaptea aceea. Ea i-a cerut să se oprească, dar el nu vrea. E bolnav. Are ceva la cap.

M-am gândit o clipă care ar fi răspunsul cel mai bun și am ales să fiu dur.

–Eva, ea a rupt relația, după care l-a primit înapoi. Poate că el nu-și dă seama că de data asta este ceva foarte serios.

Ea se dădu înapoi, după care sări de pe canapea, arătându-și picioarele aurii în toată splendoarea lor.

–Nu-i găsi scuze! Ea e plină de vânătăi. Asta s-a întâmplat acum o săptămână, și ea e încă toată vânătă. Zile întregi n-a putut să stea în fund!

–Nu-i caut scuze! am răspuns, ridicându-mă la rândul meu. N-aș găsi niciodată scuze unui violator, știi prea bine. Nu cunosc toată povestea, dar o cunosc pe a ta. Povestea ta nu e la fel ca a ei. Nathan a fost o aberație.

–Gideon, eu nu proiectez nimic. Am văzut pozele, i-am văzut încheieturile, gâtul. Am văzut ce mesaje i-a trimis el. A sărit rău calul. E periculos.

– Iar acesta e un motiv în plus să nu te bagi în povestea asta.

– Doamne! exclamă ea, punându-și mâinile în șolduri. Nu-mi vine să cred că ai spus așa ceva. Este prietena mea.

– Și tu ești soția mea. Cunosc expresia asta pe fața ta. Să știi că unele bătălii nu sunt ale tale. N-o să-l înfrunți pe bărbatul acela, așa cum ai făcut cu mama și cu Corinne. N-o să te bagi în asta.

– Am spus eu că o să fac așa ceva? Nu, n-am zis. Nu sunt tâmpită. I-am cerut lui Clancy să-l găsească și să stea de vorbă cu el

Mă simțeam încremenit. Benjamin Clancy era omul tatălui el vitreg, nu al meu. Pur și simplu nu aveam deloc control asupra lui.

– N-ar fi trebui să faci asta.

– Și ce-ar fi trebuit să fac? Nimic?

– Ar fi fost preferabil. Cel mult, trebuia să vorbești cu Raúl.

Ea ridică brațele.

– Și de ce-aș face asta? Nu-l cunosc îndeajuns pe Raúl ca să-i cer un serviciu personal.

Am încercat să-mi țin în frâu exasperarea.

– Dar am discutat despre asta. El lucrează pentru tine. Nu trebuie să-i ceri să-ți facă servicii, trebuie doar să-i spui ce vrei să facă.

– Raúl lucrează pentru tine. În plus, eu nu sunt vreun naș mafiot care să-și trimită gealații să-i învețe minte pe oameni. I-am cerut cuiva în care am încredere, ca prieten, să-mi ajute o prietenă.

– Indiferent cum ai raționaliza tu situația, rezultatul e același. Uiți că Ben Clancy a fost angajat să apere interesele tatălui tău vitreg. De tine are grijă numai pentru că asta îi dă mai mult control să apere reputația și siguranța lui Stanton.

–De unde știi tu care sunt motivele lui? se zbârli ea.

–Angel, hai să vedem lucrurile mai simplu! Gândește-te numai la faptul că mama ta și Stanton ți-au tot invadat intimitatea. Dacă le tot folosești resursele, le deschizi lor ușa larg.

–O! exclamă Eva, mușcându-și buza de jos. Eu n-am văzut lucrurile așa.

–Ai trimis un profesionist bine antrenat să „discute" cu tipul acela. Nu te-ai gândit însă cu adevărat la posibilitatea contrareacției. Dacă l-ai fi pus pe Raúl să te ajute, ar fi știut să fie foarte vigilent. Fir-ar să fie, Eva! am adăugat, scrâșnind din dinți. Nu face să-mi fie așa de greu să te păzesc!

–Hei! zise ea, luându-mă de mână. Nu-ți face griji, bine? Ți-am spus ce se întâmplă imediat cum ai intrat pe ușă. Iar Clancy a fost cu mine până acum o oră, când m-a adus acasă după ora de Krav Maga. Încă nu s-a întâmplat nimic care să mă pună în pericol.

Am tras-o spre mine și am luat-o în brațe; îmi doream să fiu sigur că are dreptate.

–Vreau ca Raúl să meargă cu tine oriunde te-ai duce, i-am spus morocănos. La ore, la sală, la cumpărături... unde-o fi. Trebuie să mă lași să am grijă de tine.

–O să ai, iubirea mea, răspunse ea mai moale, liniștindu-se. Dar știu că ești obsedant cu asta.

Aveam să fiu mereu obsedat când era vorba de ea. Ajunsesem să accept asta. În cele din urmă, avea să accepte și ea.

–Există lucruri pe care nu ți le pot oferi. Nu te certa cu mine în privința celor pe care ți le pot da.

–Gideon! șopti ea, îmblânzită. Îmi dai tot ce-mi trebuie.

I-am atins ușor chipul cu degetele. Era atât de moale. De delicată. N-aș fi crezut vreodată că sănătatea mea o să atârne de ceva atât de fragil.

–Tu vii acasă la un alt tip. Îți câștigi existența muncind pentru altcineva. Nu-ți sunt atât de necesar pe cât mi-ar plăcea să fiu.

Acum, ochii îi scânteiau de amuzament.

–În timp ce sunt mai dependentă de tine decât pot îndura.

–E ceva reciproc.

Mi-am lăsat mâinile să alunece pe brațele ei, am prins-o de încheieturi și i le-am strâns îndeajuns de tare încât să-i captez atenția. Am văzut cum i se dilată pupilele și buzele i se întredeschid; trupul ei reacționa instinctiv la constrângere.

–Promite-mi că de acum înainte o să vii mai întâi la mine.

–Bine, șopti ea.

Excitația care până atunci rămăsese în așteptare și capitularea din glasul ei îmi făceau sângele să fiarbă în vene. Eva se legăna ușor, lipită de mine, cu trupul tot mai moale.

–De fapt, aș vrea să vin chiar acum.

–Ca de obicei, îți stau la dispoziție.

–GIDEON!

Șocul panicii pe care o auzeam în glasul Evei reverbera în mine. Trupul meu tresări sălbatic, trezindu-mă dintr-un somn profund. M-am întors pe o parte, gemând, și m-am trezit. Mi-am dat părul din ochi, văzând-o îngenuncheată la marginea patului.

O spaimă înfiorătoare, de care nu puteam scăpa, îmi făcea inima să bată nebunește; eram scăldat într-o sudoare de gheață.

– Ce s-a întâmplat? am întrebat, sprijinindu-mă într-un cot.

Razele de lună care se strecurau în cameră o învăluiau într-un fel de aură. Venise în dormitorul meu, aflat în apartamentul de vizavi de al ei. Ceva o făcuse să se trezească din somn, și eu eram înspăimântat. Frica îmi îngheța sângele în vene.

– Gideon! scânci ea, cuibărindu-se la pieptul meu, într-un ghem de piele mătăsoasă și păr strălucitor, după care întinse mâna și mă mângâie pe față. Ce-ai visat?

Degetele ei lăsau o dâră de umezeală pe fața mea. Uluit, îngrozit, m-am frecat la ochi, dându-mi seama că lacrimile îmi udaseră pieptul. Undeva, într-un colțișor ascuns al minții, simțeam prezența unui vis care nu voia să dispară.

Amintirea asta vagă mă făcu să mă înfior, cufundându-mă și mai mult în abisul visului.

Am prins-o în brațe și am cuprins-o strâns, atât de tare, încât am făcut-o să geamă. Avea pielea rece, însă carnea îi era caldă, iar eu m-am umplut de dogoarea ei, de mireasma ei, simțind cum durerea înfiorătoare care nu mă părăsise începe să se risipească datorită faptului că ea era lângă mine.

Nu reușeam să-mi amintesc ce visasem, dar nici nu mă puteam elibera de amintirea lui.

– Șșșt, mă alină ea, trecându-și degetele prin părul meu ud de sudoare, mângâindu-mă ușor pe spate. Gata, sunt aici.

Nu puteam să respir. Mă chinuiam să înghit aerul, iar din plămânii care ardeau îmi scăpă un sunet îngrozitor. Un suspin. Dumnezeule! Apoi încă unul. Nu eram în stare să opresc contracțiile violente.

– Iubirea mea! șoptea ea, strângându-mă mai tare în brațe, împletindu-și picioarele cu ale mele.

În poziția asta, mă legăna încetișor, șoptindu-mi vorbe pe care nu le puteam auzi, asurzit de bătăile inimii mele și de suspinele durerii fantomatice care mă sfâșia.

Și m-am prins bine de ea, agățându-mă de iubirea care mă putea salva.

– Gideon!

Eva își arcuia spatele în vreme ce împingeam cu putere, desfăcându-i picioarele cu coapsele, croindu-mi brazde adânci în ea cu mădularul. Îi imobilizasem încheieturile, iar capul i se zgâlțâia în timp ce i-o trăgeam cât puteam de tare.

Uneori o trezeam cu blândețe. Astăzi însă nu era la fel ca în alte dimineți.

Mă trezisem cu o erecție care zvâcnea; glandul, lipit de fesele Evei, îmi era deja umezit. Am excitat-o flămând, nerăbdător, sugându-i sfârcurile până s-au întărit ca piatra, umezindu-i păsărica prin mișcările poruncitoare ale degetelor. Ea luase foc sub atingerile mele, se lăsase în voia mea, mi se dăduse cu totul.

Doamne, Dumnezeule, cât de mult o iubeam!

Eram așa de disperat să-mi dau drumul, că-mi simțeam boașele ca într-o menghină, într-o strânsoare minunată. Ea era strâmtă, atât de uluitor de plăcută, atât de udă! Nu mă mai săturam. Nu puteam să intru cât de mult aș fi vrut, nici măcar atunci când simțeam că mă izbesc cu glandul de străfundurile ei.

Ea se zgâlțâia sub izbiturile mele, călcâiele îi alunecau pe cearșafuri, iar sânii i se zbăteau de forța cu care loveam. Era atât de mică și de moale, iar eu i-o trăgeam cu toată forța de care eram în stare.

Ia-mă. Ia-mă tot. Cu bune și cu rele. Cu totul. Ia-mă cu totul.

Tăblia patului se izbea de peretele comun al apartamentelor noastre într-un ritm infernal, care urla, pentru oricine l-ar fi auzit, că acolo se făcea sex nebunește. Același lucru îl semnalau și răgetele mele, sunetele animalice ale plăcerii mele pe care nici nu mă sinchiseam să mi le rețin. Îmi plăcea la nebunie să i-o trag magnificei mele soții. Îmi era poftă de asta. Îmi trebuia. Și nu-mi păsa nici un pic cine ar fi putut să știe ce-mi făcea.

Eva își arcui spatele, vrând să-și înfigă dinții în bicepșii mei, alunecând însă pe pielea leoarcă de sudoare. Marca aceea de posesie mă înnebunea de-a dreptul, mă făcea să izbesc atât de tare, că aproape că am dat-o jos din pat.

Ei îi scăpă un țipăt și mie un șuierat, simțind-o că se strângea în jurul meu ca un pumn lacom.

– Dă-ți drumul, i-am poruncit, cu fălcile încleștate de nevoia disperată să fac și eu la fel, să-mi pierd controlul și să o umplu toată, până la ultima picătură pe care o mai aveam în mine.

Mi-am împins înainte pubisul, lipindu-mă de mugurașul ei, scuturat de valuri de plăcere când ea îmi gemu numele, zgâlțâită de valurile orgasmului care mă prindeau în cercurile lor.

Și sărutând-o cu patimă, îmbătat de gustul ei, mi-am dat și eu drumul, cu un geamăt puternic.

Eva se împiedică ușor pe când o ajutam să iasă din mașină, în fața clădirii Crossfire. Pe chipul ei se ivise un văl de roșeață. Se uită urât la mine.

– Ticălosule!

Am privit-o întrebător.

– Eu nu mă mai pot ține pe picioare, iar tu ești proaspăt, mașină de făcut sex ce ești!

– Îmi pare rău! am zâmbit eu cu nevinovăție.

– Ba nu-ți pare deloc!

Dar zâmbetul i se șterse de pe buze când se uită în josul străzii.

– Paparazzi! mormăi îmbufnată.

M-am uitat și eu și am zărit fotograful care scotea un aparat pe geamul din spate deschis al mașinii sale, așa că am prins-o de umăr, conducând-o înăuntru.

– Dacă o să fiu nevoită să mă coafez în fiecare zi, mormăi ea, să știi că o să te descurci singur cu erecțiile de dimineață.

– Îngeraș, i-am răspuns, trăgând-o către mine, mai bine îți angajez o coafeză cu normă întreagă decât să renunț să mă bucur de pizdulicea ta în fiecare dimineață.

Ea mă împunse cu cotul în coaste.

– O, Doamne, dar știu că ești mârlan! Unele femei se simt jignite de cuvântul acesta.

Și zicând asta, mi-o luă înainte la turnicheți, alăturându-se mulțimii ce aștepta liftul. Eu m-am lipit de ea.

– Dar tu nu faci parte dintre ele. În orice caz, aș putea să revizuiesc. Îmi aduc aminte că orificiu era unul dintre cuvintele tale preferate.

– Of, mai taci! răspunse ea râzând.

La etajul douăzeci, ne-am despărțit, iar eu mi-am continuat fără ea drumul până la Cross Industries. N-avea să mai fie așa multă vreme. Într-o zi, Eva avea să lucreze cu mine, ajutându-mă să clădesc un viitor pentru noi ca o echipă.

Revedeam în minte miile de căi posibile prin care să ating acest scop când am cotit după colț și m-am apropiat de biroul meu. Am încetinit însă pasul la vederea brunetei zvelte care aștepta în fața biroului lui Scott.

M-am pregătit sufletește să o înfrunt din nou pe mama.

Pe urmă însă femeia a întors capul și m-am trezit față în față cu Corinne.

– Gideon! exclamă ea, ridicându-se în picioare plină de grație; în ochi îi strălucea o privire pe care învățasem să o recunosc, căci o văzusem pe chipul Evei.

Nu-mi făcea nici o plăcere să văd căldura aceea și în ochii lui Corinne. M-a trecut un fior, am simțit că înțepenesc. Când o văzusem ultima oară, era la puțin timp după ce încercase să se sinucidă.

– Bună dimineața, Corinne! Cum te simți?

– Mai bine, zise ea îndreptându-se spre mine. Am dat un pas înapoi, făcând-o să-și încetinească mersul și să-i pălească zâmbetul. Ai o clipă liberă?

Am poftit-o în biroul meu. Ea oftă, se întoarse și o luă înainte. Am aruncat o privire spre Scott, zicându-i:

– Lasă-ne zece minute!

El dădu din cap, cu o privire înțelegătoare.

Corinne intrase în birou; am venit și eu după ea, apăsând pe butonul de închidere a ușii. Nu am opacizat însă geamul și nici nu mi-am scos sacoul. Îi dădeam toate semnalele cu putință să nu stea prea mult.

– Corinne, îmi pare rău pentru pierderea pe care ai suferit-o. Vorbele nu erau de ajuns, însă mai mult de atât nu-i puteam oferi. Amintirea acelei nopți în spital avea să mă mai bântuie o vreme.

– Încă nu-mi vine să cred, răspunse ea, cu buzele albite. Toți anii în care am încercat... Credeam că eu nu pot să rămân gravidă. Jean-François mi-a zis că ai sunat de două ori, ca să întrebi cum mă simt, continuă, luând în mâna fotografia Evei de pe biroul meu. Mi-aș fi dorit să mă suni chiar pe mine. Ori să mă suni înapoi când ți-am telefonat.

– Nu cred că e bine, având în vedere circumstanțele.

Ea își ridică privirea spre mine. Ochii ei nu aveau chiar aceeași nuanță de albastru ca ai mamei mele, dar semănau destul de mult; aveau și un stil asemănător. Bluza elegantă și pantalonii lui Corinne semănau foarte mult cu hainele pe care le văzusem odată la mama.

– Te însori, zise ea.

Nu era o întrebare, dar tot am răspuns:

– Da.

– Speram ca Eva să fi mințit, zise ea închizând ochii.

– Să știi că sunt foarte protector când vine vorba de ea. Ai grijă!

Corinne redeschise ochii, aproape trântind fotografia când o puse la loc pe birou.

– O iubești?

– Nu e treaba ta.

– Ăsta nu e un răspuns.

– Nu-ți sunt dator cu vreunul, dar dacă vrei așa de mult să auzi asta, să știi că ea e totul pentru mine.

Buzele îi fremătară, ca de plâns, pierzându-și din duritate.

– S-ar schimba ceva pentru tine dacă ți-aș spune că divorțez?

– Nu, am zis, pufnind. Corinne, noi doi n-o să mai fim niciodată împreună. Nu știu de câte ori și în câte feluri trebuie să-ți spun asta. Eu n-aș putea fi niciodată ceea ce vrei tu să fiu. Ai scăpat de un glonț când ai rupt logodna.

Ea tresări și, în mișcare, părul i se lăsă în jos, ajungându-i până la talie.

– De asta nu mai putem fi împreună? Nu mă poți ierta pentru asta?

– Să te iert? Dar îți sunt recunoscător, am zis, după care mi-am îmblânzit glasul, văzându-i lacrimile care îi șiroiau din ochi. Să știi că nu vreau să fiu crud. Îmi dau seama cât de dureros e pentru tine. Dar nici nu vreau să ai speranțe absolut deșarte.

– Tu ce-ai face dacă Eva ți-ar spune așa ceva? mă provocă ea. Te-ai resemna și te-ai da la o parte?

Mi-am trecut mâna prin păr, încercând să-mi găsesc cuvintele.

– Nu-i același lucru. Nu înțelegi ce împărtășesc eu cu Eva. Are la fel de multă nevoie de mine pe cât am și eu de ea. Pentru binele amândurora, n-aș renunța niciodată să încerc.

– Eu am nevoie de tine, Gideon.

Enervarea mă făcea tăios:

–Nu mă cunoști deloc. Am jucat un rol pentru tine. Ți-am permis să vezi ceea ce voiam să vezi, ceea ce credeam că ai putea accepta.

Și, în schimb, și eu văzusem în ea doar ceea ce voiam să văd, copila care fusese cândva. De multă vreme încetasem să mai fiu atent la cum era ea, așa că nu mai putusem să-mi dau seama cum se schimbase. Ea fusese un punct mort pentru mine, însă lucrurile nu mai stăteau așa.

Câteva clipe, ea mă privi lung, fără să scoată un cuvânt.

–Elizabeth m-a avertizat că Eva îți rescrie trecutul. N-am crezut-o. N-am crezut vreodată că pe tine te-ar putea dezechilibra cineva, dar pentru orice există o primă dată.

–Mama poate să creadă ce vrea, și n-ai decât să-i ții companie.

Și în privința asta se asemănau. Se pricepeau tare bine să creadă ce voiau și să ignore orice dovadă contrară.

Era o revelație pentru mine să-mi dau seama că mă simțisem bine cu Corine pentru că știam că ea n-avea să sape în adâncul meu. Putusem să mă prefac că sunt normal cu ea, iar ea nu încercase niciodată să ajungă mai în adânc. Eva schimbase asta pentru mine. Nu eram normal și nici nu trebuia să fiu. Eva mă accepta așa cum eram. N-aveam de gând să-mi trâmbițez în gura mare trecutul, dar se sfârșise cu minciunile pentru mine.

Corinne întinse o mână spre mine:

–Gideon, te iubesc. Cândva, mă iubeai și tu.

– Îți eram recunoscător, am corectat-o. Și o să-ți păstrez mereu recunoștință. Am fost atras de tine, m-am amuzat împreună cu tine, o vreme chiar am avut nevoie de tine, dar n-am fi putut fi niciodată cu adevărat împreună.

Mâna îi căzu pe lângă corp.

– Până la urmă, tot aș fi găsit-o pe Eva. Și aș fi dorit-o, aș fi renunțat la tot ca să o am. Te-aș fi părăsit ca să fiu cu ea. Sfârșitul ar fi fost inevitabil.

– Ei bine... măcar o să fim mereu prieteni, zise Corinne, întorcându-mi spatele.

M-am străduit din greu să înlătur orice scuză din tonul glasului meu. Nu voiam s-o încurajez deloc.

– Asta n-o să fie posibil. Azi, noi doi ne-am vorbit pentru ultima oară.

Am văzut cum umerii i se scutură de un suspin pe care încerca să-l țină în ea și am întors capul, luptându-mă cu stânjeneala, cu regretele. Cândva, ea fusese importantă pentru mine. Avea să-mi fie dor de ea, dar nu așa cum ar fi vrut ea.

– Pentru ce mai trebuie să trăiesc, dacă nu te am pe tine?

M-am întors spre ea la auzul acestei întrebări și am reușit cu greu s-o opresc, căci ea se repezise la mine, apucând-o strâns de brațe. Chipul ei frumos era atât de devastat, că m-a șocat, înainte să pot pricepe ce spusese. Abia pe urmă mi-am dat seama și, îngrozit, am împins-o departe de mine, iar ea s-a împiedicat, prinzându-și un toc în covor.

– Nu-mi arunca mie asta în spinare, am avertizat-o, vorbindu-i cu glas jos și aspru. Eu nu sunt responsabil pentru fericirea ta. Nu sunt în nici un fel responsabil pentru tine.

–Ce e cu tine? țipă ea. Tu nu ești așa.

–Habar n-ai cum sunt, am zis, după care m-am dus spre ușă și am deschis-o larg. Du-te acasă, Corinne, du-te la soțul tău. Ai grijă de tine!

–Du-te dracului! șuieră ea. O să-ți pară rău pentru asta, iar eu s-ar putea să fiu prea rănită ca să te mai iert.

–Cu bine, Corinne!

Ea mă mai privi lung câteva clipe, după care ieși ca o furtună din biroul meu.

–La dracu'! am exclamat, răsucindu-mă pe călcâie, fără să știu unde să mă duc, ce să fac. Trebuia însă să fac ceva. Orice. Mă plimbam de colo-colo ca un leu în cușcă.

Înainte să-mi dau seama cu adevărat ce fac, mi-am luat telefonul și am format numărul Evei.

–Biroul lui Mark Garrity, începu ea.

–Îngeraș!

Cuvântul acesta era de ajuns ca să-mi trădeze ușurarea la auzul vocii ei. De ea și numai de ea aveam nevoie. Ceva din mine știuse asta.

–Gideon! Ca de atâtea ori, își dăduse imediat seama că am ceva. S-a întâmplat ceva?

Am aruncat o privire spre angajații mei, care își făceau treburile zilnice. Am apăsat butonul de opacizare a geamului, reușind astfel să am un moment de intimitate cu soția mea și i-am spus pe un ton ceva mai vesel, ca să n-o agit și pe ea:

–Mi-e dor de tine deja.

Ea rămase o clipă tăcută, ca să poată intra în aceeași dispoziție cu mine.

– Mincinosule! replică apoi. Ești prea ocupat.

– Niciodată. Acum, spune-mi cât de tare ți-e ție dor de mie.

– Ești îngrozitor, râse ea. Ce-o să fac eu cu tine?

– Totul.

– Cât de direct! Deci, cum merge? O să am o zi aglomerată și trebuie să mă apuc de lucru.

M-am dus la biroul meu, uitându-mă la poza ei. Umerii mi se mai relaxaseră.

– Voiam doar să știi că mă gândesc la tine.

– Bine. Ține-o tot așa! Și, pentru informația ta, mă bucur să te aud și altfel decât morocănos la lucru.

Cât despre mine, eu mă bucuram să o aud și punct. Renunțasem să mai încerc să-mi dau seama de ce avea efectul ăsta asupra mea. Mă mulțumeam doar să mă bucur că îmi putea lumina ziua.

– Spune-mi că mă iubești.

– La nebunie. Îmi luminezi viața, domnule Cross.

Am rămas cu privirea în ochii ei veseli, mângâind ușor chipul de sub sticlă.

– Tu ești centrul vieții mele.

Restul dimineții a trecut repede, lipsit de evenimente. Tocmai puneam la cale o întâlnire legată de o posibilă investiție într-un lanț de hoteluri care ne fusese propus, când m-am trezit cu o altă întrerupere personală. Gata, se terminase cu munca din plin.

– Ai de gând să-ți bați joc de tot, nu? mă acuză fratele meu, năpustindu-se în birou urmat de Scott.

I-am aruncat o privire lui Scott, dându-i de înțeles că e în regulă, poate să plece, iar el închise ușa în urma lui.

–Bună ziua și ție, Christopher!

Aveam aproape același sânge, dar eram cum nu se putea mai diferiți. Părul lui era șaten-roșcat și ondulat, ca al tatălui său. Avea ochii cenușii-verzui, în vreme ce eu eram fără îndoială fiul mamei noastre.

–Ai uitat cumva că Vidal Records e și moștenirea lui Ireland? se răsti el, încruntat.

–Nu uit niciodată asta.

–Atunci, înseamnă că nu-ți pasă nici cât negru sub unghie. Vendeta pe care o duci împotriva lui Brett Kline ne costă bani, blestematule! Lovești în noi toți, nu numai în el.

M-am dus spre birou, sprijinindu-mă de el, cu brațele încrucișate. Ar fi trebuit să-mi dau seama că o să urmeze și așa ceva, dacă mă gândeam la cât de tare se înfuriase Christopher la lansarea clipului *Fata de aur* în Times Square. El voia ca Eva să fie cu Brett. De fapt, mai mult decât atât, voia ca eu și Eva să ne despărțim.

Tristul adevăr era că scosesem la iveală tot ce era mai rău în fratele meu. De fapt, el nu se purta cu cruzime sau cu mârlănie decât atunci când încerca să mă rănească pe mine. Îl văzusem ținând discursuri minunate, fermecându-i pe oameni cu charisma lui naturală și impresionându-i pe membrii comitetelor de conducere cu cunoștințele lui profunde, însă nu-și arăta niciodată la iveală calitățile acestea în fața mea.

Enervat de animozitatea lui pe care nu o provocasem, i-am replicat mușcător:

– Bănuiesc că în curând o să ajungi și la subiect, nu-i așa?

– Nu face pe neștiutorul, Gideon. Știai prea bine ce faci când ai distrus în mod sistematic toate ocaziile media pe care Vidal le-a construit pentru cei de la Six-Ninths.

– Dacă aceste ocazii o aveau pe Eva ca punct central, atunci, de la bun început, nu aveau nici un fel de bază de afaceri.

– Asta nu era decizia ta, zise el, zâmbind sfidător. Pricepi măcar ce pagube ai provocat? Cei de la *Behind the Music* și-au amânat ediția specială pentru că Sam Yimara nu mai deține drepturile asupra filmului compilat de ei despre primii ani ai trupei. *Diners, Drive-Ins and Dives* nu mai poate include barul de pe strada 69 în episodul despre San Diego, pentru că o să fie demolat înainte ca ei să-și filmeze segmentul. Iar cei de la Rolling Stones nu mai sunt interesați să continue piesa propusă despre *Fata de aur*, de când a fost anunțată logodna ta. Cântecul nu mai este interesant fără happy-end.

– Pot să-ți dau filmarea pe care o vor cei de la VH1. Fă-le legătura cu Arash și o să se ocupe el de asta.

– După ce ștergi tu orice urmă a Evei? Ce rost mai are?

– Rostul e promovarea celor de la Six-Ninths, nu a soției mele, am răspuns, mirat.

– Nu e încă soția ta, se răsti el, și asta e problema ta. Ți-e frică să nu se întoarcă la Brett. Tu nu ești cu adevărat genul ei, știm asta cu toții. N-ai decât să-i ronțăi fofoloanca la petreceri, dar ceea ce-i place ei cu adevărat e să și-o tragă cu staruri rock în public...

M-am repezit la el înainte să apuce să facă vreo mișcare și i-am tras un pumn în falcă, azvârlindu-i capul pe spate, după care l-am lovit și cu pumnul stâng, făcându-l să se clatine și să se izbească de peretele de sticlă.

Îl zăream cu coada ochiului pe Scott, care sărise în picioare, în timp ce mă pregăteam pentru contraatacul lui Christopher. Ne-am prăbușit la pământ, iar eu m-am rostogolit, cărându-i pumni în coaste până când, cu un geamăt, el se izbi cu capul de tâmpla mea.

Încăperea începuse să se învârtă. M-am dat într-o parte, amețit, și m-am ridicat clătinându-mă în picioare.

Christopher se sprijinea de măsuța de cafea ca să-și revină. Din colțul buzelor, sângele i se scurgea pe covor. I se umflase falca și respira cu greutate, trăgându-și răsuflarea. Pe mine mă dureau pumnii, deși simțeam pornirea să-l lovesc din nou. Dacă ar fi fost oricine altcineva în locul lui, așa aș fi și făcut.

–Hai, dă, mă provocă el, ștergându-se la gură cu mâneca. Încă de când m-am născut n-ai vrut decât să mă vezi mort. De ce te-ai opri acum?

–Ești nebun.

Doi paznici veneau în fugă, dar am ridicat mâna ca să-i opresc.

–O să te atac în toate felurile, nenorocitule, mârâi fratele meu, ridicându-se cu greu în picioare. Am vorbit cu membrii comitetului de conducere. Le-am explicat ce pui la cale. Vrei să mă pui la pământ, dar o să te înfrunt în toate felurile.

–Ai pierdut deja, cretinule. Cară-te de aici, cu nebunia ta cu tot. Și las-o în pace pe Eva! Dacă vrei să-ți fiu dușman cu adevărat, calea ce mai bună e s-o superi pe ea.

El rămase câteva clipe cu ochii în ochii mei, apoi izbucni într-un râs răgușit.

– Ea știe ce-i faci lui Brett?

Am tras aer în piept, tresărind de durere din cauza unei lovituri în coaste.

– Nu-i fac nimic lui Kline. O protejez pe Eva.

– Și trupa e doar o pagubă colaterală?

– Mai bine el decât ea.

– Du-te dracului! mă înjură el.

– Du-te tu!

Christopher se îndreptă spre ușă cu pași mari.

Ar fi trebuit să-l las să plece, însă m-am trezit vorbind:

– Pentru numele lui Dumnezeu, Christopher, oamenii ăștia au talent. N-au nevoie de cine știe ce tertipuri ca să cunoască succesul. Dacă n-ai fi atât de turbat să mă faci să plătesc pentru un lucru pe care îți închipui că l-am făcut, te-ai concentra să găsești unghiurile mai bune pentru a-i face o trupă-minune.

El se răsuci spre mine, cu pumnii încleștați.

– Nu-mi spune tu cum să-mi fac treaba. Și nu-mi sta în cale, că o să te dau pe ușă afară.

Am rămas cu privirea în urma lui, în timp ce se îndepărta, escortat de oamenii de la pază. Pe urmă m-am întors la birou și am verificat jurnalul mesajelor. Scott notase că doi membri din comitetul de conducere de la Vidal Records sunaseră în timpul zilei.

L-am sunat pe Scott:

– Fă-mi legătura cu Arash Madani.

Dacă război voia Christopher, război avea să fie.

*

Am ajuns la doctorul Lyle Petersen la șase fix. Psihologul mă întâmpină zâmbind, cu căldură în ochii albaștri.

După ziua pe care o avusesem, numai o oră la psiholog nu-mi trebuia. Mai degrabă aș fi avut nevoie să petrec o oră împreună cu Eva.

Ședința a început ca de obicei. Doctorul Petersen m-a întrebat cum îmi petrecusem săptămâna, iar eu i-am răspuns cât mai succint cu putință. Pe urmă, el a zis:

– Hai să vorbim despre coșmaruri.

M-am lăsat pe spate, cu o mână sprijinită de brațul canapelei. Îi vorbisem încă de la început despre problemele mele cu somnul, ca să-mi dea o rețetă de medicamente care să mă ajute să nu mai fiu o primejdie prea mare pentru Eva în timpul nopții, însă niciodată disecarea viselor mele nu fusese un subiect de discuție.

Asta însemna că altcineva adusese vorba despre ele.

– Ai vorbit cu Eva.

Nu era o întrebare, căci răspunsul era evident.

– Mi-a trimis un e-mail ceva mai devreme, confirmă el, împreunându-și mâinile peste ecranul tabletei sale.

Fără să scot un cuvânt, băteam darabana cu degetele. Mișcarea asta nu-i scăpă neobservată.

– Te deranjează că m-a contactat?

Am cântărit un pic răspunsul pe care avem să-l dau:

– Își face griji. Dacă faptul că discută despre asta îi mai ușurează din povară, n-o să mă plâng. Ești și terapeutul ei, așa că are dreptul să vorbească despre asta cu tine.

– Dar nu-ți place. Ai prefera să alegi chiar tu problemele pe care să le discuți cu mine.

– Aș prefera ca Eva să se simtă în siguranță.

Doctorul Petersen dădu din cap.

– De asta te afli aici. Pentru ea.

– Firește.

– Și care speră ea să fie rezultatul acestor ședințe?

– Nu știi?

– Aș prefera să aud care e răspunsul tău la întrebarea asta, zâmbi el.

M-am gândit o clipă și-am spus:

– Eva a luat niște hotărâri greșite în trecut. A învățat să se sprijine pe sfatul terapeuților. Pentru ea, a funcționat, asta e ceea ce cunoaște.

– Și tu ce simți în legătură cu asta?

– Trebuie neapărat să simt ceva? am replicat. Ea m-a rugat să încerc, și am fost de acord. La urma urmelor, relațiile înseamnă și compromisuri, nu-i așa?

– Ba da.

Și, luând stylusul, doctorul apăsă pe ecranul tabletei.

– Vorbește-mi despre experiențele pe care le-a avut anterior cu terapia.

Am tras adânc aer în piept, lăsându-l apoi să iasă pe tot.

– Eram copil. Nu-mi aduc aminte.

El mă privi pe deasupra ochelarilor.

– Ce-ai simțit când făceai terapie? Supărare, spaimă, tristețe?

– Câte puțin din toate, am răspuns, cu privirea aținită asupra verighetei.

– Bănuiesc că la fel ai simțit și în legătură cu sinuciderea tatălui tău.

Am încremenit, studiindu-l cu ochi reci.

–Ce vrei să spui?

–Gideon, nu facem decât să stăm de vorbă, răspunse el, lăsându-se pe spate. De multe ori, am impresia că te întrebi care e perspectiva. Să știi că n-am nici una. Nu vreau decât să te ajut.

M-am străduit să mă relaxez la loc. Voiam ca acele coșmaruri să înceteze. Voiam să dorm în același pat cu soția mea. Și aveam nevoie ca doctorul Petersen să mă ajute să fac asta.

Dar, ca să-mi îndeplinesc scopul, nu voiam să vorbesc despre lucrurile care nu mai aveau cum să se schimbe.

Capitolul 8

– Salutare, fato! Ce părere ai de karaoke? mă întrebă Shawna Ellison de îndată ce-am răspuns la telefon.

Am lăsat jos pixul cu care mâzgălisem câte ceva într-un carnețel, pe urmă m-am așezat pe canapea, cu picioarele sub mine. Trecuse de ora nouă și nu știam nimic de Gideon. Nu știam dacă acesta era semn bun sau rău, din moment ce mai devreme avusese programare la doctorul Petersen.

Soarele apusese de vreo oră și de atunci încoace încercasem din greu ca, măcar cinci secunde, să nu mă gândesc la soțul meu. Așa că sporovăiala cu Shawna era cât se poate de bine-venită.

– Salut, am zis, din moment ce eu sunt total afonă, dorința de a cânta în public pur și simplu nu există în cazul meu. De ce?

În timp ce spuneam asta, în mintea mea se ivise imaginea roșcatei pline de viață cu care mă împrietenisem foarte repede. Semăna foarte mult cu fratele ei, Steven, logodnicul șefului meu. Amândoi erau foarte amuzanți și simpatici, puși pe glume, dar totuși oameni pe care puteai să te bazezi. Îmi plăceau foarte mult frații Ellison.

–Mă gândeam că putem să mergem într-un bar nou de karaoke despre care am auzit azi, îmi explică ea. Nu este ca în alte locuri, unde se pun melodii siropoase gata înregistrate, aici cântă o trupă live. Dacă nu vrei, nu ești obligată să cânți. Mulți se duc doar ca să se uite.

–Și cum se numește barul? am întrebat, întinzând mâna după tableta de pe măsuța de cafea.

–Starlight Lounge. Mă gândeam că ar fi amuzant să mergem vineri.

Am ridicat din sprâncene la auzul acestor cuvinte. Vineri era seara în care hotărâserăm să punem laolaltă grupurile noastre de prieteni. Am încercat să-i vizualizez pe Arnoldo sau pe Arash făcând karaoke, și m-a pufnit râsul la gândul acesta. De ce nu? Asta măcar o să spargă gheața.

–O să-i spun lui Gideon, am zis, în timp ce căutam site-ul pe tabletă. Pare drăguț.

După nume, aș fi zis că e un loc frecventat de cine știe ce cântăreți demodați, însă imaginile de pe site arătau un club cât se poate de modern, decorat în nuanțe de albastru, cu accente cromate. Părea elegant, chiar un pic snob.

–Nu-i așa? Și mie mi s-a părut la fel. Și o să fie amuzant.

–Chiar că! Stai să-l vezi pe Cary cu microfonul în brațe. N-are pic de rușine.

Ea izbucni într-un râs care mă făcu și pe mine să zâmbesc, căci scotea niște sunete ca ale bulelor de șampanie.

– La fel face și Steven. Să-mi spui ce hotărăști. Abia aștept să ne vedem.

După ce am închis, am azvârlit telefonul pe perna de pe mine. Voiam să mă întorc la proiectul meu, când am auzit sunetul de intrare al unui mesaj.

Era de la Brett: „Trebuie să vorbim. Sună-mă!"

Am rămas câteva clipe cu privirea ațintită la fotografia lui de pe ecran. Mă sunase toată ziua, dar închidea când intra căsuța vocală. Aș fi mințit dacă aș fi zis că nu mă încercau sentimente contradictorii legate de faptul că el încă mai voia să mă prindă, însă era o fundătură. Poate că într-o zi aveam să devenim prieteni, dar în nici un caz acum. Nu eram pregătită pentru așa ceva, nici pentru stresul pe care i-l provoca lui Gideon.

Crezusem că dacă mă confruntam cu problemele care mă stânjeneau era o dovadă de putere și de responsabilitate din partea mea. Acum însă, îmi dădeam seama că scopul nu era să fiu hotărâtă. Uneori, trebuie pur și simplu să profiți și să te examinezi cu ceva mai multă atenție.

„Te sun când o să pot", i-am scris la rândul meu, după care am lăsat iar telefonul. Urma să-l sun când și Gideon avea să fie prezent. Fără secrete, fără nimic de ascuns.

– Salut! Cary ieșise din camera lui și intră în living.

Avea pe el pantaloni de pijama și un tricou ponosit. Părul îi era încă ud după dușul pe care probabil că îl făcuse după plecarea Tatianei, cu o oră în urmă.

Mă bucuram că ea nu rămăsese peste noapte. Aș fi dorit să o plac pe femeia care susținea că poartă în pântece copilul prietenului meu cel mai bun, însă manechinul cu picioare până în gât nu mă ajuta deloc.

Aveam senzația că mă plesnește deliberat, de fiecare dată când i se ivea ocazia. Mi se părea foarte clar că n-ar fi dorit nimic mai mult decât să-l țină pe Cary numai pentru ea, așa că pe mine mă privea ca pe un pietroi în calea îndeplinirii acestui scop.

Prietenul meu se trânti cu fața în jos pe cealaltă parte a canapelei; capul îi ajungea lângă coapsele mele, iar picioarele lungi îi atârnau în afară.

–Ce tot faci acolo?

–Liste. Vreau să încep un proiect pentru cei care au suferit abuzuri.

–Da? Și la ce te gândești?

Am ridicat din umăr, neajutorată.

–Păi nu prea știu. Nu-mi ies din minte Megumi și faptul că n-a spus nimic nimănui Nici eu n-am spus nimănui. Și nici tu, decât foarte târziu.

–Păi cui o să-i pese măcar așa, puțin? răspunse el morocănos, sprijinindu-și bărbia în mâini.

–Și e înspăimântător să vorbești despre asta. Există o grămadă de linii de urgență și de adăposturi pentru victime. Eu aș vrea să găsesc altceva, ceva care să fie altfel, însă n-am nici o idee de la care să pornesc.

–Atunci, vorbește cu oamenii cu idei!

–După cum o spui tu, ai zice că totul e floare la ureche, am zâmbit eu.

–Păi la dracu', de ce te-ai apuca să reinventezi roata? Găsește pe cineva care face asta bine și dă-le o idee.

Zicând asta, se întoarse cu fața în sus, frecându-și fața cu amândouă mâinile. Cunoșteam gestul acesta, știam ce înseamnă. Îl rodea ceva.

–Spune-mi ce-ai făcut azi, i-am cerut.

Până la urmă, la San Diego petrecusem mai mult timp cu Gideon decât cu Cary și mă simțeam aiurea din cauza asta. Cary îmi zisese că se distrase pe cinste cu vechea lui gașcă, dar nu acesta fusese scopul călătoriei. Aveam senzația că îl abandonasem, cu toate că el nu mă acuzase de una ca asta.

El își lăsă în jos mâinile.

–Azi-dimineață am avut o filmare, iar pe urmă am luat prânzul cu Trey.

–I-ai spus despre copil?

El clătină din cap.

–M-am gândit la asta, dar n-am putut. Sunt un mare ticălos.

–Nu mai fi așa de aspru cu tine! Ești într-o situație dificilă.

Cary închise ochii, ascunzând vederii verdele lor electric.

–Zilele trecute, mă gândeam cât de ușor ar fi dacă Trey ar juca la ambele capete. Așa, am putea să i-o tragem lui Tat, să ne-o tragem și noi, iar eu aș avea totul. Pe urmă, mi-am dat seama că n-aș vrea să-l împart pe Trey cu Tat. Nu m-ar deranja s-o împart pe ea. Pe el însă, nu. Zi și tu dacă asta nu mă face un cretin notoriu.

Am întins mâna, trecându-mi degetele prin părul lui negru.

–Te face pur și simplu om.

Și eu trecusem prin ceva asemănător cu Gideon când mă gândisem că aș putea găsi o cale să rămân prietenă cu Brett, chiar dacă pe mine mă rodea rău că Gideon era prieten cu Corinne.

–Într-o lume perfectă, nici unul dintre noi n-ar fi egoist, însă nu așa merg lucrurile. Facem și noi ce putem.

– Tu îmi găsești mereu scuze, mormăi el.

Am reflectat o clipă la spusele lui.

– Ba nu, l-am corectat apoi cu blândețe, aplecându-mă să-l sărut pe frunte. Pur și simplu te iert. Trebuie s-o facă cineva, dacă tu nu te ierți pe tine.

Dimineața zilei de miercuri a trecut ca vântul. Nici nu mi-am dat seama când se făcuse ora prânzului.

– Acum trei săptămâni, ne sărbătoream logodna, începu Steven Elison pe când mă așezam pe scaunul pe care mi-l oferea. Acum, am ajuns s-o sărbătorim pe a ta.

Am zâmbit; nu puteam să mă abțin. Logodnicul șefului meu avea în el ceva molipsitor de vesel, un fel de a fi pe care nu puteai să nu-l imiți.

– O fi ceva în apă.

– Probabil, zise el, aruncându-i o privire partenerului său, apoi întorcându-se iar spre mine. Mark n-o să te piardă, nu-i așa?

– Steven, las-o baltă, îl certă Mark, clătinând din cap.

– Nu plec nicăieri, am răspuns, primind pentru asta un zâmbet surprins și încântat de la șeful meu.

Surâsul de sub bărbuța lui era la fel de molipsitor ca sociabilitatea lui Steven. Prânzurile pe care le luam împreună chiar că își meritau toți banii.

– Să știi că mă bucur să aud asta, zise Mark.

– Și eu, făcu Steven, deschizându-și meniul cu un gest hotărât, ca și cum tocmai s-ar fi luat o hotărâre importantă. Vrem să rămâi cu noi, fetițo.

– Rămân, i-am asigurat eu.

Chelnerul puse un coș cu pâine și ulei de măsline și cu usturoi pe masă, între noi, după care se apucă să ne prezinte specialitățile zilei. Restaurantul ales de băieți avea două tipuri de meniuri: grecesc și italian.

Ca în cele mai multe cârciumi din Manhattan, locul era mic, iar mesele înghesuite, atât de apropiate, că te puteai lovi de cei de la mesele vecine și trebuia să ai grijă la coate. Aromele care se răspândeau din bucătărie și din tăvile cărate de chelneri mă făceau să-mi chiorăie mațele audibil. Din fericire, zgomotul servirii prânzului erau destul de mare ca să mă acopere.

Steven își trecu mâna prin părul de un roșcat strălucitor, pentru care multe femei ar fi fost în stare să ucidă.

–Eu îmi iau musaca.

–Și eu, am zis, închizând meniul.

–Eu vreau o pizza cu pepperoni, hotărî Mark.

Eu și Steven am râs de el că se aventura atât de tare.

–Aiurea, replică el, faptul că mă însor cu Steven este cea mai tare aventură.

Steven zâmbi, sprijinindu-și bărbia în palme.

–Ia zi, Eva, cum te-a cerut Cross? Am eu o bănuială că nu ți-a trântit-o în mijlocul străzii.

Mark, care stătea pe banchetă lângă partenerul său, îi aruncă o privire exasperată.

–Nu, am recunoscut. Mi-a dat vestea pe o plajă privată. Nu prea pot să spun că m-a cerut, pentru că de fapt m-a cam anunțat că ne căsătorim.

Mark mustăci gânditor, însă, ca de obicei, Steven nu se încurca în subtilități.

–Romantic, stil Gideon Cross.

–Absolut, am izbucnit eu în râs. El e primul care spune că nu-i deloc romantic, dar se înșală.

– Arată-mi inelul!

Am ridicat mâna spre Steven, iar diamantul de la Asscher aruncă flăcări din multiplele fațete. Era un inel tare frumos, care îi trezea amintiri minunate lui Gideon. Părerea lui Elizabeth Vidal despre acest subiect nu le putea întina.

– Uau! Mark, dragule, trebuie să-mi iei și mie unul!

Imaginea care îmi apăru imediat în minte, a antreprenorului robust și roșcat, purtând un inel ca al meu, era tare comică. Mark se uită la el ironic:

– Ca să-l strici pe vreun șantier? Am priceput bine, nu-i așa?

– Diamantele sunt niște frumuseți dure, dar o să am mare grijă de el.

– Atunci, așteaptă până o să am propria agenție, pufni șeful meu.

– Ei, asta pot s-o fac, zise Steven, făcându-mi cu ochiul. V-ați înregistrat deja pe undeva?

Am clătinat din cap.

– Dar voi?

– Ei bine, da. Și, răsucindu-se, își deschise servieta și scoase catalogul cu invitații pentru nuntă. Spune-mi ce părere ai de modelele astea.

Mark ridică ochii spre cer, suspinând ca de o lungă suferință. Eu am luat o felie de pâine cu usturoi și m-am aplecat înainte cu un mormăit încântat.

Tot restul după-amiezii am lucrat la cererea de ofertă pentru LanCorp.

La sfârșitul zilei, Raúl m-a dus la lecția de Krav Maga. Pe drum, am citit din nou răspunsul lui Tom Clancy la mesajul meu, prin care îl anunțam că nu am nevoie să mă ducă el. El îmi scrisese că e în regulă, dar simțeam nevoia să-i explic mai amănunțit.

„Gideon vrea să fiu escortată de omul lui pe unde mă duc, așa că de acum înainte ești liber. ☺ Mulțumesc pentru tot ajutorul."

Răspunsul lui veni repede: „Cu plăcere, oricând. Dă semn când ai nevoie de mine. Apropo, prietena ta n-ar trebui să-și mai facă probleme".

Mulțumirile cu care i-am răspuns nu păreau să fie de ajuns. Mi-am pus în minte să-i trimit ceva care să exprime recunoștința mea.

Raúl parcă în fața depozitului placat cu cărămizi, reconvertit în studio de Krav Maga de către Parker Smith, apoi mă însoți înăuntru, așezându-se pe strapontine. Prezența lui mă încurca puțin. Clancy mă așteptase mereu afară. Faptul că Raúl mă privea mă cam făcea să mă intimidez.

Spațiul deschis și enorm părea totuși aglomerat, datorită tuturor clienților care luptau pe saltele sau în lecții private cu instructorii. Zgomotul era aproape asurzitor, o cacofonie de trupuri izbindu-se de perne, de carne lovindu-se de carne, pe lângă sunetele cu care participanții se îmbărbătau singuri și încercau să se intimideze unii pe alții. Ușile uriașe de metal dădeau studioului un aer și mai industrial și măreau și mai mult zăpușeala, pe care nici măcar aparatele de aer condiționat și ventilatoarele răspândite peste tot n-o puteau potoli.

Îmi făceam flotările, pregătindu-mă pentru loviturile puternice care mă așteptau, când o pereche de picioare lungi apăru în raza mea vizuală. M-am ridicat în picioare, ajungând față în față cu Shelley Graves, detectiv NYPD.

Își ținea părul castaniu și cârlionțat într-o coadă la fel de severă pe cât îi era și chipul, iar ochii ei albaștri mă cântăreau cu o impasibilitate glacială. Mi-era teamă de ea și de ceea ce i-ar fi putut face lui Gideon, însă o și admiram enorm. Era fioroasă și plină de încredere în sine într-un fel la care eu puteam doar să visez.

–Eva! mă salută ea.

–Doamnă detectiv Graves!

Era îmbrăcată de serviciu, cu pantaloni negri și o bluză roșie din jerse. Pe deasupra, avea un sacou negru, care nu-i ascundea nici insigna, nici arma. Ghetele îi erau zgâriate și total imune față de modă, cam cum era toată atitudinea ei.

–Te-am văzut când mă pregăteam să ies. Am auzit de logodna ta. Felicitări!

Mi s-a cam strâns stomacul. O parte din alibiul lui Gideon – dacă putea fi numit așa – era că noi nu mai eram împreună când Nathan fusese omorât. De ce-ar fi vrut un tip foarte bine-cunoscut, puternic, care ieșea peste tot în evidență, să omoare un tip pentru o fostă iubită pe care o părăsise fără să se mai uite înapoi?

Faptul că mă logodisem așa de repede dăduse naștere, după cât se părea, la multe bănuieli. Graves îmi spusese că ea și partenerul ei se ocupau acum de alte cazuri, însă îmi dădeam prea bine seama ce fel de polițistă era ea. Shelley Graves credea în justiție. Credea că Nathan a plătit pentru faptele lui, însă știam că undeva, în sinea ei, se întreba dacă nu cumva și Gideon trebuia să plătească.

–Mulțumesc, am răspuns, îndreptându-mă de spate. În povestea asta, Gideon și cu mine eram o echipă. Sunt o fată norocoasă.

Ea aruncă o privire spre bănci, către Raúl.

–Unde e Ben Clancy?

–Nu știu, am zis, nedumerită. De ce?

–Eram doar curioasă. Știi, pe unul dintre federalii cu care am vorbit despre Yedemsky îl cheamă tot Clancy, explică ea, apoi își înfipse ochii în ai mei. Crezi că o fi vreo legătură între ei?

La auzul numelui mafiotului rus pe cadavrul căruia se găsise brățara lui Nathan, am simțit cum îmi îngheață sângele în vene. M-am clătinat, căci dintr-odată îmi venise amețeală.

–Ce?

Ea însă dădu din cap, de parcă se așteptase la așa ceva.

–Probabil că nu. Oricum, ne mai vedem.

Am privit-o cum se îndepărta, fără să-l scape din ochi pe Raúl. Brusc, se opri și se întoarse iar spre mine.

–Mă inviți la nuntă?

Cu greu, am reușit să-mi revin din amețeală și să răspund:

–La recepție. N-o să facem o nuntă mare, vor fi doar cei din familie.

–Serios? N-aș fi zis, comentă ea și pe chip îi apăru o umbră de zâmbet. E plin de surprize, nu-i așa?

Nici măcar nu puteam să mă apuc să descifrez ce mai însemna și asta. Mintea îmi era mult prea ocupată cu încercarea de a pricepe toate celelalte lucruri pe care le spusese. Nici măcar nu-mi dădeam seama că o luasem la fugă după ea, până am remarcat că-i pusesem o mână pe umăr.

Ea se opri, trimițându-mi un semnal nonverbal să-i dau drumul. Ceea ce am și făcut, de îndată. Am rămas cu ochii ațintiți la ea o clipă, încercând să-mi adun gândurile. Clancy. Gideon. Nathan. Ce dracu' mai însemna și asta? Unde voia să ajungă?

Și mai ales, de ce aveam impresia că mă ajuta? Că avea grijă de mine. De Gideon.

Când am rupt tăcerea, vorbele spuse m-au uluit până și pe mine.

– Vreau să sprijin o organizație care face cu adevărat o treabă bună pentru cei care au supraviețuit abuzurilor.

– Și de ce-mi spui mie? replică ea, mirată.

– Nu știu de unde să încep.

– Încearcă la Crossroads, zise ea sec. Am auzit lucruri bune despre ei.

Stăteam pe jos la mine în dormitor, cu picioarele încrucișate, când Gideon a ajuns acasă. Purta o pereche de blugi largi și un tricou cu anchior; învârtea pe deget cheile de la apartamentul meu.

Am rămas cu privirea ațintită spre el. Nu mă puteam abține. Oare avea să mă facă mereu să mi se oprească inima în loc? Așa speram.

Camera mea era mică și tinerească; mama o decorase cu mobile vechi, precum birouașul acela prostesc pe care ar fi trebuit să-l folosesc drept masă de scris. Gideon umplea spațiul cu o doză zdravănă de testosteron, făcându-mă să mă simt slabă, feminină și doritoare să fiu siluită.

– Bună, asule! Iubirea și dorul pe care mi le inspira erau toate în aceste două cuvinte.

El se opri brusc din joaca cu cheile și mă privi la fel ca atunci când ne întâlniserăm pentru prima dată în holul de la Crossfire. În ochii lui apăruse iar expresia aceea sălbatică și feroce pe care o consideram înfiorător de excitantă.

Dintr-un motiv pe care probabil că n-aveam să-l înțeleg vreodată, și el simțea același lucru pentru mine.

– Îngerașul meu! exclamă și el și se lăsă pe vine lângă mine, cu părul căzându-i unduitor pe obraji. La ce lucrezi acolo?

Și începu să răsfoiască prin hârtiile răspândite pe jos, în jurul meu. Dar, înainte ca atenția să-i fie atrasă de cercetările pe care le făcusem asupra fundației Crossroads, l-am luat de mână, strângându-i-o cu putere. Și am spus pe nerăsuflate ceea ce aflasem, la fel de brusc pe cât îmi fusese dată și mie știrea.

– Gideon, Clancy a fost. Clancy și fratele lui care lucrează la FBI au pus brățara lui Nathan pe mafiotul ăla.

– Așa mi-am închipuit și eu, dădu el din cap.

– Serios? Cum? am zis, dându-i un ghiont în umăr. Și de ce n-ai spus nimic? Eram moartă de frică.

Gideon se așeză pe jos în fața mea, cu picioarele încrucișate, la fel ca mine.

– Încă nu am toate răspunsurile. Eu și Angus ne apropiem de adevăr. Oricine ar fi fost cel care a făcut asta, ne supraveghea fie pe Angus, fie pe mine, ne urmărea mișcările, așa că am început de acolo.

– Sau poate că vă supraveghea pe amândoi.

–Exact. Și cine ar fi făcut asta? Cine ar fi avut o miză în cazul ăsta? În tine?

–Doamne! am exclamat privindu-l scrutător. Polițista Graves știe, FBI-ul. Clancy...

–Graves?

–Ea mi-a spus, în seara asta, la sala lui Parker. Mi-a aruncat-o așa, ca din întâmplare, ca să vadă cum primesc vestea.

El îngustă ochii.

–Fie se joacă cu tine, fie vrea să nu-ți mai faci griji. Pariez pe ultima variantă.

Era cât pe ce să-l întreb de ce, când mi-am dat seama că amândoi ajunseserăm la aceeași concluzie. Detectiva era dură ca piatra, dar avea suflet. Îl întrezărisem în cele câteva momente când intrasem în contact cu ea. Și, fără îndoială, era bună în ceea ce făcea.

–Atunci, înseamnă că trebuie să ne încredem în ea? am întrebat, târându-mă peste broșurile și foile de pe jos ca să mă așez în poala lui.

El mă luă în brațe, ajutându-mă să-mi găsesc poziția în liniile dure ale trupului său, ca și cum acolo ar fi fost locul meu dintotdeauna. Așa mă simțeam când el mă ținea în brațe. În siguranță. Prețuită. Adorată.

El mă sărută ușor pe frunte.

–O să stau de vorbă cu Clancy, doar ca să fiu sigur, dar nu e prost. Nu e genul care să lase lucrurile la întâmplare.

M-am agățat de tricoul lui, nevrând să-i mai dau vreodată drumul.

–Gideon, nu-mi mai ascunde lucruri ca acesta! Nu mai tot încerca să mă protejezi!

–Nu pot, răspunse el, întețindu-și la rândul lui strânsoarea. Poate că ar fi trebuit să-ți spun ceva, dar nu avem decât câteva ore singuri în fiecare zi și voiam ca ele să fie perfecte.

–Gideon, trebuie să mă lași și pe mine să intru în lumea ta.

El oftă din rărunchi; i-am simțit inima bătând cu putere, liniștită.

–Mă străduiesc, Eva.

Mai mult de atât nici nu puteam să cer.

A doua zi de dimineață m-am dus în bucătărie; Gideon era deja acolo, făcea cafeaua. Aș fi putut spune că mirosul cafelei îmi făcea picioarele mai sprintene, însă de fapt vederea soțului meu, proaspăt bărbierit și îmbrăcat, descheiat la sacou, mă trezea la viață. Îmi plăcea enorm să-l văd un pic dezordonat.

El își înălță ochii spre mine în vreme ce mă apropiam, cu tocurile lovind marmura; chipul îi era impasibil, dar privirea îi era plină de căldură. Oare și el avea aceeași senzație când mă vedea pregătită să iau ziua în piept? Mă îndoiam. Eram convinsă că bărbații vedeau doar dacă tipa era sexy... sau nu.

I-am prins încheietura mâinii, trăgându-i-o spre mine, de-a lungul fustei, ca să-mi prindă fesele în palmă.

–Salut și ție, doamnă Cross, zâmbi el din colțul gurii.

Și, trăgându-mi jartiera, o lăsă să mă plesnească peste coapse. Am tresărit puternic, de usturime, gemând în vreme ce locul lovit se încălzea.

–Hmmm... îți place, rânji el.

–Ba mă doare, am zis, făcând bot.

Gideon își schimbă poziția, sprijinindu-se cu spatele de blat, și mă trase înspre el, depărtându-și picioarele, cu ambele mâini înfipte în coapsele mele. Frecându-se cu nasul de tâmpla mea, îmi masă locul care ardea.

– Îmi pare rău, îngeraș.

După care mă plesni cu cealaltă jartieră.

Am tresărit surprinsă și, în această mișcare, corpul mi s-a lipit de al lui. Se excitase. Din nou. Am gemut încetișor:

– Oprește-te!

– Dar te excită, îmi șopti el la ureche.

– Ba mă doare! m-am plâns, chiar în timp ce mă frecam de el. Mă trezise cu sărutări blânde și cu mâini obraznice. Îi mulțumisem pentru asta la duș, cu gura. Totuși, putea s-o facă din nou. Ca și mine. Eram dependenți unul de altul.

– Vrei să te sărut ca să-ți treacă? întrebă el, strecurându-și degetele între coapsele mele, văzând că eram fierbinte, gata pentru el. Dumnezeule, gemu el, ce-mi faci, Eva! Am așa de mult de lucru...

Doamne, ce bun era! Și mirosea atât de bine... Mi-am înlănțuit brațele în jurul gâtului său.

– Trebuie să mergem la serviciu.

El mă ridică pe vârfuri, lipindu-mă strâns de erecția lui.

– O să ne jucăm mai încolo cu jartierele astea.

I-am răspuns cu un sărut. Mi-am lipit gura de a lui, devorându-l, atingându-i limba cu a mea, frecând-o cu lăcomie, sugându-i-o.

Gideon își înfipse mâna în coada mea, împiedicându-mă să mă mișc, întorcându-mi sărutul, făcând dragoste cu gura mea, sorbindu-mă. M-am excitat pe dată; pielea mi se umezise de sudoare.

Buzele lui puternice erau atât de moi, lipite de gura mea; mă ținea prinsă în poziția pe care și-o dorea, în vreme ce mă mușca ușor de buza de jos. Gustul gurii lui, în care se simțea o urmă delicioasă de cafea, mă îmbăta pur și simplu. Îi sorbeam sărutul; îmi înfipsesem și eu mâna în părul lui, agățându-mă de el, ridicată pe vârfuri ca să fiu și mai aproape. Tot mai aproape. Niciodată îndeajuns de aproape.

– Uau! se auzi deodată glasul lui Cary, rupând vraja senzuală în care mă aruncase Gideon. Nu uitați că acesta e locul în care mâncăm.

Am încercat să mă îndepărtez de soțul meu, însă el m-a tras înapoi, permițându-mi să-mi dezlipesc doar buzele de ale lui. Mi-am ridicat privirea spre el; pe sub pleoapele grele, ochii lui mă priveau pătrunzător; buzele îi erau moi și umede.

– Bună dimineața, Cary, zise el, mutându-și apoi privirea spre prietenul meu, care se îndrepta spre filtrul de cafea.

– Așa o fi pentru voi, mormăi Cary, deschizând dulapul ca să-și ia o cană. Din păcate, sunt prea obosit ca să mă excite spectacolul pe care l-ați dat. Iar asta nu mă face prea optimist în legătură cu felul cum o să-mi fie ziua.

Purta niște blugi strânși pe picior și un tricou albastru; își aranjase cu îndemânare părul într-o tunsoare la modă. Mi s-a făcut milă de tipele singure din Manhattan care aveau să-l întâlnească în această zi. Era un bărbat uluitor, atât fizic, cât și prin falsa încredere în sine pe care o afișa.

– Ai filmare azi? m-am interesat.

– Nu, are Tat și vrea să vin și eu. Are grețuri și nu se simte bine, așa că o să stau cu ea s-o ajut dacă o să i se facă rău.

L-am mângâiat pe braț, în semn de simpatie:

– Ce tare, Cary! Ești cel mai bun.

El zâmbi strâmb, ducând cana de cafea la gură.

– Păi ce altceva să fac? Nu pot să am grețuri în locul ei, iar Tat trebuie să lucreze cât poate de mult.

– O să-mi spui dacă pot să te ajut cu ceva?

– Sigur, dădu el din umeri.

Gideon mă mângâia pe spate, oferindu-mi pe mutește sprijinul lui.

– Cary, dacă ai timp, aș vrea să vii și tu la întâlnirea cu designerul care ne renovează apartamentul de pe Fifth Avenue.

– Da, și eu m-am gândit la asta, spuse Cary, sprijinindu-se de blat. Încă n-am discutat toate aspectele cu Tat, dar îmi închipui că o să ne mutăm împreună la un moment dat. Și voi doi n-o să aveți nevoie de un țânc urlător în casă. Când o să vină vremea, o să-i aveți și voi un bebeluș, nu e cazul să vi-l bag pe gât pe al meu.

– Cary...

Prietenul meu se gândea destul de rar la un viitor care depășea următorul sfert de oră din viața lui, așa că faptul că acum îl auzeam cum face planuri atât de clare mă făcea să-l iubesc și mai mult.

– Ambele zone din penthouse sunt total izolate fonic, interveni Gideon, cu acel ton poruncitor din glas care îi liniștea pe toți cei care îl auzeau. Putem face orice să meargă cum trebuie, Cary. E de ajuns să-mi spui ce probleme ai și o să le rezolvăm noi.

Cary își coborî ochii în cană; dintr-odată, părea supărat, obosit.

–Mulțam! O să vorbesc cu Tat. Dar să știți că e greu. Ea nu vrea deloc să se gândească la ce-o să vină, în schimb, eu nu pot să mă gândesc la altceva. O să vină pe lume o ființă total dependentă de noi și trebuie să fim pregătiți pentru asta. Cât de cât.

Am făcut un pas în spate, iar Gideon mi-a dat drumul. Îmi venea greu să văd cum se zbate Cary. Și era și înspăimântător. El nu reușea să facă față prea bine provocărilor, și mi-era tare teamă că o să se întoarcă la mecanismele de liniștire care îi era atât de familiare, dar atât de distructive. Cu amenințarea asta ne confruntam amândoi în fiecare zi. Eu însă aveam un grup de prieteni care mă ținea ancorată în realitate. Cary nu mă avea decât pe mine.

–Pentru asta sunt familiile, Cary, i-am zis zâmbind. Ca să ne înnebunim unii pe alții și să ajungem direct la terapie.

El pufni și-și ascunse fața în cană. Faptul că nu-mi dăduse o replică usturătoare mă făcea să mă tem chiar și mai tare. Se lăsă astfel o tăcere prevestitoare de rău.

Eu și Gideon l-am lăsat câteva minute să-și revină, timp în care ne-am luat și noi cănile de cafea. Nici unul dintre noi nu scotea o vorbă, nici măcar nu ne priveam, ca să nu creăm un grup din care Cary să se simtă exclus; simțeam însă cât eram de sincronizați. Iar asta însemna enorm pentru mine. Niciodată, în toată viața mea, nu avusesem pe cineva care să-mi fie un adevărat partener, un iubit care să stea cu mine și pentru altceva decât pentru distracție.

Gideon era un adevărat miracol, într-o mulțime de moduri.

În momentele acelea, am avut revelația că trebuia să fac și eu câteva schimbări, să fac ceva mai multe compromisuri în privința ideii de a lucra împreună cu Gideon. Trebuia să încetez să consider că Echipa Cross era doar a lui. Trebuia să fie și a mea, ca să o pot împărtăși cu el.

– Sunt liber săptămâna viitoare, rupse Cary tăcerea în cele din urmă, uitându-se întâi la mine, iar apoi la Gideon.

Soțul meu dădu din cap.

– Atunci, hai să ne întâlnim miercuri. Lasă-ne câteva zile să ne revenim după weekend.

Cary zâmbi ironic:

– A, deci e genul ăla de petrecere.

– Mai există și altul? i-am zâmbit și eu la rândul meu.

– Cum te simți? am întrebat-o pe Megumi pe când ne așezam la masă joi la prânz.

Arăta mai bine decât luni, dar încă era prea îmbrăcată pentru cât era de cald afară. Din cauza acestui lucru, comandasem niște salate la serviciu și puseserăm stăpânire pe bucătăria de acolo, ca să nu luăm în piept arșița de afară.

Ea zâmbi slab.

– Mai bine.

– Lacey știe ce-ai pățit?

Nu prea știam cât de apropiată era Megumi de colega ei de apartament, dar nu uitasem că Lacey fusese cu Michael înaintea ei.

– Nu totul, răspunse Megumi, jucându-se cu furculița de plastic prin salată. Mă simt atât de proastă!

– Întotdeauna ne repezim să dăm vina pe noi însene, dar nu înseamnă nu. Nu e vina ta.

– Știu, dar totuși...

Știam exact cum se simțea.

– Te-ai gândit să vorbești cu cineva?

Megumi îmi aruncă o privire, dându-și părul pe după ureche.

– Vrei să spui cu un psiholog sau ceva de genul?

– Da.

– Nu chiar. Habar n-am cum începi să cauți așa ceva.

– Păi avem asigurare și pentru sănătatea mintală. Sună la numărul de pe spatele cardului tău de asigurări. O să primești o listă din care să alegi.

– Și pur și simplu... iau unul la întâmplare?

– O să te ajut eu.

Și, dacă aveam să-mi pun gândurile în ordine, urma să găsesc o cale să ajut mai multe femei ca ea și ca mine. Trebuia să iasă și ceva bun din lucrurile prin care trecuserăm. Trebuia doar să găsesc calea.

– Ești o prietenă bună, Eva, zise ea cu ochii înecați în lacrimi. Îți mulțumesc că ești aici.

M-am aplecat și am îmbrățișat-o.

– În ultimul timp nu mi-a mai trimis nici un mesaj, zise ea pe urmă. Sunt speriată de moarte că o s-o facă, dar cu fiecare ceas care trece și el nu scrie, mă simt tot mai bine.

– Bine, am zis, sprijinindu-mă de spătarul scaunului și mulțumindu-i în gând lui Clancy.

*

La ora cinci am plecat de la serviciu, luând liftul spre Cross Industries; speram să petrec un pic de timp cu Gideon, înainte de ședința cu doctorul Petersen la care trebuia să mergem.

Toată ziua mă gândisem la el, la viitorul pe care voiam să-l avem împreună. Voiam ca el să-mi respecte individualitatea și granițele personale, dar în același timp voiam ca și el să-și deschidă câteva dintre granițele lui. Voiam să am parte de mai multe clipe cum fuseseră cele de dimineață, împreună cu Cary, când eu și Gideon acționaserăm împreună, înfruntând o situație ca și cum am fi fost unul. Și clar că nu puteam să cer ca aceste lucruri să se întâmple dacă nu voiam să fac și eu același efort.

La Cross Industries, roșcata de la recepție apăsă pe buton, permițându-mi să intru, și mă salută cu un zâmbet formal, care nu i se reflecta și în ochi.

– Pot să vă ajut?

– Nu, mă descurc, mulțumesc, i-am răspuns, trecând grăbită de ea. Ar fi fost drăguț dacă toți angajații lui Gideon ar fi fost la fel de amabili ca Scott, însă tipa de la recepție avea o problemă cu mine și nu-mi rămăsese decât să accept asta.

M-am îndreptat către biroul lui Gideon; Scott nu era la locul lui. Prin peretele de sticlă, am văzut că soțul meu lucra; prezida o ședință cu autoritate, dar fără să se formalizeze. Era în fața biroului său, sprijinit de el, cu picioarele încrucișate. Era în vestă, în fața unei audiențe formate din doi bărbați în costum și o femeie care avea niște pantofi bestiali de la Louboutin. Scott stătea într-o parte, luându-și notițe pe tabletă.

M-am așezat pe unul dintre scaunele de lângă biroul lui Scott și am început să-l privesc pe Gideon cu tot atâta fascinație ca și persoanele aflate în aceeași încăpere cu el. Nu-mi puteam deloc stăpâni uluirea în fața uimitoarei siguranțe de sine pe care o afișa el, un bărbat care n-avea decât douăzeci și opt de ani. Bărbații cu care avea ședință păreau să aibă dublul vârstei lui, însă după limbajul corporal și concentrarea cu care îl priveau, era clar că îl respectă pe soțul meu și ceea ce spunea el.

Da, banii vorbeau, și încă tare, iar Gideon avea o mulțime. Însă el transmitea ideile de comandă și de control prin acțiuni subtile. Recunoșteam asta, după ce trăisem în aceeași casă cu tatăl lui Nathan, primul soț al mamei mele, care își folosea puterea ca pe un instrument contondent.

Gideon știa cum să pună stăpânire pe audiență fără să se bată cu pumnii în piept. Mă îndoiam că faptul că era pe teritoriul propriu avea vreo importanță; ar fi fost o prezență formidabilă în biroul oricui.

Își întoarse capul și ochii ni se întâlniră. În privirea lor albastră nu era nici urmă de surprindere. Își dăduse seama că sunt acolo, îmi simțise prezența, la fel cum îi simțeam și eu deseori apropierea, fără să mă uit. Eram legați unul de altul, într-un fel pe care nu mi-l puteam explica. Uneori el nu era cu mine și voiam să fie, dar tot îl simțeam lângă mine.

I-am zâmbit, după care am scotocit prin geantă după telefon. Nu voiam ca Gideon să aibă impresia că stau acolo și-l aștept, nici să se simtă presat în vreun fel din cauza asta.

Aveam zeci de e-mailuri de la mama, pline de fotografii de rochii de mireasă, de flori și de aranjamente pentru nunți; asta îmi aminti că trebuia să vorbesc cu ea despre faptul că tata avea să plătească ceremonia. Toată săptămâna amânasem discuția asta, încercând să mă pregătesc sufletește pentru reacția ei. Aveam și un mesaj de la Brett, care îmi spunea că trebuie să vorbim... urgent.

M-am ridicat în picioare, căutând din ochi un colț mai liniștit, de unde puteam să-l sun. În schimb, mi-au căzut ochii pe Christopher Vidal Sr., care tocmai se apropia.

Tatăl lui Gideon purta pantaloni cu buzunare mari și pantofi fără șiret, așa cum mă așteptam, și o cămașă bleu, deschisă la gât și cu mânecile suflecate. Părul de un arămiu-închis pe care îl moștenise și Christopher Jr. îi era tuns cu atenție la gât și în jurul urechilor, iar ochii verzi-cenușii îi păreau încruntați în spatele ochelarilor cu rame de alamă, de modă veche.

– Eva! zise Chris, încetinindu-și pasul când se apropie de mine. Ce mai faci?

– Bine. Tu?

El dădu din cap, aruncând o privire peste umărul meu peste biroul lui Gideon.

– Nu pot să mă plâng. Ai o clipă liberă? Aș dori să discut cu tine despre ceva.

– Sigur!

În momentul acela, ușa din spatele meu se deschise, așa că m-am întors. Scott tocmai ieșea.

– Domnule Vidal, spuse el, îndreptându-se spre noi. Domnișoară Tramell! Domnul Cross va termina peste vreun sfert de oră. Pot să vă aduc ceva de băut în timp ce-l așteptați?

Chris clătină din cap.

–Pentru mine, nimic, mulțumesc. Dar dacă aveți o încăpere ferită pe care să o folosim, ar fi excelent.

–Sigur că da. Și Scott își îndreptă privirea spre mine.

–Nu vreau nimic, mulțumesc, i-am răspuns.

Scott își lăsă tableta pe birou și ne conduse într-o sală de conferințe care avea o vedere minunată asupra orașului. O masă lungă, din lemn lustruit, strălucea palid în lumina tot mai scăzută; de-a lungul unui perete se afla un bufet asortat cu masa, iar pe celălalt fusese pus un monitor enorm.

–Dacă aveți nevoie de ceva, începu el, formați unu și o să ne ocupăm noi. În bufet o să găsiți cafea și apă.

Chris dădu din cap.

–Mulțumesc, Scott. Îți sunt recunoscător.

După ce secretarul ieși, Chris mă invită cu un gest să iau loc, după care se așeză pe un scaun aflat în dreapta mea, schimbându-i poziția, ca să ne aflăm față în față.

–În primul rând, te felicit pentru logodnă, zâmbi el. Ireland vorbește foarte frumos despre tine și știu că tu ai mișcat lucrurile pentru ca ea și Gideon să se apropie mai mult unul de altul. Nici nu știi cât îți sunt de recunoscător pentru asta.

–N-am făcut mare lucru, dar apreciez că te-ai gândit așa la mine.

El îmi luă mâna stângă, pe care o pusesem pe masă, și atinse ușor inelul meu de logodnă cu degetul mare, cu un zâmbet trist pe față. Se gândea oare la faptul că inelul fusese ales de Geoffrey Cross pentru Elizabeth?

–E un inel frumos, spuse într-un final. Sunt sigur că a însemnat foarte mult pentru Gideon să ți-l dea.

Nu știam ce să răspund la asta. Însemna mult pentru soțul meu, pentru că era un simbol al iubirii pe care și-o purtaseră părinții lui. Chris îmi eliberă mâna.

–Elizabeth nu-și revine deloc. Sunt sigur că o mamă simte tot felul de emoții complicate când primul ei copil hotărăște să se căsătorească, mai ales dacă e vorba de un băiat. Mama mea spunea că un fiu e fiu numai până se însoară, după care devine soț, dar o fiică rămâne fiică toată viața.

Explicația aceasta, care se dorea împăciuitoare, avu un efect opus asupra mea. El încerca să fie drăguț, dar mă săturasem de toate pretextele astea, mai ales când era vorba de Elizabeth Vidal. Trebuia să se termine odată cu prefăcătoriile, altfel Gideon n-avea să-și revină vreodată.

Aveam nevoie ca durerea să înceteze. Fiecare moment când se trezea plângând mă sfâșia încă puțin. Nu puteam decât să-mi închipui în ce hal îl distrugea pe el.

„Las-o baltă! Când o să vină vremea, o să se întâmple."

În ciuda acestui gând, m-am trezit că mă aplec spre Chris, fără să pot să păstrez tăcerea, așa cum făcea Gideon de prea multă vreme.

–Hai să fim cinstiți, am rostit liniștită. Soția ta n-a avut reacția asta când Gideon s-a logodit cu Corinne.

De fapt, nu știam cu siguranță dacă așa stătuseră lucrurile, dar, după ce o văzusem pe Elizabeth la spital împreună cu părinții lui Corinne, părea foarte posibil.

Zâmbetul lui rușinat îmi dovedea că aveam dreptate.

–Cred că a fost altfel pentru că Gideon era de ceva vreme cu Corinne și noi o cunoșteam. Tu și Gideon n-ați fost prea mult timp împreună, așa că încă mai sunt lucruri de armonizat. Eva, n-aș vrea s-o iei personal.

Zâmbetul lui era enervant, dar de fapt vorbele erau prea mult pentru mine. Resentimentele mele rupseseră zăgazul sub care voiam să le țin încătușate.

Nici Chris nu era fără pată. Probabil că fusese tare greu să ia un băiat copleșit de durere, chinuit, sub acoperișul lui, mai ales că și el își făcea propria familie, iar Christopher Jr. și Ireland se pregăteau să apară. Însă în ziua când se însurase cu Elizabeth își acceptase rolul de tată vitreg. Era la fel de responsabil ca ea să caute justiție pentru un copil rănit și exploatat. La dracu', până și un străin ar fi avut obligația să raporteze o infracțiune.

M-am aplecat spre el, ca să vadă cât eram de supărată.

–Ba e foarte personal, domnule Vidal. Elizabeth se simte amenințată pentru că eu n-am de gând să înghit rahaturile astea. Voi amândoi îi datorați scuze lui Gideon, iar ea trebuie să recunoască abuzul care a avut loc. Să știi că eu voi continua s-o țin sub presiune până va îndrepta lucrurile. Puteți fi siguri de asta.

El se înfoiase vizibil:

–Despre ce tot vorbești?

–Pe bune? am pufnit eu, cu silă.

–Elizabeth nu și-ar chinui niciodată copiii, continuă el, văzând că nu spun nimic. E o mamă minunată, plină de devotament.

Era rândul meu să mă uit la el cu ochi holbați. Oare era la fel de dus cu pluta ca Elizabeth? Cum puteau să se poarte amândoi ca și cum n-ar fi știut?

– Cred că ar fi cazul să explici ce vrei să spui, Eva. Și încă repede.

M-am lăsat pe spătarul scaunului, uluită. Dacă se prefăcea, atunci merita un nenorocit de Oscar. El se repezi spre mine, fără să se ridice, zbârlit, agresiv.

– Vorbește! Acum!

Am răspuns cu glas aproape șoptit, dar liniștit:

– A fost violat. De către terapeutul la care se ducea.

Chris încremenise. Câteva clipe, nici măcar nu mai respiră.

– I-a spus lui Elizabeth, dar ea nu l-a crezut. Știe că spunea adevărul, dar a negat, pentru dracu' știe ce motiv sucit pe care l-o fi având.

El se îndreptă, clătinând violent din cap.

– Nu!

Acest unic cuvânt de refuz mă făcu să sar în picioare.

– Ai de gând să negi și tu? Cine ar minți în legătură cu așa ceva? Ai vreo idee cât de greu i-a fost să admită că se petrecea una ca asta? Cât de tulburat o fi fost de faptul că un bărbat în care avea încredere îi făcea lucrurile acelea?

Chris își înălță ochii spre mine.

– Elizabeth n-ar trece niciodată cu vederea... așa ceva. E o neînțelegere. Te înșeli.

Îi vedeam prea bine pupilele dilatate și buzele albite, însă refuzam să-mi pară rău pentru el.

– Ba s-a ferit de orice emoție. Asta-i tot. Când s-a simțit încolțită, a ales să ia partea oricui, numai a propriului ei copil, nu.

– Nu știi ce spui.

Drept răspuns, mi-am luat geanta, azvârlind-o pe umăr, aplecându-mă spre el, ca să-l pot privi în ochi.

– Gideon a fost violat. Într-o zi, tu și cu soția ta o să vă uitați în ochii lui, așa cum mă uit eu la tine, și o să recunoașteți. Și o să vă cereți iertare pentru toți anii în care a trebuit să ducă singur în spate povara asta.

– Eva!

Glasul lui Gideon izbi aerul ca un bici, făcându-mă să tresar cu putere. M-am îndreptat grăbită. La vederea lui, m-am clătinat pe picioare.

Stătea în ușa deschisă, cu mâna încleștată cu atâta forță pe mâner, că ar fi trebuit să-l rupă. Era încruntat, încordat tot și mă țintuia cu o privire care ardea în cu totul alt fel.

Furie. Nu-l mai văzusem niciodată atât de furios.

Chris se ridică în picioare cu greu.

– Gideon! Ce se petrece? Ce tot spune?

Gideon întinse brațul și mă prinse de mână, smucindu-mă așa de tare ca să mă tragă în hol, că nu mi-am putut stăpâni un geamăt speriat. Chiar și după ce mi-a dat drumul, tot mai simțeam strânsoarea degetelor lui.

Îmi puse mâna pe spate apoi, împingându-mă, mergând cu pași atât de mari încât trebuia aproape să alerg ca să nu rămân în urmă.

– Gideon, stai, am cerut, rămasă fără suflare, cu inima bătând să-mi spargă pieptul. Noi...

– Să nu scoți vreo vorbă, se răsti el, împingându-mă fără menajamente prin ușile de securitate în hol, la lifturi.

L-am auzit pe Chris strigându-l. Și l-am văzut venind grăbit spre noi chiar în clipa când ușile liftului i se închideau în nas.

Capitolul 9

Când am scos-o pe Eva din Crossfire, Angus aruncă o privire spre fața mea și zâmbetul i se șterse de pe față. A deschis portiera din spate a Bentley-ului și s-a dat într-o parte, așteptându-mă până am făcut-o pe soția mea să se urce în mașină.

În vreme ce ea se strecura înăuntru, privirea mea s-a întâlnit cu a lui peste capul ei. Am citit mesajul din ochii lui albaștri: „Fii blând cu ea".

Habar n-avea el cât de greu îmi venea să arăt atâta răceală. O venă îmi pulsa în tâmplă, ca un ecou al zvâcnetului nebunesc care îmi făcea mădularul să salte.

Fusese cât pe ce să opresc liftul la jumătatea drumului ca să i-o trag așa, lipită de perete, ca un animal. Singurele lucruri care mă opriseră erau camerele de securitate și ochii atenți ai celor de la pază care monitorizau imaginile primite.

Voiam s-o pun în lesă. Să-mi înfig dinții în umărul ei în timp ce-o pătrundeam. S-o domin. Era o tigroaică, sărea cu ghearele, șuierând, la oricine simțea că-mi făcuse rău, iar eu trebuia s-o potolesc. S-o fac să se supună.

– La dracu'! am izbucnit, în timp ce ocoleam mașina ca să mă urc în partea cealaltă. Eva era o sălbăticiune. Nu puteam s-o controlez.

M-am aruncat în mașină și am trântit portiera, rămânând cu ochii ațintiți pe geam, căci mi-era teamă de ce aș fi făcut dacă m-aș fi uitat la ea. Ea era aerul pe care îl respiram, dar în clipa aceea, nu puteam să-mi recapăt suflarea.

Ea îmi puse o mână pe coapsă.

– Gideon...

I-am prins mâna subțire pe care purta inelul meu și i-am băgat-o între picioarele mele, făcând-o să apuce mădularul care mă durea.

– Mai deschide tu o dată gura, că asta o să-ți pun în ea.

Angus intră în mașină și porni motorul. Simțeam privirea Evei pe fața mea. Își retrase mâna, făcându-mă aproape să gem pentru că o pierdusem. Apoi își schimbă poziția, cuibărindu-se lângă mine. Își strecură mâna cealaltă între picioarele mele, înhățându-mi posesivă mădularul, și mă sărută pe obraz.

Am cuprins-o în brațe. Și am inspirat adânc, umplându-mă de parfumul ei.

Bentley-ul porni, ducându-ne prin aglomerația orașului.

Abia când am ajuns în fața clădirii unde avea cabinetul doctorul Petersen mi-am adus aminte de ședința noastră. Numărasem minutele până aveam să ajungem acasă, ca s-o pot avea pe Eva așa cum simțeam nevoia... repede... cu putere... cu furie.

Când Angus s-a dat jos din mașină, a dat și ea să se ridice, dar am prins-o și mai strâns de mijloc.

– Nu azi, am zis cu glas gâtuit.

– Bine, șopti ea, sărutându-mă din nou pe obraz.

Angus deschise portiera. Ea se trase înapoi și ieși totuși din mașină, intrând pe ușile batante, lăsându-mă cu ochii ațintiți în urma ei.

– Dumnezeule!

Angus se aplecă și se uită la mine.

– Terapia de cuplu înseamnă că trebuie să mergeți amândoi.

– Nu mai fi așa de încântat de asta! l-am repezit, uitându-mă urât la el.

Zâmbetul de pe buzele lui se prefăcu de-a dreptul un rânjet.

– Te iubește, băiete, că-ți place sau nu.

– Sigur că-mi place, am mormăit, cu ochii în spate, ca să mă asigur înainte să ies din mașină. Dar asta nu înseamnă că nu e ca un tun dezlănțuit.

Angus închise portiera. Un vânticel stârnit pe neașteptate îi zburlise părul roșcat și încărunțit care îi ieșea de sub șapca de șofer.

– Uneori conduci, alteori mergi după ceilalți. Cred că o să te mai îmbufnezi ceva vreme în privința asta.

– A vorbit cu Chris, am gemut eu exasperat.

El dădu din cap, cu o privire uimită.

– Am văzut când a intrat.

– De ce dracu' nu lasă ea totul baltă? am zis, urcând pe trotuar și aranjându-mi sacoul, dorindu-mi să-mi pot pune și gândurile în ordine la fel de ușor. Nu poate să schimbe trecutul.

– Ea nu se gândește la trecut, replică el, punându-mi mâna o clipă pe umăr. La viitor îi e mintea.

Am găsit-o pe Eva plimbându-se de colo-colo prin cabinetul doctorului Petersen, făcând mișcări largi cu mâinile în timp ce vorbea. Bunul doctor stătea în locul lui obișnuit, cu ochii în tableta pe care lua notițe.

– Toată situația asta mă înnebunește, spunea ea, clocotind. Mă văzu apoi în ușă și se opri brusc. Gideon!

Un zâmbet strălucitor i se ivi pe chipul atât de frumos. Aș fi fost în stare de orice ca să-i văd privirea aceea fericită. Faptul că zâmbea așa numai pentru că mă vedea...

– Eva! Doctore!

M-am așezat pe canapea. Oare cât de multe îi spusese? Doctorul Petersen își ațintise ochii spre mine.

– Bună, Gideon. Mă bucur că ai putut să vii și tu, în cele din urmă.

Am bătut ușor cu mâna perna de lângă mine, așteptând până când Eva s-a așezat acolo.

– Facem planuri să ne mutăm din nou în apartamentul de pe Fifth Avenue, împreună cu Cary, am spus calm după ce ea s-a așezat, trăgând conversația într-un teritoriu unde mă simțeam mai în largul meu să vorbesc. Cred că va fi o tranziție dificilă pentru noi toți.

Eva rămas cu gura căscată. Doctorul Petersen lăsă jos instrumentul de scris.

– Eva tocmai îmi povestea despre o vizită a tatălui tău vitreg. Aș vrea să aud mai multe despre asta înainte să trecem la alt subiect.

Mi-am împletit degetele cu ale Evei.

–Nu e un subiect de discutat.

Ea se uită lung la mine. Am întors capul să o privesc și în clipa aceea mi-am pierdut respirația.

Expresia cea nouă care se ivise pe chipul ei mă făcea să tânjesc îndurerat dintr-un motiv cu totul diferit. Ședința nici nu începuse bine, că nu mai aveam răbdare să se termine.

I-am cerut lui Angus să ne ducă acasă, la penthouse.

Era evident că Eva fusese pierdută în gânduri, după surprinderea de pe chipul ei când valetul i-a deschis portiera. Ne aflam în garajul subteran al clădirii.

Ea îmi aruncă o privire.

–O să-ți explic, i-am zis, în timp ce-o luam de braț ca să o conduc la lift.

Am urcat în tăcere. Când ușile liftului s-au deschis, în holul nostru privat, am simțit-o cum se încordează. Nu mai fuseserăm împreună în penthouse de mai bine de o lună. Ultima dată când ne aflaserăm amândoi în holul acela fusese în noaptea în care mă făcuse să vorbesc despre moartea lui Nathan.

Atunci, și eu fusesem înspăimântat. Mi-era groază că făcusem un lucru pentru care ea nu putea să mă ierte.

Trăiserăm aici multe momente explozive. Penthouse-ul nu fusese martor la tot atât de multă bucurie și iubire între noi ca apartamentul secret din Upper West Side. Însă aveam să schimbăm asta. Într-o zi, aveam să ne uităm înapoi, iar locul acesta urma să ne amintească de toți pașii făcuți în călătoria noastră împreună, fie ei buni sau răi. Refuzam să-mi închipui orice altceva.

Am deschis ușa, poftind-o să intre prima, iar ea își azvârli geanta și se descotorosi de pantofi. Eu mi-am scos sacoul, punând-o pe spătarul unuia dintre scaunele de bar din bucătărie, după care am luat o sticlă de vin de Shiraz.

–Ești dezamăgită de mine, am spus tare, ca să mă audă, în timp ce scoteam dopul.

Eva se îndreptă spre arcada care marca intrarea în bucătărie, rezemându-se de peretele placat cu piatră.

–Nu, nu de tine.

Am luat o carafă și două pahare, gândindu-mă ce să răspund. Era greu să negociez cu soția mea. În orice afacere, intram în negocieri știind că pot să accept ori să refuz. Nu exista nici un angajament din care să nu pot ieși.

Cu excepția celor care puteau schimba faptul că Eva îmi aparținea.

Turnam vinul în carafă când ea a intrat în bucătărie punându-mi o mână pe umăr.

–Gideon, nu suntem de multă vreme împreună, dar tu ai făcut deja cale lungă. N-o să te împing așa de repede să mergi mai departe. Lucrurile astea cer timp.

Am lăsat carafa deoparte, să se limpezească vinul, și m-am întors spre ea, luând-o n brațe. În ultima oră sau poate chiar mai mult o simțisem foarte îndepărtată de mine, iar distanța asta mă omora de-a dreptul.

–Sărută-mă, i-am șoptit.

Eva își dădu capul pe spate, înălțându-și buzele spre mine. Mi-am lipit gura de a ei, fără să fac însă nici o altă mișcare; voiam să fie ea cea care să vină spre mine. Aveam nevoie de asta.

Atingerea limbii ei pe buze mi-a smuls un geamăt. Degetele ei mă mângâiau pe ceafă, prin păr, cerându-și dreptul asupra mea. Era parcă o cerere de iertare în moliciunea buzelor ei care alunecau peste ale mele, iar geamătul ei blând îi mărturisea iubirea.

Am luat-o în brațe, ridicând-o de la pământ; eram atât de ușurat că încă mă mai dorea, că-mi venea amețeală.

– Eva... îmi pare rău.

– Șșt, iubirea mea, e-n regulă, spuse ea, dându-se puțin înapoi ca să-mi ia fața în mâini. N-ai de ce să-ți ceri scuze.

Simțeam că îmi ia foc gâtul. Am așezat-o pe blat, cuibărindu-mă între picioarele ei depărtate. Fusta i se ridicase și lăsa la vedere marginea de dantelă a dresurilor. O voiam. Voiam s-o posed în toate felurile.

– Ești supărată că n-am vrut să vorbesc despre Chris.

– Nu mă așteptam să eviți așa de tare subiectul, asta-i tot, răspunse ea, sărutându-mă la rândul ei pe frunte, dându-mi părul la o parte din ochi. Ar fi trebuit să mă gândesc însă la asta, mai ales dacă luam în considerare cât erai de furios când am plecat de la Crossfire.

– Nu pe tine.

– Pe Chris?

– Pe toată situația asta, am răspuns oftând. Tu te aștepți ca oamenii să se schimbe, dar nu se întâmplă nimic. Și, tot așteptând asta, tulburi apele, într-o perioadă în care avem deja destule pe cap. Eva, nu vreau decât să avem parte de puțină liniște împreună. Să avem zile în care să fim doar noi doi, fericiți, eliberați de toate tâmpeniile.

– Și nopți în care te duci să dormi în alt pat? În altă cameră?

– Despre asta e vorba de fapt? am răspuns, închizând ochii strâns.

– Nu numai, dar într-o oarecare măsură, da. Gideon, vreau să fiu cu tine. Și când sunt trează, și când dorm.

– Înțeleg, dar...

– Pacea pe care o cauți? Te prefaci că ai parte de ea în timpul zilei, însă noaptea suferi din cauză că nu o ai. Te sfâșie pe dinăuntru și mă face și pe mine bucăți să văd ce se petrece cu tine. Nu vreau să trăiești așa toată viața. Nu vreau să ne trăim așa toată viața.

Mi-am ridicat privirea spre ea, cu sufletul pus pe tavă în fața privirii ei de oțel, de care nu puteam ascunde nimic. Era atâta iubire în privirea aceea. Iubire și îngrijorare, dezamăgire și speranță. Lustrele care atârnau din tavan îi luminau părul blond, amintindu-mi cât era de neprețuită pentru mine. Era un dar pe care nu mă așteptasem vreodată să-l primesc.

– Eva... eu discut cu doctorul Petersen despre coșmaruri.

– Dar nu și despre ceea ce le dă naștere.

– Tu presupui că Hugh este problema, am răspuns aparent liniștit, având însă pe buze gustul urii și al umilinței. Dar de fapt am discutat despre tatăl meu.

Ea se dădu un pic înapoi.

– Asule... nu știu prea bine ce visezi, însă am observat că atunci când te trezești te porți în două feluri diferite: fie ești gata să snopești pe cineva, fie hohotești de parcă ți s-ar rupe sufletul. Când te trezești gata de bătaie, lucrurile pe care le spui mă fac să fiu cât se poate de sigură că atunci îl înfrunți pe Hugh.

Am tras adânc aer în piept. Îmi venea să urlu de furie că fostul meu terapeut – și atacator – putea să se ridice din morți și să o lovească pe Eva prin mine.

–Uite! continuă ea, înlănțuindu-mă cu picioarele. Am spus că nu vreau să te presez și așa o să fac. Poate, dacă am fi fost împreună de doi ani, aș fi făcut scandal. Dar n-au trecut decât câteva luni, Gideon. Deocamdată, e de ajuns că mergi la un terapeut și vorbești cu el despre tatăl tău.

–Chiar așa?

–Da. Însă există și alte lucruri pe care nu le discutăm niciodată și care te bântuie. Doctorul Petersen se confruntă deja cu un handicap din cauza asta. Cu cât îi ascunzi mai multe, cu atât mai puțin te poate ajuta.

Nathan. Nu era nevoie să-i rostească numele.

–Eva, să știi că mă străduiesc.

–Știu, spuse ea, începând să-mi descheie nasturii la vestă. Spune-mi doar că nu speri să eviți mereu să discuți despre asta. Spune-mi că încerci să scoți totul la lumină.

Inima îmi bătea tot mai tare. Am prins-o de încheieturi, ținând-o bine, prinzându-mă de ea. Mă simțeam încolțit, prins între nevoile ei și ale mele, care în clipa aceea păreau îngrozitor de opuse.

Buzele i se întredeschiseră, simțindu-mi puterea; oftă puternic, ceea ce-i făcu sânii să salte. O atingere mai puternică, o privire aprinsă, tonul vocii mele... Eva reacționa la comenzile mele nerostite ca și cum așa ar fi fost învățată s-o facă.

–Fac tot ce-mi stă în puteri, am zis.

–Ăsta nu-i un răspuns.

–Eva, e singurul pe care ți-l pot da acum.

Ea înghiți în sec; vedeam cum i se învălmășesc gândurile în minte, în vreme ce trupul i se trezea la viață.

– Te joci cu mine, spuse încetișor. Mă manipulezi.

– Ba nu. Îți spun adevărul, chiar dacă nu e cel pe care vrei să-l auzi. Mi-ai spus că n-o să mă presezi. Ai vorbit serios?

Ea își trecu limba peste buza de jos, cu ochii ațintiți în ai mei, după care dădu din cap.

– Da.

– Bine. Atunci, hai să bem un pahar de vin și să mâncăm. Pe urmă, dacă chiar îți place să te joci, să-mi spui.

– Să mă joc? Cum?

– Ți-am cumpărat o frânghie de mătase.

– Frânghie de mătase? repetă ea, făcând ochii mari.

– Stacojie, evident, am adăugat, dându-i drumul și lăsându-i vreme să se gândească, în timp ce-i turnam vin din carafă. Mi-ar plăcea să te leg, când o să fii pregătită. Dacă nu în seara asta, altă dată. Nici eu n-o să te presez.

Ne mânam unul pe altul în direcții care nu erau confortabile pentru nici unul dintre noi. Ea alesese să considere că un observator cu pregătire de specialitate era parte din răspunsurile pe care le căutam. Eu credeam că puteam să găsim o mulțime de răspunsuri singuri, numai prin faptul că ne conectam unul la celălalt în cele mai intime moduri cu putință.

Vindecare prin sex. Ce putea fi mai bun pentru doi oameni care aveau o istorie precum cele ale noastre?

– Când ai cumpărat-o? se interesă Eva când luă paharul pe care i-l întindeam.

–Acum o săptămână sau două. Nu speram că o s-o folosesc prea curând, dar azi m-ai făcut să vreau asta, am răspuns, sorbind din vin și plimbându-l pe limbă. Și, astea fiind spuse, aș fi în culmea fericirii și dacă doar ți-aș trage-o cât pot de tare.

Ea duse paharul la gură, făcând lichidul să se clatine, și bău tot vinul, fără să mai lase decât câteva picături pe fund.

–Pentru că ești supărat pe mine că am vorbit cu Chris.

–Ți-am spus că nu sunt.

–Erai furios când am plecat.

–Eram excitat ca un nebun, am zâmbit ironic. Nu pot explica de ce, pentru că nici măcar eu nu pricep.

–Încearcă!

Am ridicat mâna, mângâind-o ușor pe buze.

–Te văd furioasă, pătimașă, gata de bătaie și vreau ca toată violența asta să fie încătușată în mine. Mă faci să vreau să te pun la pământ, să te văd că zgârii și că țipi, că mă mulgi cu pizdulicea în timp ce mă înfig în tine. Că ești a mea. Numai și numai a mea.

–Gideon! gemu ea, lăsând jos paharul și înșfăcându-mă, acoperindu-mi gura cu a ei, cu o foame dementă, care speram să nu se potolească niciodată.

–Cum de nu i-ai vorbit niciodată lui Chris despre ceea ce s-a întâmplat cu Hugh?

Întrebarea asta stânjenitoare fusese pusă din senin. M-am oprit din mestecat, simțind brusc că pizza pe care o mâncam își pierduse orice urmă de gust. Am pus restul de pizza pe farfurie și m-am șters cu șervetul.

–De ce discutăm din nou despre asta?

Eva mă privi nedumerită. Stătea pe jos lângă mine, între masa de cafea și canapeaua din living.

–Dar n-am discutat despre asta.

–Nu? Oricum, nu contează. Mama i-a spus.

Ea se încruntă și mai nedumerită. Luă telecomanda și dădu mai încet volumul, făcând să amuțească vocile detectivilor de poliție care vorbeau în ecran.

–Nu cred.

–Ba da, Eva, am replicat, ridicându-mă în picioare și luându-mi farfuria.

–Știi sigur? nu se lăsă ea, venind după mine în bucătărie.

–Da.

–Cum?

–Au discutat despre asta într-o seară la masă, adică un lucru pe care eu nu vreau să-l fac.

–Dar s-a purtat ca și cum n-ar fi știut. Părea absolut șocat și îngrozit, spuse ea. Se sprijinea cu coatele de blat, pe când eu aruncam mâncarea rămasă la coș.

–Atunci, înseamnă că e la fel de convenabil de obtuz ca și mama. N-ar trebui să fii prea uimită.

–Și dacă totuși n-a știut?

–Ei, și? am răspuns, punând farfuria în chiuvetă; până și mirosul de mâncare îmi făcea stomacul să se întoarcă pe dos. Ce importanță să mai aibă acum? S-a terminat, Eva. S-a terminat, gata cu totul. Las-o baltă!

–De ce ești așa de enervat?

–Pentru că mă pregăteam și eu să-mi petrec noaptea cu soția mea. Să luăm cina, să ne uităm un pic la televizor, să facem amor vreo două ore... după o zi lungă și grea. Las-o baltă! Ne vedem mâine-dimineață! am zis, ieșind din bucătărie.

–Gideon, stai! Mă prinse ea de braț. Nu te duce la culcare supărat. Te rog! Îmi pare rău.

M-am oprit și i-am dat mâna la o parte de pe brațul meu.

–Și mie.

–Începe încet, îmi șoptește el, lipindu-și gura de urechea mea.

Simt cum se excită tot mai tare. Își strecoară mâna pe șoldul meu, până la penisul pe care mi-l frec. Mâna lui se așază peste a mea. Respiră repede, gâfâit. Erecția i se freacă de fesele mele.

Îmi vine să vomit. Transpir. Nu pot să-mi păstrez erecția, chiar dacă pumnul meu plin de ulei se mișcă în sus și-n jos, condus de mâna lui.

–Te gândești prea mult, zice el. Concentrează-te asupra plăcerii pe care o simți. Uită-te la femeia din fața ta! Vrea să i-o tragi. Imaginează-ți ce-ai simți dacă ți-ai împinge penisul în ea. Moale. Fierbinte. Și strâmtă. Atât de strâmtă. Și spunând asta, își încleștează cu putere mâna peste a mea.

Mă uit la paginile deschise pe rezervorul meu de toaletă. Femeia are păr negru, ochi albaștri și picioare lungi. Mereu arată așa, femeile din pozele pe care le aduce Hugh.

El gâfâie în urechea mea și mie îmi vine iar să vomit. Greșit. E ceva greșit cu mine. Lucrul ăsta pare greșit. Pofta lui mă face să mă simt murdar. Rău. Sunt un băiat rău, până și mama spune asta. Ea țipă la mine când plânge, când e furioasă pe mine din cauza tatei.

Printre gâfâielile lui se aude un geamăt. Eu am scos acest sunet. Îmi place, chiar dacă nu vreau. Mi-e greu să respir, să gândesc, să mă opun…

–Așa, mă ademenește el. Și își bagă mâna cealaltă între fesele mele.

Încerc să mă dau la o parte, însă el m-a prins în capcană. E mai mare și mai puternic decât mine. Oricât m-aș zbate, nu-l pot da de pe mine.

–Nu, îi zic, zbătându-mă.

–Îți place, mormăie el, continuând să-și strecoare mâna. De fiecare dată, îți dai drumul ca un gheizer. E în regulă. Așa și trebuie, să-ți placă. O să te simți mai bine după ce o să-ți dai drumul. N-o să te mai cerți atât de mult cu mama ta...

–Nu! NU! O, Doamne...

El își înfige în mine două degete alunecoase. Scot un țipăt, încercând să mă eliberez, dar el nu se dă bătut. Se freacă, mă penetrează, lovește locul acela care mă face să vreau să-mi dau drumul mai mult decât orice altceva. Plăcerea este tot mai mare, în ciuda lacrimilor care îmi ard ochii.

Capul îmi cade în pieptul ce mi se zguduie de suspine. Vine. Nu mai pot să-l opresc...

Și, dintr-odată, văd totul din alt unghi. Mâna mea a devenit brusc mai mare, am antebrațul mai gros, venele îmi ies în evidență. Am păr pe brațe și pe piept, iar mușchii îmi joacă pe abdomen în vreme ce mă lupt cu orgasmul pe care nu-l vreau.

Nu mai sunt un copil. Nu-mi mai poate face rău.

Pe reviste e un cuțit, care strălucește în lumina de la oglinda de lângă mine. Îl înșfac și mă eliberez de degetele care mă penetrează. Mă întorc și lama i se înfige în piept.

–Nu mă atinge! strig, apucându-l de umăr și înfigându-l în cuțit, până în plăsele.

Hugh cască ochii mari de groază. Gura mea se cască într-un strigăt mut.

Acum, chipul lui se preschimbă în cel al lui Nathan. Baia din copilăria mea se transformă și ea. Ne aflăm într-o cameră de hotel înfricoșător de cunoscută.

Inima îmi bate tot mai tare. Nu trebuie să rămân aici. Nu se poate să fiu găsit aici. Nu se poate să găsească vreo urmă de-a mea. Trebuie să plec.

Mă dau în spate, clătinându-mă. Cuțitul alunecă ușor din rană; are lama roșie de sânge. Ochii lui Nathan se încețoșează a moarte. Sunt cenușii. Ochi cenușii. Irisurile frumoase și mult iubite, ca penele de porumbel. Ochii Evei. Se încețoșează...

Eva e cea care sângerează în fața mea. Moare în fața mea. Am ucis-o. Doamne...

Îngeraș!

Nu mă pot mișca. Nu pot să o prind în brațe. Se prăbușește într-o baltă de sânge, ochii ei ca furtuna sunt nemișcați, lipsiți de vedere...

Mă trezesc brusc, icnind, mă ridic brusc în capul oaselor, făcând o pală de aer condiționat să-mi zboare peste pielea scăldată în sudoare. Nu pot să respir; panica și spaima mă îneacă. Mă descotorosesc de cearșaful în care mi-am încurcat picioarele și mă dau jos din pat clătinându-mă, orbit de groază. Stomacul mi se zvârcolește și mă târăsc spre baie, abia ajungând la toaletă înainte să încep să vomit.

Am făcut duș, ca să scap de sudoarea lipicioasă care mă acoperea.

Nu era deloc ușor să scap de durere, de deznădejde. Se făceau tot mai mari în timp ce mă frecam cu un prosop uscat; erau tot mai apăsătoare, mă înăbușeau. Amintirea chipului livid al Evei, pe care erau gravate trădarea și moartea, mă bântuia. Nu puteam să-mi scot imaginea asta din minte.

Am tras cu violență așternuturile de pe pat, după care am azvârlit un cearșaf nou pe saltea.

–Gideon!

La auzul glasului Evei, m-am ridicat și m-am întors. Stătea în ușa dormitorului meu, trăgând de marginea de jos a tricoului pe care îl purta. În clipa aceea, m-au copleșit părerile de rău. Se dusese la culcare singură în camera pe care mă resemnasem să o consider dormitorul ei din Upper West Side.

–Hei, murmură ea șovăitor, mutându-și greutatea de pe un picior pe altul, într-un fel care îmi dădea de înțeles cât de stânjenită se simțea, cât de îngrijorată. Te simți bine?

Lumina ce venea din baie îi cădea pe față, dându-i la iveală cearcănele întunecate și ochii înroșiți. Adormise plângând.

Eu îi făcusem asta. O făcusem să simtă că nu este bine-venită, nedorită, să simtă că gândurile și sentimentele ei erau pentru mine de o importanță mai mică decât cele ale mele. Eu lăsasem ca trecutul să se înfigă între noi.

Ba nu, nu era adevărat. De fapt, permisesem ca spaimele mele să o respingă.

–Nu, îngeraș, nu mă simt bine.

Ea făcu un pas spre mine, după care se opri. Am deschis brațele, zicând pe un ton răgușit:

–Eva, îmi pare rău.

Ea se repezi spre mine; avea trupul fierbinte, plin de dorință. Am îmbrățișat-o mult prea strâns, însă n-a zis nimic. Mi-am lipit obrazul de creștetul capului ei, umplându-mă de aroma ei. Puteam să înfrunt orice – aș fi putut să îndur orice – atâta vreme cât rămânea cu mine.

– Mi-e frică.

Glasul meu era o șoaptă aproape neauzită, însă ei nu-i scăpase neauzit. Își înfipse degetele în mușchii spatelui, trăgându-mă mai aproape.

– N-ai de ce! Sunt aici.

– O să mă străduiesc și mai mult, i-am făgăduit. Numai nu mă părăsi!

– Gideon! suspină ea; îi simțeam pe piept răsuflarea caldă. Te iubesc îngrozitor de mult. Nu vreau decât să fii fericit. Îmi pare rău că te-am forțat, după ce-am spus că n-o s-o fac.

– E vina mea. Eu am dat-o în bară. Eva îmi pare rău, atât de rău...

– Șșșt! N-ai de ce să-ți ceri iertare.

Am luat-o în brațe și am dus-o spre pat, întinzând-o cu grijă, apoi m-am strecurat în brațele ei, încolăcind-o cu totul, rămânând cu fața lipită de pântecele ei. Ea își trecea degetele prin părul meu, mângâindu-mă pe cap, apoi pe ceafă, iar în cele din urmă pe spate. Mă accepta, în ciuda tuturor defectelor mele.

Tricoul îi era ud de lacrimile mele; m-am agățat și mai tare de ea, cuprins de rușine.

– Te iubesc, murmura ea. Te voi iubi mereu.

– Gideon.

Am tresărit la auzul glasului Evei; îi simțeam mâna alunecându-mi pe piept. Am deschis ochii obosiți, care mă ardeau, și am văzut că stătea aplecată peste mine. În cameră pătrundea prima geană de lumină a zorilor, făcându-i părul să răspândească o strălucire ștearsă.

– Îngeraș?

Ea își schimbă poziția, punându-și un picior peste mine și se ridică în șezut, încălecându-mă.

– Hai să facem ca ziua de mâine să fie cea mai minunată dintre toate!

– Să știi că lucrez la planul acesta, am răspuns, înghițind în sec.

Zâmbetul ei mă purta în al nouălea cer. Ea se întinse după un obiect aflat pe pernă și după o clipă, din boxele din tavan începură să se reverse acordurile unei muzici nelumești.

Mi-a luat câteva momente până să-mi dau seama ce ascultam.

– *Ave Maria!*

Ea mă mângâie ușor pe față, pe frunte.

– E bine?

Aș fi vrut să-i răspund, însă aveam un nod prea mare în gât. Nu puteam decât să dau din cap. Cum puteam să-i spun că mă simțeam ca într-un vis, ca într-un paradis amețitor pe care nu-l meritam?

Ea se întinse, dând la o parte de pe mine cearșaful care îmi acoperea coapsele. Apoi își trase tricoul peste cap, azvârlindu-l cât colo.

Cu greu mi-am recăpătat glasul, atât eram de cuprins de uluire și venerație.

– Dumnezeule, cât ești de frumoasă, am îngăimat cu glas răgușit.

Am ridicat mâinile, atingându-i curbele și văile catifelate ale trupului ei voluptuos. M-am ridicat apoi în capul oaselor, înfigându-mi călcâiele în saltea și târându-mă așa înapoi, cu ea în brațe, până când am ajuns să mă sprijin de tăblia patului. Mi-am trecut mâinile prin părul ei, coborând apoi spre gât. Aș fi fost în stare să o mângâi zile întregi și tot să nu mă satur.

– Te iubesc, zise ea, lăsându-și capul în jos și lipindu-și buzele de ale mele într-un sărut pătimaș, poruncitor.

Am lăsat-o să facă tot ce voia cu mine, deschizându-mă pentru ea. Eva îmi lingea gura până în străfunduri, mișcându-și cu îndemânare limba; îi simțeam buzele fierbinți și moi lipite de ale mele.

– Spune-mi de ce ai nevoie, am șoptit, pierdut în muzica aceea cerească. Pierdut în ființa ei.

– De tine. Numai și numai de tine.

– Atunci, ia-mă, i-am zis. Sunt al tău.

– Urăsc că trebuie să fiu eu cel care-ți spune asta, Cross, începu Arash, bătând darabana pe brațul fotoliului din fața biroului meu, dar ți-ai pierdut instinctul de ucigaș. Eva te-a îmblânzit.

Mi-am ridicat ochii din monitor. După ce îmi petrecusem două ore dimineața făcând amor cu soția mea, trebuia să recunosc că nu mă simțeam prea agresiv. Potolit și relaxat erau o descriere mai potrivită. Totuși...

– Faptul că nu cred că sistemul de pariuri PhazeOne de la LanCorp nu este o amenințare pentru GenTen nu înseamnă că nu sunt atent.

– Ești conștient, mă corectă el, ceea ce nu înseamnă același lucru cu a fi atent, și îți garantez că Ryan Landon a observat asta. Altădată, o dată pe săptămână sau cel puțin o dată la două săptămâni făceai ceva ca să-l provoci, fapt care, fie bine, fie rău, îi dădea ceva de făcut.

– Și n-am încheiat afacerea PosIT săptămâna trecută?

– Asta este o reacție, Cross. Trebuie să faci o mișcare pe care n-a inițiat-o el.

În momentul acela, începu să sune telefonul de serviciu, care era sincronizat cu telefonul meu. Pe ecran apăru numele lui Ireland, așa că am întins mâna spre receptor.

– Trebuie să răspund.

– Normal, mormăi el.

M-am uitat urât la el în timp ce răspundeam:

– Bună, Ireland, ce faci?

Surorii mele nu-i stătea în obicei să mă sune. De obicei ne trimiteam mesaje, o formă de comunicare care ne convenea la amândoi. Cu ele, n-aveam parte de tăceri stânjenitoare, nici nu era nevoie să ne prefacem că suntem veseli și nepăsători.

– Bună, scuză-mă că te sun în timpul zilei, spuse ea. I se citea supărarea în glas.

M-am încruntat, îngrijorat:

– Ce s-a întâmplat?

Ireland făcu o pauză înainte să continue:

– Poate că acum nu e momentul potrivit.

M-am înjurat în sinea mea. Și Eva avea o reacție asemănătoare când eram mult prea repezit. Femeile din viața mea trebuiau să-mi acorde ceva credit. Eu învățam destul de greu când venea vorba de interacțiuni sociale.

– Pari supărată.

– Și tu, replică ea.

–Poți s-o suni pe Eva și să i te plângi de asta. O să fie de partea ta întru totul. Acum, spune-mi ce s-a întâmplat.

–Mama și tata s-au certat toată noaptea, oftă ea. Nu știu despre ce era vorba, dar tata țipa. Și tu știi că el nu țipă niciodată. E omul cel mai relaxat pe care l-am văzut în toată viața mea. Nimic nu-l atinge. Iar mama urăște să se certe. Nu știe cum să evite mai bine conflictele.

Perspicacitatea de care dădea dovadă mă uimea și mă impresiona în același timp.

–Îmi pare rău că a trebuit să auzi așa ceva.

–Tata a plecat foarte devreme de acasă azi-dimineață, iar mama nu s-a oprit din plâns de atunci. Știi cumva ce se întâmplă? Are legătură cu faptul că te însori cu Eva?

Am simțit că mă cuprinde o liniște ciudată, dar pe care o recunoșteam. Nu știam ce să-i spun și nu voiam să mă reped să trag concluziile.

–S-ar putea să aibă vreo legătură cu asta.

Singurul lucru pe care îl cunoșteam cu siguranță era că nu voiam ca Ireland să fie martoră la certurile părinților ei. Îmi aminteam cum mă simțeam când părinții mei se certau, în perioada care urmase după ce fusese descoperită frauda financiară a tatălui meu. Încă mai auzeam ecourile panicii, ale spaimei.

–Ai vreo prietenă la care să te duci în weekend?

–Pe tine.

Sugestia era neliniștitoare.

–Vrei să stai la mine?

–De ce nu? N-am fost niciodată la tine acasă.

M-am uitat la Arash, care mă privea. El se aplecă înainte, sprijinindu-și coatele pe genunchi. Nu știam cum să refuz, dar nu puteam să accept. Unica persoană care își petrecuse noaptea cu mine era Eva și, evident, lucrurile nu luaseră o întorsătură plăcută.

– Nu-i nimic, zise ea. Lasă!

– Nu, așteaptă! Fir-ar să fie! Eu și Eva aveam planuri să ne vedem cu niște prieteni în seara asta, asta e tot. O să am nevoie de ceva vreme ca să le schimb.

– O, m-am prins, se mai liniști ea. Nu vreau să-ți încurc planurile. Am câteva prietene pe care pot să le sun. Nu-ți face griji!

– Îmi fac griji pentru tine. Eva și cu mine putem să face câteva modificări; nu-i nici o problemă.

– Gideon, nu mai sunt un copil, zise ea, vizibil exasperată. Nu vreau să mă fâțâi pe la voi prin casă știind că tu și cu Eva ar fi trebuit să fiți prin oraș, să vă distrați. Ar fi de toată bafta, așa că nu, mersi. Prefer să petrec cu prietenele mele.

M-am destins și eu, ușurat.

– Atunci, ce-ar fi să vii sâmbătă?

– Pe bune? Sigur. Pot să rămân și peste noapte?

Habar n-aveam cum aveam să mă descurc cu asta. Trebuia să mă încred în faptul că Eva avea să știe ce să facă.

– Putem aranja și asta. Până atunci, o să fii în regulă?

– Mamă, ia uite cum vorbești! râse ea. Zici că ești fratele cel mare. O să fiu bine. Doar că mi s-a părut ciudat să-i aud cum se certau. M-am cam speriat. Majoritatea sunt obișnuiți probabil să-și vadă părinții certându-se, dar eu nu.

–O să-și revină ei. Toate cuplurile se mai și ceartă.

Vorbeam și eu așa, dar eram în același timp neliniștit și curios.

Doar nu avusese Eva dreptate în legătură cu faptul că Chris nu știa nimic. Mi se părea imposibil să cred asta.

Abia îmi suflecasem mânecile cămășii negre, când am zărit reflexia Evei în oglindă. Am încremenită, fără să-mi mai pot desprinde privirea de ea.

Își pusese pantaloni scurți, o bluză vaporoasă, fără mâneci, și sandale cu tocuri înalte. Părul și-l strânsese în coada obișnuită, dar îl aranjase în așa fel încât să pară sălbatic și ciufulit, de parcă abia s-ar fi dat jos din pat. Își machiase ochii cu negru și își dăduse cu un ruj palid. Avea la urechi cercei mari și rotunzi de aur, iar la încheieturi îi străluceau brățări.

Mă trezisem lângă un înger. Dar aveam să mă duc la culcare cu o femeie cu totul diferită.

Am scos un fluierat admirativ, întorcând spatele oglinzii ca să mă bucur de femeia reală.

–Arăți ca o fată foarte, foarte rea.

–Așa și sunt, răspunse ea, clătinând din fund și lovindu-se provocator peste fese.

–Vino încoace!

Ea mă măsură din priviri.

–Nu prea cred. Ai privirea aceea de făcut amor și trebuie să plecăm.

–Putem să întârziem puțin. Ce să fac ca să te conving să porți pantalonii ăștia doar pentru mine?

Voiam ca și alții să o dorească și să știe că e a mea. Voiam s-o și păstrez toată pentru mine.

În ochii ei se aprinsese o scânteie gânditoare.

–Am putea să renegociem amorul cu mâna.

Mi-am amintit de înțelegerea pe care o făcusem – una mică, să mi-o frece îmbrăcat – mi-am dat seama că pantalonii scurți aveau să facă prima parte ceva mai dificilă decât ar fi fost cazul. Cât despre ultima, puteam s-o rezolv eu într-un fel.

Am înclinat din cap, în semn că mă învoiesc, și i-am zis:

–Îngeraș, pune-ți o fustă și să înceapă petrecerea.

–A fost ideea ta? mă întrebă Arash când ne-am întâlnit la intrarea de la Starlight Lounge.

Prin peretele de sticlă, vedeam un paznic masiv care supraveghea clienții care intrau în liftul ce avea să-i ducă pe acoperiș. Alți doi paznici stăteau la ușa exterioară, ținând la respect mulțimea celor care voiau să intre doar datorită felului în care arătau, hainelor și/sau farmecului lor.

–Și pentru mine e o surpriză la fel de mare ca și pentru tine.

–Am vrut să-ți spun. Eva pur și simplu țopăia de încântare. Shawna a auzit lucruri bune despre locul acesta și m-am gândit că o să ne distrăm.

–Am citit cronici bune pe net, adăugă Shawna, și mi-au vorbit și unii dintre prietenii mei despre el.

Manuel se uita cu atenție la mulțimea nerăbdătoare din spatele cordoanelor de securitate, iar Megumi Kaba stătea, prudentă, între Cary și Eva. Mark Garrity, Steven Ellison și Arnoldo rămăseseră în spate, asigurând cale liberă pentru cei ale căror nume se găseau pe lista VIP-urilor.

Cary o cuprinse pe Megumi pe după umeri.

–Stai lângă mine, fetițo, zâmbi el larg. Le arătăm noi cum se fac lucrurile.

Eva mă prinse de braț.

–Surpriza ta a venit.

M-am uitat acolo unde se uita ea și am văzut un cuplu care se apropia de noi. Am clipit din ochi mirat când am recunoscut-o pe Magdalene Perez. Se ținea de mână cu bărbatul care o însoțea, iar în ochi avea o lumină strălucitoare, cum nu mai văzusem de mult la ea.

–Magie, am întâmpinat-o, strângându-i mâna pe care mi-o întindea și aplecându-mă s-o sărut pe obraz, mă bucur mult că ai venit.

Și mă bucuram și mai mult că Eva o invitase. Cele două femei fuseseră la cuțite inițial, iar asta numai din cauza lui Maggie. Prăpastia dintre ele îmi afectase, în săptămânile care urmaseră, relația cu Maggie, și eram pregătit să accept asta ca o situație ce avea să dureze cine știe cât. Totuși, era bine că lucrurile n-aveau să stea așa.

–Gideon, Eva, zâmbi Maggie, el e prietenul meu, Gage Flynn.

Am dat mâna cu tipul după ce el a făcut cunoștință cu Eva, fără să-mi scape că mi-a strâns mâna cu putere și că mi-a întors serios privirea cercetătoare. Și el mă privea scrutător, dar investigațiile mele aveau să fie mai profunde. Până la sfârșitul săptămânii, urma să știu tot ce merita știut despre tipul acesta. Maggie trecuse prin prea multe cu Christopher. Nu voiam să sufere din nou.

–Iar ei sunt Will și Natalie, spuse Eva când apărură și ultimii invitați.

Will Granger era îmbrăcat retro, ca un beatnic, iar asta îi venea bine. O ținea pe după mijloc pe tipa măruntă, cu părul albastru, cu care venise și care era îmbrăcată tot în stilul anilor cincizeci și avea ambele mâini tatuate până la umăr.

În vreme ce Eva făcea prezentările, i-am făcut semn din cap paznicului ca să semnaleze că sosiseră și ultimii noștri invitați. El ne eliberă calea, ținând în frâu mulțimea.

Soția mea îmi aruncă o privire bănuitoare:

– Să nu-mi spui că și locul acesta e tot al tău!

– Bine, nu-ți spun.

– Vrei să spui că e?

Mi-am lăsat mâna să alunece pe curba șoldului ei. Renunțase la pantalonii scurți pentru o fustă cu crăpătură la spate. Mai că-mi doream să nu se fi schimbat. Pantalonii scurți îi lăsau la vedere picioarele; fusta, în schimb, îi scotea funduletul minunat în evidență.

– Trebuie să te hotărăști dacă vrei să-ți răspund sau nu la întrebare, am zis, în timp ce intram în club.

Muzica era tare, iar cântărețul amator de pe scenă, și mai tare. Iluminatul strategic lumina culoarele și mesele, lăsând însă peisajului nocturn al Manhattanului să-i uluiască pe clienți. Aerul condiționat ieșea din pereți și din podea, răcorind aerul nopții și menținându-l la o temperatură decentă.

– Există ceva ce nu e al tău în New York?

Arash izbucni în râs:

– Păi, nu mai e proprietar la D'Argos Regal, de pe Thirty-six.

Eva se opri brusc, făcându-l pe Arash să intre în ea și să o facă să se dezechilibreze. M-am uitat urât la el.

Ea însă mă prinse de mână și strigă, ca să acopere zgomotul din clubul aglomerat:

–Ai scăpat de hotelul acela?

Mi-am lăsat privirea în jos spre ea. Întrebarea și speranța care i se citeau pe față mă răsplăteau cu vârf și îndesat pentru lovitura financiară pe care o încasasem. Am încuviințat din cap.

Ea se aruncă la pieptul meu, înconjurându-mi gâtul cu brațele și potopindu-mă cu sărutări repezi și sălbatice. Am zâmbit și am întâlnit privirea lui Arash.

–Și dintr-odată, zise el, totul pare foarte logic.

Capitolul 10

– Doamne, ce drăguți sunt ei doi, exclamă Shawna uitându-se la Will și la Natalie care cântau *I Got You, Babe* pe scenă.

– O să fac diabet din cauza lor, mârâi Manuel și se ridică în picioare cu paharul în mână. Vă rog să mă scuzați! Văd ceva interesant.

Glasul lui Gideon, aflat lângă mine, era plin de veselie.

– Ia-ți rămas-bun, îngeraș! N-o să-l mai vedem.

M-am uitat și eu în direcția privirii lui și am văzut o brunetă drăguță care îl măsura cu îndrăzneală pe Manuel.

– Pa, Manuel! am strigat în urma lui, făcându-i cu mâna. Pe urmă m-am sprijinit de Gideon, care aproape că se tolănise pe canapeaua tapițată cu piele scumpă. Cum se face că toți tipii care lucrează cu tine arată așa de bine?

– Chiar așa? zise el cu voce tărăgănată, frecându-și nasul de ceafa și de urechea mea. Poate că n-o să mai lucreze prea mult cu mine.

– O, Doamne! am ridicat privirea spre cer, exasperată. Las-o baltă, neandertalianule!

El mă prinse și mai tare de coapse, trăgându-mă mai aproape, astfel încât eram lipită cu totul de el, de la genunchi până la umăr. Bucuria se revărsa în mine în valuri. După toate lucrurile tâmpite prin care trecuserăm cu o zi în urmă, era absolut extraordinar că puteam pur și simplu să ne bucurăm unul de altul.

Megumi se aplecă spre noi peste măsuța joasă din centrul separeului rectangular unde ne așezaserăm. Zona VIP, mărginită de doi pereți, ne ajuta să ne simți cu toții în largul nostru.

– Voi doi când aveți de gând să vă faceți de râs? întrebă ea.

– Ăăă... niciodată.

Fusese nevoie de câteva pahare și de atenția deplină pe care i-o acorda Cary pentru ca Megumi să se simtă suficient de în largul ei ca să înceapă să se distreze. Prietenul meu cel mai bun încălzise atmosfera cu o interpretare mișcătoare la *Only the Good Die Young*, după care o târâse și pe Megumi pe scenă și cântaseră împreună *(I've Had) The Time of My Life*. Ea se întorsese la masă strălucind.

Îi eram datoare vândută lui Cary pentru că se ocupa de ea. Ba chiar mai mult, el părea să nu aibă nici o intenție să dezerteze și să plece la cucerit, așa cum făcuse Manuel. Eram cu adevărat mândră de el.

– Hai, Eva, mă momi Steven. Tu ai ales locul. Trebuie să cânți.

– Ba sora ta l-a ales, am replicat, uitându-mă la ea.

Shawna dădu din umeri, făcând pe nevinovata.

– Și a cântat de două ori! răspunse el.

Am încercat să le distrag atenția:

–Mark n-a cântat nimic.

Șeful meu clătină din cap.

–Credeți-mă, nici nu știți ce serviciu vă fac.

–Nu-mi spune! Cauciucurile care scârțâie sună mai muzical decât vocea mea!

Arnoldo împinse tableta cu cântecele în direcția mea. Era prima dată în seara aceea că mi se adresa în vreun fel, în afară de faptul că mă salutase la intrare. Își petrecuse cea mai mare parte a serii discutând cu Magdalene și cu Gage, iar eu încercam să nu consider asta un afront personal.

–Nu-i corect, m-am plâns. V-ați coalizat cu toții împotriva mea! Nici Gideon n-a cântat încă.

Și zicând asta i-am aruncat o privire soțului meu, care dădu din umeri:

–Merg și eu, dacă și tu cânți.

Am făcut ochii mari, uluită. Nu-l auzisem niciodată cântând pe Gideon, nici măcar nu mi-l închipuisem făcând asta. Cântăreții arătau și exprimau emoții cu ajutorul vocilor. Apele liniștite ale lui Gideon curgeau foarte departe de suprafață.

–Ei, la dracu', trebuie s-o faceți acum, interveni Cary, înșfăcând tableta și deschizând la întâmplare o pagină în meniu.

Mi s-a strâns un pic stomacul. Mă uitam neajutorată la cântecele din fața mea. Unul singur mi-a sărit în ochi și am rămas cu privirea ațintită asupra titlului. Apoi, trăgând aer în piept, m-am ridicat în picioare.

–Bine! Dar să nu uitați că voi ați vrut-o! Nu vreau să aud nici un comentariu despre cât de nasol dau din gură.

Gideon, care se ridicase în picioare odată cu mine, mă trase spre el și-mi șopti la ureche:

– Îngeraș, eu cred că dai excelent din gură.

I-am răspuns cu un pumn în coaste. Râsul lui gros îmi răsuna în ureche în vreme ce mă îndreptam spre scenă. Îmi plăcea la nebunie sunetul acela, îmi plăcea enorm să-mi petrec timpul cu el, să uităm de problemele noastre și să ne distrăm cu oamenii care țineau la noi. Eram căsătoriți, dar încă rămăseseră între noi destule întâlniri la care nu fuseserăm, atâtea seri cu prietenii pe care trebuia să le avem. Speram ca seara aceea să fie doar prima dintr-un lung șir.

Îmi părea rău că amenințam liniștea noastră fragilă cu cântecul pe care îl alesesem, dar nu într-atât încât să mă răzgândesc.

Am bătut palma cu Will, care trecea pe lângă mine împreună cu Natalie, întorcându-se la grupul nostru. Aș fi putut să înscriu cântecul ales pe tableta pe care o aveam la masă, la fel cum comandam și mâncarea și băuturile, dar nu voiam ca Gideon să-i vadă titlul.

În plus, observasem că toți ceilalți clienți ai clubului trebuiau să stea la coadă și să-și aștepte rândul, însă selecțiile noastre erau puse în față. Speram că dacă îmi înscriam numele pe listă aveam să mai câștig un pic de timp ca să-mi adun curajul de care aveam nevoie.

Ar fi trebuit să-mi dau seama însă că n-avea să fie așa. I-am dat prezentatoarei cântecul ales, iar ea l-a introdus de îndată în sistem, zicându-mi:

– În regulă, stai aici! Tu urmezi.

– Glumești! am zis, întorcându-mă să mă uit la masa noastră. Gideon îmi făcea cu ochiul. Oho, cum avea să mai plătească pentru asta!

Tipa care era pe scenă, care cântase *Diamonds*, terminase, iar sala izbucni în aplauze. Cântase binișor, dar, pe cinstite, orchestra live îi acoperise o grămadă de greșeli. Chiar erau buni. Îmi țineam pumnii să fie destul de buni și pentru mine.

Am urcat tremurând cele câteva trepte până la scenă. De la masa noastră s-a auzit un cor de fluierături și încurajări care m-au făcut să râd, în ciuda faptului că muream de emoție. Am luat microfonul și de îndată s-au auzit primele acorduri. Cântecul pe care îl cunoșteam foarte bine, unul dintre cele care-mi plăceau foarte mult, mi-a dat avântul de care aveam nevoie ca să încep.

Cu privirea ațintită asupra lui Gideon, am reușit să îngân primele versuri, spunându-i că e uluitor. Chiar dacă muzica era tare, tot puteam să aud râsetele pe care le stârnea vocea mea oribilă. Cei de la masa mea se tăvăleau de-a dreptul, dar mă așteptasem la asta.

Alesesem *Brave*. Așa trebuia să fiu ca să-l cânt – sau, mă rog, nebună.

Nu mi-am luat privirea de la soțul meu, care nu râdea, nici măcar nu zâmbea. Mă fixa cu o privire intensă, în timp ce-i spuneam, cu ajutorul versurilor Sarei Bareilles, că voiam să-l văd că dezvăluie totul, că e curajos.

Cântecul ademenitor, la care se adăuga și talentul trupei care cânta odată cu mine începuseră să atragă spectatorii, dintre care unii chiar cântau împreună cu mine. Inima mă ajuta să-mi fac glasul mai puternic, dând forță mesajului care i se adresa în exclusivitate lui Gideon.

Trebuia să rupă tăcerea. Trebuia să spună adevărul celor din familia lui. Nu pentru mine sau pentru ei, ci pentru el.

La sfârșitul cântecului, prietenii mei au sărit în picioare, aplaudându-mă; am zâmbit larg, plină de energie. Am făcut o reverență elegantă și am izbucnit de-a dreptul în râs când străinii de la mesele din fața scenei s-au alăturat și ei aplauzelor nemeritate. Îmi cunoșteam prea bine puterile, iar vocea de cântăreață cu siguranță nu se afla printre ele.

– A fost absolut bestial! îmi strigă Shawna când m-am întors la masă, și mă îmbrățișă cu putere. O meriți, fato!

– Aduceți-mi aminte să vă plătesc mai încolo, i-am răspuns ironic, simțind că îmi iau foc obrajii, căci toți cei de la masă se înghesuiau să mă felicite. Vă meritați din plin banii.

– Ei, puștoaico, spuse Cary, cu ochii verzi sticlind de veselie, nu poți să fii bună chiar în toate. E o ușurare să vedem că mai ai și tu câte un defect, la fel ca noi, muritorii de rând.

Am scos limba la el și am înșfăcat paharul de votcă cu coacăze care mă aștepta pe masă.

– Acum e rândul tău, amorezule, îl îndemnă Arash pe Gideon, rânjind.

Soțul meu dădu din cap, după care își îndreptă privirea spre mine. Pe chipul lui nu se putea citi nici o urmă din gândurile sale, ceea ce începea să mă îngrijoreze. Ochii și buzele lui nu era deloc blânde; nimic nu-mi dădea nici un indiciu.

Pe urmă, cine știe ce cretin începu să cânte *Fata de aur*.

Gideon încremeni, încleștând vizibil fălcile. L-am luat de mână și i-am strâns-o; m-am simțit un pic mai ușurată văzând că și el mi-o strânge pe a mea.

El mă sărută pe obraz și se îndreptă spre scenă, făcându-și loc prin mulțime cu ușurința omului obișnuit să comande. M-am uitat la el, văzând cum întorceau femeile capul după el. Evident, eu eram părtinitoare, dar puteam să jur că el era cel mai chipeș bărbat din club.

Serios acum, ar fi trebuit să fie o infracțiune pentru un bărbat să arate atât de sexy.

M-am uitat la Arash și la Arnoldo.

– Voi l-ați auzit vreodată cântând?

–Nu, la dracu'! râse Arash. Dacă avem un pic de noroc, o să cânte ca tine. Cum zice și Cary, nu poți să fii bun în toate, altfel va trebui să-l urâm cu toții.

Tipul de pe scenă termina cântecul. Peste câteva clipe, Gideon îi luă locul. Fără să știu de ce, inima începu să-mi bată la fel de tare ca atunci când mă aflasem eu pe scenă. Palmele îmi transpirau și mi le-am șters pe fustă.

Mă temeam de felul în care aveam să mă simt văzându-l acolo pe Gideon. Oricât de mult aș fi detestat să mă gândesc la asta, Brett era un model greu de atins și faptul că tocmai ascultasem și *Fata de aur*, chiar cântată de un om care n-ar fi trebuit să aibă vreodată acces la microfon, făcea ca aceste două universuri să se apropie primejdios de mult unul de altul.

Gideon puse mâna pe microfon și-l scoase din suport cu atâta ușurință, de parcă făcuse de mii de ori asta. Femeile din public o luaseră razna, țipându-i că e tare sexy și făcând remarci sugestive, pe care am ales să le ignor. Bărbatul era minunat, din punct de vedere fizic, însă ceea ce atrăgea cu adevărat la el era prezența lui poruncitoare, care emana din toți porii încredere în sine.

Arăta ca un bărbat care știa cum să facă sex nebunește cu o femeie. Și, Doamne, așa făcea mereu.

–Cântecul acesta, anunță, îi e dedicat soției mele.

Și, cu o privire, Gideon le făcu semn celor din trupă să înceapă. Basul, pe care l-am recunoscut pe dată, mi-a înfierbântat pulsul.

–Lifehouse! strigă Shawna, bătând din palme. Îmi plac la nebunie!

–Te-a numit deja soția lui, țipă și Megumi, aplecându-se spre mine. Cât de înfiorător de norocoasă poți să fii?

Nici măcar nu i-am aruncat o privire. Nu puteam. Eram concentrată întru totul asupra lui Gideon, care se uita drept spre mine și cânta, spunându-mi cu glasul lui răgușit și plin de sugestii sexuale că era disperat să se schimbe și flămând de adevăr.

Răspundea cântecului meu.

Mă usturau ochii, deși inima îmi bătea într-un ritm diferit. Cum de-mi putuse trece prin cap că n-avea să arate nici o emoție? Doamne, Dumnezeule, mă ucidea, dezgolindu-și sufletul cu timbrul răgușit al vocii lui.

–La dracu', zise Cary, cu ochii la scenă. Tipul ăsta știe să cânte.

Și eu eram sorbeam clipa asta, mă agățam de fiecare cuvânt, îi ascultam mesajul, în care vorbea despre cum mă vâna, cum se îndrăgostea tot mai tare de mine. Mă foiam pe loc, eram insuportabil de excitată.

Gideon acaparase atenția tuturor celor din bar. Dintre toate vocile pe care le auzisem în seara aceea, a lui era cu adevărat profesionistă. Stătea acolo, iluminat de un unic reflector, cu un picior într-o parte, îmbrăcat elegant, deși cânta un cântec rock, și făcea asta așa de bine, că nu-mi închipuiam că se poate cânta și altfel. Nu exista nici o comparație cu Brett, nici în felul în care cânta Gideon, nici în privința reacției pe care mi-o provoca.

Am sărit în picioare fără ca măcar să-mi dau seama, făcându-mi loc prin mulțime ca să ajung la el. Gideon își termină cântecul, iar cei din bar parcă înnebuniseră, tăindu-mi calea spre el. M-am pierdut în mulțime, căci eram prea scundă ca să văd ceva dincolo de umerii care mă înconjurau.

El a fost cel care m-a găsit, croindu-și drum spre mine ca să mă ia în brațe. Îmi astupă gura cu a lui, sărutându-mă violent, ceea ce-i făcu pe cei prezenți să fluiere și să izbucnească din nou în urale. Undeva, în fundal, am auzit cum trupa începea un cântec nou. Iar eu practic m-am cățărat pe Gideon, șoptindu-i în ureche:

– Acum!

Nu era nevoie să-i explic. Mă lăsă jos și mă luă de mână. Am străbătut împreună barul, îndreptându-ne spre bucătărie și de acolo spre liftul de serviciu. M-am lipit de el înainte chiar ca ușile să se închidă, dar el își scosese telefonul și-l ducea la ureche, dându-și capul pe spate, în vreme ce gura mea îl săruta cu patimă pe gât.

– Adu mașina în spate, comandă pe un ton răgușit, după care vârî telefonul în buzunar, răspunzându-mi la sărut cu toată patima pe care o ținuse cândva încătușată în el.

Îl devoram, flămândă, prinzându-i între dinți buza de jos și lingându-i-o cu mișcări iuți ale limbii. A gemut când l-am împins în peretele liftului, strecurându-mi mâinile în jos pe pieptul lui, ca să-i iau erecția în mâini.

–Eva... Dumnezeule!

Apoi liftul s-a oprit și el m-a luat repede de cot, împingându-mă afară, pășind cu pași repezi, plini de nerăbdare. Am ajuns în foaier străbătând holul de serviciu, făcându-ne iar loc prin mulțime, până am reușit să ieșim în arșița nopții de vară. Limuzina ne aștepta pe stradă.

Angus ieși din ea, deschizând în grabă portiera din spate. Am sărit înăuntru, urmată de îndată de Gideon.

–Nu merge prea departe, îi ceru el lui Angus.

Și ne-am așezat, la distanță cam de o mână între noi, uitându-ne oriunde în altă parte, nu la noi, în vreme ce geamul dinspre șofer se închidea încet și mașina începea să ruleze.

În clipa în care comunicarea cu șoferul s-a oprit cu totul, m-am aruncat pe spate și mi-am ridicat fusta, smulgându-mi hainele fără pic de rușine, atât eram de flămândă să mi-o trag.

Gideon se lăsase în genunchi pe jos, deschizându-și în același timp pantalonii.

M-am descotorosit de chiloți, azvârlindu-i cât colo cu sandalele.

–Îngeraș! mormăi el, făcându-mă să gem de nerăbdare.

–Sunt udă, sunt udă, am îngăimat, căci nu mai voiam să se joace cu mine ori să mai aștepte.

Cu toate astea, el tot încercă, acoperindu-mi sexul cu mâna. Degetele lui mă desfăceau, frecându-mi ușor clitorisul, intrând în mine.

–Dumnezeule, Eva, ești udă leoarcă!

–Vreau să te călăresc, l-am implorat, dându-mă la o parte de pe banchetă. Voiam să stabilesc eu măsura, profunzimea, ritmul...

Gideon își lăsă pantalonii și boxerii în jos până la genunchi, apoi se așeză pe banchetă, dându-și la o parte cămașa. Și mădularul îi ieși la iveală, gros și lung, de o frumusețe sălbatică, așa cum era și el.

M-am strecurat și am îngenuncheat între picioarele lui, prinzâdu-i penisul cu ambele mâini. Era fierbinte și delicat ca mătasea. Înainte ca gândul meu să prindă formă, îmi apăsasem deja gura pe el. El șuieră printre dinți, prinzându-mă cu o mână de coadă; capul i se lăsase pe spate. Închisese și ochii.

–Da.

Mi-am plimbat limba în jurul capului, gustându-l, simțind cum venele groase îi zvâcneau în palma mea. Mi-am strâns buzele, m-am retras, după care l-am supt din nou.

El gemu, arcuindu-se, împingându-se în gura mea.

–Ia-o până în gât!

Am început să mă mișc, dându-i ascultare; plăcerea lui mă înnebunea de dorință. Gideon deschise ochii, lăsând capul în jos, ca să se bucure de vederea mea.

–Vino aici!

Comanda rostită pe un ton scăzut mă făcea să mă cutremur de dorință.

M-am târât în sus de-a lungul trupului său magnific, încălecându-l, încolăcindu-i gâtul cu brațele.

–Ești înfiorător de bun!

–Eu? Îngeraș, tu mă faci s-o iau razna.

Mi-am mutat șoldurile ca să îl primesc.

–Stai să vezi cum o să mă simți pe interior.

Apoi își lăsă mâinile în jos, luându-și mădularul în mână, ținându-l nemișcat, în vreme ce eu începeam să mă afund în el. Îmi tremurau picioarele, iar capul gros al penisului său se împingea în mine, despicându-mă.

–Gideon! Nu mă săturam niciodată de senzația aceea că sunt luată, posedată.

El mă prinse de coapse, susținându-mă. Se afunda tot mai adânc în mine, iar eu nu-mi dezlipeam de el ochii care se făceau tot mai grei. Spațiul dintre noi începuse să vibreze; eram tot mai udă, tot mai excitată.

Nu conta de câte ori făcusem amor cu el; voiam mereu tot mai mult. Voiam tot mai mult reacțiile lui față de mine, ca și cum nu mai simțise niciodată așa ceva, ca și cum i-aș fi dat ceva ce nu putea primi de nicăieri altundeva.

M-am agățat de spătarul banchetei și am început să-mi mișc șoldurile, făcându-l să intre și mai mult. Îl simțeam cum se împinge în străfundurile mele, dar nu puteam să-l primesc pe tot. Dar asta voiam. Voiam tot ce era el.

–Prima dată, zise el cu glas răgușit, privindu-mă. M-ai călărit chiar aici, m-ai scos din minți. Mi-ai tras-o până m-ai înnebunit cu totul.

–A fost așa de bine, am gemut, periculos de aproape de a atinge orgasmul. Era atât de gros, atât de tare. O, Doamne! Acum e și mai bine.

El își înfipse mâinile în coapsele mele.

– Acum te vreau și mai mult.

Am gemut, lipindu-mi fruntea de a lui.

– Ajută-mă!

– Ține-te! Și, trăgându-mi șoldurile în jos, se împinse în mine, intrând până la ultima bucățică.

– Da... da... am gemut, înfigându-mă cât puteam de tare în el, mișcându-mi sexul în sus și-n jos de-a lungul erecției lui.

Chipul lui Gideon se înăsprise parcă de patimă, marcat cu brutalitate de dorință.

– O să-mi dau drumul cu atâta putere în tine, îmi făgădui el, întunecat, că o să mă simți în tine toată noaptea.

Sunetul vocii lui... felul în care arăta pe scenă... nu fusesem niciodată atât de excitată. Nu era singurul care avea să-și dea drumul cu violență.

Își lăsase capul să cadă pe spătar, gâfâind, gemând răgușit de plăcere. Mâinile lui îmi dădură drumul și se strânseră în pumni pe lângă el. Mă lăsa să i-o trag așa cum aveam nevoie, mă lăsa să-l folosesc.

M-am azvârlit pe spate și am ajuns la orgasm țipând; mi se cutremura tot trupul, iar sexul îmi vibra în jurul mădularului său. Am ieșit din ritm; mi se întunecaseră ochii. Un geamăt nesfârșit îmi scăpa din piept; mă simțeam amețită de ușurare.

Apoi, fără să știu cum, am ajuns culcată pe spate, cu Gideon deasupra mea, trecându-și brațul pe sub piciorul meu stâng ca să-l ridice pe umăr. Își înfipsese picioarele zdravăn în podea și se izbea în mine fără oprire, pătrunzând tot mai adânc. Atât de adânc...

M-am cutremurat; era atât de bine, că mă durea.

Mă ținea așa, țintuită, despicată și lipsită de apărare; mă folosea, la fel cum îl folosisem și eu, pierzându-și controlul de disperarea de a ajunge la orgasm. Forța trupului său, pe măsură ce se împingea în mine, puterea cu care își înfigea mădularul în sexul meu sensibil mă umplea iar de fiorii orgasmului.

– Te iubesc, am gemut, cu mâinile înfipte în coapsele lui.

Gemându-mi numele, la rândul lui, el începu să-și dea drumul, cu dinții încleștați, strâns lipit de mine, pătrunzându-mă până în străfunduri. Faptul că îl simțeam cum se eliberează în mine m-a făcut și pe mine să ajung iar la orgasm.

– Ce bine e, gemu el, cuprins de spasmele sexului meu.

Ne cutremuram împreună, ținându-ne strâns unul de altul. Apoi, el își îngropă chipul la sânul meu:

– Te iubesc.

Am simțit cum îmi dau lacrimile. Spunea atât de rar vorbele astea.

– Mai spune o dată, l-am implorat, îmbrățișându-l strâns.

Iar el îi lipi gura de a mea:

– Te iubesc...

– Mai vreau, am cerut, lingându-mă pe buze.

Gideon îmi aruncă o privire peste umăr. Șunca sfârâia în tigaia din fața lui, iar mie îmi lăsa gura apă după încă o porție.

– Și eu care credeam că două pachețele de șuncă o să ne ajungă tot weekendul.

– Grăsimea e absolut obligatorie după o băută, i-am răspuns, ștergându-mi farfuria cu degetele și băgându-le în gură. Evident, când nu ești mahmur.

– Ca mine, mormăi Cary, care intra în bucătărie îmbrăcat doar în blugi, pe care nici măcar nu se obosise să și-i încheie la toți nasturii. Avem bere?

Gideon întinse un picior încălțat în papuci flip-flop, arătându-i frigiderul.

– Raftul de jos.

Eu am clătinat din cap, uitându-mă la prietenul meu.

– Ai nevoie să bei ceva ca să scapi de mahmureală?

– Da, la dracu'. Am senzația că mi se despică dovleacul.

Și Cary își luă o bere și se așeză lângă mine. Îi scoase capacul și duse sticla la gură, dând pe gât jumătate, dintr-o singură înghițitură.

– Cum ai dormit? am întrebat, ținându-mi pumnii în minte.

Rămăsese peste noapte în apartamentul atașat, cu un singur dormitor, și speram că îi plăcuse. Apartamentul avea toate minunatele detalii de dinainte de război pe care le avea și penthouse-ul lui Gideon și era mobilat în același stil. Știam că lui Cary îi plăcea un stil mai contemporan, dar nu putea să spună nimic despre priveliștea spre Central Park. Tot restul putea să fie schimbat, numai un cuvânt să spună.

– Buștean, răspunse Cary după ce lăsă sticla jos.

– Îți place apartamentul?

– Sigur. Cui nu i-ar plăcea?

– Vrei să locuiești acolo? am continuat.

Cary zâmbi strâmb.

–Da, puștoaico. E un vis. Mulțam că ți-ai făcut milă de mine, Gideon.

Soțul meu se îndepărtă de aragaz, îndreptându-se spre noi cu o farfurie cu șuncă în mână.

–În ofertă nu e inclusă nici măcar o urmă de milă, zise el sec. În rest, ești bine-venit.

–Ura! am bătut eu din palme. Sunt hrănită!

Gideon luă o bucată de șuncă și și-o băgă în gură, iar eu m-am întins spre el, cu gura deschisă. El se aplecă spre mine, ca să pot mușca din celălalt capăt.

–Ei, hai! gemu Cary. Și-așa îmi vine greață.

–Mai taci! i-am dat eu un ghiont ușurel.

El rânji, terminându-și berea.

–Oameni buni, văd că trebuie să vă fac viața un chin. Altfel, cine o să vă mai împiedice peste câțiva ani să cântați *I Got You, Babe?*

Gândul la Will și Natalie îmi smulse un zâmbet. Descopeream tot mai multe lucruri care îmi plăceau la Will și îmi dădusem seama că mă înțeleg bine și cu prietena lui.

–Nu-i așa că-s adorabili? Sunt împreună încă din liceu.

–Exact ce ziceam, mârâi el. Dacă stai destul de mult cu cineva, fie ajungi să te cerți la cuțite, fie cazi în groapa cu porumbei uguitori și nimeni nu te va mai vedea vreodată.

–Să știi că și Mark și Steven sunt împreună de ani buni, l-am contrazis. Nu se ceartă, nici nu-și fac fițe.

–Dar ei sunt gay, Eva, mă puse Cary la punct. N-au destul estrogen ca să-și dea poalele peste cap.

–O, Doamne! Porc misogin ce ești! Nu-mi vine să cred că ai spus așa ceva.

– Tu știi că am dreptate, zise Cary, uitându-se la Gideon.

– Acestea fiind spuse, declară Gideon, înșfăcând trei felii de șuncă, eu m-am cărat.

– Hei! m-am plâns în urma lui, în vreme ce el se ducea în living.

Cary izbucni în râs.

– Nu-ți face griji! S-a legat singur de mâini și de picioare de marca ta de femelă.

M-am uitat urât la el, în timp ce mestecam încă o bucată de șuncă.

– De data asta te iert, că-ți sunt datoare pentru aseară.

– M-am distrat. Megumi e o tipă simpatică, răspunse el, întunecându-se dintr-odată la față. Îmi pare rău că trece prin ce trece.

– Da, și mie.

– Ai luat vreo hotărâre, despre cum să-i ajuți și pe alții aflați în situații ca a ei?

M-am sprijinit cu coatele de blat.

– O să vorbesc cu Gideon, să lucrez cu fundația Crossroads, care e a lui.

– La dracu'! De ce nu te-ai gândit mai dinainte la asta?

– Pentru că... probabil sunt încăpățânată. M-am uitat peste umăr spre living, după care am continuat cu glas scăzut: Unul dintre lucrurile care îi plac lui Gideon la mine e că nu fac mereu ceea ce vrea el numai pentru că vrea el. Nu e ca Stanton.

– Și tu nu vrei să fii ca mama ta. Asta înseamnă că o să-ți păstrezi numele de fată?

–Nu, în nici un caz. Pentru Gideon, înseamnă foarte mult ca eu să devin Eva Cross. În plus, sună impresionant.

–Chiar că, zise el, dându-mi un bobârnac ușor peste nas. Să știi că sunt aici, când ai nevoie de mine.

–Și eu, am răspuns și m-am dat jos de pe scaun, ca să-l îmbrățișez.

–Să știi că vorbesc foarte serios, continuă el, oftând din greu. Te așteaptă schimbări mari, puștoaico. Te apucă spaima uneori?

Mi-am ridicat ochii spre el; simțeam legătura dintre noi, care ne ajutase să trecem împreună prin niște momente grele.

–De mai multe ori decât îmi permit să mă gândesc la asta.

–Trebuie să fug până la birou, n-o să stau mult, ne întrerupse Gideon, înapoindu-se în bucătărie. Avea pe cap o șapcă de baseball inscripționată Yankees. Nu-și schimbase tricoul gri, dar înlocuise pantalonii de pijama cu unii de trening. Învârtea niște chei pe deget.

–S-a întâmplat ceva? am întrebat, întorcându-mă spre el.

Pe chipul soțului meu apăruse iar fața aceea de jucător de pocher, care îmi spunea că mintea îi era deja la lucrurile pe care le avea de rezolvat.

–Nu, totul e-n ordine, îmi spuse, venind să mă sărute la iuțeală. Mă întorc în vreo două ore. Ireland ajunge pe la șase.

Și zicând asta, ieși, lăsându-mă cu privirea ațintită în urma lui.

Oare ce se întâmplase așa de important încât să-l smulgă de lângă mine în timpul weekendului? Când era vorba de mine, Gideon era posesiv cu multe lucruri, dar timpul pe care îl petreceam împreună se afla în fruntea listei. În plus, faptul că rotea cheile pe deget era grăitor. Gideon nu era genul de bărbat care să facă mișcări inutile. Singurele clipe când îl văzusem că se foia era fie când era complet relaxat, fie exact invers – gata de luptă.

Nu puteam scăpa de senzația că îmi ascundea ceva. Ca de obicei.

–Eu mă duc să fac un duș, zise Cary, în timp ce-și scotea o sticlă de apă din frigider. Vrei să ne uităm la un film când ies?

–Sigur, am zis, cu mintea în altă parte. Pare un plan bun.

Am așteptat până când el s-a întors în apartamentul atașat, după care m-am dus să-mi iau telefonul.

Capitolul 11

– Unde e Eva?

Am dat ocol prin față Mercedesului și m-am oprit în fața lui Brett Kline. Mă mâncau degetele, căci de data asta mă abțineam fără milă să dau mâna. Mâinile cântărețului o atinseseră în mod intim pe soția mea în trecut... și de curând. Nu voiam să-i strâng mâna. Voiam să i-o rup.

– Acasă la noi, am răspuns, arătându-i cu un gest intrarea de la Crossfire Building. Să mergem la mine în birou.

Kline zâmbi cu răceală.

– Nu mă poți ține departe de ea.

– Tu ai ajuns să te îndepărtezi singur.

Am remarcat tricoul ponosit pe care îl purta, asortat cu blugi negri și cu cizme de piele. Fără îndoială, nu se îmbrăcase așa din întâmplare. Voia să-i amintească Evei de istoria pe care o aveau împreună. Poate să-mi amintească și mie. Să-i fi dat Yimara ideea asta? N-ar fi fost de mirare.

Era însă o mișcare greșită pentru amândoi.

El intră înaintea mea pe ușile batante. Cei de la securitate îi luară datele și îi tipăriră un permis temporar de intrare, după care am trecut de turnicheți, îndreptându-ne spre lift.

–Să știi că nu mă poți intimida cu banii tăi, zise el înțepat.

Am intrat în lift și am apăsat pe butonul care ducea la etajul cel mai de sus.

–Orașul e împânzit cu ochi și urechi peste tot. Măcar la mine la birou știu că n-o să dăm un spectacol la toată lumea.

–Despre asta e vorba? făcu el, dezgustat. Despre imaginea ta publică?

–E o întrebare ironică, dacă mă gândesc cine ești și ce vrei.

–Nu te purta ca și cum m-ai cunoaște, mârâi el. Habar n-ai de nimic.

În spațiul îngust din lift, agresivitatea și frustrarea lui Kline îngroșaseră aerul dintre noi. Își ținea mâinile încleștate pe bara de sprijin, într-o poziție ostilă, expectativă. Din vârful de un galben aproape alb al părului său tuns în țepi până la tatuajele în alb și negru care îi acopereau brațele, solistul de la Six-Ninths nu putea fi mai diferit de mine, ca înfățișare. Mă simțisem amenințat de asta și de povestea lui cu Eva, însă acest lucru era de-acum de domeniul trecutului.

Se terminase cu teama după San Diego. Și mai ales după noaptea trecută.

Încă mai simțeam urmele pe care mi le lăsase Eva pe spate și pe fese. Toată noaptea, până când se luminase de ziuă, mă împinsese până la limită. Foamea de nepotolit pe care o simțea pentru mine nu mai lăsa loc pentru nimeni altcineva. Și farmecul din glas, când îmi spunea că mă iubește, strălucirea lacrimilor din ochii ei când mă supuneam lucrurilor pe care mi le făcea...

M-am sprijinit de peretele din fața lui, cu mâinile vârâte în buzunarele pantalonilor de trening; îmi dădeam seama că nonșalanța mea avea să-l uimească.

– Ea știe că ne întâlnim așa? întrebă el aspru.

– M-am gândit să te las pe tine să alegi dacă să-i spui sau nu.

– Da, cum să nu, evident c-o să-i spun.

– Așa și sper.

Am ajuns în holul de primire de la Cross Industries, iar eu l-am poftit să intre pe ușile de securitate, conducându-l la mine în birou. Erau câțiva oameni la birouri și i-am salutat în treacăt. Cei care lucrau în zilele libere nu erau neapărat angajați mai buni decât cei care n-o făceau, dar le respectam ambiția și îi răsplăteam pentru asta.

Când am ajuns la mine în birou, am închis ușile și am opacizat geamul. Pe birou aveam un dosar, așa cum cerusem înainte să plec din penthouse. Mi-am pus mâna pe el și i-am făcut semn lui Kline să ia loc.

El rămase însă în picioare.

– Ce dracu' e asta? Am venit în oraș s-o văd pe Eva și când colo, gorila ta m-a adus aici.

„Gorila“ era un tip de la securitate pe care îl trimiseseră cei de la Vidal Records, dar nu se înșela când credea că omul lucra pentru mine.

– Sunt pregătit să-ți dau o sumă mare de bani – precum și alte beneficii – ca să am drepturile exclusive asupra filmării pe care a făcut-o Yimara cu tine și cu Eva.

El zâmbi disprețuitor.

– Mi-a spus Sam că ai de gând să încerci asta. Caseta aia nu te privește. E ceva între mine și Eva.

– Și întreaga lume, dacă se scurge, iar asta o s-o distrugă pe ea. Are vreo importanță pentru tine ce simte ea în legătură cu asta?

– Ba n-o să se scurgă nimic și firește că-mi pasă ce simte ea. Ăsta e unul dintre motivele pentru care trebuie să vorbim.

Eu am dat din cap.

– Vrei s-o întrebi ce poți să folosești. Crezi că poți s-o convingi să-ți permită să exploatezi ceva din ea.

El începu să se legene pe picioare, într-o mișcare de neastâmpăr, care îmi semnala că îl lovisem din plin.

– N-o să primești răspunsul pe care îl dorești, am adăugat. Până și simpla existență a acelei casete o umple de groază. Și ești un idiot dacă crezi altceva.

– Nu e toată numai cu sex. Sunt și lucruri simpatice, cu noi doi petrecând timpul împreună. Ea și cu mine am avut ceva. N-a fost doar o tipă bună la pat pentru mine.

La dracu'! Trebuia să mă lupt cu pornirea de a-l pune jos.

– Nu că ai înțelege tu asta, rânji el. Tu n-ai avut nici o problemă să ți-o tragi cu bruneta aia până când am reapărut eu în peisaj, după care ai schimbat jocul. Eva e o jucărie de care te plictisiseși. Până când a vrut-o altcineva.

Atinsese o coardă foarte sensibilă cu aluzia la Corinne. Șarada întâlnirilor cu fosta mea iubită fusese cât pe ce să mă ducă la pierderea Evei; scăpasem ca prin urechile acului, dar încă mă bântuia. Asta nu mă împiedica să observ cât era de bun la a arunca vina pe alții.

– Eva știe ce înseamnă pentru mine.

El se apropie de biroul meu.

– E prea orbită de miliardele tale ca să-și dea seama că e ceva dubios rău în faptul că ai ascuns nunta aia falsă de prin străinătate. Măcar e legală?

Mă așteptasem la întrebarea aceea:

– Absolut legală.

Și am deschis dosarul, scoțând din el fotografia. Fusese făcută în ziua nunții noastre, chiar în clipa în care o sărutam pe Eva ca soț. Plaja și pastorul care oficiase ceremonia se vedeau în fundal. Eu îi luam fața în mâini și buzele ni se atingeau ușor. Ea mă prindea de încheieturile mâinilor, iar verigheta mea îi strălucea pe deget.

Am întors fotografia spre el, ca s-o vadă și am pus acolo și o copie a certificatului de căsătorie. Îi întindeam totul cu mâna stângă, arătându-mi mândru verigheta mea încrustată cu rubine.

Nu arătam aceste obiecte personale doar ca să demonstrez ceva. Voiam să-l provoc pe Kline, lucru pe care îl făcusem în mod deliberat încă de când ajunsese la New York. Voiam să fie pe picior greșit, să fie în dezavantaj când avea să încerce să o contacteze din nou pe soția mea.

– Prin urmare, tu și cu Eva ați terminat, i-am zis fără intonație în glas. Dacă te îndoiai cumva, acum știi sigur. În orice caz, nu cred că tu o dorești pe soția mea tot atât de mult pe cât îți dorești amintirea ei, în folosul trupei.

– Da, sigur, fă-mă să par eu ăla vulgar! râse Kline. Nu poți să te împaci cu gândul că ea o să vadă caseta aia. Tu n-ai făcut-o niciodată să fie atât de sălbatică și nici n-o s-o faci.

Brațele îmi zvâcneau de cât de tare îmi doream să-i șterg expresia aia suficientă de pe chip.

– N-ai decât să crezi ce vrei. Aici ai două opțiuni: poți să iei cele două milioane pe care ți le ofer, să-mi dai înregistrarea și să pleci...

– Nu vreau nenorociții ăia de bani ai tăi! se răsti el, aplecându-se spre mine peste birou, cu mâinile sprijinite de blat. N-o să te faci tu stăpân pe amintirile mele. N-ai decât s-o păstrezi pe ea – deocamdată –, dar amintirile îmi aparțin. Blestemat să fiu dacă o să ți le vând.

Gândul la Kline uitându-se la casetă.. uitându-se cum i-o trăsese soției mele... îmi făcea sângele să fiarbă mocnit. Gândul că el sugera ca Eva să arunce și ea o privire, deși știa în ce hal avea s-o distrugă asta, mă împingea aproape cu totul în brațele violenței.

Era îngrozitor să mă străduiesc să-mi păstrez un ton calm.

– Poți să-mi refuzi banii și să păstrezi doar pentru tine existența acestei casete până în ziua morții tale. Să-i faci un dar tainic Evei, un dar de care n-o să știe vreodată.

– Ce dracu' tot spui acolo?

– Sau poți să fii un ticălos egoist, am continuat, și să o lovești cu ea, șocând-o, numai ca să-i distrugi mariajul și să devii tu și mai celebru.

Îl țintuiam cu privirea. Kline nu se mișcă, dar pentru o fracțiune de secundă își coborî ochii. Era o mică victorie, indiferent dacă avea vreo importanță sau nu.

Am luat contractul pe care Arash îl făcuse pentru mine și l-am împins spre el.

– Dacă îți pasă măcar puțin de ea, o să iei o hotărâre diferită de cea care te-a adus la New York.

Kline înșfăcă documentele de pe birou și le rupse în două, azvârlindu-le în geam.

– N-o să plec până n-o s-o văd.

Și zicând asta ieși ca o furtună din birou, în culmea furiei. M-am uitat după el, după care am dat un telefon:

– V-am dat destul timp?

– Da. Ne-am ocupat de laptop și de tableta din bagajul lui de îndată ce ați urcat. Chiar acum îi aranjăm e-mailul și serverele pe care își face backup-uri; și backup-urile serverelor respective. În weekend am căutat la el acasă, dar n-a mai trecut pe acolo de câteva săptămâni. Am curățat toate echipamentele lui Yimara și ale lui Kline, ca și conturile și echipamentele celor care au primit anunțuri referitoare la filmarea întreagă. Unul dintre cei din conducerea de la Vidal avea o copie întreagă pe hard, dar i-am șters-o. N-am găsit nici o dovadă că ar fi redirecționat-o undeva.

Am simțit că-mi îngheață sângele în vene.

– Care dintre cei din conducere?

– Fratele tău.

La dracu'! Mi-am înfipt mâinile în marginea biroului cu atâta putere, că-mi trosneau încheieturile. Mi-am amintit de filmarea în care Christopher apărea împreună cu Magdalene; știam ce ură perversă nutrea împotriva mea. Gândul că el o văzuse pe Eva într-o poziție atât de intimă... de vulnerabilă... mă făcea să mă întorc într-un loc unde nu mai fusesem încă de când auzisem prima dată de Nathan.

Trebuia să cred că firma privată specializată în securitate militară pe care o angajasem rezolvase absolut total situația. Echipele lor erau pregătite să aibă de-a face cu informații și mai sensibile.

– Vreau ca acea filmare să nu mai existe nicăieri, am zis, în timp ce puneam la loc în dosar hârtiile împrăștiate la mine pe birou.

– Am priceput. Lucrăm la asta. Cu toate astea, este posibil să mai existe vreo copie pe undeva, cu toate că am verificat înregistrarea tranzacțiilor făcute de Kline și Yimara pentru casete de depozit și altele. O să continuăm să monitorizăm situația până ne vei spune să ne oprim.

N-aveam s-o fac niciodată. Aveam să caut toată viața dacă era nevoie, orice indiciu că acea filmare supraviețuia pe undeva, în afara controlului meu.

– Vă mulțumesc.

Și, închizând, am plecat de la birou și m-am dus acasă, la Eva.

~

– Chiar că te pricepi la astea, zise Ireland, care se uita la Eva cum lua cu bețișoarele o bucățică de pui gong bao din cutia albă, ducând-o la gură. Eu n-o să le pot folosi niciodată.

– Uite, încearcă să le ții așa.

Eu mă uitam la soția mea, care o ajuta pe Ireland să țină bețișoarele subțiri; părul ei blond făcea un contrast puternic cu cel negru al lui Ireland. Stăteau pe jos, la picioarele mele, amândouă îmbrăcate în pantaloni scurți și tricouri, cu picioarele bronzate întinse sub măsuță, una înaltă și zveltă, cealaltă micuță și voluptuoasă.

Eu eram mai degrabă observator decât participant; stăteam pe canapeaua din spatele lor, invidiindu-le pentru relația lipsită de orice formalism pe care o aveau, chiar dacă eram recunoscător că așa stăteau lucrurile.

Totul era absolut ireal. Nu-mi închipuisem niciodată o seară ca asta, o seară liniștită petrecută acasă, împreună cu... familia. Nu știam cum să contribui și eu la asta, nici măcar dacă puteam. Ce să spun? Ce-ar trebui să simt?

În afară de venerație. Și de recunoștință. Eram atât de recunoscător pentru uluitoarea mea soție, care îmi adusese atâtea în viață.

Cu puțină vreme în urmă, într-o seară asemănătoare de sâmbătă, m-aș fi aflat la cine știe ce eveniment social foarte mediatizat, cu mintea doar la afaceri, asta în cazul în care o femeie prea interesată de mine nu-mi stârnea dorința de a i-o trage. Indiferent dacă mă întorceam singur la penthouse ori dacă sfârșeam la hotel cu o aventură de o noapte, tot singur aș fi fost. Și cum abia dacă îmi mai aminteam cum era să ai o familie, să depinzi de cineva, nu știam ce-mi lipsea.

– Ha! Uite! strigă Ireland, luând o bucățică de pui cu portocale și mâncând-o. L-am băgat direct în gură!

Am sorbit dintr-o singură înghițitură vinul din pahar, vrând să spun ceva. O mulțime de opțiuni mi se învârtejeau în minte, toate părând una mai nesinceră și mai forțată ca alta. În cele din urmă, mi-a ieșit ceva de genul:

– Bețișoarele au o țintă mare. Asta îți mărește șansele.

Ireland își întoarse capul spre mine, privindu-mă cu ochi la fel de albaștri precum cei pe care îi vedeam în oglindă în fiecare zi. Ochii ei erau însă mult mai puțin reci, mult mai inocenți și străluceau de râs și de adorație.

–Nu cumva mi-ai zis că sunt o gură mare?

Fără să pot rezista, am mângâiat-o pe creștet, atingându-i șuvițele mătăsoase. Și ele semănau și nu prea cu ale mele.

–Nu sunt cuvintele mele, am zis.

–Nu atâtea cuvinte, mă corectă ea, lăsându-se mângâiată puțin, după care se întoarse din nou spre Eva.

Ea îmi aruncă o privire și-mi zâmbi încurajator. Știa că-mi trăgeam puterea de la ea și mi-o oferea în mod necondiționat.

Mi se pusese un nod în gât. M-am ridicat de pe canapea și am luat paharul gol al Evei. Paharul cu apă minerală al lui Ireland era pe jumătate plin, așa că l-am lăsat și m-am dus în bucătărie, încercând să-mi regăsesc îndeajuns calmul ca să pot rezista tot restul serii.

–Channing Tatum arată bestial, o auzeam pe Ireland spunând în living. Nu ți se pare?

M-am încruntat. Întrebarea rostită într-o doară de sora mea cea mică stârnea în mine gânduri neplăcute legate de întâlnirile ei. Probabil că începuse să aibă prieteni încă din urmă cu câțiva ani. Știam că era absolut nerealist să vreau ca ea să se ferească de băieți. Știam că era vina mea că nu fusesem de față o mare parte din copilăria ei. Dar gândul că ea trebuia să înfrunte versiuni mai tinere ale unor bărbați ca mine, ca Manuel sau Cary îmi provoca o reacție defensivă pe care nu o cunoșteam.

–Arată foarte bine, fu de acord și Eva.

La ce simțeam, acum se mai adăuga și posesivitatea. M-am uitat urât la cele două pahare pe care le umpleam.

–Anul acesta, a fost desemnat cel mai sexy bărbat în viață, spunea Ireland. Uite ce bicepși are!

–Ei, în privința asta, te contrazic în totalitate. Gideon e mult mai sexy.

Am zâmbit.

–Ești așa de pierdută! o tachină sora mea. Când te gândești la Gideon, pupilele îți iau formă de inimioare. E așa de drăguț!

–Mai taci!

Râsul muzical al lui Ireland umplea încăperea.

–Nu-ți face griji! Și el e leșinat după tine. Și e de mii de ani pe lista celor mai sexy bărbați în viață. Prietenele mele numai cu asta îmi împuie capul.

–Îhh! Nu-mi spune lucruri din astea! Eu sunt geloasă de felul meu.

Râzând în sinea mea, am pus sticla goală în coșul de gunoi.

–Păi și Gideon e. O să ia foc atunci când o să intri și tu pe lista celor mai sexy femei în viață. N-ai cum s-o mai eviți acum, când toată lumea a auzit de tine.

–Mda, mă rog, pufni Eva. Ar trebui să-mi dea jos cu Photoshopul șapte kilograme de pe fund și de pe coapse ca să poată trânti povestea asta.

–Mă, tu ai văzut-o pe Kim Kardashian? Sau pe Jennifer Lopez?

M-am oprit în pragul livingului, admirând pe deasupra paharului priveliștea pe care mi-o ofereau Ireland și Eva. Simțeam un nod în piept. Voiam să înghet clipa, să o apăr, să o pun într-un loc ferit pe vecie.

Ireland ridică ochii și mă zări, dându-și ochii peste cap.

–Ce ți-am zis? spuse ea. Leșinat.

Stăteam pe scaun, îmi beam cafeaua și studiam tabelul de pe monitor. Îmi roteam umerii, încercând să scap de nodul pe care îl simțeam în ceafă.

–Frate, ce naiba? E trei dimineața.

Am ridicat privirea și am zărit-o pe Ireland, în picioare, în pragul biroului meu.

–Și?

–De ce lucrezi așa de târziu în noapte?

–Tu de ce stai pe Skype așa de târziu? am replicat, căci în ultima oră, de când o lăsasem pe Eva dormind, o auzisem râzând și ridicând uneori vocea.

–Da, bine, mormăi ea, aruncându-se în unul dintre scaunele din fața biroului meu. Se prelinse în scaun, cu umerii lipiți de spătar și picioarele lăbărțate în fața ei. Nu poți să dormi?

–Nu.

Habar n-avea cât de literal era răspunsul. Cum Ireland dormea în patul Evei și Eva în al meu, nu puteam să risc să mă culc și eu. Nu mă puteam aștepta ca Eva să accepte mai multe, să o înspăimânt de prea multe ori și să distrug iubirea pe care mi-o purta.

–Christopher mi-a trimis un mesaj ceva mai devreme. Crede că tata s-a dus la un hotel.

Am privit-o mirat.

–E de rău, Gideon, continuă ea, tristă. Ei doi n-au petrecut niciodată o noapte departe unul de altul. Cel puțin din câte îmi aduc eu aminte.

Nu știam ce să spun. Mama noastră mă sunase toată ziua, îmi lăsase mesaje vocale, sunase la penthouse de atâtea ori, că fusesem nevoit să scot din priză toate telefoanele din casă. Detestam faptul că mama se chinuia, dar trebuia să-mi apăr și eu timpul petrecut împreună cu Ireland și cu Eva.

Păream lipsit de inimă că mă concentram doar asupra mea, însă eu îmi pierdusem deja familia de două ori – prima dată când murise tata, iar a doua oară după Hugh. Nu-mi puteam permite să pierd și mai mult. Nu credeam că aș fi putut supraviețui și unei a treia pierderi, acum că Eva intrase în viața mea.

– Aș vrea doar să știu ce a dus la cearta asta, continuă sora mea. Mă gândesc că, dacă nu s-au înșelat cumva unul pe altul, ar trebui să poată trece peste asta, nu-i așa?

Am oftat din greu, îndreptându-mi spatele.

– Eu nu sunt omul potrivit cu care să vorbești despre relații. Habar n-am cum funcționează. Eu pur și simplu îmi croiesc drum orbește, rugându-mă să nu stric totul, și sunt recunoscător că Eva e atât de iertătoare.

– Chiar că o iubești.

I-am urmărit și eu privirea, spre colajul de fotografii de pe perete. Uneori, era dureros să mă uit la pozele soției mele. Voiam să prind din nou, să retrăiesc fiecare moment. Voiam să pun la un loc toate secundele pe care le avusesem vreodată cu ea. Uram faptul că timpul se scurgea atât de repede și nu puteam să-l pun undeva la adăpost pentru viitorul ce mi se întindea nebulos în față.

– Da, am murmurat.

I-aș fi iertat orice Evei. Nu putea să spună ori să facă nimic care să ne ducă la despărțire, pentru că eu nu puteam să trăiesc fără ea.

–Mă bucur tare mult pentru tine, Gideon, zâmbi Ireland când mi-am întors privirea iar spre ea.

–Îți mulțumesc.

Îngrijorarea din ochii ei însă nu dispărea; i se simțea neastâmpărul. Aș fi vrut să rezolv problema care o rodea, însă nu știam cum.

–Ai putea să vorbești cu mama? sugeră ea. Nu acum, logic. Dar mâine? Poate că tu o să poți afla ce se petrece?

Am șovăit o clipă, știind prea bine că o discuție cu mama noastră era cu siguranță neproductivă.

–O să încerc.

Ireland își studia unghiile.

–Nu-ți place prea mult mama, nu-i așa?

Mi-am cântărit cu grijă răspunsul, zicând doar:

–Între noi există o diferență fundamentală de opinii.

–Da, m-am prins. Ai zice că suferă de o formă ciudată de tulburare obsesiv-compulsivă, numai în relație cu familia ei. Toți trebuie să fie într-un fel anume sau să se prefacă măcar că sunt așa. Ea e atât de îngrijorată de ce spune lumea Acum câteva zile, am văzut un film vechi, care mi-a adus aminte de ea. *Oameni obișnuiți*. Tu l-ai văzut?

–Nu, nu cred.

–Ar trebui. E cu tatăl lui Kiefer Sutherland și cu alții. E trist, dar e o poveste bună.

–O să-l caut.

Simțeam nevoia să explic de ce era mama așa, prin urmare m-am străduit și eu.

– După moartea tatălui meu, s-a confruntat cu niște lucruri... tare rele. De atunci, s-a izolat în ea însăși, așa cred.

– Mama prietenei mele zice că mama era altfel înainte. Știi tu, când era căsătorită cu tatăl tău.

Mi-am lăsat jos cafeaua.

– Da, îmi amintesc că era altfel.

– În bine?

– Asta e ceva subiectiv. Era mai... spontană. Lipsită de griji.

Ireland își mângâia buzele cu vârful degetelor.

– Crezi că asta a dărâmat-o? Faptul că l-a pierdut pe tatăl tău?

Mi se pusese un nod în gât.

– A schimbat-o, am zis încetișor. Nu știu însă cât de mult.

– Uf! făcu ea ridicându-se în picioare, scuturându-se în mod vizibil de tristețea din ea. Tu mai stai mult treaz?

– Probabil toată noaptea.

– Vrei să te uiți la filmul ăla împreună cu mine?

Sugestia mă luă prin surprindere și îmi făcu plăcere.

– Depinde. Dacă nu-mi spui dinainte ce se întâmplă.

– Păi ți-am spus deja că e trist, îmi aruncă ea o privire pieziș. Dacă vrei fericire până la adânci bătrâneți, ea doarme la capătul coridorului.

Asta îmi aduse un zâmbet pe față. M-am ridicat și am ieșit din birou.

–Tu găsești filmul, eu aduc răcoritoarele.

–O bere ar merge mai bine.

–Nu cât timp ești sub supravegherea mea.

–OK, în regulă, rânji ea, ridicându-se în picioare. Atunci, vin să fie.

–Mai cere-mi o dată peste câțiva ani.

–Atunci o să ai deja copii. N-o să mai fie la fel de amuzant.

Am încremenit, cuprins de o anxietate atât de mare, că m-au acoperit instantaneu sudorile. Gândul de a avea un copil cu Eva mă încânta și mă îngrozea în egală măsură. Pentru soția mea, nu era sigur să trăiască sub același acoperiș cu mine. Cum avea să fie sigur pentru un copil?

Ireland izbucni în râs:

–Mamă, să fi văzut ce față ai făcut! Un caz clasic de panică de playboy. Nu ți-a spus nimeni? Mai întâi e iubirea, pe urmă căsătoria, pe urmă apare și bebelușul în cărucior.

–Dacă nu taci, te trimit la culcare.

Drept răspuns, ea chicoti și mai tare, luându-mă de braț.

–Ești un caraghios. Serios, acum, doar mă jucam cu tine. Nu sări la gâtul meu! Am destui membri ai familiei care se ocupă de asta.

Aș fi dorit ca inima să nu-mi mai bată atât de tare.

–Poate că tu ar trebui să bei ceva, îmi sugeră ea.

–Cred că așa o să fac, am murmurat.

–O s-o venerez de-acum înainte pe Eva pentru că a smuls un inel de la tine. Ai avut și un atac de panică atunci când ai cerut-o?

–Mai taci, Ireland!

Ea își lăsă capul pe umărul meu, chicotind, și mă scoase din birou.

Soarele răsărise de două ore când m-am întors și eu în pat. M-am dezbrăcat în tăcere, mângâind din priviri ghemotocul minunat care era soția mea, ascunsă încă sub cearșaf.

Eva dormea făcută ghem. Nu i se vedeau decât șuvițele strălucitoare, răspândite pe pernă. Mintea mea zugrăvea restul, știind că era goală în așternut.

A mea. Cu totul și cu totul a mea.

Mă distrugea că eram nevoit să dorm departe de ea. Și știam că și pe ea o durea.

Am ridicat cearșaful și m-am strecurat lângă ea. Eva scânci în somn și se întoarse spre mine, lipindu-și trupul cald de-al meu ca o liană.

M-am excitat instantaneu. Dorința mi se revărsa în sânge; eram atât de conștient de ea, că mi se înfiora pielea. Era chimia sexuală, dar nu numai atât. Era și ceva mai profund. O recunoaștere stranie, minunată și înfricoșătoare.

Ea umplea un gol din mine pe care nici măcar nu știusem că îl am acolo.

Eva își ascunse fața în scobitura gâtului meu și mârâi ușurel, împletindu-și picioarele cu ale mele și prinzându-mă în brațe.

– Tare și delicios peste tot.

– Peste tot, m-am învoit eu, punându-i mâinile pe fese și lipind-o de erecția mea.

Umerii i se scuturau de un râs tăcut.

– Trebuie să fim tăcuți.

– O să-ți acopăr gura.

– Mie? mă ciupi ea ușor de gât cu buzele. Tu ești cel zgomotos.

Nu se înșela. Oricât de aspru și de nerăbdător deveneam când eram excitat, niciodată nu făcusem zgomot... până la ea. Trebuia să mă străduiesc din greu să fiu discret atunci când situația o impunea. Era prea bună, mă făcea să simt prea mult.

– Păi atunci, o s-o luăm ușor, am murmurat, mângâindu-i înfometat trupul mătăsos. Ireland o să doarmă ore întregi; n-avem nici o grabă.

– Ore? râse ea, dându-se înapoi și îndepărtându-se de mine, căutând ceva în sertarul noptierei. Chiar că ai scopuri mărețe.

Am simțit că mi se încordează umerii, în timp ce ea scotocea după bomboanele cu mentă pe care le ținea la îndemână. Îmi amintea de situații asemănătoare, de alte femei care scotoceau prin noptieră după prezervative.

Eva și cu mine folosiserăm doar de două ori prezervative. Înaintea ei, nu făcusem niciodată amor cu o femeie fără prezervativ. Țineam cu religiozitate la imperativul evitării unei sarcini.

Totuși, după cele două prime dăți cu Eva, renunțaserăm cu totul și ne bazam doar pe pilulele ei ca să prevenim sarcinile.

Era un risc. Știam prea bine. Și, dacă mă gândeam de câte ori făceam dragoste cu ea – cel puțin de două ori pe zi, ba uneori chiar de trei – riscul nu era deloc de neluat în seamă.

Mă gândeam adesea la asta. Îmi făceam reproșuri pentru lipsa de control, pentru că eram egoist și puneam plăcerea mea mai presus de consecințe. Însă motivul acestei neglijențe nu era doar plăcere. Dacă ar fi fost doar atât, aș fi rezolvat problema. Aș fi fost responsabil.

Nu, era mult mai complicat.

Eram cuprins de o nevoie primitivă de a-mi da drumul în ea. Era în același timp o cucerire și o capitulare.

Dorisem să i-o trag fără nici o protecție încă de dinainte de prima noastră partidă de amor, înainte să știu cu adevărat ce exploziv avea să fie totul între noi. Mersesem într-atât de departe, că o avertizasem înainte de prima noastră întâlnire că aveam nevoie de asta, că aveam nevoie ca ea să-mi dea asta; era un lucru pe care nu-l mai dorisem cu nimeni altcineva.

–Nu te mișca, am zis răgușit, trecând deasupra ei când încă era întinsă pe burtă.

Mi-am vârât mâna între șoldul ei și pat, între picioarele ei, și i-am luat păsărica în palmă. Era umedă și caldă. Atingerea degetelor mele o făcu repede să se ude și să se înfierbânte. Ea scoase un geamăt înăbușit.

–Te vreau așa, i-am spus, sărutând-o ușor pe obraz.

Cu mâna liberă, am luat perna și am pus-o sub ea, ridicând-o în așa fel încât să pot să o pătrund până la rădăcină.

–Gideon... îmi rosti numele ca pe o rugăminte, ca și cum n-aș fi fost în stare să cad în genunchi și să cerșesc onoarea de a o avea.

M-am mișcat, depărtându-i picioarele și prinzând-o de încheieturi, cu mâinile puse deasupra capului. Ținând-o așa, m-am împins în ea. Era gata să mă primească, moale, strâmtă și udă. Scrâșneam din dinți, ca să-mi înăbuș mârâitul care-mi ieșea din gât, un fior care-mi cutremura trupul din cap până-n picioare. Gâfâiam în spatele ei, iar respirația mea violentă îi zburlea părul răspândit pe pernă.

Fie și doar așa, prin simplul fapt că mă primea tot în ea, mă aducea direct pe marginea orgasmului.

– Doamne!

Șoldurile mi se mișcau fără voie, înfigându-mi mădularul în ea, împingându-mă tot mai adânc, până când am intrat în ea până la rădăcină. O simțeam înconjurându-mă cu totul, până la ultima bucățică, strângându-se în jurul meu în cercuri care mă sugeau ca o guriță lacomă.

– Îngeraș...

Presiunea de la baza mădularului meu era insistentă, dar eram în stare să amân momentul. Nu era o problemă de control, ci de voință. Voiam să-mi dau drumul în ea. Voiam atât de mult, încât să consider că riscul – oricât ar fi fost de înspăimântător – era acceptabil.

Am închis ochii și mi-am lăsat fruntea pe obrazul ei. M-am umplut de aroma ei și mi-am dat drumul cu putere, împingându-mă în ea în timp ce mă eliberam cu jeturi groase și fierbinți.

Eva scâncea, zvârcolindu-se sub mine. Păsărica i se strâmtă și mai tare, după care începu să tremure în jurul mădularului meu. Atingea orgasmul gemând ușor, încetișor.

I-am murmurat numele, înnebunitor de excitat de orgasmul ei. Ea își dăduse drumul pentru că îmi dădusem eu, pentru că plăcerea mea o excita la fel de mult ca atingerea mea. Aș fi răsplătit-o pentru asta, i-aș fi arătat cât de mare îmi era recunoștința. Avea să primească dovada recunoștinței mele, din nou și din nou, de câte ori avea să dorească.

– Eva! am șoptit, lipindu-mi obrazul ud de al ei. Crossfire.

Ea mă strânse mai tare de mână și întoarse capul, căutându-mă cu buzele.

– Asule, șopti, sărutându-mă. Și eu te iubesc.

Trecuse puțin de ora cinci după-amiază când am trecut cu Bentley-ul prin porțile proprietății Vidal din Duchess County, oprindu-mă pe aleea circulară din fața casei.

– Ai condus prea repede, se plânse Ireland de pe bancheta din spate. Am ajuns deja.

Am dus SUV-ul în parcare și l-am lăsat deschis. Am aruncat o privire casei, simțind un nod în stomac. Eva întinse mâna spre mine și mi-o strânse. Și am ales să mă uit la ochii ei cenușii ca oțelul, nu la casa în stil Tudor din spate.

Nu scotea o vorbă, dar nici n-avea nevoie. Îi simțeam iubirea și sprijinul, îi vedeam sclipirea furioasă din ochi. Simplul fapt că mă înțelegea era de ajuns să-mi dea putere. Ea îmi cunoștea toate tainele murdare și întunecate, dar mă înțelegea și mă iubea necondiționat.

– Aș vrea să mai stau pe la voi din când în când, zise Ireland, băgându-și capul între cele două scaune din față. Ne-am distrat, nu-i așa?

– O s-o mai facem, i-am zis, uitându-mă la ea.

– În curând?

– În regulă.

Zâmbetul ei, mai mult decât promisiunea pe care o făcusem, merita să-mi pierd somnul și să plătesc prin anxietate. Aș fi stat departe de ea din multe motive, dar cel mai important dintre ele era că nu știam ce i-aș fi putut oferi cât de cât valoros. Făceam tot posibilul ca să țin Vidal Records pe linia de plutire pentru binele ei în viitor; aveam grijă de ea în unicul fel în care știam că n-aveam s-o dau în bară.

–Va trebui să mă ajuți, i-am spus cinstit. Eu nu știu cum să fiu frate. Probabil că va trebui să mă ierți. De multe ori.

Zâmbetul i se șterse de pe față, iar Ireland se transformă dintr-o adolescentă într-o tânără femeie.

–Păi e la fel când ești prieten, rosti ea grav. În afară de faptul că trebuie să-ți aduci aminte de zilele de naștere și de sărbători, va trebui să mă ierți pentru tot și să mă prezinți prietenilor tăi bogați și arătoși.

Am ridicat din sprânceană.

–Și unde e partea în care te necăjesc și îți fac zile fripte?

–Ai pierdut anii ăia, replică ea. Nu se recuperează.

Ea dorise doar să mă tachineze, dar cuvântul mă lovise din plin. Într-adevăr, pierdusem anii aceia și nu-i mai puteam lua înapoi.

–Dar să știi că-i poți necăji pe iubiții ei, interveni Eva, și să le faci lor zile fripte.

Ne-am încrucișat privirile și în clipa aceea mi-am dat seama că ea pricepuse exact ce era în mintea mea. Mi-am trecut ușor degetul mare peste mâna ei.

În spatele ei, ușa principală se deschise și mama ieși afară. Stătea în prag, îmbrăcată într-o bluză albă și pantaloni la fel. Părul ei lung și negru îi cădea pe umeri. De la depărtare, semăna enorm cu Ireland, părea mai degrabă sora ei, nu mama.

Am strâns-o și mai puternic pe Eva de mână.

Ireland oftă și deschise portiera.

–Mi-ar fi plăcut ca voi doi să nu trebuiască să mergeți la lucru mâine. La urma urmelor, la ce bun să fii megamiliardar, dacă nu poți să tragi chiulul când vrei?

–Dacă Eva ar lucra cu mine, am zis, uitându-mă la soția mea, am putea.

–Nu începe iar, spuse ea, scoțând limba la mine.

–Dar nu m-am oprit, am răspuns, ducându-i mâna la gură să i-o sărut.

Am deschis apoi portiera, am ieșit din mașină, deschizând portbagajul. Am dat ocol mașinii ca să scot geanta lui Ireland, dar m-am trezit că ea mi se aruncă în brațe, îmbrățișându-mă strâns cu brațele ei subțiri. O clipă, am rămas încremenit de surprindere, dar apoi am îmbrățișat-o și eu, lipindu-mi obrazul de creștetul capului ei.

–Te iubesc, zise ea înăbușit. Mulțumesc că m-ai primit la tine.

Mi se pusese un nod în gât și nu puteam să spun nimic. Ea se desprinse de mine la fel de repede cum îmi sărise în brațe și, luându-și bagajul, se duse la Eva, care ieșise din mașină, și o îmbrățișă și pe ea.

Mi se tăiase respirația, de parcă m-ar fi pocnit cineva. Am închis portbagajul și mi-am îndreptat privirea spre mama, care îi ieșise în întâmpinare lui Ireland pe aleea acoperită cu un pietriș gri-albăstrui. Mă pregăteam să mă întorc la mașină când ea mi-a făcut semn să aștept.

M-am întors spre Eva.

–Intră în mașină, îngeraș!

Ea păru că ar vrea să se opună, după care dădu din cap și se așeză înapoi pe scaunul de lângă șofer, închizând și ușa. Eu am așteptat ca mama să ajungă lângă mine.

–Gideon! zise ea, prinzându-mă de braț și sărutându-mă. Nu intrați, tu și cu Eva? Doar ați făcut tot drumul până aici.

M-am dat înapoi, eliberându-mă din strânsoarea ei.

–Și trebuie să ne și întoarcem.

În privirea ei se citea dezamăgirea.

–Doar câteva minute. Te rog! Aș dori să vă cer iertare, la amândoi. Nu am reacționat bine la vestea logodnei voastre și îmi pare rău. Ar trebui să fie un moment fericit pentru familia noastră, dar mă tem că eu am fost prea îngrijorată că-mi pierd fiul ca să mă bucur de el.

–Mamă! Am prins-o de braț, căci se îndrepta spre portiera din dreapta. Nu acum.

–Nu gândeam cu adevărat toate lucrurile pe care le-am spus zilele trecute despre Eva. Am fost șocată când am văzut inelul pe care mi l-a dat tatăl tău pe degetul altei femei. Nu i l-ai dat lui Corinne, așa că am fost surprinsă. Poți să înțelegi asta, nu-i așa?

–Ți-ai atras dușmănia Evei.

–Asta ți-a spus ea? întrebă, după care făcu o pauză. N-am vrut, da... lasă. Și tatăl tău era foarte protector. Semeni atât de mult cu el.

Mi-am ferit privirea, uitându-mă absent la copacii de dincolo de alee. Niciodată nu știam ce să cred despre comparațiile cu Geoffrey Cross. Erau laude sau insulte mascate în complimente? Cu mama, n-aveam cum să-mi dau seama.

–Gideon... te rog, chiar mă străduiesc. I-am spus Evei câteva lucruri pe care n-ar fi trebuit să le spun, iar ea a reacționat ca orice femeie într-o asemenea împrejurare. Vreau doar să liniștesc apele, adăugă, punându-și mâna pe pieptul meu în dreptul inimii. Mă bucur mult pentru tine, Gideon. Și mă bucur nespus că văd că tu și cu Ireland petreceți timp împreună. Știu că înseamnă foarte mult pentru ea.

I-am îndepărtat mâna cu blândețe.

–Și pentru mine înseamnă foarte mult. Iar Eva a făcut acest lucru posibil într-un fel pe care n-o să-l explic. Dar este unul dintre motivele pentru care nu vreau ca ea să se supere. Nu acum. Mâine-dimineață merge la serviciu.

–Atunci, hai să luăm prânzul săptămâna asta. Sau cina.

–O să fie și Chris? întrebă Eva pe fereastră, după care deschise din nou portiera și ieși din mașină. Stătea acolo, așa mică și strălucitoare, lângă SUV-ul negru și uriaș, dar formidabilă în felul în care-și ținea umerii.

Soția mea ar fi înfruntat lumea întreagă pentru mine Era un lucru miraculos să știu asta. Cum pentru mine nu luptase nimeni niciodată, reușisem, cine știe cum, să găsesc singura ființă care ar fi făcut-o.

–Desigur, zâmbi mama. Eu și Chris suntem o echipă.

Am văzut cât se străduia să zâmbească și m-am îndoit de ea, așa cum mă îndoisem atât de des. Totuși, m-am învoit.

–O să aranjăm. Sună-l mâine pe Scott și găsim noi ceva.

–Mă bucur atât de mult! Mama se lumină la față. Mulțumesc!

Și mă îmbrățișă, iar eu m-am lăsat, încordat, cu trupul înțepenit de dorința de a o împinge cât colo. Se apropie apoi de Eva, cu brațele desfăcute, dar soția mea îi întinse mâna, ca să evite îmbrățișarea. Interacțiunea era tare ciudată, cele două femei fiind atât de evident în defensivă.

Mama nu voia să repare nimic; voia o înțelegere, ca să pretindă că lucrurile stăteau cum nu se putea mai bine.

Ne-am luat la revedere, apoi m-am așezat la volan și am pornit, lăsând în urmă proprietatea. Nu apucaserăm să ne îndepărtăm prea mult, când ea mă întrebă:

– Când a vorbit mama ta cu tine?

– La dracu'! Știam prea bine ce însemna tonul acela mușcător din glasul ei. M-am întins și i-am pus o mână pe genunchi. Nu vreau să-ți faci griji din cauza mamei.

– Nu vrei să-mi fac griji în legătură cu nimic! N-o să meargă așa lucrurile. N-o să treci prin toate porcăriile astea de unul singur.

– Ceea ce spune sau face mama n-are nici o importanță, Eva. Mie nu-mi pasă și n-ar trebui să-ți pese nici ție.

Ea se răsuci înspre mine.

– Trebuie să începi să-mi împărtășești și mie câte ceva. Mai ales lucrurile care au legătură cu mine, cum ar fi faptul că mama ta mă vorbește pe la spate!

– Nu voiam să te superi din cauza unei păreri care nu are nici o relevanță.

Drumul făcea o curbă. Am accelerat la ieșirea din ea.

–Ar fi fost mai bine decât să mă supăr pe tine! se răsti ea. Oprește!

–Ce? am privit-o mirat.

–Oprește mașina asta afurisită!

Blestemând în sinea mea, mi-am luat mâna de pe piciorul ei și am pus-o pe volan.

–Spune-mi de ce!

–Pentru că sunt furioasă pe tine și stai acolo, arăți bestial și sexy când conduci, și trebuie să te oprești.

Amuzamentul meu se lupta cu exasperarea.

–Din ce să opresc? Din a arăta super și sexy? Sau din condus?

–Gideon... nu întinde coarda acum!

Resemnat, am luat piciorul de pe accelerație și am tras pe dreapta.

–E mai bine așa?

Ea ieși din mașină, dând ocol capotei. Am ieșit și eu, privind-o întrebător.

–Conduc eu, mă anunță ea când ajunse în fața mea. Cel puțin până ajungem în oraș.

–Dacă asta vrei...

Nu știam eu mare lucru despre relații, dar era la mintea cocoșului că trebuie să-i faci concesii femeii iubite când e supărată pe tine. Mai ales dacă speri să ai parte de sex peste câteva ore, iar eu abia așteptam. După ce ne petrecuserăm weekendul cu prietenii și cu Ireland, simțeam o nevoie reînnoită să-i arăt soției mele cât de mult o apreciam.

–Nu te uita așa la mine, mormăi ea.

–Așa cum? am zis, aruncându-i pe furiș o privire, încântat de cât era de frumoasă într-o rochie albă cu bretele. Era o seară foarte caldă și umedă, însă ea părea proaspătă și răcoroasă. Îmi doream să-mi dau jos hainele și să mă lipesc de ea, ca să mă răcoresc și eu un pic înainte ca atmosfera să se încingă.

– Ca și cum aș fi o bombă setată, care mai are puțin și explodează! zise ea, încrucișându-și brațele. Să știi că nu sunt irațională.

– Îngeraș, eu nu te privesc așa!

– Și nu-mi distrage atenția cu ajutorul sexului, se răsti în continuare, cu fălcile încleștate. Altfel, nu mai ai parte o săptămână!

Era rândul meu să-mi încrucișez brațele.

– Am discutat deja despre ultimatumuri ca ăsta. Eva, n-ai decât să țipi la mine cât vrei, dar o să te am de fiecare dată când te vreau. Punct.

– Fără să-ți pese deloc de ce vreau eu?

– Întrebă soția care s-a udat toată uitându-se cum conduc o amărâtă de mașină, am răspuns eu tărăgănat.

Ea mă privi cu ochi îngustați.

– Aș putea să te las aici, pe marginea drumului.

Fără îndoială, nu manevram deloc bine situația. Am schimbat așadar tactica, adoptând o poziție ofensivă.

– Nici tu nu-mi spui totul, am replicat. Ce-i cu Kline? S-a oprit total din comunicarea cu tine după San Diego?

Întrebarea îmi stăruise în minte tot weekendul; voiam să știu cum avea Kline de gând să rezolve cu Eva.

Șovăiam, gândindu-mă cum aș fi vrut ca el să procedeze. Dacă o aborda în legătură cu caseta care nu mai era în posesia lui, avea s-o rănească, dar și s-o facă să se apropie și mai mult de mine. Dacă pleca, de dragul ei, avea să scoată la iveală sentimente mai profunde pentru ea decât mi-ar fi plăcut mie. Uram faptul că el o voia, dar mă temeam ca nu cumva s-o iubească.

–O, Doamne! icni ea. Mi-ai scotocit iar prin telefon?

–Nu, am răspuns repede, hotărât. Știu ce părere ai despre asta.

Îi urmăream fiecare mișcare, știam unde era și cu cine în fiecare moment al zilei, dar îmi fixase o limită grea cu telefonul mobil și o respectam, chiar dacă mă înnebunea.

Eva mă cercetă câteva clipe, dar probabil că-și dăduse seama de adevăr, după fața mea.

–Nu, Brett mi-a trimis câteva mesaje. Voiam să vorbesc cu tine despre asta, așa că nu cumva să îndrăznești să-mi spui că e același lucru. Aveam toate intențiile să-ți spun. În schimb, tu nu ai nici o intenție să-mi spui.

O mașină trecu în goană pe drum, făcându-mi gândurile să ajungă la siguranța ei.

–Intră și să plecăm! O să vorbim în mașină.

Am așteptat până când s-a urcat la volan, după care am închis portiera în urma ei. Până să mă urc și eu, ea își potrivise oglinzile și scaunul, ca să poată conduce, și băgase în viteză.

După ce intră pe drum, începu să mă bată iar la cap. O ascultam doar cu o ureche, pentru că eram mai atent la felul în care conducea. Mergea repede și încrezătoare, ținând volanul cu ușurință, fără să-și încleșteze mâna pe el. Nu-și lua ochii de la drum; eu însă nu puteam să mi-i dezlipesc de ea. Fata mea de California. Pe drum deschis era întru totul în elementul ei.

Descopeream că mă excita plăcut să o văd pe Eva cum se descurcă cu SUV-ul puternic. Sau poate că mă excitasem pentru că mă pedepsea, provocându-mă în felul acesta.

– Tu mă asculți? mă întrebă.

– Nu chiar, îngeraș. Și înainte să te superi și mai tare, să știi că tu ești de vină. Stai acolo, arătând atât de bine, de sexy, că-mi distragi atenția.

Mâna ei se ridică și mă plesni peste coapsă.

– Pe bune? Lasă glumițele!

– Eva, nu glumesc... vrei să-ți împărtășesc gândurile, ca să mă poți susține. Am priceput, lucrez la asta.

– Nu destul, după cât se pare.

– N-o să împărtășesc lucruri care te sperie și pe tine degeaba. N-are rost.

– Gideon, trebuie să fim sinceri unul cu altul. Nu doar din când în când, ci tot timpul.

– Serios? Eu nu aștept același lucru de la tine. De exemplu, n-ai decât să păstrezi pentru tine toate comentariile nu tocmai flatante pe care le fac despre mine tatăl tău și Cary.

Ea strânse buzele, rămânând așa o vreme, gânditoare, apoi zise:

– Dacă recurgem la același tip de logică, n-ar fi OK pentru mine să nu zic nimic despre Brett?

– Nu. Kline are impact pentru relația noastră. Mama, nu.

Eva pufni.

– Am dreptate în legătură cu asta, am zis pe un ton neutru.

– Vrei să-mi spui că faptul că mama ta aruncă tâmpenii despre mine nu te-a afectat în nici un fel?

– Nu-mi place. Dar, asta fiind spus, nu schimbă deloc sentimentele mele pentru tine sau pentru ea. Și dacă îți spun, n-o să-ți schimb nici ție sentimentele față de ea. Și, cum rezultatul e același, indiferent cum ai lua-o, am ales calea tulburării celei mai mici.

– Gândești ca un bărbat.

– Așa și sper, am răspuns, întinzând mâna și mângâind-o ușor pe părul ce-i cădea pe umăr. N-o lăsa să se bage între noi cu problemele ei, îngeraș. Nu merită.

Eva îmi aruncă o privire grăbită.

– Susții că ceea ce spune și face mama ta nu are nici un efect asupra ta, dar știu că nu-i adevărat.

M-am gândit un moment să neg, numai ca să închid subiectul, dar soția mea vedea orice aș fi vrut să ascund.

– Nu las asta să mă afecteze.

– Dar o face. Te doare, așa că ascunzi totul în locul acela unde azvârli toate problemele cu care nu vrei să te confrunți.

– Nu face psihanaliză cu mine, am replicat înțepat.

Ea îmi puse însă o mână pe coapsă.

– Te iubesc. Vreau să-ți curm durerea.

– Ai făcut-o deja, am zis, prinzându-i mâna. Mi-ai dat tot ce mi-a luat ea. N-o lăsa să mai ia încă.

Fără să-și dezlipească ochii de la șoseaua șerpuită, Eva îmi ridică mâna ce o ținea pe a ei și îmi sărută verigheta.

– Ai dreptate.

Apoi îmi zâmbi ușor, ceea ce-mi spunea că terminase – deocamdată – și continuă să conducă până acasă.

Capitolul 12

Puteam să provoc pe oricine să-mi arate o priveliște mai demnă de venerație decât cea a lui Gideon Cross la duș.

Eram uluită că putea fi atât de liniștit în timp ce-și trecea mâinile peste pielea bronzată și netedă, peste mușchii lui, atât de perfecți. Prin sticla aburită a dușului din baie, mă uitam la râulețele de apă amestecată cu săpun care-i curgeau peste abdomenul sculptat, de-a lungul picioarelor puternice. Trupul lui era o operă de artă, o mașină pe care o păstra în stare perfectă. Iubeam trupul acesta. Îmi făcea o plăcere nebună să-l privesc, să-l ating, să-l gust.

El întinse mâna prin condensul din baie, dezvăluindu-și chipul care îmi tăia respirația. La vederea mea, ridică din sprânceana neagră ca pana corbului, într-o întrebare mută.

– Mă bucuram și eu de spectacol, i-am explicat.

Parfumul săpunului său îmi gâdila simțurile care ajunseseră să recunoască aroma care era doar a omului meu. Omul care îmi răscolea și îmi înnebunea trupul de plăcere, aducându-mă în pragul delirului.

M-am lins pe buze când și-a atins într-o mișcare nepăsătoare tot mădularul. Îmi spusese odată că pentru el era ceva obișnuit să se masturbeze de fiecare dată când făcea duș, o eliberare pe care o considera ceva parte din programul zilnic, la fel ca spălatul pe dinți. Înțelegeam prea bine de ce, știind cât de mare îi era apetitul sexual. N-aveam să uit vreodată cum arăta în ziua în care și-o frecase la duș pentru mine, atât de viril, de plin de forță și flămând după orgasm.

Dar de când mă cunoscuse pe mine, nu-și mai oferea singur plăcerea. Nu pentru că, dacă ar fi făcut-o, nu m-ar mai fi putut satisface pe mine și nici deoarece aveam eu atâta grijă să-l satisfac, că efortul ar fi devenit inutil. Pentru noi doi nu era niciodată o problemă să fim gata să facem sex unul cu altul, întrucât foamea pe care o simțeam depășea cu mult granițele trupului.

Gideon mă tachina, susținând că se abține ca să-mi satisfacă mie lăcomia, dar eu înțelegeam exact așa cum trebuia această abținere: de fapt, el îmi dădea dreptul la plăcerea lui. Îmi era destinată mie și numai mie. Nu-și mai păstra nimic pentru el fără mine, iar acesta era un dar enorm. Mai ales privit în lumina trecutului său, în care descărcarea sexuală fusese folosită ca o armă împotriva lui.

–Să știi că e o expoziție interactivă, zise el, cu o flacără veselă în ochi. Vino și tu!

–Ești o fiară.

Sămânța lui se scurgea din mine pe coapse, căci eu eram norocoasa care îi trezise dorința.

–Numai pentru tine.

–Ooo, răspuns corect.

El pufni în râs și mădularul i se trezi la viață în mișcare.

–Ar trebui să mă răsplătești.

Mi-am părăsit locul din prag și m-am apropiat.

–Și cum sugerezi să fac asta?

–Oricum îți place.

Și acesta era tot un dar. Gideon lăsa rareori frâiele controlului din mână, iar când o făcea, era numai pentru mine.

–Nu am destul timp să te răsplătesc cum trebuie, asule. Detest să întrerup lucrurile tocmai când devin interesante, am zis, punând mâna pe geam. Ce-ar fi să ne mai gândim după ora mea la sală, diseară: Tu, eu și ce mi-o trece prin cap să te pun să faci?

El își schimbă poziția, îndreptându-și fața spre mine și ridicând mâna și punând-o peste a mea prin geam. Privirea lui îmi aluneca pe chip într-o mângâiere voluptuoasă, care era aproape tangibilă. Chipul îi era impasibil, o mască de o uluitoare frumusețe masculină, care nu lăsa la iveală absolut nimic. Dar ochii lui... cele două amețitoare abisuri albastre... răspândeau tandrețe, iubire, vulnerabilitate.

–Sunt al tău întru totul, îngeraș, spuse el, atât de încet, că mai degrabă i-am citit pe buze cuvintele decât să le aud.

Am sărutat sticla rece.

–Da, am întărit, ești.

O nouă săptămână. Gideon era mai mult decât preocupat de muncă. De fapt, începuse să lucreze de îndată ce Bentley-ul intră în trafic; degetele îi zburau pe tastatura încastrată într-o măsuță a mașinii. Eu îl studiam; concentrarea lui intensă și încrederea în sine mi se păreau extrem de sexy. Mă căsătorisem cu un bărbat puternic, foarte hotărât și mă excita enorm să văd cum își folosește ambiția.

Eram așa de pierdută în contemplarea lui, că am tresărit puternic când telefonul meu a început să vibreze în geanta pe care o țineam lipită de coapsă.

– Fir-ar! am mârâit, scoțându-l.

Pe ecran puteam vedea numele și fotografia lui Brett. Știam că trebuia să mă confrunt cu el la un moment dat dacă voiam să nu mă mai sune, așa că am răspuns.

– Bună, am zis, încordată.

– Eva!

Timbrul glasului de-acum celebru al lui Brett mă izbi la fel de puternic ca de obicei, dar totuși nu la fel. Îmi plăcea enorm cum cânta, dar plăcerea aceea nu mai era deloc intimă. Nu era ceva personal. Îmi plăcea, la fel cum îmi plăceau o duzină de alți cântăreți.

– Fir-ar să fie, de o săptămână încerc să dau de tine!

– Știu. Îmi pare rău, am fost ocupată. Ce mai faci?

– Nu nemaivăzut. Trebuie să te văd.

Afirmația asta mi se părea de mirare.

– Când vii în oraș?

El râse răgușit, un zgomot lipsit de umor care mă zgâria pe creieri.

– Incredibil! Uite, nu vreau să discut la telefon. Putem să ne întâlnim azi? Trebuie să discutăm.

– Ești în New York? Am crezut că ești într-un turneu...

Gideon nu-și încetini deloc ritmul în care apăsa pe taste, nici nu mă privi, dar puteam simți cum i se modifică energia. Era atent și știa și cine era la telefon.

– O să-ți povestesc ce se petrece când ne întâlnim, zise Brett.

Nedumerită, mi-am aruncat privirea pe fereastră, în timp ce stăteam la un semafor, uitându-mă la valul de pietoni care traversau strada. New Yorkul vibra de viață, de energie frenetică, având toate motoarele pornite pentru afacerile care schimbau lumea.

– Sunt pe drum, mă duc la serviciu. Ce se întâmplă, Brett?

– Pot să vin la tine la prânz. Sau la sfârșitul zilei de lucru.

M-am gândit dacă să-l refuz sau nu, dar hotărârea din glasul lui nu-mi prea lăsa loc de întors.

– În regulă.

Zicând asta, am întins mâna și mi-am pus-o pe coapsa lui Gideon. Mușchii i se simțeau încordați la atingerea mea, deși nu se mișca. Costumul de comandă îi dădea aspectul unui gentleman rafinat, dat numai eu știam adevărul despre trupul viguros și minunat clădit care doar se ghicea de sub haine.

– Putem să ne vedem la prânz, dacă rămânem aproape de clădirea Crossfire.

– Bine. La ce oră să vin?

– Un pic înainte de 12 ar fi perfect. Ne întâlnim în hol.

Am închis și mi-am pus telefonul la loc în geantă. Gideon puse stăpânire pe mâna mea. I-am aruncat o privire, însă citea un e-mail lung, cu capul ușor aplecat, astfel încât vârful șuvițelor îi mângâia ușor maxilarul sculptat.

Căldura atingerii sale mă cuprindea ca un val. M-am uitat în jos la inelul pe care-l purta pe deget, care spunea lumii întregi că el era al meu.

Oare partenerii lui de afaceri se uitau la mâinile lui? Nu erau mâinile unui bărbat care plimba doar hârtii și lovea toată ziua tastele. Erau mâinile unui luptător, ale unui războinic care practica diferite arte marțiale și scăpa de agresivitate cu ajutorul sacilor de box și al partenerilor de antrenament.

Mi-am scos pantofii, mi-am ridicat picioarele sub mine și m-am sprijinit de Gideon, punându-mi cealaltă mână peste a lui. Și am început să-i mângâi degetele, cu capul sprijinit cu grijă de umărul lui, ca să nu-i pătez cumva sacoul negru imaculat cu machiajul.

Îi respiram aroma, simțeam cum prezența lui – apropierea și sprijinul pe care mi-l oferea – îmi pătrundea întreaga ființă. Mirosul săpunului său nu se mai simțea acum, căci parfumul natural seducător al pielii sale îl preschimbase în ceva mai bogat și mai delicios.

Când nu-mi găseam astâmpărul, el mă liniștise.

– N-a mai rămas nimic pentru el, am șoptit, simțind nevoia ca el să știe. Sunt prea plină de tine.

Pieptul lui se umflă brusc într-un oftat puternic. Își dădu la o parte tastatura, după care se bătu pe coapsă, invitându-mă:

– Vino încoace!

M-am strecurat în poala lui, oftând fericită când el m-a aranjat să stau într-un loc anume, ce părea făcut pentru mine. Orice clipă liniștită pe care o petreceam împreună era neprețuită. Gideon avea nevoie de un moment de respiro, iar eu tânjeam să fiu așa ceva pentru el.

– Te simți bine, îngerașul meu? mă întrebă el, sărutându-mă pe frunte.

– Sunt în brațele tale. Viața nu poate să-mi ofere nimic mai bun.

Când am sosit în fața clădirii Crossfire, am zărit trei paparazzi.

Gideon mi-a pus mâna pe mijloc, conducându-mă să intru înaintea lui, însoțindu-mă repede, dar fără să se grăbească, în holul răcoros.

– Hiene, am mormăit eu.

– Ce să-i faci, suntem un cuplu atât de fotogenic!

– Cât ești de modest, domnule Cross!

– Tu mă faci să arăt bine, doamnă Cross.

Am intrat în lift, împreună cu alte câteva persoane, iar el se îndreptă spre colțul cel mai îndepărtat, trăgându-mă lângă el; mă prinsese cu un braț pe după mijloc, ținându-mi palma pe pântec; îi simțeam pieptul cald și puternic lipit de spatele meu.

Savuram aceste câteva minute împreună cu el, refuzând să mă gândesc la serviciul meu sau la Brett până când aveam să ne despărțim la etajul douăzeci.

Când m-am apropiat de ușile de sticlă, Megumi se afla deja la postul ei; am zâmbit văzând-o. Își tunsese părul în weekend și își vopsise unghiile cu o ojă de un roșu strălucitor. Mă bucuram la vederea acestor mici semne care îmi spuneau că-și recăpăta veselia.

– Bună, mă salută ea după ce-mi dădu drumul înăuntru, sărind în picioare.

– Arăți bestial.

–Mersi, zâmbi ea și mai larg. Cum a fost cu sora lui Gideon?

–Super. E tare amuzantă. Mă topesc toată când îl văd pe Gideon împreună cu ea.

–El mă face să mă topesc și gata. Norocoaso! A, am direcționat adineauri un telefon pentru tine. Voia să lase un mesaj.

–Spune-mi, era cumva un tip? am întrebat, cu gândul la Brett.

–Nu, o femeie.

–Hmm, o să văd cine a fost, mersi.

M-am dus apoi la biroul meu și m-am așezat, cu privirea ațintită la colajul de fotografii ale lui Gideon împreună cu mine. Tot nu vorbisem cu el despre Crossroads. Nu fusese timpul potrivit în weekend. Avusesem destule pe cap, cu venirea lui Ireland.

El nu dormise deloc sâmbătă noaptea. Sperasem că va dormi, dar nu mă așteptam cu adevărat s-o facă. Îmi venea tare greu, gândindu-mă la conflictul din el, la grijile și spaimele lui. Și el avea un bagaj al rușinii și credința care venea cu acesta, că era un om distrus. Bunuri defecte.

El nu vedea deloc la el ceea ce vedeam eu – un suflet generos, care voia atât de mult să facă parte din ceva mai important decât el însuși. Nu-și dădea seama ce miracol era. Atunci când nu știa ce să facă, într-o situație sau alta, își lăsa instinctele și inima să preia conducerea. În ciuda tuturor greutăților prin care trecuse, avea o capacitate uimitoare de a simți și de a iubi.

Și mă salvase, în atât de multe feluri. Aveam să fac tot ce era nevoie ca să-l salvez și eu.

*

Mi-am ascultat mesajele. Și, când a intrat Mark, m-am ridicat și l-am întâmpinat cu un zâmbet cât casa, țopăind de nerăbdare. El făcu ochii mari.

– De ce ești așa de încântată?

– A sunat o tipă de la LanCorp. Vor să se întâlnească săptămâna asta cu noi, ca să discute mai în amănunt despre ce vor să realizeze cu lansarea sistemului PhazeOne.

În ochii lui negri apăru o sclipire pe care o cunoșteam prea bine. De când se logodise cu Steven, era în general mai fericit, dar când fremăta în legătură cu un client nou, avea o energie cu totul diferită.

– Fetițo, noi doi o să ajungem departe.

Eu am sărit în sus.

– Da. Datorită ție. Când o să te cunoască personal, o să-ți mănânce din palmă.

– Ești bună să-mi ridici stima de sine, râse Mark.

– Sunt bună și gata, i-am făcut eu cu ochiul.

Am lucrat împreună toată dimineața la cererea de ofertă pentru PhazeOne, punând cap la cap informații ca să vedem cum se poziționează noul sistem de jocuri față de competitorii săi. M-am oprit la un moment dat, când mi-am dat seama cu ce tam-tam era anunțată lansarea unei noi generații de console GenTen – care, din întâmplare, era un produs fabricat de Cross Industries, ceea ce făcea din PhazeOne principalul său rival pe piață.

I-am arătat și lui Mark ce descoperisem și l-am întrebat:

– O să fie o problemă? Crezi că LanCorp o să vadă un conflict de interese dacă eu lucrez cu tine pentru asta?

El se îndreptă în scaun, lăsându-se pe spătar. Își scosese sacoul; era în cămașa albă, cu cravată de un galben-strălucitor și cu pantaloni albaștri.

– Nu, n-ar trebui să fie o problemă. Dacă propunerile făcute de noi câștigă competiția cu alte cereri de ofertă, faptul că ești logodită cu Gideon Cross nu va face nici o diferență. O să ia deciziile bazându-se pe capacitatea noastră de a la traduce viziunea în fapte.

Aș fi vrut să mă simt ușurată, dar nu puteam. Dacă primeam noi campania pentru PhazeOne, aveam să-l ajut pe unul dintre competitorii lui Gideon să-i fure niște clienți de sub nas. Iar asta chiar mă deranja. Gideon trudea din greu și realizase atât de multe ca să scoată numele Cross de la stâlpul infamiei și să-l ridice la un nivel la care inspira venerație, respect și o doză sănătoasă de frică. Iar eu nu voiam să-l trag în jos cu absolut nimic.

Crezusem că urma să am la dispoziție ceva mai multă vreme până să fiu nevoită să fac o alegere. Și nu puteam să scap de sentimentul că alegerea pe care urma s-o fac avea să fie între independența mea și iubirea pe care i-o purtam soțului meu.

Dilema asta m-a ros toată dimineața, înlăturând încântarea pe care o simțisem în legătură cu cererea de ofertă. Apoi însă, pe măsură ce se apropia amiaza, a început să mă preocupe gândul la Brett.

Venise timpul să-mi asum responsabilitatea pentru zăpăceala pe care o provocasem. Îi deschisesem o portiță lui Brett și o lăsasem deschisă pentru că nu puteam gândi limpede. Era sarcina mea să rezolv problema înainte să-mi afecteze și mai mult căsnicia.

La douăsprezece fără cinci am coborât în hol, după ce-i cerusem lui Mark permisiunea să ies ceva mai repede. Brett mă aștepta deja în apropiere de intrare, cu mâinile în buzunarele blugilor. Avea un tricou simplu și era în sandale, cu ochelarii de soare pe cap.

Am încetinit puțin pasul. Nu pentru că arăta super, lucru care nu putea fi negat, ci pentru că părea totalmente nelalocul lui în Crossfire. Data trecută, înaintea lansării clipului în Times Square, ne întâlniserăm în fața clădirii. Acum, el era înăuntru, stând într-un loc foarte aproape de cel în care mă ciocnisem prima dată de Gideon.

Diferențele dintre cei doi bărbați erau izbitoare și nu aveau nici o legătură cu felul în care se îmbrăcau sau cu banii.

Brett zâmbi ușor la vederea mea și-și îndreptă poziția, schimbându-se în felul acela în care se mișcau bărbații când li se trezea interesul sexual. Ceilalți bărbați, dar nu și Gideon. La prima întâlnire cu el, trupul și glasul său nu lăsaseră să se vadă nimic. Numai ochii îi trădaseră atracția, și chiar și asta doar pentru o clipă.

Abia după o vreme îmi dădusem seama ce se întâmplase în clipa aceea.

Gideon pusese stăpânire pe mine... și mi se dăduse cu totul, în schimb. Dintr-o singură privire. Mă recunoscuse încă din clipa când mă văzuse. Mie îmi luase ceva mai multă vreme până să pricep ce însemnam unul pentru celălalt. Ce eram meniți să fim.

N-aveam cum să nu pun în contrast felul posesiv, aproape îndurerat în care mă privea Gideon, cu cel mult mai terestru, plin de patimă în care Brett mă măsura din cap până-n picioare.

Dintr-odată, părea absolut evident că Brett nu se gândise niciodată la mine ca la a lui. Nu în felul cum se gândea Gideon. Brett mă dorise, încă mă mai dorea, dar nici măcar atunci când fusesem a lui nu-și afirmase în vreun fel posesia asupra mea și cu siguranță nu-mi oferise nimic din persoana lui reală.

Gideon. Mi-am dat capul pe spate, căutând din priviri unul dintre multele domuri negre din tavan în care erau disimulate camerele de securitate. Mi-am apăsat o mână pe inimă. Știam că probabil nu se uita. Știam că trebuia să acceseze în mod deliberat fluxul de imagini ca să mă vadă și că sigur era prins până peste cap cu lucrul, dar totuși...

– Eva!

Am lăsat mâna în jos, uitându-mă la Brett, care se apropia de mine cu pasul acela ca de prădător al unui bărbat care știa cât e de sexy și era încrezător în șansele lui.

Holul viermuia de oameni care treceau pe lângă noi în grupuri compacte, cum era și normal într-un zgârie-nori din mijlocul orașului. El ridică brațele, ca și cum s-ar fi pregătit să mă îmbrățișeze, însă m-am dat un pas înapoi și am ridicat în schimb mâna stângă, așa cum făcusem la ultima noastră întâlnire, în San Diego. Nu i-aș mai fi provocat niciodată lui Gideon durerea pe care o simțise când mă văzuse sărutându-l pe Brett.

Brett se holbă uimit și scânteia pătimașă din ochi i se stinse.

– Pe bune? Așa am ajuns acum?

– Sunt măritată, i-am adus eu aminte. Nu se face să ne îmbrățișăm.

–Și cu femeile pe care le-a pipăit el prin toate tabloidele cum rămâne? Asta se face?

–Ei, hai! I-am pus eu la punct. Doar știi că nu trebuie să crezi mereu ce-ți bagă pe gât presa.

El își mușcă buzele, băgându-și mâinile la loc în buzunare.

–Poți să crezi ce se spune despre ceea ce simt eu pentru tine.

La auzul acestor vorbe, am simțit un gol în stomac.

–Cred că tu crezi.

Iar acest lucru mă întrista puțin. El n-avea de unde să știe ce aveam împreună eu și Gideon, pentru că el nu avusese niciodată parte de așa ceva. Speram că va avea, cândva. La urma urmelor, Brett nu era un om rău. Doar că nu era menit să fie omul meu.

Brett mormăi ceva printre dinți, apoi spuse:

–Hai să plecăm de aici!

Eram împărțită. Și eu voiam intimitate, dar voiam și să stăm într-un loc unde să avem martori care să-l liniștească pe Gideon. În orice caz, nu prea puteam să fac un picnic în holul de la Crossfire.

L-am urmat fără tragere de inimă.

–Am comandat mai devreme niște sandviciuri. M-am gândit că așa o să avem mai mult timp pentru discuție.

Brett dădu din cap mohorât și întinse mâna, luându-mi din mână punga pe care o aveam la mine.

L-am dus în Bryant Park, făcându-mi loc, alături de el, prin mulțimile frenetice care se duceau să ia prânzul. Taxiuri mașini particulare îi claxonau insistent pe pietonii care nu aveau atât de mult timp la dispoziție încât să le mai pese și de semnele de circulație.

Asfaltul ardea, căci soarele se înălțase destul de mult pe cer, aruncându-și săgețile de raze printre zgârie-norii uriași. Sirena unei mașini de poliție suna cu putere, dar fără ca zgomotele robotice și alarma să facă mare lucru ca să fluidizeze în vreun fel mișcarea oamenilor pe strada supraaglomerată.

Era Manhattanul într-o zi obișnuită, și eu îl iubeam, dar îmi dădeam seama că Brett era enervat de dansul complicat pe care trebuia să-l facă pentru a străbate orașul. Umerii și șoldurile care se mișcau ca să lase celorlalți spațiu să treacă, trasul aerului în piept, ca să te poți strecura printre gențile prea mari sau printre pietonii prea lenți, schimbările bruște de direcție de care aveai nevoie ca să eviți să te ciocnești de alți și alți oameni care ieșeau pe porțile care se aliniau de-a lungul trotuarelor. Era ceva obișnuit în New York, dar îmi aminteam cât de copleșitor părea totul când nu erai obișnuit cu atâția oameni într-un spațiu relativ mic.

Am intrat în parc din spatele bibliotecii; lângă carusel am găsit o masă liberă și scaune la umbră, așa că ne-am așezat. Brett a scos sandviciurile, chipsurile și sticla de apă pe care o comandasem, însă nici unul dintre noi n-a început să mănânce. Eu scrutam cu privirea împrejurimile, conștientă că am fi putut fi fotografiați.

Mă gândisem la asta când alesesem locul, însă altfel ne-am fi dus într-un restaurant zgomotos și aglomerat. Eram foarte atentă la limbajul trupului meu, încercând să mă asigură că nimic n-avea să fie interpretat greșit. Lumea întreagă putea să creadă că rămânem prieteni. Soțul meu însă avea să afle, în toate felurile în care puteam să-i spun, că de fapt eu și Brett ne luam adio.

–Ți-ai făcut o impresie greșită în San Diego, începu Brett abrupt, cu ochii ascunși în spatele ochelarilor. Nu e nimic serios cu Brittany.

–Brett, asta chiar că nu mă privește.

–Mi-e dor de tine. Uneori, îmi amintește de tine.

Eu am făcut o grimasă, întrucât complimentul acesta mi se părea oricum, numai flatant, nu. Am ridicat o mână și am făcut un gest de renunțare.

–Nu mă mai pot întoarce la tine, Brett. Nu după Gideon.

–Spui asta acum.

–El mă face să simt că nu poate să respire fără mine. Nu m-aș putea mulțumi cu mai puțin.

Nu era cazul să-i spun lui Brett că el nu mă făcuse niciodată să mă simt așa. Știa.

El își aținti privirea asupra degetelor sale, după care înălță brusc capul și-și scoase portofelul din buzunarul de la spate. Scoase din el o fotografie îndoită și o puse pe masă în fața mea.

–Uită-te la asta, zise el sec, și spune-mi că n-a fost nimic între noi.

Am luat fotografia și am desfăcut-o, uitându-mă nedumerită la imagine. Era un instantaneu. Eu și Brett râdeam împreună de cine știe ce. În fundal, am recunoscut interiorul barului lui Pete. În jurul nostru erau o mulțime de fețe care se vedeau ca prin ceață.

–De unde ai asta? l-am întrebat. Fusese o vreme când aș fi dat orice să am o poză neprelucrată cu Brett, căci credeam că un lucru atât de lipsit de substanță avea să-mi dea o dovadă că pentru el eram mai mult decât un fund sexy.

–A făcut-o Sam, după un concert.

M-am încordat auzindu-l că menționează numele lui Sam Yimara, care îmi amintea cu brutalitate de caseta cu scenele de sex. Mi-am ridicat privirea spre Brett; îmi tremurau mâinile așa de tare, că am fost nevoită să las jos fotografia.

– Știi despre...?

Nici măcar nu puteam să termin fraza. Și, după cum urma să văd, nici măcar nu era necesar. Brett își încleștă maxilarul; din cauza arșiței, avea broboane de sudoare pe frunte și pe buza de sus.

– Am văzut-o, recunoscu el.

– O, Doamne!

M-am tras înapoi de la masă, cu mintea zumzăind de toate posibilitățile lucrurilor care fuseseră surprinse pe video. Fusesem atât de disperată să-i atrag atenția lui Brett, atât de lipsită de respect de sine, că acum simțeam că intru în pământ de rușine.

– Eva! întinse el mâna spre mine. Nu e ceea ce crezi. Orice ți-o fi spus Cross despre film, crede-mă că nu e de rău. Uneori e ceva mai sălbatic, dar așa stăteau lucrurile între noi.

Nu... de sălbăticie aveam parte cu Gideon. Cu Brett împărtășisem ceva mult mai întunecat și mai nesănătos. Mi-am încleștat mâinile care-mi tremurau.

– Câți oameni au văzut-o? Ai arătat-o... cei din trupă au văzut-o?

Nici măcar nu trebuia să răspundă; se citea pe fața lui.

– Dumnezeule! Mi se făcuse greață. Ce vrei de la mine, Brett?

– Vreau... și, făcând o pauză, își scoase ochelarii, frecându-se la ochi. La dracu'! Pe tine te vreau. Vreau să fim împreună. Nu cred că s-a terminat încă între noi.

– N-am început niciodată, ca să terminăm.

– Știu că e vina mea. Vreau să-mi dai o șansă să repar totul.

– Sunt măritată! am izbucnit eu.

– Nu e un om bun, Eva. Nu-l cunoști așa cum crezi.

Mă mâncau tălpile, atât de mult voiam să mă ridic și să plec.

– Știu că el n-ar arăta niciodată nimănui vreo filmare cu noi! Mă respectă prea mult.

– N-am făcut-o decât ca să găsim dovezi ale felului cum a crescut trupa, Eva. Trebuia să găsim câte ceva.

– Ai fi putut să te uiți tu singur la ea mai întâi, am spus încordată, îngrozitor de conștientă de oamenii aflați la mesele din apropiere. Ai fi putut să tai scenele cu noi înainte să le vadă și alții.

– Sam nu ne-a filmat doar pe noi. Și ceilalți apar acolo.

– O, Doamne!

M-am uitat cum se foia, neliniștit. În mintea mea încolțise o bănuială.

– Și mai erau și alte tipe cu tine, am zis, simțind că greața devine insuportabilă. Chiar așa, ce mai conta, din moment ce eu eram numai una printre altele.

– Ba conta, zise el aplecându-se spre mine. Cu tine a fost altfel, Eva. Eu am fost altfel cu tine. Doar că eram prea tânăr și plin de egoism ca să apreciez mereu lucrul acesta. Trebuie să vezi, Eva. Atunci o să pricepi.

Am scuturat violent din cap.

– Nu vreau s-o văd. Niciodată. Ai înnebunit?

De fapt, mințeam. Ce era pe caseta aia? Cât de rău era?

–La dracu'! exclamă el, azvârlindu-și ochelarii pe masă. Nu voiam să vorbesc despre nenorocita aia de filmare.

Era însă ceva în postura lui care mă făcea să mă îndoiesc de el. Își ținea umerii prea încordați, iar gura îi era strânsă și dură.

Orice ți-ar spune Cross…

Știa că Gideon aflase de casetă. Sigur că știa că Gideon se străduia din greu s-o îngroape pe vecie. Probabil că Sam îi spusese.

–Ce vrei? am repetat întrebarea. Ce era așa de urgent de-a trebuit să vii la New York?

I-am așteptat răspunsul cu inima bătându-mi tare. Era îngrozitor de cald și de umed, însă pielea mea era rece și plină de sudoare. Nu putea să-mi spună că mă iubește, mai ales după ce îl găsisem împreună cu Brittany. Nu putea să mă smulgă de lângă Gideon; eram deja căsătorită. Brett se afla în Manhattan în mijlocul turneului, iar trupa fusese de acord cu asta. Și Vidal. De ce ar fi făcut asta? Ce i-ar fi putut face să-și întrerupă programul?

În timp ce Brett stătea acolo, încleștând din dinți, m-am ridicat și am plecat fără să știu unde, luând-o prin iarbă spre cea mai apropiată poartă în gardul de fier forjat.

El mă strigă, însă lăsasem capul în jos, dureros de conștientă de mulțimea celor aflați în parc care întorceau capetele înspre mine. Făceam o scenă, însă nu mă puteam opri. Îmi lăsasem geanta acolo, dar nici nu-mi păsa.

Să plec. Să mă duc undeva unde să fiu în siguranță. *Să mă duc la Gideon.*

–Îngeraș!

La auzul glasului soțului meu, m-am împiedicat. Am întors capul. El se ridicase de pe un scaun aflat lângă pian, în Bryant Park Grill. Era super, era elegant, impermeabil, după câte se părea, la arșița năclăitoare.

–Gideon!

Îngrijorarea din ochii lui, blândețea cu care mă îmbrățișă îmi dădeau puteri. Știuse că întâlnirea cu Brett n-avea să meargă bine. Că aveam să fiu supărată și doritoare de afecțiune. Că urma să am nevoie de el. Și era acolo. Nu știam cum de apăruse, dar nici că-mi păsa. M-am agățat cu degetele de spatele lui; practic, îmi înfipsesem ghearele în el.

–Șșt! zise el, sărutându-mă pe ureche. Ești cu mine.

Raúl își făcu și el apariția lângă noi, cu geanta mea în mână, într-o postură protectoare care mărea și mai mult scutul pe care mi-l oferea trupul lui Gideon. Panica nebună care mă răscolea începu să se risipească. Nu mai eram în cădere liberă. Gideon era plasa mea de siguranță, întotdeauna pregătit să mă prindă.

Mă ajută să cobor treptele până în locul unde aștepta Bentley-ul: Angus era afară, pregătit să deschidă portiera din spate. M-am strecurat înăuntru, și Gideon a urcat lângă mine, cuprinzându-mă în brațe când m-am cuibărit lângă el.

Ne întorseserăm în locul unde începuserăm, în acea dimineață. Dar totul se schimbase în numai câteva ceasuri.

–E la mine, murmură el. Ai încredere în mine!

Mi-am ridicat fața spre gâtul lui.

–Vor să folosească filmarea aia, nu-i așa?

–N-o s-o facă. Nimeni n-o s-o facă.

Vorbele lui erau tăioase ca o lamă.

Îl credeam. Și îl iubeam mai mult decât crezusem că ar fi cu putință.

Ce mai după-amiază! Am evitat să mă gândesc la Brett lucrând din greu la comparațiile cu alte console de jocuri, printre care și GenTen; la ora cinci, mintea mea era cu totul și cu totul la Gideon.

Nu mai eram îngrijorată doar din cauzal lui PhazeOne. Problema eram și eu, fata care fusesem cândva. Caseta aceea cu imagini de sex putea face mai rău numelui Cross decât orice ar fi fost în stare să facă o companie rivală.

I-am trimis un mesaj lui Gideon. Speram să primesc repede răspuns, deși nu mă așteptam la asta. „Ești la birou?"

El răspunse aproape instantaneu: „Da".

„Merg acasă", i-am scris. „Vreau să-ți zic pa mai întâi."

„Urcă!"

Am lăsat să-mi scape un oftat; nici măcar nu-mi dădusem seama că-mi țineam răsuflarea. „Ne vedem în zece minute."

Megumi plecase deja când am trecut pe la recepție, așa că am ajuns la Gideon chiar mai repede decât crezusem. Recepționista lui se afla încă la post; părul lung și roșcat îi curgea în valuri pe umeri. M-a salutat cu un semn scurt din cap, iar eu i-am zâmbit, fără afectare.

Scott nu era la biroul lui când am ajuns, dar Gideon era în picioare în al lui, cu mâinile pe blat, uitându-se la hârtiile împrăștiate în fața lui. Arash stătea într-un fotoliu, părând relaxat și vesel în timp ce vorbea. Nici unul dintre ei nu era în sacou și amândoi arătau foarte bine.

Arash îmi aruncă o privire când m-am apropiat, iar Gideon înălță capul. Soțul meu avea ochi așa de albaștri, o nuanță care mă uluia chiar și de la distanța aceea. Chipul îi rămânea auster și frumos, atât de clasic de tipic pentru el; numai privirea i se îmblânzi la vederea mea. Am zâmbit văzându-l că îmi face semn cu degetul să intru.

Am pătruns în biroul lui ridicând mâna spre Arash, care dădea să se ridice în picioare.

– Bună! l-am salutat. Îl ții departe de buclucuri?

– Când mă lasă, răspunse avocatul, strângându-mi mâna și trăgându-mă spre el, ca să mă sărute pe obraz.

– La o parte, zise sec Gideon, prinzându-mă pe după mijloc.

Arash izbucni în râs:

– Această nouă latură geloasă a ta este tare amuzantă.

– Simțul tău al umorului nu e, replică Gideon.

M-am lipit de soțul meu; îmi plăcea enorm să-i simt trupul lipit de al meu. Nu lăsa nimic de la el, nu se supunea nimănui. Cu excepția clipelor când se uita la mine.

– Avem o ședință peste o jumătate de oră, zise Arash, așa că eu o șterg. Mulțumesc pentru seara de vineri, Eva. Mi-ar plăcea tare mult să repetăm experiența.

– Așa o să facem, i-am răspuns, fără doar și poate.

După plecarea lui Arash, m-am întors spre Gideon.

–Pot să te îmbrățișez?

–Nu trebuie să mă întrebi niciodată.

Mi se strângea inima la vederea căldurii din ochii lui.

–Geamul nu e opacizat.

–Lasă să vadă toți, șopti el, prinzându-mă în brațe și oftând lung, încetișor când m-am agățat de el. Vorbește-mi, îngeraș!

–Nu vreau să vorbesc. De fapt, nu voiam să mă gândesc la halul în care îmi dădusem viața peste cap, fapt care îl afecta acum pe omul pe care îl iubeam. Vreau să-ți aud glasul. Spune orice, nu-mi pasă ce anume.

–Kline n-o să-ți facă rău. Îți promit.

Am închis ochii strâns.

–Nu-mi vorbi de el! Vorbește-mi despre munca ta!

–Eva...

Am simțit cum se încordează, cuprins de grijă, de îngrijorare, așa că i-am explicat:

–Vreau doar să stau câteva minute cu ochii închiși și să te simt. Să te miros. Să te aud. Îmi trebuie doar să mă afund în tine câteva momente, pe urmă îmi revin.

El mă mângâia pe spate, cu bărbia sprijinită pe creștetul capului meu.

–O să plecăm. Curând. Cel puțin o săptămână, deși aș prefera două. Mă gândeam că ne-am putea întoarce la Crosswinds. Să stăm pur și simplu, goi, leneși...

–Tu nu ești niciodată leneș. Mai ales când ești gol.

–Mai ales când tu ești goală, mă corectă el, mângâindu-mă. Dar n-am petrecut deloc așa o săptămână întreagă. Ai putea să mă storci de puteri.

–Mă îndoiesc că asta e cu putință, răule. Dar sunt gata să dau tot ce-i mai bun.

–Dar să știi că asta n-o să fie luna noastră de miere. Vreau să avem o lună pentru asta.

–O lună! M-am dat în spate să-l privesc, schimbându-mi dispoziția. Toată economia New Yorkului s-ar prăbuși dacă ai ieși atâta vreme din joc.

El îmi luă fața în palme, mângâindu-mi ușor fruntea cu degetul mare.

–Cred că echipa mea de oameni foarte capabili se poate descurca fără mine câteva săptămâni.

L-am luat și eu de mână, eliberându-mă de o părticică de anxietate.

–Eu n-aș fi în stare. Am prea mare nevoie de tine.

–Eva! Și, lăsându-și capul spre mine, își lipi buzele de ale mele, deschizându-mi-le cu limba.

Mi-am înfipt mâna în ceafa lui ca să-l împiedic să se miște în vreme ce făceam ca sărutul să devină mai profund. Mă pierdeam în el. El mă trase și mai aproape, ridicându-mă pe vârfuri. Își înclină tot mai mult capul, până când am ajuns total lipiți unul de altul, împărtășind fiecare răsuflare, fiecare geamăt, fiecare scâncet.

Ne-am desprins ca să putem respira și l-am întrebat, gâfâind:

–Când ajungi acasă?

–Când o să vrei tu.

–Atunci, când îți termini treburile. Ai pierdut destul timp cu mine azi, am declarat, netezindu-i cravata perfect aranjată. Dar tu n-ai fost acolo doar pentru că m-ai spionat la prânz. Știai că prânzul cu Brett avea să ia o întorsătură urâtă.

–Era o posibilitate.

– Spionajul? Sau întorsătura urâtă?

– Doar n-o să-mi faci zile fripte doar pentru că am fost acolo pentru tine, mă privi el bănuitor. Și tu ai fi făcut la fel dacă ai fi fost în situația mea.

– De unde știai ce voia?

Oare existența casetei video îl măcina și pe el? Ceea ce făcusem și ce fusesem înainte?

– Știu că e presat de Christopher, care îi presează și pe ceilalți membri ai trupei.

– De ce? Ca să ajungă la tine?

– În parte. Tu nu ești orice blondă super. Ești Eva Tramell, și apar știri despre tine.

– Poate că ar trebui să mă vopsesc. Să scap de *Fata de aur*. Ce-ai zice să mă fac roșcată?

Nu puteam să-mi vopsesc părul în negru, dacă țineam cont de istoria pe care o avea Gideon cu femeile cu părul negru. M-ar fi omorât să mă uit în fiecare zi în oglindă.

Chipul i se închise dintr-odată, ca o capcană de oțel, deși nimic altceva nu-i trăda tensiunea. M-a trecut o furnicătură prin ceafă; era un avertisment că se schimbase ceva.

– Nu-ți place ideea? am continuat, amintindu-mi însă brusc de o altă roșcată din trecutul lui – doctorul Anne Lucas.

– Îmi placi exact așa cum ești. Astea fiind spuse, dacă vrei o schimbare, eu n-o să mă opun. E trupul tău, e dreptul tău. Dar nu face asta numai din cauza lor.

– O să mă mai dorești?

Rictusul de încordare îi dispăru din jurul gurii, iar fața cea inflexibilă dispăru la fel de repede pe cât apăruse.

– Tu m-ai mai dori dacă aș avea părul roșcat?

– Hmm! am făcut, lovindu-mi ușor bărbia cu degetul, prefăcându-mă că mă gândesc la schimbare. Poate ar trebui să rămânem la ce avem.

– Pentru asta am semnat și eu. Gideon mă sărută pe frunte.

– Ai semnat și că mă lași să-ți fac ce vreau în noaptea asta.

– Spune ora și locul!

– Opt? Apartamentul tău din Upper West Side?

– Apartamentul nostru, zise el, sărutându-mă blând. O să fiu acolo.

Capitolul 13

–Apropo, felicitări pentru logodnă!

Mi-am mutat privirea de la chipul de pe monitor al inginerului de proiect la fotografia Evei făcând bezele.

–Mulțumesc!

Aș fi vrut mult mai mult să mă uit la soția mea. O clipă, în fața mea apăru chipul Evei așa cum arătase în noaptea trecută, cu buzele ei catifelate cuprinzându-mi mădularul. Îi dădusem liber să facă orice ar fi vrut cu corpul meu, iar ea nu dorise decât să mi-o sugă. Iar și iar. Și iar. Dumnezeule! Toată ziua nu-mi putusem lua gândul la noaptea trecută.

–O să vă țin la curent în legătură cu impactul furtunii, spunea omul, făcându-mă să-mi mut iar atenția către slujbă. Vă suntem recunoscători că ne-ați sunat personal să vedeți ce facem. Probabil că situația meteo ne-a dat înapoi cu o săptămâna sau două, depinde, însă o să deschidem la timp.

–Avem vreme. Ai grijă de tine și de oameni, mai întâi!

–Așa o să facem. Mulțumim!

Am închis fereastra de dialog și mi-am verificat agenda, căci voiam să știu cât timp aveam la dispoziție ca să mă pregătesc pentru următoarea ședință cu echipele principale de Cercetare-Dezvoltare de la PosIT.

Glasul lui Scott se auzi din boxe:

– Christopher Vidal Sr. E pe linia unu. Sună a treia oară azi. I-am spus deja că o să-l sunați când puteți, dar insistă. Ce doriți să fac?

Telefoanele de la tatăl meu vitreg nu prevesteau niciodată nimic bun, ceea ce însemna că dacă le amânam mi-ar fi putut lua din timpul pe care îl aveam la dispoziție ca să rezolv cine știe ce problemă pe care voia să mi-o arunce mie în cârcă.

Am apăsat pe butonul difuzorului:

– Salut, Chris, cu ce pot să te ajut?

– Gideon, scuze că te deranjez, dar noi doi trebuie să vorbim. E posibil să ne întâlnim azi?

Stârnit de tonul lui oarecum alarmat, am luat receptorul și am închis difuzorul.

– La birou la mine sau la tine?

– Nu, la penthouse-ul tău.

M-am lăsat pe spate, uimit.

– Nu ajung acasă decât pe la nouă fără ceva.

– E-n regulă.

– A pățit cineva ceva?

– Nu, toți sunt bine. Nu-ți face griji!

– Atunci, înseamnă că este Vidal. Ne ocupăm noi de asta.

– Doamne! râse el ciudat. Ești un om bun, Gideon. Unul dintre cei mai buni oameni pe care i-am cunoscut. Ar fi trebuit să-ți spun mai des asta.

Mi se îngustaseră ochii la auzul tonului straniu din vocea lui.

– Am câteva minute acum. Hai, pune pe masă!

– Nu, nu acum. Ne vedem la nouă.

Apoi închise. Am rămas câteva minute bune cu receptorul în mână. Mi se pusese un nod în gât, un nod rece și mare.

Pe urmă am pus din nou receptorul în furcă și m-am concentrat pe sarcinile mele, făcând scheme și rezolvând hârtiile pe care mi le pusese Scott mai devreme pe birou. Mintea mea însă tot hoinărea.

Nu puteam să controlez ce se petrecea cu familia mea. Acolo nu avusesem niciodată vreo putere. Nu puteam decât să repar tâmpeniile pe care le făcuse Christopher și să încerc să împiedic firma Vidal să se scufunde. Totuși, trăsesem linie la folosirea filmării cu Eva. Nimic din ce ar fi putut să spună Chris n-avea să schimbe asta.

Întâlnirea cu PosIT se apropia cu pași mari când aplicația de mesaje se aprinse pe monitor și în față îmi apăru avatarul Evei.

„Încă îți simt gustul. Miamm. ☺"

Nu mi-am putut opri râsul. Nodul pe care încercasem să-l ignor se micșoră și dispăru. Ea era sprijinul meu. Ajutorul meu ca s-o iau de la capăt.

I-am răspuns, ușurat: „Plăcerea a fost de partea mea".

– Am prins un fir.

Mi-am întors capul spre Raúl, care tocmai intrase la mine în birou și se apropia de mine cu pași repezi.

– Încă mai verific lista oaspeților de la evenimentul la care ai luat parte acum două săptămâni. Am verificat și pozele, de câte două ori pe zi. Azi am primit o alertă referitoare la asta. Am făcut o copie sigură și am mărit-o de câteva ori.

Am aruncat o privire la fotografiile pe care mi le pusese pe birou. Apoi le-am luat să le examinez mai îndeaproape, una câte una. În fundal, se vedea o roșcată. În fiecare dintre poze, era tot mai aproape de prim-plan.

– Rochie verde ca smaraldul, păr roșcat lung. Asta e femeia pe care a văzut-o Eva.

Era într-adevăr Anne Lucas. Ceva în felul în care stătea, cu fața întoarsă dinspre cameră, îmi provoca o stare de greață pe care o cunoșteam bine. Mi-am întors privirea spre Raúl.

– Nu era pe lista oaspeților?

– Nu oficial, însă era pe covorul roșu, așa că presupun că o fi fost însoțitoarea cuiva. Încă nu știu cu cine venise, dar caut.

M-am ridicat brusc, neliniștit, dând scaunul înapoi.

– Venise după Eva. Nu trebuie s-o lași să se apropie de soția mea.

– Eu și Angus lucrăm acum la niște protocoale noi pentru securitate în cazul evenimentelor.

M-am întors și mi-am luat sacoul din agățătoare.

– Să-mi spui dacă vă mai trebuie oameni.

– Așa o să fac. Și, luând fotografiile, se îndreptă spre mine. E la biroul ei azi, îmi zise, ghicindu-mi intenția. Era acolo când am plecat eu încoace.

– Bine. Să mergem!

*

– Scuzați-mă! Nu puteți intra! Doamna doctor Lucas are un pacient acum.

Bruneta măruntică de la recepție se ridicase în goană când am trecut pe lângă ea.

Am apucat mânerul și am deschis ușa, intrând în biroul lui Anne fără să încetinesc deloc pasul.

Ea și-a înălțat brusc capul, făcând mari ochii verzi și un zâmbet de satisfacție îi apăru pe buzele roșii. Femeia care stătea pe canapeaua din fața ei clipi, nedumerită, înghițindu-și vorbele pe care ar fi vrut să le spună.

– Îmi pare foarte rău, doamnă doctor, zise bruneta pe nerăsuflate. Am încercat să-l opresc.

Anne se ridică în picioare cu mișcări lascive, fără să-și ia ochii de la mine.

– E misiune imposibilă, Michelle. Nu-ți face probleme, poți să pleci.

Recepționista ieși, iar Anne i se adresă pacientei:

– Va trebui să oprim brusc ședința de azi. Îmi cer scuze pentru această întrerupere incredibil de grosolană – și zicând asta îmi aruncă o privire ucigașă – și evident că nu veți plăti pentru azi. Vă rog să discutați cu Michelle despre o reprogramare.

Am așteptat în ușă ca femeia să-și ia agitată lucrurile, apoi, după ce ea ieși, am intrat în încăpere.

– Aș fi putut să chem paza, zise Anne, sprijinindu-se cu spatele de birou, cu brațele încrucișate.

– După câtă osteneală ți-ai dat ca să mă momești să vin aici? N-aș prea crede.

– Nu pricep despre ce vorbești. În orice caz, mă bucur să te văd.

Și, lăsându-și în jos brațele, se sprijini de marginea biroului într-o poză în mod voit provocatoare, lăsându-și la vedere coapsa dezgolită și bluza albastră cu decolteu adânc.

–Eu nu pot să spun același lucru.

Zâmbetul deveni ironic.

–Îți strici jucăriile și pe urmă le arunci. Eva știe că are zilele numărate?

–Dar tu știi?

Un nor de neliniște îi umbri ochii strălucitori, ștergându-i zâmbetul de pe buze.

–Gideon, e cumva o amenințare?

–Ți-ar plăcea ție, am răspuns, apropiindu-mă; am văzut cum i se dilatau pupilele, căci se excitase, iar lucrul acesta mă revolta la fel de mult ca mirosul parfumului ei. Poate că asta ți-ar face jocul mai interesant.

Anne se îndreptă de spate și porni spre mine, legănându-și șoldurile; pantofii negri cu toc cui și tălpi roșii i se afundau în covorul gros.

–Și ție ți-ar plăcea să joci, amorezule, rosti pe un ton ademenitor. Ia spune-mi, ți-ai legat logodnica cea drăguță? Ai biciuit-o ca un nebun? I-ai băgat în fund vreunul dintre multele tale vibratoare, în timp ce tu-i umpli cu orele păsărica? Ia spune, Gideon, ea te cunoaște așa cum te cunosc eu?

–Sute de femei mă cunosc așa cum mă cunoști și tu, Anne. Crezi cumva că ai fost specială? Singurul lucru demn de amintire în ceea ce te privește este bărbatul tău și râca pe care o are pe mine pentru că ți-am tras-o.

Ea ridică mâna să mă pălmuiască; n-am oprit-o, primind lovitura fără să clipesc.

Aș fi vrut ca ceea ce spusesem să fie adevărat, dar adevărul era că dădusem dovadă de depravare mai ales cu ea, pentru că vedeam umbra fratelui ei în ea, în felul în care zâmbea, în manierismele ei...

Am prins-o însă de încheietură când a încercat să mă apuce de mădular.

– Las-o în pace pe Eva! N-o să-ți spun de două ori.

– Ea e fisura din armura ta, rahat lipsit de suflet ce ești! Ție îți curge gheață prin vene, dar ea e cea care sângerează.

– Anne, asta e cumva o amenințare? am întrebat, aruncându-i înapoi cuvintele spuse mai devreme.

– Absolut, răspunse ea, scuturându-se ca să se elibereze din strânsoarea mea. A venit timpul să plătești, iar milioanele tale n-o să-ți ajungă să acoperi datoria.

– A, mărești miza cu o declarație de război? Chiar așa de proastă să fii? Sau nici măcar nu-ți pasă că o să te coste? Cariera... căsătoria... totul.

Și m-am îndreptat spre ușă cu pas ușor, deși spumegam de furie. Eu îi aruncasem asta în spinare Evei. Trebuia acum să fac curățenie.

– Privește-mă, Gideon, a strigat ea în urma mea. Vezi ce-o să se întâmple.

– N-ai decât să faci ce vrei, am răspuns, oprindu-mă o clipă, cu mâna pe clanță. Tu ai început asta, dar, ca să fie foarte clar, mișcarea finală va fi a mea.

– Ai avut vreun coșmar de când ne-am întâlnit ultima oară? mă întrebă doctorul Petersen. Se sprijinea de spătarul scaunului, într-o postură care-i arăta interesul tăcut; în poală avea tableta atât de necesară.

– Nu.

– Cât de des ai spune că le ai?

Stăteam la fel de confortabil ca și doctorul, care îmi vorbea domol, însă pe dinăuntru eram plin de neliniște, de iritare. Aveam mult prea multe de făcut ca să-mi irosesc o oră din timpul meu.

–În ultimul timp, o dată pe săptămână. Uneori, chiar la o distanță în timp puțin mai mare.

–Ce vrei să spui prin „în ultimul timp“?

–De când am cunoscut-o pe Eva.

El își notă ceva cu stylusul.

–Te confrunți cu presiuni care nu-ți sunt familiare, în vreme ce lucrezi la relația cu Eva, însă frecvența coșmarurilor ți se micșorează – cel puțin deocamdată. Te-ai gândit cumva de ce?

–Credeam că tu ar trebui să-mi explici asta.

–Gideon, nu pot să flutur bagheta magică, zâmbi doctorul Petersen, și să-ți dau toate răspunsurile. Tot ce pot eu să fac e să te ajut să le alegi.

Mă simțeam ispitit să aștept ca el să mai adauge ceva, să-l fac să poarte singur discuția mai departe. Însă gândul la Eva, la faptul că ea credea că terapia avea să schimbe ceva m-a îmboldit să vorbesc. Îi promisesem că o să încerc, așa că asta aveam să fac. Până la un anumit nivel.

–Începem să ne înțelegem tot mai bine. Suntem mai multă vreme sincronizați.

–Ai impresia că și comunicarea dintre voi este mai bună?

–Cred că am ajuns să pricepem mai bine motivele pentru care fiecare dintre noi acționează într-un fel sau altul. Ne înțelegem mai mult unul pe altul.

–Relația voastră a mers foarte repede. Tu nu ești un bărbat impulsiv, dar mulți ar spune că a te căsători cu o femeie pe care o cunoști de atât de puțină vreme – și pe care recunoști chiar tu că mai ai până s-o cunoști cu adevărat – este un lucru extrem de impulsiv.

– Asta e o întrebare?

– O observație. Și doctorul așteptă câteva secunde, apoi, văzând că eu nu spun nimic, continuă: Poate fi un lucru dificil pentru partenerii persoanelor care au un trecut precum cel al Evei. Faptul că ea e devotată ideii de terapie v-a fost de ajutor amândurora; în orice caz, e posibil ca ea să continue să se schimbe într-un fel la care nu te aștepți. Și ție o să-ți fie greu.

– Nici eu nu sunt cel mai comod partener din lume, am răspuns sec.

– Tu ești un supraviețuitor de cu totul alt fel. Ai avut vreodată impresia că acele coșmaruri devin mai supărătoare din cauza stresului?

Întrebarea asta mă enervă.

– Ce importanță are? Se întâmplă și gata.

– Și nu crezi că s-ar putea face niște schimbări care să le micșoreze impactul?

– Abia m-am căsătorit. E o schimbare majoră în viață, nu crezi, doctore? Cred că deocamdată e de ajuns.

– De ce ar trebui să existe o limită? Gideon, ești tânăr. Ai o mulțime de opțiuni în față. Schimbarea nu trebuie să fie neapărat ceva de evitat. Ce rău faci dacă încerci ceva nou? Dacă nu merge, ai mereu la îndemână opțiunea de a te întoarce la ceea ce făceai înainte.

Fraza asta mi se păru ironic de amuzantă.

– Uneori, nu mai poți să te întorci.

– Hai să încercăm o schimbare simplă acum, zise doctorul Petersen, lăsându-și jos tableta. Hai să mergem să ne plimbăm!

M-am trezit că mă ridic și eu odată cu el, căci nu voiam să stau jos, copleșit de înălțimea lui. Eram acum amândoi în picioare, față în față, despărțiți doar de măsuța dintre noi.

–De ce?

–De ce nu? răspunse el, făcând un semn cu mâna spre ușă. S-ar putea ca biroul meu să nu fie locul cel mai bun în care să stăm de vorbă. Tu ești obișnuit să fii la comandă. Aici însă, rolul acesta îmi revine mie. Așa că o să aranjăm un pic terenul și o să ne plimbăm puțin pe hol. E un spațiu public, însă majoritatea celor care lucrează aici în clădire au plecat acasă.

Am ieșit înaintea lui din birou, uitându-mă la el în vreme ce încuia ușile dinăuntru și pe cele din afară, înainte să se îndrepte spre mine.

–Ei, da. Cu siguranță, e ceva diferit, zise, zâmbind ironic. Mă face pe mine să mă simt puțin cam stânjenit.

Am ridicat din umeri drept răspuns, începând să merg.

–Ce planuri ai pentru restul serii? mă întrebă el, mergând în pas cu mine.

–Am oră cu antrenorul meu, am zis, iar apoi am adăugat: Tatăl meu vitreg vine mai târziu pe la mine.

–Ca să petreacă un timp cu tine și cu Eva? Ești apropiat de el?

–Nu, la ambele întrebări, am răspuns, cu privirea ațintită drept înainte. S-a întâmplat ceva. E unicul motiv pentru care mă sună de obicei.

I-am simțit privirea care îmi scruta chipul.

–Ai vrea ca lucrurile să stea altfel?

–Nu.

–Nu-l placi?

–Nu-mi displace. Voiam să las asta așa, dar m-am gândit din nou la Eva și am adăugat: Pur și simplu nu ne cunoaștem prea bine unul pe altul.

–Ai putea schimba asta.

M-a pufnit râsul:

–Chiar că o ții una și bună cu ideea în seara asta.

–Ți-am spus că nu am o idee anume, replică el și se opri, obligându-mă și pe mine să mă opresc. Își ridicase bărbia, cu ochii în tavan. Era clar că se gândea la ceva. Atunci când dorești să faci o nouă achiziție ori când explorezi un nou mod de a face afaceri, aduci oameni care să te consilieze, nu-i așa? Experți în domeniile lor? zâmbi el, întorcându-și iar privirea spre mine. Ai putea să mă consideri și pe mine exact la fel, ca la un consultant expert.

–În ce?

–În trecutul tău, răspunse el, reluându-și plimbarea. Eu te ajut în privința asta, iar tu te poți gândi și singur ce să faci cu viața ta.

–Fii cu capul la joc, Cross!

M-am încruntat. James Cho sărea pe saltea, în picioarele goale, întărâtându-mă. Rânjea răutăcios, știind prea bine că o provocare tăcută avea să mă zgândărească. Era cu aproape cincisprezece centimetri mai scund decât mine și mai slab cu cel puțin treisprezece kilograme. Fostul campion de arte marțiale era de o agilitate letală și avea destul curaj ca s-o dovedească.

Mi-am îndreptat umerii și am luat poziție de luptă. Am ridicat pumnii, închizând spațiul prin care ultima lui lovitură îmi atinsese torsul.

–Hai, Cho, fă-mă să merite să-mi pierd timpul aici, am replicat, enervat că avea dreptate. Rămăsesem cu gândul la biroul doctorului Petersen. În seara asta se schimbase ceva, iar eu nu-mi dădeam seama ce anume și nici ce însemna.

Eu și James ne-am dat ocol, fentând și repezindu-ne, fără să reușim să punctăm nici o lovitură. Ca de obicei, nu eram decât noi doi în dojo. Bătaia ritmată a tobelor de taiko se auzea în fundal din boxele inteligent mascate în panourile din bambus care tapițau încăperea de la podea până la tavan.

–Tot te abții, remarcă el. Te-ai îndrăgostit și ai devenit un pisoiaș?

–Ai vrea tu. Numai așa m-ai putea bate.

James izbucni în râs, după care se repezi să-mi dea o lovitură de picior, pivotând în jurul corpului. Am parat-o și l-am prins la rândul meu, azvârlindu-l la podea. El își mișcă picioarele în foarfece cu viteza fulgerului, trăgându-mă în jos odată cu el.

Am sărit amândoi în picioare, reluând pozițiile de luptă.

–Îmi pierd vremea cu tine, se răsti el, chiar când își repezea pumnul spre mine.

Am făcut o eschivă, izbindu-l cu piciorul stâng, dar n-am făcut decât să-l șterg ușor. În schimb, el îmi dădu o lovitură drept în coaste.

–Azi nu te-a călcat nimeni pe nervi? zise el, sărind așa de repede la mine, că nu-mi mai rămânea decât să mă apăr.

Am mârâit. Undeva, în fundul minții mele, fierbeam de o mânie pe care o ținusem ascunsă până să am timpul și atenția necesare ca să văd ce fac cu ea.

– Da. Văd focul din ochii tăi, Cross. Las-o să iasă, omule! Scoate-o la lumină!

Ea e fisura din armura ta…

M-am repezit la el cu o lovitură combinată stânga-dreapta, făcându-l pe James să se dea un pas înapoi.

– Doar atât poți? râse el.

M-am prefăcut că vreau să-l lovesc cu piciorul, dându-i în schimb un pumn care i-a dat capul pe spate.

– O, da, icni el, îndoindu-și brațele, cu mușchii umflați. Așa te vreau!

Ea sângerează…

M-am repezit la el, mârâind...

Abia ce apucasem să mă îmbrac după un duș răcoritor, trăgându-mi un tricou pe mine, când a început să-mi sune mobilul. L-am luat de lângă pat, unde-l lăsasem, și am răspuns.

– Doar două chestiuni, începu Raúl după ce mă salută; în fundal se auzea vag zgomotul mulțimii și al muzicii, estompându-se apoi până la dispariție. Am observat că Benjamin Clancy încă o supraveghează pe doamna Cross. Nu în mod constant, dar cu atenție.

– Așa, deci, am zis încetișor.

– Îți convine? Sau ar fi cazul să am o vorbă cu el?

– Nu, mă descurc eu.

Venise vremea să am o discuție cu Clancy. Era de o vreme pe lista mea, dar aveam să mă ocup acum de asta.

– În plus – și poate că știi deja – doamna Cross a luat azi prânzul cu Ryan Landon și cu câțiva dintre directorii lui.

Am simțit cum se lasă peste mine o tăcere prevestitoare de rău. Landon. La dracu'! Se strecurase pe undeva, printr-un loc nesupravegheat de mine.

– Mulțumesc, Raúl. Am nevoie de numărul personal al șefului Evei, Mark Garrity.

– Ți-l trimit prin mesaj de îndată ce fac rost de el.

Am închis și am băgat telefonul în buzunar, rezistând cu greu ispitei de a-l azvârli în zid.

Arash mă avertizase în legătură cu Landon, dar mie nici că-mi păsase de îngrijorarea lui. Mă concentrasem pe viața mea, pe soția mea, în timp ce pentru Landon, chiar dacă era și el însurat, grija primordială fusesem mereu eu.

Sunetul telefonului din penthouse mă făcu să tresar. M-am dus la receptor și am răspuns cam nerăbdător.

– Domnule Cross, sunt Edwin, de la recepție. Domnul Vidal este aici.

Dumnezeule! Simțeam cum mi se încleștează mâna pe receptor.

– Poftește-l sus!

– Da, domnule, imediat.

Mi-am luat șosetele și pantofii și m-am dus în living să mi le pun. De îndată ce Chris avea să plece, urma să mă duc și eu la Eva. Voiam să deschid o sticlă de vin, să găsesc unul dintre filmele alea vechi pe care ea le știa pe dinafară și să o ascult cum recită dialogurile răsuflate. Nimeni nu mă putea face să râd așa cum mă făcea ea.

Am auzit liftul și m-am ridicat în picioare, trecându-mi mâna prin părul umed. Eram încordat și mă enerva slăbiciunea care mă cuprinsese.

– Gideon!

Chris se opri în prag. Părea mohorât și ostenit, așa cum nu era decât rareori și, chiar și atunci, numai fratele meu îl aducea în starea asta.

–Eva e aici?

–E la ea acasă. Mă duc și eu acolo după ce pleci.

El dădu din cap agitat. Încercă să mai spună ceva, dar nu reușea să articuleze nimic.

–Intră, l-am poftit, făcându-i semn să se așeze pe scaunul de lângă măsuța de cafea. Vrei să bei ceva?

Eu, cel puțin, aveam mare nevoie de ceva după ce zi avusesem. Chris intră cu pași obosiți în living.

–Orice tărie ar fi excelentă

–În regulă.

M-am dus în bucătărie și am turnat pentru fie care câte un pahar de Armagnac. În timp ce puneam carafa jos, mi-a vibrat telefonul în buzunar. L-am scos și am văzut un mesaj de la Eva.

Își pozase piciorul gol, șiroind de apă, lăsat provocator pe marginea căzii; în fundal se vedeau lumânări.

„Vii și tu?"

Mi-am schimbat de îndată planurile pentru seară. Toată ziua îmi trimisese mesaje ațâțătoare. Iar eu eram mai mult decât fericit să o satisfac și să o răsplătesc.

Am salvat poza și i-am răspuns: „Aș vrea să pot. Promit că te fac să te uzi din nou când ajung".

După ce am băgat telefonul la loc în buzunar, m-am întors, descoperind că și Chris venise în bucătărie. I-am întins un pahar, bând și eu din al meu.

–Ce mai faci, Chris?

El oftă, cu mâinile încleștate pe pahar.

–O să filmăm din nou clipul pentru *Fata de aur*.

–Da?

Era o cheltuială inutilă, genul pe care Chris își făcuse o regulă inteligentă din a-l evita.

–Ieri, la birou, am auzit o discuție în contradictoriu între Kline și Christopher, explică el mohorât, și am înțeles ce se petrece. Kline vrea să fie refăcut totul, și am fost de acord.

–În schimb, Christopher sigur se opune, am zis, sprijinindu-mă de blat. După cât se părea, Kline chiar simțea ceva serios pentru Eva. Și asta nu-mi convenea. Câtuși de puțin.

–Fratele tău o să se liniștească.

Eu aveam îndoielile mele în privința asta, dar n-ar fi servit la nimic s-o spun. Chris însă își dădu seama că treceam sub tăcere și dădu din cap aprobator.

–Știu că acel clip v-a supărat, pe tine și pe Eva. Ar fi trebuit să fiu mai atent.

–Apreciez faptul că dai dovadă de flexibilitate în privința asta.

El rămase o vreme cu privirea ațintită în pahar, după care bău cu sete, dând pe gât aproape tot coniacul dintr-o singură înghițitură.

–M-am separat de mama ta.

Am simțit brusc nevoia să respir adânc; înțelesesem că motivul vizitei sale nu avea nimic de-a face cu munca.

–Mi-a spus Ireland că v-ați certat.

–Da. Îmi pare tare rău că Ireland a fost nevoită să audă asta.

Pe urmă Chris își înălță privirea spre mine și am văzut cunoașterea din ochii lui. Groaza.

–Gideon, n-am știut. Jur pe bunul Dumnezeu, eu n-am știut.

Inima mi-a făcut un salt, începând să bubuie. Mi se uscase gura.

–Eu, ăăă, m-am dus la Terence Lucas, continuă el, cu glas răgușit. M-am dus peste el la birou. A negat totul, scârba aia, dar se vedea pe fața lui.

Coniacul începuse să mi se clatine în mână. L-am lăsat jos cu grijă; aveam senzația că mi se clatină podeaua sub picioare. Eva se dusese să-l înfrunte pe Lucas, dar Chris...?

–L-am trântit la pământ, i-am pocit mutra, dar, Doamne... îmi venea să iau unul dintre trofeele pe care le avea pe rafturi și să-i crap capul cu el.

–Oprește-te! Cuvântul mă zgâria pe gât ca cioburile de sticlă.

–Și nenorocitul care... Nenorocitul ăla a murit. Nu mai pot să pun mâna pe el. La dracu'!

Spunând asta, Chris izbi cu putere paharul de blatul de granit, dar suspinul care-i scăpă din piept aproape că mă sfâșie în bucăți.

–La dracu', Gideon! Era datoria mea să te apăr. Și n-am fost în stare.

–Gata! am strigat, sărind în picioare, cu pumnii încleștați. Nu te mai uita așa la mine!

I-am observat tremurul, dar nu se dădu înapoi nici măcar un centimetru.

–Trebuia să-ți spun...

În clipa următoare, îl prinsesem de bluză, ridicându-l de la pământ.

–Să nu mai scoți nici un sunet! Acum!

Chipul îi șiroia de lacrimi.

–Te iubesc ca pe copilul meu. Mereu te-am iubit.

L-am azvârlit cât colo, întorcându-i spatele chiar în clipa când se izbea de zid, împleticindu-se. Apoi am ieșit, trecând prin living fără să văd pe unde merg.

– Nu mă aștept să mă ierți, strigă el în urma mea, cu glasul gâtuit de plâns. Nu merit așa ceva. Dar trebuie să afli că, dacă aș fi știut, l-aș fi sfâșiat cu mâinile goale.

M-am răsucit spre el, simțind cum mă cuprinde un val de greață, cu gâtul arzând.

– Ce dracu' vrei?

Chris se îndreptă de spate. Se uita la mine cu ochii înroșiți și cu obrajii uzi, tremurând, dar mult prea prostit ca să o ia la fugă.

– Vreau să știi că nu ești singur.

Singur. Da. Cât mai departe de mila, de vina și durerea care i se citeau în ochi.

– Ieși afară!

El dădu din cap, îndreptându-se spre hol. Eu rămăsesem nemișcat, respirând cu greu, cu ochii arzând. Vorbele mi se îngrămădeau în gât; mă dureau pumnii pe care îi strângeam cu sălbăticie, ca să-mi stăpânesc pornirile violente.

Înainte să iasă din cameră, el se întoarse spre mine.

– Mă bucur că i-ai spus Evei.

– Nu vorbi despre ea!

Nici măcar nu suportam gândul la ea. Nu în clipa asta, când eram atât de aproape să pierd totul.

În cele din urmă, el ieși.

Și toată greutatea acelei zile mi se lăsă pe umeri, făcându-mă să cad în genunchi.

Înfrânt.

Capitolul 14

Tocmai visam o plajă privată, îl visam pe Gideon gol, când m-a trezit telefonul care începuse să sune. M-am răsucit pe o parte, am întins o mână, pipăind pe noptieră, încercând să-l găsesc pe întuneric. În cele din urmă, am simțit forma familiară și l-am înșfăcat, ridicându-mă în capul oaselor.

Pe ecran se vedea chipul lui Ireland. M-am încruntat nedumerită, aruncând o privire spre locul de lângă mine. Gideon nu era acasă. Sigur, dacă m-o fi găsit dormind, se dusese în apartamentul vecin, la culcare...

– Alo? am răspuns, observând că ceasul de pe noptieră îmi arăta că era trecut de unsprezece.

– Eva! Sunt Chris Vidal. Îmi cer scuze că sun așa de târziu, dar sunt îngrijorat pentru Gideon. Este în apele lui?

Am simțit că mi se face un gol în stomac.

– Ce vrei să spui? Ce s-a întâmplat cu Gideon?

O clipă, se lăsă tăcerea, apoi:

– N-ai vorbit cu el în seara asta?

–Nu, am adormit, am răspuns, dându-mă jos din pat și aprinzând veioza. Ce se întâmplă?

El scoase o înjurătură cu atâta patimă, că am simțit cum mi se face părul măciucă.

–M-am întâlnit cu el ceva mai devreme, ca să vorbesc... despre lucrurile pe care mi le-ai spus tu. N-a reacționat bine.

–O, Doamne!

Începusem să mă învârt orbește prin cameră, căutând ceva de îmbrăcat. Trebuia să-mi trag ceva peste lenjeria sexy cu care îmi pusesem în minte să-l seduc pe Gideon.

–Eva, trebuie să-l găsești, spuse el agitat. Are nevoie de tine acum.

–Am plecat.

Am azvârlit telefonul pe pat și mi-am tras în grabă pe mine un pardesiu de lână din dulap, ieșind apoi în goană din cameră. Am înșfăcat cheile apartamentului de vizavi, pe care le aveam în geantă, și m-am năpustit pe hol. Nu reușeam să bag cheia în broască; a durat o veșnicie până să deschid ușa.

Locul era cufundat în întuneric și tăcut ca un mormânt; nu era nimeni acolo.

–Unde ești? am strigat în beznă, simțind cum se năpustesc peste mine lacrimi de spaimă.

M-am întors la mine în apartament și, cu degete tremurânde, am deschis aplicația de pe telefon cu ajutorul căreia îi puteam urmări telefonul.

N-a reacționat bine.

Dumnezeule! Sigur că nu. Nu reacționase bine nici când îi spusesem lui Chris. Gideon fusese furios. Agresiv. Avusese un coșmar oribil.

Punctulețul roșu care clipocea pe hartă se afla exact acolo unde speram să-l găsesc.

–La penthouse!

M-am încălțat cu niște papuci și m-am întors să-mi iau geanta.

–Ce dracu' ți-ai tras pe tine? mă întrebă Cary din bucătărie, făcându-mă să tresar.

–Doamne, m-ai speriat de nu mai pot!

El se fâțâia pe lângă masă; n-avea pe el decât boxerii, iar pieptul și gâtul îi erau leoarcă de transpirație. Cum aerul condiționat mergea perfect, iar Trey rămăsese peste noapte, mi-am dat seama prea bine cum și de ce se supraîncălzise Cary.

–Atunci am făcut un lucru bun, că nu poți să ieși în halul acesta, îmi zise el.

–Ia te uită cum fac, am replicat, azvârlindu-mi geanta pe umăr și luând-o spre ușă.

–Ești o ciudată, puștoaico, strigă el în urma mea. O femeie după sufletul meu!

Ușierul lui Gideon nici măcar nu clipi când am sărit din taxi, în fața clădirii lui. Ce-i drept, omul mă văzuse arătând și mai rău. Ca și portarul, care îmi zâmbi, spunându-mi pe nume, ca și cum n-aș fi arătat ca o nebun fără adăpost. E adevărat, una în haine de la Burberry.

M-am îndreptat cât mă lăsau papucii de repede spre liftul privat al penthouse-ului, am așteptat să coboare și am tastat codul. Liftul urcă repede, fără să se oprească, dar eu aveam impresia că nu mai ajunge niciodată. Mi-aș fi dorit să ies odată din mașinăria micuță și elegantă. Chipul meu îngrijorat se holba la mine din oglinzile fără nici o pată.

Gideon nu sunase. Nu-mi trimisese nici un mesaj după cel ațâțător în care îmi promitea o noapte fierbinte. Nu venise la mine, nici măcar ca să doarmă în apartamentul de vizavi. Lui Gideon nu-i plăcea să stea departe de mine.

Cu excepția momentelor când era rănit. Și rușinat.

Ușa liftului s-a deschis, lăsând să dea năvală urletele de heavy metal. M-am crispat, ducându-mi mâna la urechi: volumul boxelor din tavan era așa de mare, că mă dureau urechile.

Durere. Furie. Violența înnebunită a muzicii se prăvălea peste mine. Mă durea pieptul de cât era de tare. Știam. Înțelegeam. Cântecul era o manifestare audibilă a ceea ce avea Gideon pe suflet și nu putea să scoată din el.

Era mult prea controlat. Prea reținut. Își ținea emoțiile cu atâta putere în frâu, ca și amintirile.

Am scotocit febrilă prin geantă după telefon, iar în cele din urmă am vărsat toată geanta, răspândindu-i conținutul pe podeaua liftului și prin holul pavat cu marmură în formă de tablă de șah. Am lăsat totul pe jos, cu excepția telefonului, pe care l-am luat ca să găsesc aplicația care controla sunetul înconjurător. Am ales o muzică mai blândă, am dat volumul mai mic și am apăsat pe *enter*.

Pentru o clipă cât o veșnicie, apartamentul se cufundă în tăcere, după care se auziră acordurile blânde ale cântecului *Collide*, de Howie Day.

L-am simțit pe Gideon apropiindu-se înainte chiar să-l văd, căci aerul începuse să scânteieze ca de energia violentă a unei furtuni de vară. Apoi, apăru și el, de pe coridorul ce ducea la dormitoare. Iar eu am rămas fără suflare.

N-avea cămașă pe el, era în picioarele goale; părul ciufulit, ca o coamă, îi ajungea ușor până la umeri. Șiroaie de sudoare i se lăsau în jos pe coapse, punând în evidență întretăierea mușchilor abdominali. Avea vânătăi pe coaste și pe umăr, iar aceste semne de luptă nu făceau decât să întărească expresia de furie și ferocitate, pe care femeile o țineau în frâu.

Muzica pe care o alesesem se ciocnea cu emoția ce emana din el. Războinicul meu minunat, de o eleganță sălbatică. Iubirea vieții mele. Atât de chinuit, că vederea lui îmi umplea ochii de lacrimi fierbinți.

Se opri brusc în clipa când mă zări, tresărind, strângând pumnii și lăsându-și mâinile să cadă pe lângă corp, cu o privire sălbatică în ochi și cu nările fremătând.

Telefonul îmi căzu cu zgomot din mână.

–Gideon!

Auzindu-mi glasul, el scoase un suspin. Vocea mea îl transforma. Vedeam cum se petrece schimbarea, ca și cum s-ar fi trântit o ușă. Până atunci, fusese răscolit de emoții. În clipa următoare, era rece ca gheața, părând neted ca sticla la suprafață.

–Ce cauți aici? mă întrebă, cu un glas primejdios de liniștit.

–Am venit după tine.

Pentru că se rătăcise.

–Nu sunt un tovarăș potrivit acum.

–Pot să mă descurc cu asta.

Stătea prea liniștit, ca și cum s-ar fi temut să se miște.

–Ar trebui să pleci. Nu ești în siguranță aici.

Am simțit că pulsul mi-o ia razna. Dintr-odată, m-am simțit foarte stânjenită. Căldura emanată de trupul lui umplea încăperea. Îi simțeam nevoia. Comanda. Deodată, mi se părea că mă topesc în haina de pe mine.

–Cu tine sunt mai în siguranță decât oriunde altundeva pe lume, am zis, trăgând aer în piept ca să-mi fac curaj. Chris te crede?

–De unde știi? întrebă el, dându-și capul pe spate.

–M-a sunat. Era îngrijorat pentru tine. Eu sunt îngrijorată pentru tine.

–O să fiu în regulă, se răsti el, iar asta era de ajuns ca să pricep că acum nu era deloc bine.

M-am îndreptat spre el, simțindu-l cum mă ardea cu privirea.

–Sigur că o să fii. Ești însurat cu mine.

–Eva, trebuie să pleci.

Am clătinat din cap.

–Nu-i așa că aproape că doare și mai rău când ei te cred? Te întrebi de ce ai așteptat atâta până să le spui. Poate că ai fi putut opri totul mai repede, dacă i-ai fi spus persoanei potrivite?

–Taci!

–Întotdeauna auzim o voce în minte care crede că noi suntem de vină pentru ce s-a întâmplat.

El închise ochii la fel de strâns pe cât își ținea și pumnii.

–Nu!

–Nu ce? am întrebat, ajungând lângă el.

–Nu fi ceea ce-mi trebuie. Nu acum.

–De ce nu?

Ochii aceia albaștri și fioroși se deschiseră brusc, țintuindu-mă cu atâta intensitate, că m-au făcut să mă opresc în loc.

–Eva, acum atârn doar de un fir.

–Nu trebuie să atârni, i-am răspuns, întinzându-mi mâinile spre el. Dă-ți drumul! O să te prind eu.

–Nu, clătină el din cap. Nu pot... nu pot să fiu blând.

–Vrei să mă atingi.

El își încleștă maxilarul.

–Vreau să te fut. Tare.

Am simțit că încep să-mi dogorească obrajii. Era o declarație că mă dorea atât de tare, încât puteam să-i par atrăgătoare, în ciuda hainelor ridicole pe care le trântisem pe mine.

–Și eu sunt cu totul pentru asta. Mereu.

Mi-am dus mâinile la reverul pardesiului. Îl încheiasem la câtiva nasturi în taxi, căci nu voiam să mă vadă cineva din întâmplare. Acum mă sufocam de căldură în el, eram leoarcă de sudoare.

Gideon întinse mâna și mă prinse de încheietură, strângându-mă prea tare.

–Nu!

–Crezi că nu pot să mă descurc cu tine? După tot ce-am făcut împreună? După toate lucrurile despre care am vorbit, pe care am plănuit să le facem?

Dumnezeule! Tot trupul îi era încordat cu un arc, mușchii îi erau întăriți. Iar ochii, ochii lui care străluceau, contrastând cu pielea bronzată, erau atât de chinuiți... Dragul meu întunecat și primejdios.

Apoi mă prinse de cot și porni.

–Ce...? am întrebat, împiedicându-mă.

–Trebuie să pleci, îmi zise, târându-mă spre lift.

–Nu! am replicat, zbătându-mă, azvârlindu-mi papucii din picioare și înțepenindu-mă în loc.

–La dracu'! El îmi dădu ocol și mă ridică, în așa fel încât acum eram față în față. Nu pot să-ți promit că o să mă opresc. Dacă merg prea departe și tu îți folosești cuvântul de siguranță, s-ar putea să nu mă opresc și totul – noi doi – o să se ducă la dracu'!

–Gideon! Pentru Dumnezeu, nu te mai teme că mă vrei prea mult!

–Vreau să te pedepsesc, se răsti el, prinzându-mi violent fața în mâini. Tu ai făcut asta! Tu ai provocat totul. Forțezi oameni... mă forțezi pe mine. Uite ce-ai făcut!

În clipa aceea am simțit mirosul de alcool, aburii puternici de alcool scump. Nu-l văzusem niciodată beat cu adevărat – ținea prea mult la controlul lui ca să se lase cu totul în voia simțurilor –, însă acum era beat.

Și, pentru prima dată, am simțit un fior de îngrijorare.

–Așa este, am răspuns cutremurată, e vina mea. Te iubesc prea mult. O să mă pedepsești pentru asta?

–Doamne! gemu el, închizând ochii.

Își lipi fruntea fierbinte și umedă de a mea, frecându-și-o cu putere. Sudoarea îmi scălda pielea, impregnându-mă de aroma sexuală, masculină, care era a lui și numai a lui.

Am simțit cum se înmoaie, cum se relaxează, fie și infinitezimal. Am întors capul, lipindu-mi buzele de obrazul care-i ardea.

–Nu! zise el, crispându-se.

Apoi mă împinse spre lift, ducându-mă în hol și dând din drum cu piciorul conținutul genții mele, care zăcea pe jos.

– Oprește-te! am țipat, încercând să-mi eliberez brațul.

Însă el nu mă asculta. Apăsa ca un nebun pe butonul de chemare. Ușile liftului se deschiseră de îndată; liftul privat era gata, ca de obicei, să-l ducă jos. Mă aruncă înăuntru, și m-am izbit de peretele opus.

Disperată, am tras de cordonul pardesiului, plină de puterea pe care mi-o dădea nevoia. Am smuls nasturii, făcându-i să zboare peste tot. Ușile tocmai se închideau când m-am răsucit spre el, ținând pulpanele pardesiului deschise, ca să vadă ce purtam pe dedesubt.

El întinse mâna pe dată, blocând ușile, după care le împinse ca să se deschidă. Neglijeul pe care îl purtam era roșu ca sângele – culoarea noastră – și abia dacă avea câteva bucățele de material. Plasa foarte fină îmi lăsa la vedere sânii și sexul, în timp ce talia îmi era prinsă în fâșii ca de bandaj.

– Târfă, șuieră el, năvălind în spațiul strâmtă, făcându-l să pară și mai mic. Nu poți să te oprești, tot forțezi.

– Sunt târfa *ta*, m-am răstit și eu, simțind cum lacrimile se adună și încep să cadă.

Era tare dureros să-l văd așa de furios pe mine, chiar dacă înțelegeam. Avea nevoie de o eliberare și eu mă pusesem singură în postura de țintă. Mă avertizase... încercase să mă apere...

– Pot să-ți fac față, Gideon Cross. Pot să fac față la tot ce-mi dai.

El mă împinse în perete cu atâta putere, că impactul mă făcu să-mi pierd răsuflarea. Gura îmi fu acoperită de a lui; își înfipsese adânc limba în mine. Mă strângea cu putere de sâni și genunchiul îmi depărta picioarele.

M-am lipit de el, încercând să scap de pardesiu. Mi-era mult prea cald; sudoarea mi se scurgea pe spate și pe burtă. Gideon trase de pardesiu, aruncându-l cât colo, fără să-și dezlipească gura de a mea. Am scos un geamăt de recunoștință, înconjurându-i gâtul cu brațele, cu inima plină de ușurare că-l pot îmbrățișa. Mi-am înfipt degetele în părul lui, apucându-l strâns ca să mă pot cățăra pe el.

Gideon își smulse însă gura de pe a mea și îmi îndepărtă brutal mâinile.

–Nu mă atinge!

–Du-te dracu'! m-am răstit, prea rănită ca să-mi pot înghiți cuvintele. Ca să-l sfidez, m-am scuturat, eliberându-mă din strânsoarea lui și mi-am pus iar mâinile pe umerii și bicepșii tari ca piatra.

EL mă împinse din nou, ținându-mă lipită de perete cu o singură mână proptită în pieptul meu. Oricât mă zbăteam ori îi zgâriam brațul ca de oțel, nu-l puteam clinti de pe mine. Nu puteam decât să mă uit cum își scoate șiretul de la pantalonii de trening.

Eram cuprinsă de dorință și de teamă în același timp.

–Gideon...?

El își încrucișă privirea cu a mea, întunecat, bântuit.

–Poți să-ți iei mâinile de pe mine?

–Nu. Nu vreau.

El dădu din cap și-mi dădu drumul, dar numai ca să mă răsucească, astfel încât acum eram cu fața la peretele liftului. Și, cum mă prinsese în capcană cu trupul său, nu prea aveam spațiu de manevră.

–Nu te lupta cu mine, îmi porunci, cu buzele lipite de urechea mea.

După care îmi legă mâinile de bara de sprijin.

Am încremenit, uluită că el chiar mă lega. Eram așa de uimită, nu-mi venea să cred ce se întâmpla, că abia dacă m-am zbătut. Abia când l-am văzut cum înnoadă sfoara subțire mi-am dat seama că el chiar era serios.

Pe urmă mă prinse de șolduri, îmi dădu într-o parte părul cu fața lui și își înfipse dinții în umărul meu.

–Eu spun când.

–Ce faci? am icnit eu, încercând să-mi trag mâinile.

El însă nu răspunse. Pur și simplu, plecă.

M-am răsucit cât puteam de mult și am văzut că intra în living exact când ușile se închideau.

–O, Doamne! am șoptit. N-o să faci una ca asta!

Nu-mi venea să cred că mă gonea în felul ăsta... legată, în lift, purtând doar lenjeria. Ce-i drept, în clipa asta o luase razna, dar nu-mi venea să cred că soțul meu, care era atât de gelos, m-ar fi expus în felul ăsta, ca să fiu văzută de oricine s-ar fi putut afla în hol, numai ca să scape de mine.

–*Gideon!* La dracu'! Să nu cumva să îndrăznești să mă lași așa aici! Mă *auzi?* Mișcă-ți fundul înapoi!

M-am zbătut, trăgând cât puteam de sfoara care îmi ținea încheieturile legate, însă era înnodată strâns. Au trecut câteva secunde, care s-au transformat în minute. Liftul nu se mișcase și, după ce am țipat de câteva ori, mi-am dat seama că nici n-avea s-o facă. Aștepta să fie apăsat butonul, aștepta comanda lui Gideon.

Ca și mine.

După ce avea să mă elibereze, aveam să-i tăbăcesc fundul. În viața mea nu fusesem așa de supărată.

– *Gideon!*

M-am aplecat și am făcut câțiva pași cu spatele, pe urmă m-am înălțat și am întins un picior ca să ajung la butonul de deschidere a ușilor. Am apăsat cu degetul mare de la picior. Când ușile s-au deschis, am tras aer în piept, pregătindu-mă să țip...

... dar strigătul mi-a murit pe buze, căci mă cuprinsese uluirea.

Gideon ieșise pe ușa livingului în hol... gol-pușcă. Și ud din cap până-n picioare. Mădularul îi era așa de întărit, că i se curba spre buric. Avea capul dat pe spate, căci bea apă dintr-o sticlă; mergea aparent nepăsător, dar ca un adevărat prădător.

M-am îndreptat când s-a apropiat, gâfâind, pradă atât emoțiilor amestecate, cât și foamei nebune de el. Oricât ar fi fost de ticălos, îl voiam cu o ferocitate căreia nu mă puteam împotrivi. Era complicat și sexy, distrus și perfect.

– Ia!

Îmi dusese un pahar de cristal la buze; nici măcar nu observasem, atât eram de cuprinsă de admirație în fața trupului său minunat. Paharul era plin, aproape să dea pe afară, iar lichidul roșu-auriu mi se prelinse pe buze în timp ce el mă forța să beau.

Am deschis gura din instinct și am băut; alcoolul puternic îmi arse limba și gâtul. Am început să tușesc, iar el așteptă, cu ochii pe jumătate ascunși de pleoapele grele. Mirosea a curat, a rece, împrospătat după un duș.

– Bea-l pe tot!

– E prea tare! am protestat eu.

Drept răspuns, el îmi turnă încă o înghițitură prin buzele întredeschise.

L-am lovit cu piciorul, înjurând de durere – fără să-l fac pe el nici măcar să simtă.

– Oprește-te!

El azvârli cât colo sticla goală de apă și îmi prinse fața în mână, ștergându-mi cu degetul mare picăturile de alcool de pe bărbie.

– Trebuie să mă lași să-mi revin și trebuie să te cumințești. Dacă reacționăm așa prin asta, o să ne sfâșiem unul pe altul.

O lacrimă prostească mi se prelingea din colțul ochiului. Gideon gemu și se aplecă spre mine, lingându-mi lacrima cu limba.

– Sunt făcut bucăți, iar tu dai cu pumnii în mine. Nu pot să rezist, Eva.

– Nici eu nu pot să rezist să mă dai afară, am șoptit, trăgând de sfoara aia afurisită. Coniacul îmi turnase foc în vene. Puteam simți deja beția care îmi cuprindea simțurile.

El își puse mâna peste a mea, ca să mă oprească din agitație.

– Oprește-te! O să te lovești.

– Dă-mi drumul!

– Dacă mă atingi, nu mai pot să mă țin în frâu. Să știi că atârn de un fir, zise el din nou, de data asta părând disperat. Nu pot să mă las dus de val. Nu cu tine.

–Atunci, cu altcineva? am replicat, aproape țipând. Îți trebuie altcineva?

Nici eu nu mă mai puteam ține în frâu. În relația noastră, Gideon era stânca, era ancora mea. Crezusem că și eu pot fi același lucru pentru el. Voiam să-i ofer adăpost, să fiu limanul lui. Gideon însă nu avea nevoie să se adăpostească de furtună. El era furtuna. Și eu nu eram îndeajuns de puternică să-i îndur puterea dispoziției distrugătoare în care se afla.

–Nu, Doamne! zise el, sărutându-mă cu violență. Tu ai nevoie ca eu să am controlul. Eu trebuie să am controlul când sunt cu tine.

Simțeam cum mă cuprinde panica. Știa. Știa că eu nu sunt de ajuns.

–Ai fost diferit cu altele. Nu te-ai înfrânat...

–Futu-i! înjură Gideon, îndepărtându-se și izbind cu pumnul în panoul de control.

Ușile se deschiseră în sunetul vocii lui Sarah McLachlan care cânta despre posedare. El azvârli paharul, care se făcu țăndări de peretele holului.

–Da, eram altfel! *Tu* m-ai făcut să fiu altfel.

–Și mă urăști pentru asta.

M-am prăbușit peste peretele liftului, copleșită de plâns.

–Ba nu. Mă prinsese în brațe, acoperindu-mă cu totul cu trupul său șiroind de apă. Își frecă fața de a mea, într-o îmbrățișare atât de strânsă, că abia mai puteam să respir. Te iubesc. Ești soția mea. Afurisita mea soție. Ești totul.

–Nu vreau decât să te ajut, am țipat. Vreau să fiu aici pentru tine, dar nu mă lași!

–Dumnezeule, Eva! Mâinile îi rătăceau peste mine, mângâindu-mă, alunecând. Strângându-mă. Liniștindu-mă. Nu pot să te opresc. Am prea mare nevoie de tine.

Mi-am încleștat ambele mâini pe bara de sprijin, cu obrazul lipit de oglinda rece. Alcoolul începea să-și facă magia. O lâncezeală fierbinte se răspândea în mine, înecându-mi furia și orice urmă de împotrivire, până când n-am mai simțit decât tristețea, spaima și mai ales că eram disperat, înfricoșător de îndrăgostită.

El își strecurase mâna între picioarele mele, frecându-mă, căutător. Trăgând cu putere, deschise părțile care îmi închideau lenjeria. Am gemut, cuprinsă de o plăcere neașteptată. Sexul îmi era ud și umflat, datorită atingerilor lui iscusite și imaginii care îmi rămăsese în minte, a felului cum arăta când se îndreptase spre mine.

Mi-am lăsat capul pe umărul lui și i-am zărit reflexia în tavan. Avea ochii închiși și buzele ușor depărtate. Vulnerabilitatea care se citea pe chipul lui minunat mă sfâșia în bucăți. Era atât de rănit, că nici nu puteam să îndur.

–Spune-mi ce pot să fac, i-am șoptit, spune-mi cum să te ajut.

–Șșșt, făcu el, trecându-și ușor limba peste urechea mea. Lasă-mă să rezolv eu.

Degetul lui mare îmi atingea ușor ca o pană materialul diafan ce-mi acoperea sânii, înnebunindu-mă. Degetele i se strecurau în faldurile alunecoase ale feminității mele, făcându-mă să gem. Știa unde să mă atingă, cât de multă presiune să pună.

Nu mi-am putut stăpâni un țipăt când și-a băgat în mine două degete; mi s-au îndoit picioarele, făcându-mă să mă ridic pe vârfuri. Mi se tăiau genunchii, iar picioarele îmi tremurau de încordare. În lift era un aer greu, încărcat de aburi, plin de dorința care ieșea din el în valuri.

– O, Doamne! gemu el pe când sexul meu se strângea în jurul lui, răsucindu-se ca să-și înfigă erecția în fesele mele. O să-ți rup pizdulicea asta bună, Eva. Nu mă pot opri.

Și îmi înconjură mijlocul cu brațul, ridicându-mă, trăgându-mă înapoi, până când brațele îmi ajunseseră să stea drepte, iar eu aplecată. Îmi îndepărtă genunchii și-și scoase degetele ude din despicătura mea. I-am simțit mâna care mă apuca de șold, după care își frecă de fesele mele capul penisului său mare, despicându-mi labiile cu el.

Îmi țineam răsuflarea, mișcându-mă ușor sub presiunea catifelată. Toată ziua îl dorisem, tânjisem să-i simt mădularul în mine, doritoare să mă aducă la orgasm.

– Așteaptă, gemu el, apucându-mă de mijloc și de umăr, nerăbdător. Lasă-mă...

Sexul meu se strângea însă deja, în jurul capului gros.

Gideon scoase o înjurătură și izbi, o lovitură puternică ce-l făcu să mă pătrundă adânc. Am scos un țipăt de plăcere amestecată cu durere, încercând să fug de mădularul lui mare care mă umplea cu totul, simțind cum mi se desfac la maximum mușchii interiori și țesuturile sensibile.

– Da, înfiorător de strâmtă, șuieră el, trăgându-mă spre el până când labiile îmi ajungeau să cuprindă toată rădăcina groasă a penisului său. Mișca din șolduri și îi simțeam testiculele atingându-mi grele clitorisul presat.

Am gemut, încercând să mă țin de mâner; corpul mi se legăna în ritmul în care mi-o trăgea el. Era o senzație devastatoare, să fiu umplută atât de complet, apoi golită brusc. Mă lăsaseră genunchii, iar lăuntrurile mi se cutremurau spasmodic, în vreme ce el mă pătrundea cu putere, până la rădăcină. Toate emoțiile pe care le înăbușise în el le înfigea acum în mine, iar mișcările neobosite ale mădularului său îmi atingeau până și cel mai mic nerv.

Mi-am dat drumul înainte să-mi dau seama că ajunsesem la orgasm, gemându-i numele, în timp ce plăcerea se răspândea în mine, cutremurându-mă cu violență.

Capul îmi căzuse pe brațe; mușchii îmi erau slăbiți, nu mai puteam să-i folosesc. Gideon mă susținea cu mâinile lui, cu erecția lui. Se folosea de trupul meu. Punea stăpânire pe el, mârâia ca un animal de fiecare dată când ajungea în străfundurile mele.

– Așa de adânc, mormăia el, așa de bine.

Cu coada ochiului am zărit o mișcare și ochii amețiți mi s-au fixat pe reflexia noastră. Am gemut îndurerată și am atins iar orgasmul, ca și cum nu m-aș fi oprit vreodată. Gideon era priveliștea erotică cea mai zdrobitoare pe care o văzusem vreodată – bicepșii îi erau groși și tari, în timp ce-mi susținea greutatea, coapsele încordate de efort, fundul i se mișca în timp ce pistona, iar mușchii abdominali se încordau cu putere, în timp ce, la fiecare lovitură, își rotea și coapsele.

Fusese născut să facă sex, dar dusese la perfecțiune această capacitate, folosindu-și fiecare părticică a trupului său uluitor ca să înrobească o femeie plăcerilor. Era ceva înnăscut pentru el, ceva instinctiv. Chiar și beat, aproape înnebunit de anxietate, ritmul îi era strâns, precis, iar concentrarea totală.

Cu fiecare lovitură mă pătrundea tot mai adânc, ajungând în cele mai sensibile locuri ale mele, iar și iar, făcând extazul să se pogoare asupra mea, până n-am mai putut să rezist asaltului. Și încă un orgasm m-a inundat, ca un val de maree.

– Așa, mârâi el. Mulge-mă, îngeraș. Doamne... mă faci să-mi dau drumul.

I-am simțit mădularul făcându-se și mai gros, și mai lung. Mă treceau fiori și nu mai aveam aer.

Gideon își dădu capul pe spate, scoțând un muget animalic, dându-și drumul cu stropi fierbinți. Mă apucase de șolduri și-și înfigea în mine mădularul, ejaculând cu putere, la nesfârșit, umplându-mă până când sperma ajunse să mi se scurgă pe coapse.

Am dat să mă prăbușesc în genunchi, gemându-i numele, dar el m-a ridicat.

– N-am terminat, mi-a zis cu glas răgușit; era tot gros și tare în mine.

Apoi a luat-o de la capăt.

M-am trezit simțindu-i părul care îmi mângâia umărul și apăsarea buzelor calde și puternice. Epuizată, am încercat să mă dau într-o parte, însă brațul cu care mă cuprinsese după talie m-a tras înapoi.

– Eva, șopti el răgușit. Îmi pusese o mână pe sân și îmi mângâia sfârcul cu degete îndemânatice.

Era întuneric. Ne aflam în pat amândoi, deși nu-mi aduceam aminte decât vag că el mă adusese în brațe acolo. Mă dezbrăcase, mă spălase cu un prosop ud și mă sărutase de mii de ori pe față și pe încheieturile mâinilor. Acum erau bandajate, după ce le dăduse bine cu ulei și le înfășurase cu grijă.

Mă excitase enorm să-i simt mângâierile tandre după ce fusese atât de aspru, să fiu în acest amestec de plăcere și durere. Și el observase asta.

Cu ochii arzând de patimă, îmi depărtase picioarele și mă devorase cu o foame așa de insistentă, care îmi răpise cu totul capacitatea de a mai gândi sau de a mă mișca. Îmi linsese și-mi supsese la nesfârșit păsărica, până când pierdusem șirul, fără să mai știu de câte ori mă făcuse să-mi dau drumul, cu limba-i înfiorătoare.

–Gideon... Am întors capul, privindu-l peste umăr. Stătea sprijinit într-un braț, cu ochii scânteind în lumina palidă a lunii. Ai rămas aici cu mine?

Poate că era o aiureală să sper că rămăsese cu mine cât dormisem, însă îmi plăcea la nebunie să împart patul cu el. Tânjeam după asta.

El dădu din cap:

–N-am putut să plec de lângă tine.

–Mă bucur.

Mă răsuci spre el, luându-mă în brațe și sărutându-mă blând. Limba lui, atât de ademenitoare, mă stârnea iar, smulgându-mi un geamăt ușor.

–Nu mă pot opri să te ating, murmură el, apucându-mă de ceafă ca să mă împiedice să mă mișc în timp ce mă săruta tot mai profund, mușcându-mă ușor de buza de jos. Când te ating, nu mă mai gândesc la nimic altceva.

Tandrețea și iubirea se amestecau în noi.

–Pot să te ating și eu?

El închise ochii, implorându-mă:

– Te rog.

M-am năpustit asupra lui, înfigându-mi mâinile în părul lui, ca să-l țin și eu nemișcat, așa cum mă ținea și el. Îi mângâiam limba cu limba; amândoi aveam gurile fierbinți și umede. Picioarele ni se împletiseră, iar trupul meu se arcuia, vrând să se contopească cu trupul lui tare ca piatra.

El gemu încetișor, făcându-mă să încetinesc, după care se răsuci, țintuindu-mă de pat. Se dădu un pic înapoi și-și dezlipi gura de a mea, doar ca să-mi exploreze buzele, să mi le sugă. Să-mi traseze conturul buzelor cu limba.

Am scâncit în semn de protest; voiam un sărut mai profund, mai pătimaș. El însă mă lingea ușurel, frecându-mi ușor vălul palatin, linia obrajilor. Mi-am strâns picioarele, trăgându-l mai aproape. Și el își legăna coapsele, lipindu-și erecția de coapsa mea.

Gideon m-a sărutat până când buzele ajunseseră să ne ardă, moi ca puful, iar soarele începuse să se arate pe cer. M-a sărutat până când și-a dat drumul, mustind de patimă, pe trupul meu. Și nu o dată, ci de două ori.

Faptul că-l simțeam scuturat de orgasm, că-i auzeam gemetele ușoare, chinuite, pe care le scotea în culmea plăcerii, faptul că știam că-l pot aduce la orgasm fie și numai sărutându-l... M-am lipit, cuprinsă de dorință, de coapsa lui, udându-i-o, și m-am frecat de el până am ajuns și eu la orgasm.

În timp ce o nouă zi își făcea apariția, el a înlăturat distanța pe care o pusese între noi în lift. A făcut dragoste cu mine, nu sex. Îmi jura credință făcând din mine centrul lumii lui. Nu se mai afla nimic dincolo de marginea patului nostru. Nimic în afară de noi doi și de iubirea care ne dezgolea sufletele amândurora, chiar în timp ce făcea din noi un întreg.

Când m-am trezit din nou, el dormea lângă mine, cu buzele la fel de umflate de săruturi ca și mine. Chipul îi era blând în somn, dar ușoara încruntare a sprâncenelor îmi spunea că nu dormea atât de profund pe cât aș fi vrut. Stătea pe o parte, cu trupul întins cu totul pe saltea, și cearșaful i se înfășurase în jurul picioarelor.

Era târziu, se apropia de nouă, dar n-am avut inima să-l trezesc ori să-l părăsesc. Nu lucram de așa de multă vreme încât să-mi permit să lipsesc o zi, dar am hotărât că exact asta voi face.

Îmi pusesem nevoile pe primul loc când venea vorba de carieră, dându-i astfel puterea ca într-o zi să pun o limită între noi. Știam că dorința mea de independență nu era greșită, dar în clipa asta nici nu dădea prea bine.

Mi-am tras pe mine un tricou și o pereche de boxeri bărbătești și am ieșit tiptil din dormitor, străbătând holul ca să ajung la biroul de acasă al lui Gideon, unde telefonul lui făcea în toate felurile, supărat că stăpânul îi ignora alarma de trezire. L-am închis și m-am dus în bucătărie.

Am recapitulat în minte ce aveam de făcut. Am sunat și am lăsat un mesaj pentru Mark, în care îi explicam că lipsesc de la serviciu din cauza unei probleme de familie. Pe urmă am sunat la Scott și am lăsat un mesaj în care îi spuneam că Gideon n-avea să ajungă la nouă, poate chiar deloc. I-am cerut să mă sune ca să putem vorbi despre asta.

Speram să-l fac pe Gideon să rămână acasă toată ziua, deși mă îndoiam că avea să fie de acord. Aveam nevoie de un timp petrecut împreună. De un timp în care să ne vindecăm.

Mi-am recuperat apoi telefonul din hol și l-am sunat pe Angus, care a răspuns îndată.

– Bună dimineața, doamnă Cross! Sunteți gata, dumneavoastră și domnul Cross?

– Nu, Angus, deocamdată rămânem acasă. Nu știu dacă o să plecăm azi undeva. Mă întrebam însă dacă știi cumva de unde ia Gideon sticlele de băutură contra mahmurelii?

– Sigur că da. Aveți nevoie de una?

– S-ar putea să aibă nevoie Gideon, când se trezește. Dacă va fi cazul, aș vrea să am una la îndemână pentru el.

Angus rămase tăcut câteva clipe.

– Nu vă supărați că vă întreb, zise el apoi, cu accentul scoțian și mai pronunțat, asta are cumva de-a face cu vizita pe care i-a făcut-o aseară domnul Vidal?

Mi-am dus mâna la frunte, căci simțeam cum se pregătește să izbucnească o migrenă.

– Da, întru totul cu asta.

– Chris îl crede? întrebă el încetișor.

– Da.

– A, de-asta, oftă el. Flăcăul n-a fost pregătit pentru asta. El nu știe decât să nege, numai cu asta se poate descurca.

– I-a fost tare greu.

– Da, sigur că i-a fost. E bine că te are pe tine, Eva. Să știi că face ce e bine pentru el, chiar dacă lui s-ar putea să-i ia o vreme până să-și dea seama. Mă duc să-ți aduc sticla aia.

– Mulțumesc.

După ce am terminat și cu asta, m-am apucat să fac un pic de curățenie. Am spălat mai întâi carafa și paharul pe care l-am găsit în bucătărie, după care am luat mătura și fărașul și m-am dus în hol, să strâng cioburile. Am vorbit cu Scott, care m-a sunat când strângeam toate prostiile care-mi căzuseră din geantă, iar după ce am închis, m-am apucat să curăț petele uscate de coniac care împroșcau pereții și podeaua în hol.

În noaptea trecută, Gideon spusese că se simte rupt în bucăți. Iar eu nu voiam să se trezească și să-și găsească casa în halul ăsta.

Casa noastră, m-am corectat singură. Casa noastră. Trebuia să încep să gândesc în felul acesta. Și așa trebuia să facă și Gideon. Era cazul să avem o discuție despre felul în care încercase să mă dea afară. Dacă eu aveam să mă străduiesc mai mult ca să ne împletim viețile, atunci și el trebuia să facă la fel.

Mi-aș fi dorit să am pe cineva cu care să pot discuta despre toate astea, un prieten care să mă asculte și care să-mi dea sfaturi bune. Cary sau Shawna. Poate chiar și Steven, care avea un fel de-a fi datorită căruia îmi era foarte ușor să-i vorbesc. Ce-i drept, îl aveam amândoi pe doctorul Petersen, dar nu era același lucru.

Deocamdată, eu și Gideon aveam secrete pe care ni le puteam împărtăși doar unul altuia, iar asta ne făcea să fim izolați și într-o relație de codependență. Cei care ne abuzaseră nu ne răpiseră doar inocența;

ne răpiseră și libertatea. Chiar dacă abuzului i se pusese capăt cu multă vreme în urmă, încă eram închiși în cușcă de fațadele false în spatele cărora trăiam. Eram încă ținuți prizonieri ai unor minciuni, dar într-un mod diferit.

Abia terminasem de șters toate petele de pe oglinda din lift, când acesta a început să coboare cu mine înăuntru. Eram doar în tricou și chiloței.

– Pe bune? am mormăit, scoțându-mi mănușile de curățat ca să-mi aranjez un pic părul. După ce mă tăvălisem toată noaptea cu Gideon, arătam ca epava perfectă.

Ușile s-au deschis și Angus a dat să intre, oprindu-se însă cu piciorul în aer când m-a zărit. Mi-am schimbat poziția, încercând să ascund sfoara care rămăsese legată de bara de sprijin din spatele meu. Gideon îmi tăiase legăturile cu foarfeca, eliberându-mă, dar lăsase acolo dovada.

– Ăăă, bună, am bâiguit, foindu-mă stânjenită.

N-avea nici un rost să-i explic lui Angus cum de eram în lift, aproape dezbrăcată, cu mănuși galbene de curățenie în mână, când el chemase liftul ca să urce. Și, ca să fie dezastrul total, aveam buzele atât de roșii și de umflate după orele nesfârșite în care mă sărutasem cu Gideon, că n-aveam absolut deloc cum să ascund cu ce mă îndeletnicisem toată noaptea.

În ochii albaștri ai lui Angus strălucea o luminiță de amuzament.

– Bună dimineața, doamnă Cross!

– Bună dimineața, Angus, am răspuns, cât de demn puteam în situația dată.

El îmi întinse o sticlă cu „tratament" pentru mahmureală, despre care eram destul de sigură că era doar o combinație de alcool și vitamine lichide.

–Poftim!

–Mulțumesc, am răspuns, din toată inima; în mulțumirea mea se adăuga și recunoștință pentru că nu pusese nici o întrebare.

–Sunați-mă dacă aveți nevoie de ceva. O să fiu prin preajmă.

–Ești cel mai bun, Angus, am răspuns și m-am întors sus. Când ușile liftului s-au deschis, am auzit sunând telefonul din casă.

Am luat-o la goană să răspund, alunecând în bucătărie în picioarele goale ca să ridic receptorul, sperând că zgomotul nu-l trezise pe Gideon.

–Alo?

–Eva, sunt Arash. Cross e cu tine?

–Da. Cred că încă doarme. Stai să văd.

Și am ieșit în hol.

–Nu-i bolnav, nu? El nu se îmbolnăvește niciodată.

–Pentru orice există o primă dată.

Am băgat ușor capul pe ușa dormitorului și l-am văzut pe soțul meu răspândit magnific în tot patul, strângând în brațe perna mea, cu fața îngropată în ea. Am intrat în vârful picioarelor și am lăsat sticla antimahmureală pe noptieră, după care am ieșit la fel de încet precum intrasem, închizând ușa în urma mea.

–Doarme dus, am șoptit.

–Uau! Bine, schimbare de plan. Am niște documente pe care trebuie să le semnați amândoi până la ora patru, în după-amiaza asta. O să vi le trimit printr-un curier. Sună-mă când terminați cu ele și o să trimit eu pe cineva să le ia înapoi.

–Eu trebuie să semnez ceva? Despre ce e vorba?

–Nu ți-a spus? chicoti el. Bine, atunci n-o să stric surpriza. O să vezi când le primești. Sună-mă dacă ai vreo nelămurire.

–În regulă, mersi, am oftat eu încetișor.

Apoi am închis și am rămas cu privirea ațintită spre ușa dormitorului. Ce mai punea la cale Gideon? Mă înnebunea când vedeam că pune lucrurile în mișcare și rezolva tot felul de probleme fără să discute cu mine despre ele.

Telefonul meu începu să sune din bucătărie. Am luat-o iar la fugă prin living și m-am uitat să văd cine e. Numărul nu mi-era cunoscut, însă era fără îndoială din New York.

–Of, Doamne, am mormăit, simțindu-mă de parcă aș fi muncit toată ziua, deși nu era decât zece și jumătate dimineața. Cum naiba reușea Gideon să se miște în atâtea direcții deodată?

–Alo?

–Eva, sunt tot Chris. Sper că nu te superi că mi-a dat Ireland numărul tău.

–Nu, e în regulă. Eu îmi cer scuze că nu te-am sunat mai devreme. Nu voiam să-ți faci griji.

–Asta înseamnă că se simte bine?

–Nu. A fost o noapte grea, am răspuns, așezându-mă pe unul dintre scaunele de bar.

–Am sunat la el la birou. Mi-a spus că nu vine în dimineața asta.

–Suntem acasă. El încă doarme.

–Atunci, înseamnă că e de rău, zise el.

Îl cunoștea pe soțul meu. Gideon era un om care avea obiceiuri clare, viața lui era rigid ordonată și compartimentată. Orice deviere de la programul prestabilit era atât de rară, că devenea motiv de îngrijorare.

– O să-și revină, l-am asigurat. O să am eu grijă de asta. Are doar nevoie de timp.

– Pot să te ajut cu ceva?

– Dacă o să fie cazul, o să-ți spun.

– Mulțumesc, zise el cu glas obosit și îngrijorat. Mulțumesc că îmi spui ceva și că ești acolo pentru el. Aș fi vrut să fiu acolo când s-a întâmplat. Va trebui să trăiesc cu faptul că n-am fost.

– Toți trebuie să trăim cu asta. Nu e vina ta, Chris. Știu, asta nu ușurează povara, dar trebuie să nu uiți asta, altfel, o să te distrugi singur. Și n-o să-i fie de nici un ajutor lui Gideon.

– Eva, ești mai înțeleaptă decât ar zice vârsta ta. Mă bucur că te are pe tine.

– Ba eu am avut noroc cu el, am răspuns încetișor. Foarte mare.

După ce am închis telefonul, gândul mi-a zburat la mama. Faptul că vedeam prin ce trecea Gideon mă făcea s-o apreciez și mai mult. Ea stătuse lângă mine, luptase pentru mine. Și ea se simțea vinovată, iar asta o făcea să fie exagerat de protectoare, aproape în pragul nebuniei, dar exista o parte în mine care nu era la fel de distrusă ca Gideon, iar asta numai datorită iubirii ei.

Am hotărât să o sun, iar mama a răspuns imediat.

– Eva! Mă eviți în mod deliberat. Cum pot să mă apuc de pregătirea nunții dacă nu-mi dai informații? Trebuie luate atâtea decizii și, dacă o să iau vreuna greșită, tu o să...

–Bună, mamă, am întrerupt-o. Ce mai faci?

–Sunt stresată, răspunse ea, cu o notă destul de acuzatoare în glasul ei voalat de la natură. Cum aș fi altfel? Planific de una singură una dintre cele mai importante zile din viața ta și...

–Mă gândeam că am putea să ne întâlnim sâmbătă și să punem totul la cale, dacă ai timp.

–Serios? Plăcerea și speranța din vocea ei mă făceau să mă simt vinovată.

–Da, serios.

Mă gândisem până atunci la a doua nuntă ca fiind mai degrabă destinată mamei mele mai mult decât oricui altcuiva, însă mă înșelam. Nunta aceasta era importantă și pentru mine și Gideon, căci era încă o ocazie de a ne afirma legătura indisolubilă. Nu ca să vadă lumea, ci numai și numai pentru noi doi.

El trebuia să înceteze să mai facă orice ca să mă protejeze, în timp ce eu trebuia să nu-mi mai fac griji că aveam să dispar în clipa când voi deveni doamna Gideon Cross.

–Ar fi minunat, Eva! Am putea să luăm prânzul aici, împreună cu tipa care se ocupă de planificarea nunților. Să ne dedicăm după-amiaza cântăririi tuturor opțiunilor.

–Mamă, vreau ceva mic. Ceva intim. Și, înainte ca ea să înceapă să mă contrazică, i-am prezentat soluția cu care venise Gideon: Putem să ne facem de cap cât vrei cu recepția, dar vreau ca nunta să aibă loc într-un cadru privat.

–Eva, oamenii o să se simtă jigniți dacă îi inviți la recepție, dar nu la ceremonie!

– Sincer, nu-mi pasă deloc. Nu mă mărit pentru ei. Mă mărit pentru că sunt îndrăgostită de bărbatul visurilor mele și o să ne petrecem restul vieții împreună. Și nu vreau să mi se distragă vreun pic atenția de la asta.

– Draga mea... oftă ea, ca și cum n-aș fi priceput nimic. O să mai vorbim sâmbătă despre asta.

– Bine. Dar să știi că nu mă răzgândesc.

În clipa aceea am simțit un fior pe spate și m-am întors.

Gideon stătea chiar în pragul bucătăriei și se uita la mine. Își trăsese pe el pantalonii de trening de noaptea trecută, iar părul îi era încă umed după somn; nu avea ochii deschiși cu totul.

– Trebuie să închid, i-am zis mamei. Ne vedem în weekend. Te iubesc!

– Și eu te iubesc, Eva. De asta vreau doar ce-i mai bun pentru tine.

Am închis, mi-am pus telefonul pe blat și, răsucindu-mă ca să mă ridic de pe scaun, m-am întors spre el.

– Bună dimineața!

– Nu ești la serviciu, zise el, cu glasul ceva mai răgușit, mai sexy decât de obicei.

– Nici tu.

– Te duci mai târziu?

– Nu. Și nu te duci nici tu, l-am anunțat, îndreptându-mă spre el și cuprinzându-i mijlocul cu brațele. Era încă plin de căldura patului. Visul meu întruchipat, somnoros și senzual. O să tragem chiulul azi, asule. Doar tu și cu mine, o să lenevim, în pijama, relaxându-ne.

El îmi cuprinse mijlocul cu un braț, iar cu mâna cealaltă îmi dădu părul de pe față.

– Nu ești supărată.

– De ce-aș fi? am zis și m-am ridicat pe vârfuri ca să-l sărut pe obraz. Tu ești supărat pe mine?

– Nu, răspunse el, apucându-mă de ceafă și lipindu-mi obrazul de al lui. Mă bucur că ești aici.

– Mereu o să fiu aici. Până când moartea ne va despărți.

– Făceai planuri pentru nuntă.

– Ai auzit, nu? Dacă ai vreo cerere, spune-mi acum sau pe veci să taci.

El rămase tăcut o vreme destul de îndelungată, cât să-mi dau seama că nu avea nimic de adăugat. Mi-am întors capul și l-am sărutat rapid și blând pe buze.

– Ai văzut ce ți-am lăsat lângă pat?

– Da, mulțumesc, răspunse el, cu o umbră de zâmbet pe față.

Arăta ca un bărbat care avusese parte de-o partidă de sex pe cinste, iar asta mă umplea de mândrie feminină.

– Te-am eliberat și pe tine de îndatoririle de la muncă, dar Arash a zis că trebuie să ne trimită niște hârtii. N-a vrut să-mi spună despre ce e vorba.

– Cred că va trebui să aștepți și să afli.

– Cum te simți? l-am întrebat, trecându-mi degetele peste fruntea lui.

– Nu știu. Ridică din umeri. În momentul acesta mă simt ca dracu'.

– Hai să vedem ce-i cu baia aia pe care ai sărit-o aseară.

– Mmm, deja mă simt ceva mai bine.

Luându-l de mână, am pornit spre dormitor.

*

–Vreau să fiu bărbatul visurilor tale, îngeraș, spuse el, luându-mă prin surprindere. Vreau asta mai mult decât orice altceva pe lume.

Mi-am întors privirea spre el.

–Aveai deja calitatea asta în bagaj.

Mă uitam la contractul din fața mea cu inima bătând cu putere; simțeam o combinație amețitoare de iubire și încântare. Mi-am ridicat privirea peste măsuță când Gideon intră în cameră, cu părul încă ud după baie și cu picioarele lungi în pantaloni de pijama din mătase.

–Cumperi casa din Outer Banks? am întrebat, simțind nevoia să-mi confirme, deși aveam dovada chiar în fața mea.

Buzele lui senzuale se curbară într-un zâmbet.

–Cumpărăm casa. Am căzut de acord că așa o să facem.

–Am discutat despre asta.

Prețul cu care se făcuse învoiala era un pic cam amețitor, ceea ce-mi dădea de înțeles că proprietarii se lăsaseră foarte greu. Și le ceruse să-i dea și un exemplar din *Naked in Death* odată cu proprietatea, ca și mobilele din dormitorul principal. Mereu se gândea la toate.

Gideon se așeză pe canapea, lângă mine.

–Acum, facem ceva în privința asta.

–Dar Hamptons e mai aproape. Sau Connecticut.

–E doar la o aruncătură de băț cu avionul, spuse el, ridicându-mi bărbia ca să mă sărute. Nu-ți bate capul cu logistica, murmură. Am fost fericiți acolo, pe plaja aceea. Încă am în minte imaginea ta mergând pe țărm. Îmi amintesc cum te-am sărutat pe terasă... cum te-am țintuit pe patul acela mare și alb. Păreai un înger, iar pentru mine locul acela a fost un paradis.

– Gideon! am exclamat, lipindu-mi fruntea de a lui. Îl iubeam atât de mult! Unde trebuie să semnez?

El se dădu înapoi și luă contractul, descoperind primul marcaj galben care arăta unde se semnează. Apoi își aruncă privirea pe măsuță și se încruntă.

– Unde e stiloul meu?

– Am eu unul în geantă, am zis ridicându-mă.

El însă mă prinse de încheietură, trăgându-mă la loc.

– Nu. Îmi trebuie stiloul meu. Unde e plicul în care au fost aduse astea?

L-am văzut pe jos, între canapea și masă, acolo unde îl aruncasem în clipa când înțelesesem ce trimisese Arash. L-am luat și mi-am dat seama că mai avea ceva în el, așa că l-am scuturat deasupra mesei, ca să iasă restul conținutului. Un stilou se izbi de sticla de pe masă, împreună cu o fotografie mică.

– Așa e mai bine, zise el, luând stiloul și depunându-și semnătura pe linia punctată. În timp ce el parcurgea restul paginilor, eu am luat fotografia și mi s-a strâns inima.

Era fotografia lui și a tatălui său pe plajă, cea de care îmi povestise când eram în Carolina de Nord. Era mic, probabil că n-avea mai mult de patru-cinci ani, și era încruntat tot de concentrare, ajutându-și tatăl să construiască un castel de nisip. Geoffrey Cross stătea lângă fiul său, cu părul negru răvășit de briza oceanului, frumos ca un star de cinema. Era doar în slip, lăsând la vedere un trup foarte asemănător cu cel de azi al lui Gideon.

–Uau! am șoptit, știind deja că aveam să fac copii ale acestei imagini și că o să le pun în ramă pentru fiecare dintre locurile unde trăiam. Îmi place la nebunie.

–Aici! zise el, împingând contractul spre mine, cu stiloul pe el.

Am pus jos fotografia și am luat stiloul, răsucindu-l; pe el am văzut gravate inițialele GC.

–Ești cumva superstițios?

–A fost al tatălui meu.

–Oh! am exclamat, ridicându-mi ochii spre el.

–El semna totul cu ăsta. Nu se ducea nicăieri fără să-l aibă în buzunar, adăugă el, dându-și părul de pe față. Cu stiloul ăsta ne-a distrus numele.

Mi-am pus mâna pe coapsa lui.

–Iar tu îi redai demnitatea cu același stilou. Am priceput.

El îmi atinse ușor obrazul cu degetele, privindu-mă blând, cu ochi strălucitori.

–Știam că o să înțelegi.

Capitolul 15

– Dormitorul principal pentru el și ea – un clasic, zâmbi Blaire Ash, în timp ce creionul îi aluneca peste caietul mare de schițe prins de o tablă.

Își ridică privirea, lăsând-o să rătăcească prin dormitorul Evei din penthouse, cel pe care îl pusesem să-l aranjeze astfel încât să arate exact ca dormitorul ei din apartamentul din Upper West Side.

– Cât de mare e schimbarea pe care v-o doriți? se interesă designerul. Vreți să o luați de la zero sau vreți doar să faceți schimbările structurale cele mai ușoare, ca să combinați cele două camere?

Am lăsat-o pe Eva să răspundă. Mie mi-era greu să iau parte la asta, știind că nici unul dintre noi nu dorea cu adevărat schimbarea asta. În curând, casa noastră avea să reflecte cât eram de distrus și cât de mult ne afecta acest lucru căsătoria. Tot exercițiul acesta era ca un cuțit înfipt în mine.

Ea îmi aruncă o privire, după care spuse:

– Cum ar arăta dacă am alege calea cea mai ușoară?

Ash zâmbi, arătându-și dinții ușor strâmbi. Era un bărbat atrăgător – cel puțin așa mă asigurase Ireland – și era îmbrăcat în combinația lui obișnuită de blugi rupți și tricou, pe sub un pulover de firmă. Sincer să fiu, felul în care arăta mă lăsa cât se poate de rece. Nu-mi păsa decât de talentul lui, pe care îl admiram îndeajuns încât să-l angajez ca să-mi decoreze atât biroul, cât și casa. Ceea ce nu-mi plăcea era felul în care se uita la soția mea.

– Păi am putea să modificăm planul băii și să deschidem o arcadă în peretele acesta, unind astfel în mod eficient cele două camere prin baie.

– Exact ce ne trebuie, zise Eva.

– Clar. Este rapid și eficient, iar construcția propriu-zisă n-o să fie prea șocantă pentru traiul vostru. Sau, continuă el, aș putea să vă mai arăt alte câteva soluții.

– Cum ar fi?

El se mută lângă ea, atât de aproape, că îi atingea umărul cu umărul său. Ash era aproape la fel de blond ca Eva, iar priveliștea pe care o ofereau împreună, când își apropie capul de al ei, era șocantă.

– Dacă lucrăm cu planul în pătrat al tuturor celor trei dormitoare și al băii principale, replică el, adresându-i-se doar ei, ca și cum eu n-aș fi fost de față, v-aș putea face un apartament principal echilibrat în ambele părți. Amândouă dormitoarele ar avea aceeași mărime, cu partea ei și a lui învecinându-se cu birourile – sau saloanele, dacă preferi.

– Oh! făcu ea, mușcându-și absentă buza de jos o clipă. Nu-mi vine să cred că ai schițat asta așa de repede.

El îi făcu cu ochiul.

– Repede și clar, asta e deviza mea. Și să-mi fac slujba așa de bine, încât să te gândești din nou la mine când vrei s-o faci din nou.

Mă sprijineam de zid, cu brațele încrucișate, privindu-i. Eva părea că nu-și dă seama de vorbele cu dublu înțeles ale designerului. Eu însă eram mai mult decât conștient de ele.

Telefonul fix începu să sune, iar ea înălță capul, uitându-se la mine.

– Pun pariu că a venit Cary.

– Ce-ar fi să răspunzi, îngeraș? am zis, tărăgănat. Poate ar trebui să te duci după el ca să-l aduci sus și să-i împărtășești și entuziasmul tău.

– Da, chiar așa! Și, în timp ce ieșea grăbită din încăpere, ea își trecu o mână peste brațul meu, o atingere fugară care mă făcu să mă cutremur tot.

M-am îndreptat apoi, concentrându-mi atenția spre Ash.

– Flirtezi cu soția mea.

El se îmbățoșă brusc, iar zâmbetul îi dispăru de pe față.

– Îmi pare rău. N-am avut nici un gând ascuns. Nu vreau decât ca domnișoara Tramell să se simtă în largul ei.

– Mă ocup eu de ea. Tu să-ți faci griji în legătură cu mine.

Nu mă îndoiam că-și pusese întrebări în legătură cu aranjamentele despre care discutam cu el ca să le facă. Orice om care le-ar fi văzut și-ar fi pus asemenea întrebări. Ce bărbat cu sânge fierbinte, în toate mințile, ar fi avut o soție ca Eva, dar nu numai că n-ar fi dormit în același pat cu ea, ci chiar în dormitoare separate?

Cuțitul se mai înfipse puțin în rană, ba se mai și răsuci.

– Bineînțeles, domnule Cross, răspunse el, uitându-se acum fără expresie la mine.

– Acum, să vedem ce schițe ai făcut până acum.

– Ce părere ai? întrebă Eva, în timp ce ronțăia pizza cu pepperoni și busuioc. Se sprijinea de blat în bucătărie, cu un picior îndoit; alesese să stea în picioare, față în față cu mine și cu Cary, care stăteam pe scaun.

Am cântărit o clipă ce să răspund.

– Adică ideea unui apartament principal cu două părți în oglindă e încântătoare, continuă ea, ștergându-se la gură cu un șervețel, dar dacă facem doar ce e mai ușor, o să terminăm mai repede. În plus, într-o zi o să putem închide peretele din nou, dacă vrem să folosim camera pentru altceva.

– De exemplu, o cameră pentru copii, zise Cary, care își presăra ardei roșu pisat pe bucata lui.

Mi-a dispărut orice poftă de mâncare și am aruncat bucata pe care o mâncam în farfuria de carton. În ultima vreme, nu-mi mai priise deloc să mănânc pizza acasă.

– Sau o cameră de oaspeți, îl corectă Eva. Mi-a plăcut ce-ai discutat cu Blaire despre apartamentul tău.

Cary îi aruncă o privire urâtă.

– Da, ai parat bine.

– Știi ce, tu oi fi având bebeluși în minte, dar noi, ceilalți, avem altele de care să ne ocupăm mai întâi.

Ea spunea exact ce-ai fi vrut s-o văd că spune, dar...

Oare Eva îmi împărtășea temerile? Poate că mă luase de bărbat pentru că nu se putuse abține, însă punea linie dacă era vorba să mă accepte ca tată al copiilor ei.

Mi-am dus farfuria la gunoi și am aruncat-o.

– Trebuie să dau câteva telefoane. Rămâi aici, i-am zis lui Cary, stai cu Eva.

El dădu din cap.

– Mulțam!

Apoi am ieșit din bucătărie și am traversat livingul.

– Deci așa, începu Cary, înainte să mă îndepărtez destul, designerului ăluia sexy i s-au aprins călcâiele după bărbatul tău, puștoaico.

– Ba nu! izbucni Eva în râs. Ești nebun.

– N-am de ce să mă cert, dar Ash abia dacă ți-a aruncat o privire toată seara, în schimb nu și-a luat ochii de la Cross.

Am pufnit în râs. Ash înțelesese mesajul, iar asta îmi întărea credința în inteligența lui. Cary putea să creadă ce-i trecea prin cap.

– Ei bine, dacă ai dreptate, răspunde ea, atunci trebuie să-i admir gusturile.

Am străbătut coridorul și am intrat în birou, iar privirea mi s-a oprit pe colajul de fotografii ale Evei aflat pe perete.

Ea era singurul lucru pe care nu-l puteam aranja frumos într-un colț al minții. Era mereu în față, conducând orice făceam.

M-am așezat la birou și m-am apucat de lucru, sperând să recuperez cât mai mult, pentru ca restul săptămânii să nu fie dat cu totul peste cap. Am avut nevoie de ceva vreme ca să mă concentrez pe muncă, dar când am reușit, m-a cuprins ușurarea. Era bine să mă pot concentra asupra unor probleme pentru care existau soluții concrete.

Avansam binișor, când am auzit un țipăt din living. Părea să fie vocea Evei. M-am oprit, ciulind urechile. Câteva clipe, nu s-a auzit nimic, dar apoi țipătul s-a repetat, urmat de glasul ridicat al lui Cary. M-am dus la ușă și am deschis-o.

–Poți să vorbești cu mine, Cary! zicea Eva, furioasă. Poți să-mi spui ce se petrece.

–Știi prea bine ce dracu' se petrece, răspunse el, iar furia din glasul lui mă făcu să ies din birou.

–Nu știam că ai început iar să te tai!

M-am îndreptat spre hol. Eva și Cary se înfruntau în living, uitându-se urât unul la altul din colțuri opuse ale încăperii.

–Nu e treaba ta, zicea el, cu umerii înălțați și bărbia ridicată defensiv. Nici a ta, adăugă văzându-mă și pe mine.

–Nu te contrazic, am răspuns, deși nu era chiar adevărat. Nu era treaba mea cât de autodestructiv era Cary; dar mă privea cât de mult o afecta asta pe Eva.

–Rahat! E un ditamai rahatul! Eva se uită la mine, de parcă ar fi vru să mă bage și pe mine în discuția lor, după care își îndreptă iar privirea spre Cary. Credeam că ai stat de vorbă cu doctorul Travis.

–Și când am eu timp de asta? se răsti, dându-și cu violență părul de pe frunte. Sunt împărțit între muncă și Tat, ca să nu mai vorbesc că încerc să-l păstrez și pe Trey, așa că nici timp să dorm nu mai am!

–Asta e alegerea ta, clătină Eva din cap.

–Nu-mi ține mie prelegeri, puștoaico, replică el. N-am nevoie de aiurelile tale acum.

–O, Doamne! exclamă ea, dându-și capul pe spate. De ce dracu' bărbații din viața mea țin cu tot dinadinsul să mă alunge când au cea mai mare nevoie de mine?

–Nu știu ce să zic de Cross, dar pentru mine n-ai mai fost disponibilă. Mă descurc cum pot cu ceea ce am.

–Nu-i cinstit! exclamă ea. Trebuie să-mi spui când ai nevoie de mine. Nu sunt o afurisită de cititoare de gânduri!

M-am răsucit pe călcâie și am ieșit. Aveam problemele mele de rezolvat. Când Eva avea să fie pregătită, urma să vină la mine și atunci aveam s-o ascult, fiind atent ca nu cumva să-i dezvălui prea mult ce părere am despre asta.

Știam că nu voia să audă că eu eram de părere că i-ar fi mai bine fără Cary.

Lumina zorilor se furișase pe pat și i se revărsa Evei pe plete în somn, iar șuvițele blonde și atât de moi străluceau ca aurul șlefuit, ca și cum ele ar fi fost izvorul luminii. Avea o mână ușor îndoită pe pernă, lângă chipul ei minunat, în vreme ce pe cealaltă și-o cuibărise între sâni. Cearșaful alb o acoperea de la șold până la coapse, iar picioarele bronzate îi rămăseseră dezgolite, căci așternuturile erau încurcate, așa cum adormiserăm în ele.

Nu sunt un tip cu gânduri ciudate, dar în clipa aceea soția mea arăta exact ca un înger, așa cum credeam că e. Am luat aparatul și l-am îndreptat spre imaginea priveliștea ei, dorindu-mi să-i păstrez imaginea pe vecie.

Declanșatorul scoase un sunet, făcând-o să se miște și să-și întredeschidă buzele. Am făcut încă o poză, mulțumit că luasem un aparat care putea să o arate în toată frumusețea ei.

Genele începură să i se zbată apoi și deschise ochii.

–Ce faci, asule? mă întrebă, cu un glas la fel de încețoșat ca și ochii ei cenușii.

Am pus aparatul de fotografiat pe dulap și m-am dus în pat lângă ea.

–Te admiram.

–Cum te simți azi? mă întrebă ea, zâmbind.

–Mai bine.

–Mai bine e bine, zise și se răsuci să-și ia bomboanele pentru respirație proaspătă. Când se întoarse la mine, mirosind a scorțișoară, mă măsură din priviri. Ești gata să te iei la trântă cu lumea azi, așa e?

–Mai degrabă aș sta acasă cu tine.

Ea își îngustă privirea.

–O spui doar așa, de chestie. Te mănâncă palmele să te întorci la dominarea lumii.

–Cât de bine mă cunoști! am zis, aplecându-mă s-o sărut pe vârful nasului.

Nu încetam să fiu uluit de cât de bine mă cunoștea. Nu-mi găseam astâmpărul, eram un pic cam instabil. Dacă mă apucam de lucru – dacă vedeam că se fac progrese concrete în oricare dintre proiectele pe care le supravegheam personal – urma să mă liniștesc. Cu toate acestea, am insistat:

–Aș putea să lucrez de acasă în timpul dimineții și pe urmă să-mi petrec după-amiaza cu tine.

–Dacă vrei să vorbești, o să rămân acasă, se opuse ea, clătinând din cap. Altfel, trebuie să mă întorc și eu la slujbă.

–Dacă ai lucra cu mine, și tu ai putea să lucrezi de acasă.

–Ți-ar plăcea să mă împingi la asta, nu? Pe calea asta vrei s-o iei?

M-am întors pe spate, cu brațul peste ochi. În ziua precedentă nu mă presase deloc, și știam că n-avea s-o facă nici azi. Nici mâine. Ca și doctorul Petersen, aștepta răbdătoare să mă deschid. Dar simplul fapt că știam că mă așteaptă era deja o presiune pentru mine.

–N-am nimic de spus, am mormăit. S-a întâmplat. Acum, știe și Chris. Faptul că vorbesc despre asta n-o să schimbe absolut nimic.

Am simțit-o că se întoarce spre mine.

–Nu contează discuția despre lucrurile întâmplate în sine, ci ceea ce simți în legătură cu ele.

–Nu simt nimic. M-a... uimit. Mie nu-mi plac surprizele. Am trecut peste asta.

–Rahat! exclamă ea, dându-se jos din pat atât de repede, că n-am putut s-o opresc. Dacă ai de gând să-mi torni gogoși, mai bine taci din gură!

M-am ridicat și eu în capul oaselor, uitându-mă cum dă ocol patului; nici măcar faptul că-și ținea umerii țepeni acum nu-i răpea cu nimic din uluitoarea frumusețe. Nevoia de ea pe care o aveam îmi zvâcnea continuu prin vene, atât de ușor de ațâțat de temperamentul ei sălbatic, de latinoamericană, care mă făcea să tânjesc nerăbdător, fără să-mi găsesc liniștea.

Auzisem odată pe cineva spunând că soția mea era la fel de uluitoare ca și mama ei, dar nu eram de acord.

Monica Stanton era o frumusețe rece, care lăsa impresia că e oarecum imposibil să fie atinsă. Eva era însă numai foc și senzualitate – puteai să o atingi, însă patima ei avea să te pârjolească.

Am sărit din pat și am înhățat-o pe neașteptate chiar înainte să intre în baie, apucând-o de braț.

–Nu pot să mă cert cu tine acum, i-am spus sincer, scrutându-i adâncimile ochilor în care se citea furtuna. Dacă nu suntem în armonie, n-o să pot să rezist azi.

–Atunci, nu-mi spune că ai trecut peste asta, când te lupți din răsputeri să nu te frângi!

–Nu știu ce să fac în privința asta, am mormăit frustrat. Nu știu cum poate să schimbe ceva faptul că știe și Chris.

–Își face griji pentru tine, zise ea, cu bărbia înălțată. Ai de gând să-l suni?

Mi-am ferit privirea. Mi se întorcea stomacul pe dos numai când mă gândeam să-l văd din nou pe tatăl meu vitreg.

–O să vorbesc cu el mai încolo. La urma urmelor, conducem o afacere împreună.

–Dar preferi să-l eviți. Spune-mi de ce!

M-am îndepărtat de ea.

–Eva, n-o să devenim acum, brusc, cei mai buni prieteni. Și înainte ne întâlneam rar, și nu văd de ce s-ar schimba ceva în privința asta.

–Ești supărat pe el?

–Doamne, de ce-ar trebui să-mi bat eu capul să-l fac să se simtă mai bine?

Și m-am îndreptat spre duș, dar ea mă urmă.

–Nu există nimic care să-l facă se simtă mai bine, și nici nu cred că așteaptă asta de la tine. Vrea doar să știe că ți-ai revenit.

Am intrat în cabina de duș și am deschis robinetul. Ea îmi puse o mână pe spate.

–Gideon... nu poți să-ți încui sentimentele într-o cutie, dacă nu vrei să mai ai parte de o explozie precum cea de ieri noapte. Sau de încă un coșmar.

Referirea la coșmarurile mele neîncetate m-a făcut să mă răsucesc spre ea.

–În ultimele două nopți ne-a fost foarte bine!

Eva nu se dădea înapoi din fața crizelor mele de furie, așa cum făceau ceilalți, iar asta mă exaspera și mai tare. Iar faptul că-i vedeam în oglinzi miliarde de reflexii ale trupului său gol nu-mi era de nici un ajutor.

–Marți noapte n-ai dormit, mă provocă ea. Iar azi-noapte erai așa de epuizat, că mă îndoiesc că ai mai visat ceva.

Nu știa că dormisem o parte din noapte în celălalt dormitor și nici nu vedem nici un motiv să-i spun.

–Și ce vrei să zic?

–Dar nu e vorba de mine! Gideon, te ajută dacă vorbești despre cele întâmplate. Dacă le expui, asta ne ajută să găsim o perspectivă.

–Perspectivă? Asta am, și încă din plin. N-aveam cum să iau drept altceva mila care se citea alaltăieri pe chipul lui Chris. Sau pe-al tău! N-am nevoie să-i fie nimănui milă de mine, fir-ar să fie! N-am nevoie de nenorocita aia de vinovăție a lor.

–Nu pot să vorbesc pentru Chris, răspunse ea încruntată, dar pe fața mea n-ai văzut milă, Gideon. Compătimire, poate, pentru că știu ce simți. Și fără îndoială durere, pentru că inima mea e legată de a ta. Când suferi, sufăr și eu. Va trebui să înveți să te obișnuiești cu asta, pentru că te iubesc și n-am de gând să mă opresc.

Vorbele ei se înfigeau în mine ca niște cuțite. Am întins o mână, apucându-mă de marginea de sticlă a cabinei de duș.

Înmuiată, ea veni spre mine, lipindu-se toată de trupul meu. Am lăsat capul în jos, umplându-mă de ea. Mirosul ei, felul în care o simțeam. Brațul ce-mi rămăsese liber i-a alunecat pe șolduri, prinzându-i în mână curbele pline ale fundului. Nu mai eram bărbatul care era când o cunoscusem. În anumite privințe, eram mai puternic, în altele, mai slab. Și mă luptam cu slăbiciunea asta. Eu nu simțeam nimic înainte. Iar acum...

–El nu te consideră slab, murmură ea cu obrazul lipit de inima mea, citindu-mi gândurile, așa cum făcea mereu. Nimeni n-ar putea să te creadă slab. După toate cele prin care ai trecut... ca să ajungi bărbatul care ești acum. *Asta* e putere, iubirea mea. Și eu sunt impresionată.

Îmi înfigeam degetele în carnea ei elastică.

–Ești părtinitoare, am șoptit. Ești îndrăgostită de mine.

–Sigur că sunt. Cum aș putea să nu fiu? Ești uluitor și perfect...

M-am încruntat.

–Perfect pentru *mine*, se corectă ea. Și, cum ești al meu, ăsta e un lucru bun.

Am întors-o cu spatele și am tras-o în duș, băgând-o sub jetul de apă caldă.

– Simt că asta a schimbat ceva, am recunoscut, însă nu știu cum.

– O să ne dăm seama împreună, zise ea, trecându-și mâinile peste umerii mei, de-a lungul brațelor. Numai nu mă mai respinge! Trebuie să încetezi să mai încerci să mă tot protejezi, și în special de tine!

– Nu pot să te rănesc, îngeraș. Nu pot să-mi asum nici un risc.

– Cum zici tu! Asule, să știi că pot să te pun la pământ dacă o iei razna.

Dacă lucrul acesta era adevărat, atunci ar fi putut fi o ușurare.

M-am hotărât să schimb subiectul, ca să evit o confruntare care mi-ar fi făcut țăndări toată ziua.

– M-am gândit la renovarea penthouse-ului.

– Schimbi subiectul.

– Am epuizat subiectul. Nu e închis, am zis, ci doar lăsat deoparte, până când o să mai apară și alte variabile cu care să lucrăm.

Ea își ridică privirea spre mine.

– De ce mă excit când te apuci să vorbești cu mine așa, ca mogulul alpha?

– Să nu-mi spui că există și momente în care nu te excit.

– Doamne, ce-aș mai vrea! Aș fi și eu o ființă mai productivă.

I-am dat părul ud de pe frunte.

– Te-ai gândit la ce vrei?

– Orice se termină cu mădularul tău în mine.

– E bine de știut. Dar eu vorbeam de penthouse.

Ea ridică din umeri, cu o luminiță poznașă în ochi.

– La fel, în oricare dintre cazuri.

*

Era genul de restaurant căruia turiștii nici măcar nu-i aruncau vreo privire. Mic, fără pic de estetică, se lăuda cu un cort de vinil care nu-l ajuta cu nimic să pară unic sau primitor. Era specializat în supe, la care cei cu apetit mai zdravăn puteau să ceară și sandviciuri. Un frigider, aflat lângă ușă, oferea doar câteva băuturi, iar la casa străveche de marcat nu se putea plăti decât cu bani gheață.

Nu, călătorii n-aveau să vină niciodată în locul ăsta condus de niște imigranți care hotărâseră că-și pot tăia și ei o bucățică din Mărul cel Mare al New Yorkului. Turiștii se îndreptau spre locuri făcute celebre de filme sau de show-uri de televiziune sau spre cele care erau presărate prin amalgamul țipător din Times Square. Însă cei din partea locului știau unde era crema cartierului și stăteau la coadă la intrare.

M-am strecurat printre cei de la coadă și m-am dus în spate, într-o cămăruță în care nu se aflau decât câteva mese cu blatul smălțuit ciobit. Un bărbat stătea singur la una dintre ele, citindu-și ziarul, în vreme ce din cana lui de supă ieșeau aburi.

Am tras scaunul din fața lui și m-am așezat.

Benjamin Clancy nici măcar n-a ridicat privirea ca să-mi vorbească.

– Ce pot face pentru tine, domnule Cross?

– Cred că îți datorez mulțumiri.

El împături tacticos ziarul și-l puse într-o parte; abia atunci ni se încrucișară privirile. Omul era solid, genul vânjos și cu mușchi. Avea părul de un blond-șaten, tuns în stil militar.

– Chiar așa? Bine, atunci accept. Deși n-am făcut-o pentru tine.

–Nici nu m-am gândit la asta, am răspuns, studiindu-l. Încă o mai supraveghezi.

Clancy încuviință cu o mișcare a capului.

–A trecut prin multe. O să am grijă să nu mai pățească nimic.

–N-ai încredere în mine că o să fac asta?

–Nu te cunosc îndeajuns încât să am încredere. După părerea mea, nici ea nu te cunoaște. Așa că o să mai fiu atent o vreme.

–O iubesc. Cred că am demonstrat cât de departe o să merg ca s-o apăr.

El se uită la mine cu privirea înăsprită.

–Unii oameni trebuie omorâți ca niște câini turbați. Alții trebuie să fie cei care să-i omoare. Pe tine n-am reușit să te includ în nici una dintre categoriile astea. Iar asta, după manualul meu, face din tine un vagabond.

–Am grijă de ceea ce-mi aparține.

–O da, sigur că ai grijă, răspunse el, zâmbind doar cu buzele. Iar eu am grijă de restul. Atâta vreme cât Eva e fericită cu tine, o să lăsăm totul așa. Dacă într-o zi o să hotărăști că ea nu e ceea ce-ți dorești, te desparți de ea frumos și cu tot respectul. Dacă o s-o rănești în vreun fel, atunci o să intri în bucluc, indiferent dacă mai sunt pe lume sau deja în mormânt. Ai priceput?

–Nu e nevoie să mă amenințí să fiu bun cu ea, dar te-am auzit.

Eva era o femeie puternică. Îndeajuns de puternică încât să supraviețuiască propriului trecut și să-și lege viitorul de al meu. Însă era și vulnerabilă, într-un fel pe care cei mai mulți nici nu-l remarcau. De asta aveam să fac orice ca să-i fiu scut; și se părea că și Benjamin Clancy simțea la fel.

M-am aplecat spre el.

–Evei nu-i place să fie spionată. Dacă o să devii o problemă pentru ea, o să mai stăm o dată la discuții.

–Ai de gând să transformi asta într-o problemă?

–Nu. Dacă ea te descoperă cumva, nu va fi pentru că i-am dat eu un indiciu. Ține minte însă că și-a petrecut toată viața uitându-se peste umăr, sufocată de mama ei. Pentru prima dată, respiră și ea în voie. Și n-o să te las să-i iei bucuria asta.

–Atunci, bănuiesc că ne înțelegem unul pe altul, zise Clancy, privindu-mă cu ochi îngustați.

Eu m-am ridicat de la masă și i-am întins mâna.

–Așa aș zice și eu.

La sfârșitul zilei, pe când îmi aranjam lucrurile pe masa de lucru, mă simțeam stăpân pe situație, liniștit.

Acolo, în biroul meu, în vârful clădirii Cross Industries, puteam să țin în frâu toate detaliile. Nu mă îndoiam de nimic și cu atât mai puțin de mine.

Totul se netezise în fața mea. Rezolvasem problemele apărute din cauză că-mi anulasem treburile miercuri, dar reușisem și să țin pasul cu ceea ce aveam de făcut joi. Cu toate că lipsisem o zi întreagă, nu mai eram în urmă.

–Am confirmat agenda pe care o aveți mâine, domnule Cross, zise Scott, intrând. Doamna Vidal se va întâlni la prânz la The Modern cu dumneavoastră și cu domnișoara Tramell.

Fir-ar! Uitasem de prânzul cu mama.

–Mulțumesc, Scott, i-am zis, ridicându-mi o clipă ochii spre el. Să ai o seară plăcută!

–Și dumneavoastră, domnule Cross. Ne vedem mâine.

Mi-am îndreptat umerii și m-am dus la fereastră, să mă uit la oraș. Lucrurile fuseseră mult mai ușoare înainte de Eva. Mai simple. În timpul zilei, copleșit de treburi, îmi lipsise o clipă simplitatea aceea.

Acum, că venise seara și aveam vreme să mă gândesc, perspectiva unor schimbări majore în casa pe care ajunsesem s-o consider refugiul meu mă necăjea mai mult decât voiam să recunosc față de Eva. Cum venea ca un capac peste celelalte presiuni personale cu care ne confruntam, mă simțeam aproape zdrobit de dimensiunea schimbărilor pe care le făceam.

Faptul că mă trezeam împreună cu Eva așa cum fusese în acea dimineață merita totul pe lume, dar asta nu însemna că nu mă luptam cu consecințele intrării ei în viața mea.

– Domnule Cross!

M-am întors, auzind glasul lui Scott, și l-am văzut în ușa biroului.

– Încă n-ai plecat.

– Tocmai mă duceam la lifturi, zâmbi el, când m-a strigat Cheryl la recepție. Jos, în hol, e o anume Deanna Johnson, care întreabă de dumneavoastră. Voiam să-mi confirmați că ar trebui să-i spun că nu mai sunteți disponibil azi.

Eram ispitit s-o refuz. Nu aveam mai deloc răbdare cu reporterii și cu atât mai puțin cu fostele iubite.

– Spune-le să-i permită să urce.

– Vreți să mai rămân?

– Nu, poți pleca. Mulțumesc.

L-am urmărit cu privirea plecând, după care am văzut-o pe Deanna. A intrat cu pași mari în birou, cu picioarele ei lungi cocoțate pe tocuri înalte; purta o fustă subțire, cenușie, până la genunchi. Părul ei negru i se revărsa pe umeri, încadrându-i fermoarul care dădea un aer obraznic bluzei cu croială tradițională pe care o purta.

Mi-a zâmbit cu toți dinții și mi-a întins mâna.

–Gideon! Îți mulțumesc că m-ai primit așa, pe neașteptate.

I-am strâns mâna scurt și cam repezit.

–Bănuiesc că nu ți-ai fi bătut capul să vii aici direct dacă n-ar fi fost ceva important.

Declarația asta era atât un fapt, cât și un avertisment. Ajunsesem la o înțelegere, dar nu avea să dureze dacă ea credea cumva că poate să exploateze legătura pe care o aveam dincolo de hotarul pe care îl pusesem deja.

–Merită priveliștea, zise ea, uitându-se la mine doar cu o secundă mai mult, înainte ca ochii să i se îndrepte spre fereastră.

–Îmi pare rău, dar am o întâlnire, așa că trebuie să terminăm repede.

–Și eu sunt grăbită.

Și, dându-și părul pe spate, se duse spre scaunul cel mai apropiat, așezându-se picior peste picior într-un fel care lăsa la iveală coapsa puternică, mai mult decât aș fi vrut să văd.

Mi-am scos telefonul, m-am uitat să văd cât e ceasul și l-am sunat pe Angus.

–O să fim gata în zece minute, i-am zis când a răspuns.

–Aduc mașina.

Am închis, apoi m-am uitat la Deanna, nerăbdător să o fac să treacă la subiect.

–Ce mai face Eva? mă întrebă ea.

–O să vină peste câteva minute. Poți s-o întrebi chiar tu.

–Oh! zise ea, privindu-mă cu un ochi ascuns de păr. Probabil că ar trebui să plec înainte să sosească. Cred că... istoria noastră o face să nu se simtă confortabil.

–Știe cum am fost, am răspunse pe un ton egal, și știe că acum nu mai sunt așa.

–Sigur că știe, dădu Deanna din cap, și sigur că nu mai ești așa, dar nici unei femei nu-i place când trecutul bărbatului ei îi este aruncat în față.

–Atunci, va trebui să ai grijă să nu faci cumva asta. Încă un avertisment. Ea scoase un dosar subțire din geantă, se ridică și se îndreptă spre mine.

–N-o s-o fac. Ți-am acceptat scuzele și apreciez gestul.

–Bine.

–Mai degrabă ar fi cazul să fii îngrijorat din cauza lui Corinne Giroux.

Am simțit că mă părăsește și ultima urmă de răbdare.

–Corinne e problema soțului ei, nu a mea.

Deanna îmi întinse dosarul. L-am luat și l-am deschis. Înăuntru era un comunicat de presă. În timp ce citeam, mi-am încleștat pumnii așa de tare, că i-am rupt marginea.

–A vândut o carte de dezvăluiri despre relația voastră, mă lămuri ea, deși nu mai era nevoie. Lansarea oficială o să fie luni dimineață, la ora nouă.

Capitolul 16

– Alții se cunosc, se cuplează, prietenii lor cârcotesc un pic, dar în general îi susțin, iar ei rămân o vreme în stadiul acesta de cuplu, pur și simplu bucurându-se unul de altul, am zis, oftând și aruncând o privire spre Gideon, care stătea lângă mine pe canapea. Noi, pe de altă parte, nu prea reușim să facem o pauză.

– La ce fel de pauze te referi? întrebă doctorul Petersen, privindu-ne cu un interes plin de simpatie.

Simpatia aceasta îmi dădea speranțe. Încă de când eu și Gideon ajunseserăm, observasem schimbarea dinamicii dintre el și doctorul Petersen. Parcă erau ceva mai relaxați, mai calmi. Ceva mai puțin crispați.

– Singurii oameni care vor cu adevărat să fim împreună sunt mama – care crede că faptul că ne iubim e un bonus pentru miliardele lui –, tatăl lui vitreg și sora lui.

– N-aș zice că e o evaluare corectă a mamei tale, spuse doctorul Petersen, lăsându-se pe spate și uitându-se drept în ochii mei. Ea vrea să fii fericită.

– Da, bine, pentru mama o mare parte din fericire este dată de securitatea financiară, lucru pe care eu pur și simplu nu-l pricep. Nu s-ar zice că a muncit vreodată din greu pentru bani, deci de ce e așa de înspăimântată să nu rămână fără nimic? Oricum... Am dat din umeri. Acum sunt pur și simplu enervată pe toată lumea. Eu și Gideon ne înțelegem de minune când suntem doar noi doi. Adică ne mai și certăm, dar trecem întotdeauna peste asta. Și am senzația că, de fiecare dată când se întâmplă așa ceva, devenim tot mai puternici.

– Din ce motive vă certați?

M-am uitat iar pe furiș la Gideon. Stătea lângă mine, absolut relaxat, arătând uluitor, plin de succes în excelentul lui costum de comandă. Pe lista de lucruri pe care voiam să le fac era și să merg cu el data viitoare când avea să-și schimbe garderoba. Voiam să-i văd pe croitori cum măsoară trupul lui uluitor, să-i văd cum aleg materialele și stilul.

Mi se părea ațâțător ca păcatul în blugi și tricou, iar în smoching îmi sucea mințile. Dar aveam mereu o slăbiciune mai ales pentru costumele din trei piese, care îi plăceau cel mai mult. Ele îmi aminteau cum arăta în clipa în care îl văzusem pentru prima dată, atât de frumos, aparent de neatins, un bărbat pe care îl dorisem cu atâta disperare, că pofta îmi anihilase până și instinctul de autoconservare.

Mi-am întors din nou privirea spre doctorul Petersen.

– Continuăm să ne certăm din pricina lucrurilor pe care nu mi le spune. Și ne certăm și când încearcă să mă îndepărteze.

El se uită la Gideon.

–Simți nevoia să menții o anumită distanță față de Eva?

Soțul meu zâmbi amar.

–Nu există nici o distanță între noi, doctore. Ea vrea să ia asupra ei tot ceea ce e iritant pentru mine, iar eu n-am de gând s-o las. Niciodată. E și așa destul de rău că unul din noi trebuie să îndure asta.

–Eu cred că asta e o tâmpenie, am replicat, uitându-mă urât la el. O parte importantă a unei relații este să împarți poverile cu altcineva. Poate că uneori nu sunt în stare să fac nimic, dar măcar pot să fiu o cutie de rezonanță. Cred că nu-mi spui anumite lucruri pur și simplu pentru că preferi să le arunci într-un colț și să uiți de ele.

–Eva, oamenii procesează informația în moduri diferite.

N-aveam de gând să înghit replica prin care Gideon încerca să închidă subiectul.

–Tu nu procesezi, ci ignori. Și eu n-o să mă resemnez niciodată cu ideea că mă dai la o parte când suferi.

–Cum te dă la o parte? se interesă doctorul Petersen.

M-am uitat la el.

–Gideon... se izolează. Pleacă în altă parte, undeva unde să fie singur. Și nu mă lasă să-l ajut.

–În ce fel pleacă în altă parte? Gideon, te izolezi emoțional? Sau fizic?

–Ambele, am răspuns eu. Se închide emoțional și pleacă fizic de acasă.

Gideon îmi luă mâna într-a lui.

–Nu pot să mă închid cu tine. Asta e problema.

–Asta nu-i o problemă!

Am clătinat din cap.

– Nu are nevoie de spațiu, i-am spus doctorului Petersen, are nevoie de mine, dar mă ține departe pentru că se teme că mi-ar putea face rău dacă procedează altfel.

– Cum ai putea să-i faci rău, Gideon?

– Este... oftă el din greu. Eva are anumite mecanisme care se declanșează. Eu mă gândesc mereu la ele. Am grijă. Dar uneori, când nu gândesc clar, e posibil să încalc limitele.

Doctorul Petersen ne privea scrutător.

– Ce limite te temi că vei încălca?

Gideon mă strânse mai tare de mână, unicul semn că era cuprins de neliniște.

– Uneori, am prea mare nevoie de ea. Pot fi aspru... pot cere prea mult. Uneori, nu am controlul de care am nevoie.

– Vorbești despre relația voastră sexuală? Dădu și el din cap, în semn de răspuns la recunoașterea tăcută a lui Gideon. Am discutat pe scurt și altă dată despre asta. Mi-ai spus că faceți sex de mai multe ori pe zi, în fiecare zi. Lucrurile au rămas la fel?

Simțeam că-mi iau foc obrajii.

– Da, răspunse Gideon, mângâindu-mi ușurel spatele palmei cu degetul mare.

Doctorul Petersen puse deoparte tableta.

– Ai dreptate dacă ești îngrijorat. Gideon, e posibil ca tu să te folosești de sex pentru a o ține pe Eva la distanță din punct de vedere emoțional. Când faceți dragoste, ea nu vorbește, iar tu nu răspunzi. Există un moment în care nici măcar nu gândești, trupul tău preia controlul, iar creierul se lasă dus de cavalcada endorfinelor. Invers, supraviețuitorii abuzurilor sexuale, cum este Eva, se folosesc de multe ori de sex ca să stabilească o legătură emoțională. Înțelegi care e problema? Poate că tu încerci să câștigi distanță prin intermediul sexului, însă Eva încearcă să se apropie în felul acesta.

– Ți-am spus deja că nu există nici o distanță, zise Gideon, aplecându-se în față și punându-mi mâna în poala lui. Nu cu Eva.

– Spune-mi, te rog, când te chinui emoțional și inițiezi o partidă de sex cu Eva, ce cauți de fapt?

M-am răsucit un pic, ca să-l pot privi pe Gideon, așteptând cu sufletul la gură răspunsul lui. Nu mă întrebasem niciodată de ce simțea nevoia să fie în mine, ci numai cum voia asta. Pentru mine, era cât se poate de simplu: el simțea nevoia și eu i-o îndeplineam.

Ochii noștri se întâlniră. Scutul care îi acoperea ochii, masca pe care o purta mereu se dăduse la o parte. Am văzut în ochii lui dorul, iubirea.

– Legătura, răspunse el. Există momentul acela. Ea se deschide, și eu... și mă deschid și eu; așa reușim. Împreună. Am nevoie de asta.

– Ai nevoie și de ceva sălbatic?

– Uneori, răspunse Gideon privindu-l. Câteodată, ea se reține. Dar pot să o fac să ajungă acolo. Ea vrea ca eu să o duc acolo, are nevoie de asta la fel ca și mine. Trebuie doar să împing. Cu grijă. Deținând controlul. Când n-am controlul, simt nevoia să mă retrag.

– Cum o împingi? întrebă Petersen calm.

– Am metodele mele.

Doctorul Petersen își îndreptă atenția spre mine.

– Gideon a mers vreodată prea departe?

Am clătinat din cap drept răspuns.

– Ți-e teamă vreodată că ar putea s-o facă?

– Nu.

Doctorul mă privea cu blândețe, cu o privire umbrită însă.

– Dar ar trebui, Eva. Amândoi ar trebui să fiți îngrijorați.

Amestecam legume și cubulețe de pui într-o mâncare cu curry pe care o pusesem pe foc, când am auzit că se deschide ușa de la intrare. Am așteptat să văd cine vine, curioasă, sperând că prietenul meu venise acasă singur.

– Miroase bine, zise Cary, în vreme ce se îndrepta spre bar, privindu-mă.

Arăta super, relaxat într-un tricou lălâu, cu anchior, și în pantaloni scurți de camuflaj. Își agățase ochelarii la gât și la încheieturi purta niște brățări mari de piele maro, care ascundeau tăieturile semănând cu niște cusături pe care le zărisem în seara trecută.

– Ai destul și pentru mine? mă întrebă.

– Doar pentru tine?

El zâmbi ștrengărește, însă îmi dădeam seama că e un pic forțat.

– Dap.

– Atunci am destul, dacă torni tu vinul.

– Te-ai făcut cu o înțelegere.

Și, venind după mine în bucătărie, se uită în cratiță peste umărul meu.

– Roșu sau alb?

– E pui.

– Atunci, alb să fie. Unde e Cross?

–Cu instructorul lui, se antrenează, am răspuns, uitându-mă cum se îndreaptă spre frigiderul de băuturi. Cum ți-a fost ziua?

–Scârboasă ca de obicei, ridică el din umeri.

–Cary! am închis aragazul și m-am întors spre el. Cu doar câteva săptămâni în urmă, erai în culmea fericirii că ai ajuns la New York și că ți se oferă slujbe. Iar acum... ești tare nefericit.

El scoase o sticlă, dând iar din umeri.

–Asta primesc pentru că mi-o trag cu toată lumea.

–Îmi pare rău că n-am fost prezentă pentru tine.

El îmi aruncă o privire în vreme ce scotea tirbușonul.

–Dar...?

–Nici un dar. Am clătinat din cap. O să spun că ai avut companie în majoritatea serilor în care ai fost acasă, așa că mi-am închipuit că de asta n-am mai vorbit la fel de mult, dar asta nu e o scuză pentru că nu ți-am întins mâna când știam că treci printr-o perioadă grea.

Cary oftă, lăsându-și capul în jos.

–N-a fost cinstit din partea mea să arunc totul în spinarea ta aseară. Știu că și Cross are propriile rahaturi și că tu îți bați capul cu asta.

–Dar asta nu înseamnă că nu sunt aici pentru tine, am zis, punându-i mâna pe umăr. Oricând o să ai nevoie de mine, spune-mi și o să vin.

El se întoarse brusc și mă îmbrățișă strâns, de-mi luă tot aerul. Iar dragostea pe care i-o purtam făcu restul, strângându-mi inima în brațe.

I-am răspuns la îmbrățișare, frecându-i ceafa cu mâna. Părul lui șaten-închis era moale ca mătasea, iar umerii tari ca piatra. Bănuiam că trebuie să fie așa, ca să susțină toată greutatea stresului care îl măcina.

Iar sentimentul de vinovăție mă făcea să-l îmbrățișez și mai strâns.

–Doamne, șopti el. Am făcut totul varză, de la un cap la altul.

–Ce se petrece?

El mă lăsă jos și se întoarse să deschidă sticla.

–Nu știu dacă sunt hormonii de vină sau altceva, dar Tat a turbat de-a dreptul. Nimic nu e prea bun. Nimic n-o face fericită și cu atât mai puțin faptul că este gravidă. Ce șanse o avea bietul băiat cu un tată ca mine și cu o divă obsedată de sine care o să-i fie mamă și care îl urăște?

–Poate e o fată, am zis, dându-i paharele pe care le scosesem din dulap.

–Doamne, nu spune asta! Sunt și așa destul de panicat, răspunse el în timp ce turna vinul în pahare până sus; îmi dădu unul mie și bău cu sete din al lui. Și mă simt ca un nemernic pentru că vorbesc așa de mama copilului meu, dar acesta e adevărul. Să mă ajute Dumnezeu, dar e adevărul adevărat.

–Sunt sigură că e doar din cauza hormonilor. Se va rezolva totul și pe urmă o să fie strălucitoare și fericită, am răspuns, bând din vin, dorindu-mi din tot sufletul ca tot ceea ce spuneam să se adeverească. I-ai spus lui Trey?

Cary clătină din cap.

–El e singurul lucru sănătos care există acum în viața mea. Dacă îl pierd, o să-mi pierd mințile.

–Până acum, a rămas cu tine.

–Și trebuie să muncesc mult pentru asta, Eva. În fiecare zi. Nu m-am străduit atât de mult în toată viața mea. Și să știi că nu vorbesc despre sex.

Am scos două boluri curate și linguri din mașina de spălat vase.

–Nici nu mă gândeam că ai vorbi de asta. Eu cred că ești un tip uluitor și că oricine ar fi norocos să fie cu tine. Sunt foarte sigură că și Trey simte la fel.

–Nu! Te rog! Se uită la mine. Încerc să-mi păstrez simțul realității. N-am nevoie să mă porți prin norișori.

–Nici n-o fac. Poate că n-am spus ceva prea profund, dar e adevărat, am zis, oprindu-mă în fața cratiței în care fierbea orezul. De foarte multe ori, Gideon nu-mi spune ce se întâmplă cu el. Zice că încearcă să mă apere, dar de fapt se apără doar pe el însuși.

Abia când am rostit cuvintele astea cu voce tare, mi-am dat și eu seama de însemnătatea lor.

–Se teme că, dacă îmi spune mai multe, îmi dă mai multe motive să-l părăsesc. Dar e exact pe dos, Cary. Cu cât îmi ascunde mai multe, cu atât simt că nu are încredere în mine, iar asta ne rănește pe amândoi. Tu și Trey sunteți împreună de tot atâta timp ca și eu cu Gideon, am adăugat, punându-i mâna pe braț. Trebuie să-i spui. Dacă află despre copil pe altă cale – și o să afle –, atunci s-ar putea să nu te ierte.

Carry se rezemă de blat; dintr-odată, părea mult mai în vârstă, foarte ostenit.

–Am impresia că, dacă aș avea un pic mai mult timp să mă obișnuiesc cu situația, aș putea să mă descurc cu Trey.

–Așteptarea nu e deloc de ajutor, i-am spus cu blândețe, în vreme ce puneam orezul în boluri. Te codești prea mult.

– Și ce primesc în schimb? replică el, supărat. Nu mi-o mai trag cu nimeni. Un călugăr are parte de mai multă acțiune decât mine.

Am făcut o grimasă; știam că, de fapt, Cary era genul de bărbat de care vorbise doctorul Petersen. Când făcea sex, putea să-și pună creierul pe pauză și să-și lase trupul să se bucure, chiar dacă pentru scurtă vreme. Nu trebuia să se gândească ori să simtă altceva decât plăcerea simțurilor. Era un mecanism de liniștire pe care fusese nevoit să-l perfecționeze pe vremuri, când el fusese cel folosit pentru sex, cu mult timp înainte de a fi destul de mare ca să vrea asta.

– Mă ai pe mine, i-am replicat.

– Puștoaico, te iubesc, dar nu ești mereu ceea ce-mi trebuie ca să-mi revin.

– Dar nici să te tai și să ți-o tragi cu cine îți iese în cale nu te ajută să-ți revii. Cu siguranță, așa ceva nu te ajută să te simți mai bine în pielea ta.

– Ceva tot trebuie s-o facă.

Am turnat curry peste orez și i-am întins bolul și lingura.

– Dacă ai grijă de tine, asta o să te ajute. O să-ți fie de ajutor și dacă ai încredere în oamenii care te iubesc. Dacă ești cinstit cu ei și cu tine. Pare simplu, dar știm amândoi că nu e. Să știi însă că e singura cale, Cary.

El îmi zâmbi trist și luă mâncarea pe care i-o întindeam.

– Sunt speriat.

– Uite, vezi, am zis cu blândețe, zâmbindu-i și eu. Asta a fost ceva sincer. Te-ar ajuta dacă aș sta cu tine când o să vorbești cu Trey?

–Da. Mă simt ca un laș că n-o fac singur, dar da, m-ar ajuta.

–Atunci, o să fiu lângă tine.

Cary mă îmbrățișă din spate, lipindu-și obrazul de umărul meu.

–Tu chiar ești mereu lângă mine. Te iubesc mult pentru asta.

Am întins mâna și mi-am trecut-o prin părul lui.

–Și eu te iubesc.

Pilota se dădu la o parte de pe mine, trezindu-mă, după care se mișcă salteaua sub greutatea bărbatului care se strecura în patul meu.

–Gideon!

M-am întors spre el fără să deschid ochii. Am tras aer în piept, umplându-mă de aroma pielii sale, iar mâinile mele au găsit răceala plină de putere a trupului său, alunecând peste el și trăgându-l mai aproape, să-l încălzească.

El mă sărută cu putere, plin de patimă. Șocul foamei lui de mine mă trezi cu totul; lăcomia cu care mă atingea îmi făcea inima să o ia la goană. Aluneca deasupra mea, pârjolindu-mi cu sărutări sfârcurile, pântecul și apoi sexul.

Am gemut, arcuindu-mă toată. El îmi lingea clitorisul concentrat, poruncitor, excitându-mă tot mai tare, țintuindu-mi șoldurile cu mâinile, în vreme ce mă zvârcoleam sub atingerile limbii lui.

Mi-am dat drumul ca o nebună, țipând. Iar el își șterse buzele pe coapsele mele și se ridică, o umbră întunecată și ațâțătoare în noapte. Se urcă pe mine, împingându-se cu putere.

Printre gemete, l-am auzit cum îmi striga numele, ca și cum plăcerea de a mă poseda era mult prea mare ca s-o îndure. M-am agățat de mijlocul lui, iar el s-a agățat de așternuturi. Șoldurile lui se ridicau și coborau, înfigându-și uluitorul mădular adânc și neobosit în mine.

Când m-am trezit din nou, soarele era pe cer, iar locul de lângă mine în pat era rece și gol.

Capitolul 17

A doua zi, tocmai îi făceam cafeaua Evei, când mi-a sunat telefonul. Am lăsat cafeaua pe blat și m-am dus la bar, unde-mi lăsasem haina pe un scaun, scoțând telefonul din buzunar.

M-am îmbărbătat și am răspuns:

– Bună dimineața, mamă!

– Gideon! Îmi pare rău că trebuie să anulez întâlnirea așa, din scurt – și, spunând asta, am auzit-o respirând sacadat –, dar n-o să pot veni la prânz în după-amiaza asta.

M-am întors la cafeaua mea; știam că am nevoie de ea pentru ziua cea lungă pe care o aveam înainte.

– În regulă.

– Sunt sigură că ești ușurat, replică ea cu amărăciune în glas.

Am băut din cafea; mi-aș fi dorit să fie niște tărie în loc, deși abia trecuse de opt.

– Ba nu. Dacă n-aș fi vrut să iau prânzul cu tine, aș fi anulat eu întâlnirea.

Rămase tăcută câteva momente, apoi întrebă:

– L-ai văzut pe Chris în ultima vreme?

Am mai luat o gură, uitându-mă spre hol, așteptând-o pe Eva.

– L-am văzut marți.

– Așa de demult?

În glasul ei se simțea o notă de teamă. Nu-mi plăcea deloc ceea ce auzeam.

Eva intră în living în picioarele goale; își pusese o rochie pe corp, de un bej pal, care reușea să pară profesională, deși îi punea în evidență toate curbele. Eu i-o cumpărasem, știind că nuanța se va potrivi cu culoarea tenului ei și cu părul blond-deschis.

Plăcerea pe care o simțeam la vederea ei mi se revărsa în vene la fel ca alcoolul pe care aș fi vrut să-l am în cafea. Era în stare să-mi facă asta, să mă îmbete și să mă ia prizonier.

– Trebuie să închid, am zis. Te sun mai târziu.

– N-o faci niciodată.

Mi-am pus cana jos, ca să o iau pe a Evei.

– N-aș spune asta dacă nu aș avea intenția.

Am închis, am băgat telefonul în buzunar și i-am întins cafeaua soției mele.

– Ești uluitoare, am murmurat, aplecându-mă s-o sărut pe obraz.

– Pentru un bărbat care pretinde că habar n-are de nimic în privința femeilor, e clar că știi cum să le îmbraci, zise ea, uitându-se la mine peste buza cănii, în timp ce lua prima gură de cafea.

Și gemu ușurel de plăcere în timp ce înghițea, un sunet foarte asemănător cu cel pe care îl scotea când o pătrundeam. Cafeaua, după cum aflasem, era unul dintre lucrurile de care Eva era dependentă.

– Am mai făcut și greșeli, dar învăț.

M-am rezemat de blat și am tras-o spre mine, îndepărtându-mi picioarele. Oare observase că îi lipsește o rochie Vera Wang din dulap? I-o scosesem din garderobă după ce îmi dădusem seama cât de mult lasă la vedere din sânii ei ațâțători.

– Mulțumesc pentru asta, își ridică ea cana.

– A fost plăcerea mea, am răspuns, mângâind-o ușor pe obraz. Trebuie să discut ceva cu tine.

– Da? Ce s-a întâmplat, asule?

– Mai ai alerta Google pentru mine?

Ea își lăsă ochii în cană.

– Acesta e momentul în care ar trebui să fac apel la al Cincilea Amendament?

– N-o să fie nevoie, am zis, așteptând-o să-și ridice privirea. Corinne a vândut drepturile pentru o carte despre perioada în care am fost împreună.

– *Ce*? Ochii ei de un cenușiu-deschis se făcură deodată ca ardezia.

I-am pus mâna pe ceafă, mângâind-o ușor cu degetul mare, ca să-i liniștesc pulsul care o luase razna.

– Din ce am citit în comunicatul de presă, în perioada aceea ținea un jurnal. O să publice și fotografii personale.

– De ce? De ce-ar vinde asemenea lucruri unora care să intre cu bocancii în viața ei?

Îi tremura mâna în care ținea cafeaua, așa că i-am luat-o și am pus-o pe blat.

– Nu cred că știe de ce.

– Poți să oprești asta?

– Nu. În orice caz, dacă toarnă minciuni și am cum să dovedesc, pot să o dau în judecată pentru asta.

– Dar numai după ce apare, spuse ea, lăsându-și mâinile pe pieptul meu. Știe că va trebui să citești. O să fii nevoit să te uiți la toate pozele alea și să citești despre cât de mult te iubește. O să citești despre lucruri pe care le-ai făcut și pe care nici măcar nu ți le mai amintești acum.

– Și n-o să aibă importanță, am răspuns, sărutând-o pe frunte. N-am iubit-o niciodată, nu așa cum te iubesc pe tine. Dacă mă uit un pic în urmă, asta n-o să mă facă deodată să-mi doresc să fiu cu ea, nu cu tine.

– Ea nu te-a presat, șopti ea. Așa cum fac eu.

Am răspuns cu gura lipită de ei; îmi doream să-i bag vorbele în minte într-un fel care să o facă să nu se mai îndoiască vreodată.

– Nici nu m-a făcut să ard. Nu m-a făcut să fiu flămând, să sper, să visez, așa cum mă faci tu. Nu există comparație, îngeraș, și nici cale de întoarcere. N-o să vreau niciodată așa ceva.

Ea își închise ochii minunați și se aplecă ușor spre mine.

– Loviturile nu se mai sfârșesc, nu-i așa?

M-am uitat peste capul ei, pe fereastră, la lumea care aștepta să ieșim afară.

– N-au decât să vină.

– Da, n-au decât să vină, repetă și ea, oftând din greu.

L-am zărit pe Arnoldo imediat ce am intrat la Tableau One, restaurantul lui. Stătea la o masă mică pentru doi, în spate, îmbrăcat în sacoul lui de *chef*, de un alb imaculat, care se potrivea cu pantalonii negri de stofă, și vorbea cu femeia pe care venisem să o întâlnesc.

Ea își întoarse capul spre mine la apropierea mea, cu părul lung și negru revărsat pe umeri. În clipa când m-a zărit, în ochii ei albaștri se aprinse o lumină fugară, ascunsă însă de îndată. Mă salută cu un zâmbet rece și de-ar dreptul îngâmfat.

– Corinne!

Am salutat-o și eu, dând din cap, după care am dat mâna cu Arnoldo. Restaurantul pe care el îl conducea, iar eu îl susțineam financiar era plin de clienți care luau prânzul, iar zgomotul conversațiilor era îndeajuns de tare încât să înăbușe muzica instrumentală italiană care se auzea din boxele ascunse.

Arnoldo se scuză, plecând la bucătărie, și-i sărută mâna lui Corinne în semn de rămas-bun. Înainte să se îndepărteze, îmi aruncă o privire din care am înțeles că voia să stăm de vorbă după aceea.

M-am așezat în fața lui Corinne.

– Îți mulțumesc că ți-ai făcut vreme să ne întâlnim.

– Invitația ta a fost o surpriză plăcută.

– Nu prea cred că a fost neașteptată.

Și m-am lăsat pe spătar, absorbind cadența liniștită a felului ei de a vorbi. Glasul ușor răgușit al Evei răscolea în mine o poftă nebună, pe când vocea lui Corinne mă liniștise întotdeauna.

Zâmbetul îi deveni și mai larg, pe când dădea la o parte o scamă invizibilă de pe decolteul adânc al rochiei roșii.

– Nu, cred că nu.

Mă enerva jocul pe care îl jucam așa că i-am tăiat-o scurt:

–Ce-ai de gând să faci? Să-ți păstrezi viața în cadru privat e și pentru tine la fel de important ca pentru mine.

Lui Corinne îi pieri cu totul zâmbetul:

–Și eu credeam exact la fel, până când am văzut filmarea aia cu tine și cu Eva certându-vă în parc. Spui că nu te cunosc, dar nu e adevărat, iar în circumstanțe normale nu cred că ai îngădui vreodată ca viața ta personală să fie în paginile tuturor tabloidelor.

–Și ce e normal? am replicat, fără să pot nega că eram cu totul altfel cu Eva.

Nu mă purtasem niciodată bine cu femeile care mă puseseră la încercare, așteptând cine știe ce gesturi mărețe. Dacă mă hăituiau cu destulă agresivitate, le lăsam să mă prindă o noapte. Cu Eva însă, eu fusesem întotdeauna hăituitorul.

–Exact cum spuneam – nici măcar nu-ți amintești. Pentru că ești băgat până peste cap într-o aventură plină de pasiune și nu mai ești în stare să vezi dincolo de ea.

–Nu mai există nimic dincolo, Corinne. O să fiu cu ea până în ziua morții mele.

–Așa crezi acum, oftă ea, dar relațiile furtunoase nu durează, Gideon. Se mistuise singure. Ție îți place ordinea, liniștea, și n-o să ai parte de așa ceva cu ea. Niciodată. Undeva, în adâncul sufletului tău, știi și tu.

Vorbele ei loveau din plin. Fără să-și dea seama, se făcea ecoul propriilor mele gânduri în privința asta.

Venise chelnerul. Corinne și-a luat o salată, iar eu am cerut ceva de băut – porție dublă.

–Prin urmare, ai vândut o cronică în care spui totul... ca să faci ce? am întrebat-o, după plecarea chelnerului. Să ajungi din nou la mine? Să o rănești pe Eva?

–Nu. Vreau să-ți amintești.

–Nu asta e calea.

–Și care e calea?

–S-a terminat, Corinne, am zis, privind-o drept în ochi. Faptul că expui în fața lumii amintirile noastre împreună n-o să schimbe cu nimic situația.

–Poate că nu, se învoi ea, părând așa de tristă, că am simțit un fior de regret. Dar ai spus că nu m-ai iubit niciodată. Dacă n-o să fie nimic altceva, o să dovedesc că nu-i așa. Îți dădeam liniște. Mulțumire. Erai fericit cu mine. Când ești cu ea, nu văd deloc liniștea aceea. Și nu poți să-mi spui că o simți.

–Tot ceea ce-mi spui îmi arată că nu-ți pasă dacă o să fiu cu tine. Dar, dacă îl părăsești pe Giroux, probabil că îți pasă de bani. Cât ai primit ca să-ți prostituezi „iubirea" pentru mine?

Ea își ridică bărbia.

–Nu de asta scriu cartea.

–Vrei doar să te asiguri că n-o să rămân cu Eva.

–Gideon, vreau doar să fii fericit. Și, de când ai întâlnit-o, nu te-am văzut deloc așa.

Oare cum avea să ia Eva cartea când avea s-o citească? Îmi închipuiam că nu mai bine decât reacționasem eu la *Fata de aur*.

Corinne își cobor ochii la mâna mea stângă, pe care o țineam pe masă.

–I-ai dat Evei inelul de logodnă al mamei tale.

–Nu mai era de mult al ei.

Ea sorbi din paharul de vin care se afla pe masă când venisem.

–Îl aveai și când eram împreună?

–Da.

Corinne tresări.

–Poți să-ți spui că eu și Eva suntem incompatibili, am zis pe un ton dur, că fie ne certăm, fie ne-o tragem fără să fie ceva substanțial între noi. Adevărul e însă că ea e jumătatea mea și ceea ce ai de gând să faci o s-o rănească, iar asta mă va răni și pe mine. Dacă retragi cartea, o să-ți cumpăr eu contractul de publicare.

Ea rămase câteva momente cu privirea ațintită asupra mea.

–Nu... nu pot, Gideon.

–Spune-mi de ce!

–Îmi ceri să-ți dau drumul. Pentru mine, asta e o cale de a o face.

–Corinne, am zis, aplecându-mă spre ea, îți cer ca, dacă simți ceva pentru mine, să pui capăt acestei povești.

–Gideon...

–Dacă n-o s-o faci, o să transformăm amintirile care au fost frumoase pentru mine în ceva ce urăsc.

În ochii ei turcoaz străluceau lacrimile.

–Îmi pare rău.

–O să-ți pară, am spus, ridicându-mă de la masă.

Apoi am ieșit din restaurant, îndreptându-mă spre Bentley-ul care mă aștepta. Angus mi-a deschis portiera, uitându-se în spatele meu, spre vitrina imensă din față a restaurantului Tableau One.

–La dracu'! am exclamat, intrând în mașină. Fir-ar al dracu' să fie!

Oamenii care aveau impresia că i-am nedreptățit ieșeau din umbre ca niște păianjeni târâtori, atrași de prezența Evei în viața mea.

Ea era punctul meu cel mai vulnerabil, pe care nu îl ascundeam deloc bine. Și asta începea să fie o problemă. Trebuia să țin lucrurile sub control. Christopher, Anne, Landon, Corinne... ei erau numai începutul. Mai erau și alții care aveau un dinte împotriva mea. Și încă și mai mulți care îl urau pe tata.

Multă vreme, îi provocasem pe toți să mă atace și mă bucurasem de provocări. Acum, ticăloșii ăștia mă loveau prin soția mea. Toți deodată. Și eram la înghesuială din cauza asta. Dacă nu țineam cu totul garda sus, dacă nu eram perfect concentrat, atunci aveam s-o las pe Eva fără nici o apărare.

Trebuia să împiedic asta, orice ar fi fost nevoie să fac.

– Dar tot vreau să ne vedem diseară, zicea Eva, iar glasul ei seducător se răspândea din difuzorul telefonului ca un abur.

– Nici nu încape discuție, i-am zis, lăsându-mă pe spătarul scaunului.

Afară, soarele se lăsa tot mai jos. Ziua de lucru se terminase. Cine știe când, în nebunia săptămânii, august îi cedase locul lunii septembrie.

– Tu rezolvi problemele cu Cary, eu discut cu Arnoldo și o să începem weekendul când terminăm amândoi.

– Doamne, nici nu știu când a trecut săptămâna asta. Trebuie să mă duc la sală. Am sărit prea multe zile.

– Hai cu mine mâine, să-mi fii parteneră la lupte!

– Da, cum să nu! râse ea.

– Nu glumesc. Îmi apăruse în minte imaginea Evei în bustiera de sport și pantaloni mulați, iar mădularul meu tresăltă, cu interesul trezit brusc.

– Nu pot să mă lupt cu tine! protestă ea.

– Ba sigur că poți.

– Știi prea multe. Ești prea bun.

– Hai să-ți pui la încercare capacitatea de autoapărare, îngeraș! Ideea pe care o azvârlisem absolut la întâmplare părea dintr-odată cea mai bună pe care o avusesem în întreaga zi. Vreau să știu că poți să ai grijă de tine și singură, în cazul improbabil în care ai fi nevoită s-o faci.

N-avea să ajungă niciodată în situația asta, dar eu m-aș fi simțit împăcat dacă aș fi știut că poate să scape de ceva care ar fi amenințat-o.

– Mâine trebuie să mă ocup de nuntă, dar o să mă gândesc, zise ea. Stai puțin!

Am auzit cum se deschide portiera mașinii, și Eva îl salută pe ușier. Îl salută apoi pe portar, după care am auzit sunetul care anunța sosirea liftului din holul blocului ei.

– Știi, oftă ea, mă prefac că sunt curajoasă pentru Cary, dar sunt foarte îngrijorată în legătură cu ce va fi cu Trey. Dacă se despart, Cary ar putea să se distrugă singur.

– Cere prea mult, am avertizat-o, în vreme ce se auzea din nou soneria liftului. Dacă te gândești, de fapt Cary îi spune tipului ăluia că a lăsat gravidă o piesă de schimb cu care intenționează să rămână. Adică nu, de fapt e pe dos. Îi spune lui Trey că el o să fie piesa de schimb. Nu prea văd cum s-ar rezolva bine o situație ca asta, cu absolut nimeni.

– Știu.

– O să am telefonul la mine toată seara. Sună-mă dacă ai nevoie de mine.

– Mereu am nevoie de tine. Am ajuns acasă, așa că trebuie să închid. Ne vedem mai târziu. Te iubesc.

Oare vorbele acestea aveau să mă lovească întotdeauna atât de tare, încât să-mi taie răsuflarea?

Am închis exact în clipa când o figură cunoscută apărea de după colț, îndreptându-se spre biroul meu. M-am ridicat când Mark Garrity a intrat pe ușă și l-am întâmpinat la jumătatea drumului, cu mâna întinsă.

– Mark, îți mulțumesc că ți-ai făcut timp pentru mine.

El zâmbi, strângându-mi mâna cu putere.

– Eu vă sunt recunoscător, domnule Cross. În orașul acesta – ce spune eu în oraș, în lumea asta – sunt o mulțime de oameni care ar fi în stare să ucidă ca să se afle unde sunt eu acum.

– Spune-mi Gideon, te rog! i-am zis, făcându-i semn să ia loc. Ce mai face Steven?

– Foarte bine, mulțumesc. Încep să cred că și-a greșit cariera. Ar fi trebuit să se facă organizator de nunți.

Eu am zâmbit.

– Și Eva o să se apuce de același lucru în weekendul ăsta.

Mark își desfăcu nasturii de la sacou, își ridică puțin pantalonii și se așeză pe canapea. Costumul gri contrasta plăcut cu pielea întunecată și cu cravata cu dungi, dându-i înfățișarea unui profesionist urban în plină ascensiune.

– Dacă pentru ea e măcar pe jumătate la fel de amuzant pe cât e pentru Steven, zise el, atunci o să aibă parte de distracția cea mai tare din viață.

– Să sperăm că n-o să se distreze prea mult, am răspunse eu, rămânând în picioare. Eu aș prefera să trec de etapa pregătirilor, la nunta propriu-zisă.

Mark începu să râdă.

– Vrei ceva de băut?

– Nu, mulțumesc.

– Bine, atunci o să trec repede la subiect, am zis, așezându-mă la rândul meu. Te-am rugat să ne întâlnim după serviciu pentru că nu mi s-a părut potrivit să-ți ofer un post la Cross Industries în timpul orelor de program la Waters Field & Leaman.

El ridică sprâncenele. Am așteptat câteva secunde, ca să înțeleagă ceea ce spusesem.

– Cross Industries deține mai multe companii internaționale, concentrându-se mai ales pe imobiliare, zona de distracții și pe mărci premium – sau pe bunuri pe care considerăm că le putem ridica la acest statut.

– Precum votca Kingsman.

– Exact. Pentru cele mai multe, campaniile de reclamă și marketing sunt luate de la zero, dar revizuirea completă a unei mărci sau ajustările mesajului se fac aici. Datorită diversității de care ți-am vorbit, trecem mereu în revistă noi strategii de rebranduire sau întărire a unei mărci puternice. Și am avea nevoie de tine.

– Uau! exclamă Mark, frecându-și palma de genunchi. Nu prea știu la ce mă așteptam, dar propunerea asta m-a prins cu garda jos.

– Pentru început, o să-ți plătesc un salariu dublu față de cel actual.

–Asta e o ofertă incredibilă.

–Nu sunt un om căruia să-i placă vorba *nu*.

El zâmbi cu gura până la urechi.

–Mă îndoiesc că-l auzi prea des. Bănuiesc că asta înseamnă că Eva pleacă de la Waters Field & Leaman?

–Încă nu s-a hotărât.

–Nu? repetă el, înălțând iar din sprâncene. Păi dacă eu plec, o să-și piardă slujba.

–Și o să câștige alta aici, bineînțeles.

Răpundeam pe cât de scurt cu putință, fără să dezvălui mare lucru. Voiam ca el să coopereze, nu să pună întrebări ale căror răspunsuri ar fi fost posibil să nu-i placă.

–Așteaptă cumva ca eu să fiu de acord, înainte să facă pasul următor?

–Decizia ta va fi un catalizator.

Mark își trecu o mână peste cravată.

–Sunt flatat și încântat, dar...

–Înțeleg că nu este o mișcare pe care aveai de gând s-o faci, l-am întrerupt cu blândețe. Ești fericit la serviciul pe care îl ai și te simți și nesigur în legătură cu asigurarea slujbei. Așa că sunt pregătit să-ți garantez poziția – și bonusuri rezonabile, combinate cu măriri anuale – pentru următorii trei ani, în cazul în care nu există o conduită greșită. M-am aplecat și am împins către Mark dosarul pe care Scott mi-l pusese pe masă. Toate informațiile sunt explicate în detaliu aici. Ia-l acasă, discută cu Steven și spune-mi luni ce hotărâre ai luat.

–Luni?

Eu m-am ridicat în picioare.

– Bănuiesc că vei dori să le lași mult timp celor de la Waters, Field și Leaman și este OK pentru mine, dar am nevoie de angajamentul tău cât mai repede cu putință.

El luă dosarul și se ridică la rândul său în picioare.

– Și dacă am vreo întrebare?

– Sună-mă! Ai cartea mea de vizită în dosar. Și, zicând asta, m-am uitat la ceas: Îmi pare rău. Am o altă întâlnire.

– Da, cum să nu! spuse Mark, strângându-mi mâna pe care i-o întindeam. Îmi pare rău. Totul e așa de neașteptat, că am impresia că încă nu am procesat deloc informația. Totuși, înțeleg că mi-ai oferit o ocazie fantastică și îți sunt recunoscător.

– Ești bun în ceea ce faci, i-am spus cinstit. Dacă n-ai fi meritat, nu ți-aș fi făcut oferta asta. Gândește-te bine și spune da!

El izbucni în râs.

– Să știi că o să mă gândesc serios și o să-ți dau de știre luni.

Pe când el ieșea pe ușă, am întors privirea spre clădirea în care se aflau birourile LanCorp. Landon n-avea să mă mai găsească cu spatele la ușă.

– A început să plângă în clipa în care ai ieșit pe ușă.

I-am aruncat o privire lui Arnoldo peste buza paharului în care aveam două degete de whisky. Am băut și după aceea l-am întrebat:

– Vrei să mă simt vinovat în legătură cu asta?

–Nu. Nici mie nu mi-ar părea rău pentru ea. Dar mă gândeam că ar trebui să știi că nici Corinne nu este complet lipsită de inimă.

–Nici n-am crezut vreodată că ar fi. Pur și simplu am crezut că și-a dăruit inima soțului ei.

Arnoldo ridică dintr-un umăr. Așa cum era îmbrăcat, în blugi tociți și o cămașă albă suflecată la mâneci și deschisă la gât, le făcea pe multe femei să întoarcă brusc capetele după el.

Barul era aglomerat, însă zona VIP de la balcon era bine delimitată, ținându-i departe pe ceilalți clienți. Arnoldo stătea pe canapeaua în formă de semilună unde stătuse Cary în prima noapte în care mă întâlnisem cu Eva în altă parte decât la Crossfire. Locul acela avea să păstreze întotdeauna amintiri puternice, datorită ei. În noaptea aceea îmi dădusem seama ea schimba totul.

–Pari obosit, zise Arnoldo.

–Am avut o săptămână grea, am zis, fără să-mi scape privirea lui. Nu, nu e din cauza Evei.

–Vrei să vorbim despre asta?

–N-am nimic de zis, pe bune. Ar fi trebuit să fiu mai deștept. Am permis ca lumea să vadă ce mult înseamnă ea pentru mine.

–Sărutări pătimașe pe stradă, certuri chiar și mai pătimașe în parc, zâmbi el trist. Ce să zică și oamenii? Că-ți duci inima în palmă?

–Am deschis ușa și acum toți vor să dea năvală înăuntru. Ea e calea cea mai directă de a mă înfrânge, și toată lumea știe asta.

–Chiar și Brett Kline?

–El nu mai e o problemă.

Arnoldo mă privi scrutător. Probabil că văzuse ceea ce voia, așa că în cele din urmă dădu din cap.

– Mă bucur, prietene.

– Și eu, am zis și am mai luat o dușcă. Ia zi, cum stau lucrurile cu tine?

El dădu din mână nepăsător, cuprinzând din priviri femeile din apropierea noastră, care se legănau pe muzica Lanei Del Rey.

– Restaurantul merge bine, după cum știi.

– Da, sunt foarte mulțumit. A depășit toate așteptările privind profiturile.

– Săptămâna asta tocmai am filmat câteva prezentări de promovare pentru noul sezon. După ce încep să apară pe Food Network, împreună cu noile episoade, ar trebui să vedem o creștere frumușică a afacerii.

– O să pot spune mereu că te-am cunoscut încă de la începuturi.

El izbucni în râs și ciocni paharul de paharul meu, pe care îl ridicasem pentru a toasta.

Ne reveniserăm, iar asta mai calma o parte din neliniștea pe care o simțeam. Nu mă bazam pe Arnoldo așa cum se baza Eva pe prietenii ei sau cum se baza Cary pe ea, dar Arnoldo era la fel de important pentru mine. În viața mea nu existau prea mulți oameni de care să fiu apropiat. Iar faptul că îmi regăseam ritmul pe care el și cu mine îl pierduserăm era cel puțin o victorie importantă, într-o săptămână care păruse a fi o bătălie pierdută pentru mine.

Capitolul 18

– O, Doamne, am gemut, cu gura plină de prăjitură cu ciocolată și caramel, e absolut divină.

Kristin, organizatoarea de nunți, strălucea de încântare.

– E și una dintre preferatele mele. Dar nu te repezi la toată! Vanilia cu unt e și mai bună.

– Vanilie peste ciocolată? am zis, cu privirea ațintită la bunătățile de pe masă. În nici un caz!

– De obicei aș zice și eu la fel, răspunse Kristin, însemnându-și ceva, dar prăjitura asta m-a convertit. Și să știi că și lămâia e foarte bună.

Lumina după-amiezii năvălea prin ferestrele imense care țineau loc de perete în salonul personal al mamei mele, iluminându-i buclele de aur pal și pielea de porțelan. Își redecorase de curând salonul, optând pentru pereți de un gri-albăstrui deschis, care dădeau o altfel de energie spațiului și o și puneau foarte bine pe ea în relief.

Era unul dintre talentele ei să se prezinte în lumina cea mai bună. După părerea mea, era și unul dintre cusururile ei cele mai mari. Îi păsa îngrozitor de mult de aparențe.

Pur și simplu nu pricepeam cum de nu se plictisea mama să redecoreze după ultimele tendințe, chiar dacă aveam impresia că ar fi avut nevoie de un an numai ca să treacă prin toate camerele și coridoarele penthouse-ului de 560 de metri pătrați al lui Stanton.

Unica întâlnire pe care o avusesem cu Blaire Ash fusese de ajuns ca să-mi dau seama că gena decorării sărise peste generația mea. Mă interesau ideile lui, dar nu eram în stare să lucrez cu detaliile.

În timp ce-mi îndesam direct cu mâna încă o minibrioșă în gură, mama tăia cu delicatețe cu furculița o prăjiturică de mărimea unei monede.

–Ce preferințe ai în materie de aranjamente florale? mă întrebă Kristin, schimbându-și poziția picioarelor lungi, cu pielea de nuanța cafelei. Purta pantofi cu toc Jimmy Choo, eleganți, dar sexy. Părul până la umeri îi era aranjat în bucle crețe, care îi încadrau chipul micuț, punându-i-l frumos în evidență, iar rujul de un roz pal îi sublinia buzele mari și pline.

Părea năvalnică, arăta fabulos, iar mie îmi plăcuse încă din clipa când o văzusem pentru prima oară.

–Roșii, am zis, ștergându-mi firimiturile de la gură. Orice, numai roșii să fie.

–Roșu? clătină mama din cap, nefericită. Eva, e prea țipător! E prima ta nuntă. Alege și tu alb, crem și auriu.

Eu m-am holbat la ea.

–Și cam câte nunți crezi că o să am?

–N-am vrut să spun asta. Ești mireasă pentru prima oară.

– Dar nu vreau să port o rochie roșie, am replicat. Am spus doar că vreau ca prima culoare cu accent să fie roșu.

– Draga mea, nu prea știu cum o să meargă. Și crede-mă, am organizat destule nunți, ca să-mi dau seama.

Mi-am adus aminte că mama mai trecuse și înainte prin tot procesul organizării nunților, fiecare dintre ele mai detaliată și mai memorabilă decât celelalte. Nimic nu era prea mult, totul era făcut cu mult gust. Nunți frumoase pentru o mireasă tânără și frumoasă. Speram să mă maturizez și eu cu măcar pe jumătate tot atâta grație, pentru că Gideon urma să devină tot mai minunat pe măsură ce avea să treacă timpul. Era exact genul acela de bărbat.

– Monica, hai să-ți arăt cam cum poate să arate roșul, zise Kristin, scoțând din geantă un portofoliu de piele. Roșul poate fi uluitor, mai ales în cazul nunților care au loc seara. Important e ca ceremonia și recepția să-i reprezinte și pe mire, și pe mireasă. Ca să ai o zi cu adevărat de neuitat, e important să facem să conveargă vizual stilurile celor doi, istoria lor și speranțele de viitor.

Mama luă portofoliul pe care i-l întindea și își aruncă grăbită ochii asupra fotografiilor.

– Eva... doar nu vorbești serios!

I-am aruncat o privire de mulțumire lui Kristin, pentru că mă susținea, mai ales că acceptase să se ocupe de nuntă crezând că mama o să plătească factura. Sigur, faptul că mă căsătoream cu Gideon Cross o ajutase probabil să încline balanța de partea mea. Iar faptul că în viitor putea să-l folosească pe el pentru referințe cu siguranță avea să-i fie de folos în atragerea noii clientele.

–Mamă, sunt foarte sigură că putem face niște compromisuri.

Cel puțin așa speram. Încă nu-i aruncasem bomba cea mare.

–Avem vreo idee despre buget? se interesă Kristin.

Și uite că începea...

Am văzut, cu încetinitorul, cum mama deschide gura, iar inima mi-a sărit din loc, cât pe ce să mă cuprindă panica.

–Cincizeci de mii pentru ceremonia în sine, am trântit fără să mă mai gândesc. Fără costul rochiei.

Cele două femei se întoarseră spre mine, cu ochii holbați.

Mama izbucni în râs, fără să-i vină să creadă, punând mâna pe colierul Cartier pe care îl purta la gât.

–Doamne, Eva! Ce moment ți-ai ales ca să glumești!

–Mamă, tata plătește nunta, i-am zis, regăsindu-mi glasul, acum, că momentul de care eram înspăimântată trecuse.

Ea clipi și în ochii ei albaștri se ivi, pentru o frântură de secundă, o blândețe minunată. Apoi însă strânse din dinți.

–Numai rochia ta o să coste mai mult. Florile, scena...

–O să ne căsătorim pe plajă, am zis; ideea asta îmi venise chiar atunci. În Carolina de Nord, la Outer Banks. În casa pe care tocmai am cumpărat-o împreună cu Gideon. N-o să avem nevoie de flori decât pentru cei invitați la nuntă.

–Nu înțelegi, zise mama, aruncându-i o privire lui Kristin, ca să o susțină. În nici un caz n-o să meargă așa. N-o să ai deloc controlul.

Asta însemna că *ea* n-avea să aibă controlul.

–Vreme imprevizibilă, continuă ea, nisip peste tot... În plus, dacă le ceri tuturor să plece așa de departe de oraș e posibil ca unii să nu poată ajunge. Și unde o să stea toată lumea?

–Care toată lumea? Ți-am spus că va fi o ceremonie mică, doar pentru prieteni și familie. Gideon se ocupă de călătorie. Sunt sigură că o să se bucure să se ocupe și de locurile unde o să stea.

–Pot să vă ajut și eu cu asta, sări Kristin.

–N-o încuraja! se răsti mama.

–Nu fi nepoliticoasă, i-am replicat și eu. Am impresia că ai uitat că e nunta *mea*, nu un eveniment de publicitate.

Mama trase adânc aer în piept, cu o mișcare studiată.

–Eva, eu cred că e foarte drăguț din partea ta că vrei să-i faci astfel pe plac tatălui tău, însă el nu pricepe ce povară ți-a aruncat pe umeri când ți-a cerut asta. Chiar dacă aș pune și eu un dolar la fiecare dolar al lui, și tot n-ar fi de ajuns...

–Ba e de ajuns, am zis, încleștându-mi mâinile în poală, așa de tare, că-mi intrau inelele în carne. Și nu e nici o povară.

–O să jignești mulți oameni. Trebuie să înțelegi că un bărbat cu poziția lui Gideon trebuie să profite de orice ocazie pentru a-și întări rețeaua de cunoștințe. El o să vrea...

–... să fugă cât mai departe, am întrerupt-o, enervată de ciocnirea dintre felurile noastre de a vedea lumea, care îmi era atât de cunoscută. Dacă ar fi s-o facă așa cum vrea el, am fugi amândoi și ne-am căsători pe vreo plajă izolată, doar cu doi martori și cu o priveliște minunată.

–O fi zicând și el așa...

–Nu, mamă. Crede-mă! Exact așa am face-o.

–Pot să intervin? zise Kristin. Monica, să știi că putem face să meargă totul. Multe nunți ale celebrităților sunt private. Un buget limitat o să ne ajute să ne concentrăm pe detalii. Și, dacă Gideon și Eva sunt deschiși, putem să aranjăm ca fotografiile de la nuntă să fie vândute revistelor de lifestyle, iar profiturile să meargă către operele de caritate.

–O, asta îmi place! am exclamat, deși mă întrebam cum avea să se împace ideea asta cu cele patruzeci și opt de ore de exclusivitate pe care Gideon i le oferise Deannei Johnson.

Mama părea nefericită.

–Visez la nunta ta încă din ziua când te-ai născut, spuse ea încetișor. Mereu mi-am dorit să ai parte de ceva demn de o prințesă.

–Mamă! I-am luat mâna într-a mea. Poți să-ți faci de cap la recepție, bine? Fă ce-ți trece ție prin cap. Nu folosi roșu, invită tot universul, tot ce vrei. Iar în ce privește nunta, nu-ți e de ajuns că mi-am găsit prințul?

Ea îmi strânse ușor mâna, privindu-mă cu ochi înlăcrimați.

–Da, cred că va trebui să-mi fie.

Doar ce mă urcasem în Mercedes, când telefonul începu să-mi sune. L-am scos din geantă, m-am uitat să văd cine e și am observat numărul lui Trey. Mi s-a cam strâns stomacul.

Nu-mi ieșea din minte expresia devastată de pe chipul lui, din noaptea trecută. Mă izolasem în bucătărie, în vreme ce Cary stătea de vorbă cu Trey în living, anunțându-l despre Tatiana și despre copil. Pusesem ceva la făcut în cuptor și stăteam la masă, cu tableta, citind o carte, rămânând însă în raza vizuală a lui Cary. Chiar dacă stătea în profil, văzusem foarte bine cât de rău primise Trey vestea.

Cu toate acestea, rămăsese la cină și apoi peste noapte, așa că speram că în cele din urmă lucrurile aveau să se aranjeze. Bine măcar că nu plecase și gata.

– Bună, Trey, i-am răspuns. Ce mai faci?

– Bună, Eva, oftă el din rărunchi. Habar n-am ce fac. Tu ce făceai?

– Păi eu tocmai plec de la mama, după ore întregi de discuții despre nuntă. N-a fost așa de rău pe cât mă așteptam, dar se putea și mai bine. Însă asta e ceva obișnuit când am de-a face cu mama.

– Aaa... bine, ai și tu destule treburi. Scuze că te bat la cap.

– Trey, nu-i nimic. Mă bucur că m-ai sunat. Dacă vrei să stăm de vorbă, sunt aici.

– Crezi că ne-am putea întâlni? Oricând ar fi în regulă pentru tine?

– Ce zici să ne vedem acum?

– Pe bune? Eu sunt la un târg stradal, în vest. M-a târât soră-mea aici și i-am fost un companion ca vai de el. S-a descotorosit de mine acum câteva minute și eu mă întreb ce dracu' caut aici.

– Pot să vin eu la tine.

–Sunt între străzile Eighty-two și Eighty-three, aproape de Amsterdam. Să știi că e aglomerat pe aici.

–Bine, așteaptă-mă. Ne vedem în câteva minute.

–Mersi, Eva.

Am închis și m-am uitat la Raúl, în oglinda lui retrovizoare.

–Intersecția lui Amsterdam cu Eighty-two. Cât de aproape poți să ajungi.

El dădu din cap.

–Mulțumesc.

În timp ce coteam, mi-am aruncat privirea pe fereastră, admirând orașul într-o frumoasă după-amiază de sâmbătă.

În weekend, ritmul Manhattanului încetinea, hainele deveneau mai relaxate, iar vânzătorii stradali se înmulțeau. Femei în sandale și rochii ușoare de vară se uitau pe la vitrine în voia lor, iar bărbații, în tricouri și pantaloni scurți, se plimbau în grupuri, uitându-se după femei și discutând subiecte de-ale bărbaților. Câini de toate mărimile trăgeau de lese, iar copii în cărucioare dădeau din piciorușe ori trăgeau câte un pui de somn. Un cuplu mai vârstnic se plimba mână în mână; păreau încă pierduți de încântare unul pentru altul, în ciuda multor ani de când formau o familie.

Aproape fără să-mi dau seama, am format numărul lui Gideon.

–Îngeraș! mă întâmpină el. Vii spre casă?

–Nu încă. Am terminat cu mama, dar mă întâlnesc cu Trey.

–Cât o să dureze?

–Nu știu. Cred că nu mai mult de o oră. Doamne, sper să nu-mi spună că a terminat cu Cary.

– Cum a fost întâlnirea cu mama ta?

– I-am spus că o să ne căsătorim pe plajă, la casa din Outer Banks, am zis, făcând o pauză. Îmi pare rău. Ar fi trebuit să te întreb mai întâi pe tine.

– Cred că e o idee excelentă. Glasul lui răgușit luase timbrul acela special, care mă făcea să înțeleg că se simțea mișcat.

– M-a întrebat unde avem de gând să-i cazăm pe oameni. Și ți-am cam aruncat ție și organizatoarei de nunți în spinare treaba asta.

– E în regulă. O să găsim noi ceva.

Prin venele mele curgea un val cald de iubire pentru el.

– Îți mulțumesc.

– Prin urmare, obstacolul cel mare a rămas în urma ta, zise el, înțelegându-mă perfect, așa cum se întâmpla de obicei.

– Ei, nu prea știu ce să zic despre asta. A podidit-o și plânsul. Știi, avea visuri mărețe, care însă n-o să devină realitate. Sper că o să se resemneze și o să se apuce de dirijat totul.

– Și cu familia ei cum rămâne? N-am discutat despre aranjamentele care trebuie făcute ca să vină și ei.

Am ridica din umeri, după care mi-am dat seama că nu mă poate vedea.

– Nu sunt invitați. Singurele lucruri pe care le știu despre ei le-am aflat căutându-i pe Google. Au dezmoștenit-o pe mama când a rămas însărcinată cu mine, așa că n-au făcut niciodată parte din viața mea.

– Bine, atunci, zise el blând. Am o surpriză pentru tine, când ajungi acasă.

–Da? am zis, însuflețindu-mă pe dată. Îmi dai un indiciu?

–Logic că nu. Dacă ești curioasă, grăbește-te să ajungi mai repede acasă.

–Mă tachinezi, m-am bosumflat eu.

–Cei care tachinează nu se țin de cuvânt. Eu, da.

Mă treceau fiori de excitare la auzul glasului său ca o catifea aspră.

–Vin acasă cât pot de repede.

–O să te aștept, zise el ațâțător.

Traficul din zona pieței era imposibil. Raúl lăsase mașina în garajul de sub clădirea mea, după care mă condusese pe târgul stradal.

Când mai aveam doar o jumătate de cvartal până acolo, am adulmecat miros de mâncare și a început să-mi lase gura apă. De undeva se auzea muzică, iar când am ajuns pe Amsterdam Avenue, am văzut o femeie care cânta pe o scenă micuță, pentru un public înghesuit în jur.

Vânzătorii se înșirau pe ambele trotuare ale străzii care gemea de oameni; își protejau de soare mărfurile și capetele cu ajutorul unor copertine albe. De la eșarfe și pălării până la bijuterii și obiecte de artă, produse proaspete și mâncăruri multinaționale, nu exista nici un lucru pe care să-l vrei și să nu-l găsești acolo.

Mi-au trebuit câteva minute până să dau de Trey în mulțime. L-am găsit stând pe niște trepte, nu departe de locul unde conveniserăm să ne întâlnim. Era în blugi largi și într-un tricou oliv, cu ochelarii de soare pe nasul care îi fusese spart cândva. Părul lui blond era la fel de ciufulit ca de obicei, iar gura atrăgătoare închisă strâns.

La vederea mea, se ridică în picioare, întinzându-mi mâna să mă salute. În schimb, eu l-am tras spre mine și l-am îmbrățișat, ținându-l așa până când am simțit că se relaxează și îmi răspunde și el la fel. În jurul nostru, viața își urma netulburată cursul – New Yorkul era obișnuit cu tot soiul de lucruri făcute în public. Raúl rămăsese la o distanță discretă de noi.

– Sunt absolut varză, mormăi Trey, cu gura lipită de umărul meu.

– Ba ești normal, am zis, retrăgându-mă și făcându-i semn cu mâna spre treptele unde îl găsisem. Oricine ar fi amețit rău acum.

El se așeză pe treapta din mijloc, iar eu m-am cocoțat lângă el.

– Nu cred că pot să fac asta, Eva. Nu cred că ar trebui. Vreau să am pe cineva continuu în viața mea, pe cineva care să mă sprijine în timpul școlii și mai târziu, când o să încep practica. În schimb, Cary o s-o sprijine pe tipa aia și o să mă bage și pe mine în programul lui pe unde o să găsească un locșor. Cum să nu mă umplu de frustrări în condițiile astea?

– E o întrebare bună, am zis, întinzându-mi picioarele. Știi, Cary n-o să fie sigur că e copilul lui până n-o să facă un test de paternitate.

– Nu cred că o să mai aibă vreo importanță. Trey clătină din cap. Pare foarte implicat.

– Ba eu cred că o să conteze. Poate că n-o să întoarcă spatele și să plece, poate că o să se joace de-a unchiul, ceva de genul acesta. Nu știu. Deocamdată, trebuie să mergem pe presupunerea că el e tatăl, dar poate că nu-i așa. E o posibilitate.

–Prin urmare, îmi ceri să mai stau cu el încă șase luni?

–Nu. Dacă vrei să-ți dau răspunsuri, să știi că nu am nici unul. Singurul lucru pe care ți-l pot spune cu siguranță e că te iubește, mai mult decât l-am văzut să iubească vreodată pe cineva. Dacă o să te piardă, asta o să-l distrugă. Să știi că nu încerc să-ți creez vreun sentiment de vinovăție, ca să te conving să rămâi cu el. Cred doar că ar trebui să știi că, dacă pleci, n-o să fii singurul pe care o să-l doară.

–Și cu ce mă ajută asta?

–Poate că nu te ajută, am răspuns, punându-i o mână pe genunchi. Poate că sunt eu prea meschină, de mi se pare liniștitor gândul acesta. Dacă eu și Gideon nu ne-am înțelege, în cele din urmă, aș vrea să știu că și el ar fi la fel de nefericit ca mine.

Pe buzele lui Trey flutură un zâmbet trist.

–Da, îți înțeleg punctul de vedere. Tu ai rămâne cu el dacă ai afla că a ales pe altcineva? Pe cineva cu care se culca chiar în timp ce era cu tine?

–M-am gândit la asta. Pentru mine, e tare greu să mă imaginez fără Gideon. Dacă la momentul respectiv n-am fi avut o relație exclusivă, dacă ar fi o femeie din trecutul lui, dacă ar fi cu mine, nu cu ea, probabil că aș putea să țin lucrurile în frâu.

Mă uitam la o femeie care mai agăța o sacoșă de cumpărături de mânerul și așa supraîncărcat al căruciorului în care își ducea copilul.

–Dar dacă ar fi mai mult cu ea, iar pe mine m-ar vedea din când în când... cred că aș pleca.

Era greu să fii cinstit, când adevărul era opusul a ceea ce ar fi vrut Cary să spun, dar simțeam că acesta era lucrul corect pe care trebuia să-l fac.

– Mulțumesc, Eva.

– Dacă are vreo importanță, n-aș avea o părere mai proastă despre tine dacă ai rămâne lângă Cary. Nu este slăbiciune dacă stai cu persoana iubită atunci când încearcă să repare o greșeală imensă, după cum nu e slăbiciune nici dacă hotărăști să te pui pe tine însuți pe primul plan. Orice hotărâre ai lua, eu o să rămân la părerea mea, că ești un tip super.

El se aplecă ușor spre mine și-și lăsă capul pe umărul meu.

– Mulțumesc, Eva.

– Cu multă plăcere, i-am zis, luându-l de mână.

– Mă duc să iau mașina și s-o întorc, mă anunță Raúl când intram în holul blocului meu.

– Bine. Eu rămân doar să-mi verific cutia poștală.

I-am făcut cu mâna portăresei pe lângă biroul căreia treceam și m-am îndreptat spre cutiile poștale, în vreme ce Raúl se îndrepta spre lift.

Mi-am băgat cheia în încuietoare, am deschis ușile de alamă și m-am aplecat ca să pot să arunc o privire înăuntru. Era doar câteva reclame, nimic altceva, iar asta mă scutea să mai urc. Am scos hârtiile, le-am aruncat în coșul de gunoi, după care am încuiat cutia poștală.

M-am întors în hol chiar în clipa când o femeie ieșea din clădire. Părul ei roșcat, tuns țepi, mi-a atras atenția. Mi-am ațintit privirea asupra ei, așteptând să se întoarcă atunci când ieșea în stradă, sperând s-o văd măcar din profil.

Mi se tăiase respirația. Părul îmi era cunoscut din căutările pe Google. Îmi aminteam de fața ei, căci o văzusem la evenimentul cu strângere de fonduri la care participasem împreună cu Gideon cu câteva săptămâni în urmă.

Apoi, ea se făcu nevăzută.

Am luat-o la fugă după ea, dar când am ajuns afară, se urcase deja într-o mașină neagră de oraș.

– Hei! am strigat.

– S-a întâmplat ceva?

M-am întors spre Louie, ușierul de weekend.

– Știi cumva cine era?

– Nu locuiește aici, răspunse el clătinând din cap.

M-am întors și i-am pus și portarului aceeași întrebare.

– O roșcată? întrebă el, cu un aer perplex. Azi nici un vizitator n-a venit neînsoțit, așa că n-am prea fost atent.

– Hmm... Bine, mulțumesc.

– Eva, ți-a venit mașina, mă anunță Louie din prag.

I-am mulțumit portarului și m-am îndreptat spre Raúl. Tot drumul până la apartamentul lui Gideon nu mi-am putut lua gândul de la Anne Lucas. Când am intrat în liftul privat al penthouse-ului, eram cu mintea total acaparată de gândurile care mi se tot roteau.

Gideon mă aștepta. În blugi negri și un tricou Columbia, părea incredibil de tânăr și de chipeș. Pe urmă mi-a zâmbit și m-a făcut să uit aproape cu totul de lume.

–Îngeraș, zise ademenitor, străbătând în picioarele goale podeaua cu model de tablă de șah, ca să mă întâmpine. Avea în ochi o privire pe care o cunoșteam prea bine. Vino încoace!

M-am aruncat în brațele lui, cuibărindu-mă strâns la pieptul lui puternic și umplându-mă de aroma lui.

–O să crezi că am înnebunit, am șoptit, cu fața îngropată la pieptul lui, dar pot să jur că am văzut-o pe Anne Lucas în holul blocului meu.

L-am simțit cum se încordează. Știam că psihologa nu se număra printre oamenii preferați pentru el.

–Când? întrebă foarte serios.

–Acum vreo douăzeci de minute. Chiar înainte să vin aici.

El îmi dădu drumul, băgă mâna în buzunarul de la spate și-și scoase telefonul. În același timp, mă luă de mână, ca să mergem în living.

–Doamna Cross tocmai a văzut-o pe Anne Lucas în blocul ei, îi spuse el celui care îi răspunsese.

–Cred că am văzut-o, l-am corectat, încruntându-mă nelămurită la auzul tonului său grav.

El însă nu mă asculta.

–Află, ceru, după care închise.

–Gideon! Ce se petrece?

El se îndreptă spre canapea, cu mine de mână, și se așeză. M-am instalat și eu lângă el, lăsându-mi geanta pe măsuța de cafea.

–Am văzut-o pe Anne acum câteva zile, îmi explică el, fără să-mi dea drumul la mână. Raúl mi-a confirmat că ea era femeia cu care ai vorbit la strângerea de fonduri. Ea a recunoscut, și am avertizat-o să nu se apropie de tine, dar văd că nu mă ascultă. Vrea să-mi facă rău și știe că poate dacă te lovește pe tine.

– Bine, am zis, procesând ceea ce aflasem.

– În clipa în care o vezi, oriunde te-ai afla, trebuie să-i spui lui Raúl. Chiar dacă doar crezi că e ea.

– Stai puțin, asule! Te-ai dus la ea acum câteva zile și nu mi-ai spus?

– Îți spun acum.

– De ce nu mi-ai spus atunci?

El oftă din greu:

– A fost în ziua în care a venit Chris.

– Oh!

– Da.

Mi-am mușcat buza de jos o vreme.

– Cum ar putea să-mi facă rău?

– Nu știu. Pentru mine, e de ajuns că asta vrea.

– De exemplu, să-mi rupă un picior? Nasul?

– Mă îndoiesc că o să facă apel la violență, răspunse el sec. Pentru ea, ar fi mai amuzant să se joace cu mintea ta. Să se dea în spectacol acolo unde ești și tu. Să te lase să o întrezărești din când în când.

Iar asta era și mai pervers.

– Deci de asta o să te duci la ea. Asta vrea cu adevărat, am șoptit. Vrea să te vadă pe tine.

– N-o să-i fac favorul acesta. I-am spus tot ce trebuia.

Mi-am lăsat privirea în jos, către mâinile noastre împreunate, jucându-mă cu verigheta lui.

– Anne, Corinne, Deanna... Totul e un pic cam nebunesc, Gideon. Vreau să spun că nu mi se pare că ar fi un lucru normal pentru majoritatea bărbaților. Câte femei o să-și mai piardă mințile din cauza ta?

El se uită la mine cu o privire care era tare departe de a fi amuzată.

– Nu știu ce-a apucat-o pe Corinne. De când s-a întors la New York, nu mai e deloc ea însăși. Nu știu dacă e din cauza medicamentelor pe care le lua, din cauza sarcinii pierdute, a divorțului...

– Divorțează?

– Nu vorbi pe tonul acesta, Eva! Pentru mine, nu are absolut nici o importanță dacă e măritată sau nu. *Eu* sunt însurat. Asta n-o să se schimbe niciodată, și nici nu sunt genul care înșală. Am prea mult respect pentru tine – și pentru mine – ca să fiu genul acesta de soț.

M-am aplecat spre el, oferindu-i gura, iar el mă sărută încet și cu blândețe. Îmi spusese exact ceea ce aveam nevoie să aud. Gideon se dădu înapoi, frecându-și nasul de al meu.

– Cât despre celelalte două... Trebuie să înțelegi că Deanna a fost o pagubă colaterală. La dracu'! Toată viața mea a fost un teatru de război, și unii au fost prinși în bătaia focului.

I-am luat chipul în palme, încercând să-i mai înlătur din tensiune cu mângâierile mele. Știam prea bine ce voia să spună. El înghiți în sec, cu putere.

– Dacă nu m-aș fi folosit de Deanna ca să-i transmit Annei că ușa dintre noi s-a închis, ar fi rămas doar o aventură de-o noapte și gata.

– Dar acum și-a revenit?

– Așa cred, spuse el, mângâindu-mă pe obraz, la fel cum făceam și eu. Din moment ce tot mă deschid, o să-ți spun că nu cred că m-ar refuza dacă aș încerca s-o agăț – lucru pe care n-o să-l fac –, dar nu cred că se mai încadrează în categoria femeilor furioase.

– Da, știam că ar ajunge din nou în pat cu tine dacă ar putea. Nu că aș condamna-o. Chiar trebuie să fii așa de înfiorător de bun la pat? Nu-i de ajuns că ești așa de sexy, că ai un trup uluitor și un mădular uriaș?

El clătină din cap, vizibil exasperat.

– Ba nu-i *uriaș*.

– Cum zici tu. Ești bine dotat. Și știi și cum să ți-l folosești. Iar femeile n-au parte prea des de sex bestial, așa că atunci când dăm peste așa ceva, putem să o luăm un pic razna după asta. Cred că acesta e răspunsul la întrebarea mea despre Anne, din moment ce ea a avut parte de tine în mod repetat.

– N-a avut niciodată parte de mine. Gideon se dădu în spate, încruntat. La un moment dat, o să te saturi să tot auzi cât sunt de ticălos.

Drept răspuns, m-am cuibărit lângă el, cu capul pe umărul lui.

– Nu ești primul bărbat înnebunitor de sexy de pe planetă care se folosește de femei. Și n-o să fii nici ultimul.

– Cu Anne a fost altfel, mormăi el. N-a fost numai ceva legat de soțul ei.

Am încremenit, dar apoi m-am străduit să mă relaxez, ca să nu-l fac să devină și mai tensionat decât era deja.

El trase adânc aer în piept, sacadat.

– Uneori, îmi amintește de Hugh, spuse pe nerăsuflate. Felul în care se mișcă, unele dintre lucrurile pe care le spune... Există o asemănare de familie. Și ceva mai multe. Nu pot să explic.

– Atunci, n-o face.

– Uneori, linia de demarcație dintre ei se estompa în mintea mea. Era ca și când l-aș fi pedepsit pe Hugh prin intermediul lui Anne. Ei i-am făcut lucruri pe care nu le-am făcut cu nimeni altcineva. Lucruri care mă făceau să mă îngrețoșez după aceea, când mă gândeam la ele.

– Gideon! am zis, cuprinzându-l pe după mijloc.

Nu-mi spusese asta până acum. Înainte, îmi zisese doar că îl pedepsea de fapt pe doctorul Terence Lucas, iar eu eram sigură că era o parte a pedepsei. Acum însă, îmi dădeam seama că nu era deloc așa.

Gideon se lăsă iar pe spate.

– Între mine și Anne, situația era ciudată. Eu am făcut-o s-o ia razna. Dacă aș putea să mă întorc și să fac lucrurile altfel...

– O să vedem cum rezolvăm totul. Mă bucur că mi-ai spus.

– Trebuia s-o fac. Ascultă, îngeraș, trebuie să-i spui lui Raúl chiar în clipa în care o vezi, oriunde ai fi. Chiar dacă nu ești sigură. Și nu te duce nicăieri singură! O să mă gândesc eu cum să rezolv cu ea. Și, în timpul acesta, trebuie să știu că ești la adăpost.

– Bine.

Nu prea știam cum avea să funcționeze planul acesta pe termen lung. Trăiam în același oraș cu femeia asta și cu soțul ei, iar doctorul Lucas însuși mă abordase cu ceva vreme înainte. Amândoi erau o problemă, iar noi aveam nevoie de o soluție.

Dar n-aveam s-o găsim azi, sâmbătă. Într-una dintre cele două zile ale săptămânii pe care le așteptam cu cea mai mare nerăbdare, dat fiind că petreceam atât de puțin timp în intimitate cu soțul meu.

– Deci, am început, băgându-mi mâna pe sub tricoul lui Gideon, atingându-i pielea caldă. Unde este surpriza mea?

– Ei bine... răspunse el, cu glasul sexy parcă și mai răgușit, și mai profund. Hai să mai așteptăm puțin. Ce-ar fi să începem cu niște vin?

Mi-am dat capul pe spate ca să-l privesc.

– Asule, încerci cumva să mă seduci?

– Mmm... cred că o să merg direct la țintă.

Când am văzut că Gideon nu vine cu mine la duș, mi-am dat seama că pune ceva la cale. Singurele momente în care sărea peste ocazia de a-și pune mâinile pe mine când eram udă toată, cu apa șiroind pe mine, era dimineața, după ce făcuse deja tot ce voia cu mine.

Când m-am întors în living, în pantaloni scurți și un tricou scurt, fără sutien, el mă aștepta cu un pahar de vin roșu. Ne-am așezat pe canapea, să ne uităm la *Condamnat să ucidă*, iar alegerea asta îmi dovedea încă o dată că soțul meu mă cunoștea bine. Era exact genul de film care îmi plăcea mult – un pic amuzant, absolut extraordinar. Și era și cu Kevin Costner, care era întotdeauna o alegere perfectă pentru mine.

Cu toate acestea, oricât de mult m-aș fi distrat lenevind împreună cu Gideon, pe măsură ce trecea timpul, începea să mă roadă nerăbdarea. Iar Gideon, vicleanul, știa prea bine. Pe asta se și baza. Avea grijă să am paharul mereu plin și nu-și lua mâinile de pe mine – trecându-mi-le prin păr, mângâindu-mă pe umăr, trecându-mi-le peste coapse.

Pe la nouă, mă cățărasem toată pe el. M-am așezat în poala lui și mi-am lipit buzele de gâtul lui, lingându-l, ca să-i simt pulsul. Am simțit cum tresare, iar apoi pulsul îi deveni tot mai accelerat, dar nu făcea nici o mișcare drept răspuns. Părea absorbit cu totul de reluarea la care ne uitam acum, după ce se terminase filmul.

– Gideon? am șoptit cu tonul acela care cerea sex, strecurându-mi mâna între picioarele lui; era întărit, gata, ca întotdeauna.

– Mmm?

I-am mușcat ușor lobul urechii.

– Te deranjează dacă mi-o trag singură cu animalul tău mare în timp ce te uiți la televizor?

El își trecu absent mâna pe spatele meu.

– S-ar putea să nu pot să văd din cauza ta, răspunse, părând distrat. Poate ar fi mai bine să te așezi în genunchi și să mi-o sugi.

M-am dat înapoi, privindu-l uluită. În ochii lui însă se citea veselia.

– Ești sub orice critică, am zis, dându-i un ghiont în umăr.

– Bietul meu îngeraș! mă căină el cu glas alinător. Ești excitată?

– Tu ce părere ai? am replicat, arătându-mi pieptul. Sfârcurile mi se întăriseră și se micșoraseră, ițindu-se pe sub bluza subțire, într-o încercare tăcută de a-i atrage atenția.

El mă prinse de umeri și mă trase mai aproape, prinzându-mi între dinți un sfârc ca să-l mângâie ușor cu limba, smulgându-mi un geamăt.

Apoi îmi dădu drumul. Avea ochii întunecați ca safirele.

– Te-ai udat?

O, da, și încă repede. De fiecare dată când Gideon mă privea așa, trupul mi se înmuia pentru el, devenea jilav, flămând de sex.

– Ce-ar fi să afli? l-am tachinat.

– Arată-mi!

Tonul autoritar din comanda asta mă excita și mai mult. M-am dat cu grijă la o parte de pe el, cuprinsă, în mod surprinzător, de rușine. El împinse cu piciorul măsuța de cafea, făcându-mi loc să stau în picioare în fața lui. Privirea lui aluneca peste mine, cu chipul lipsit de expresie. Faptul că nu mă încuraja defel mă făcea și mai agitată, iar asta bănuiam că îi era și intenția.

Mă presa în felul acela specific lui.

Mi-am îndreptat umerii, rotindu-i, mi-am înfipt privirea în ochii lui și mi-am lins ușor buza de jos cu limba. Am văzut cum pleoapele i se lăsau grele peste ochi. Mi-am băgat degetele pe sub elasticul pantalonilor scurți și i-am tras în jos, dând un pic din șolduri, ca să par mai degrabă o stripteuză și să ascund faptul că mă simțeam stânjenită.

– N-ai chiloței, murmură el, cu privirea ațintită asupra sexului meu. Îngeraș, nu ești cuminte.

– Ba încerc să fiu foarte cuminte, am făcut eu botic.

– Deschide-te pentru mine, murmură el. Vreau să te văd.

– Gideon.

El aștepta răbdător. Știam că n-avea să-și piardă răbdarea. Avea să mă aștepte, indiferent dacă avea să-mi ia cinci minute sau cinici ore. Acesta era motivul pentru care aveam încredere în el. Pentru că nu se punea niciodată întrebarea dacă urma să mă supun, ci când aveam să fiu gata. Iar asta era o decizie pe care mi-o lăsa mie, de cele mai multe ori.

Mi-am depărtat picioarele și am încercat să respir ceva mai potolit. Mi-am dus mâinile la sex și am îndepărtat labiile, arătându-mi clitorisul bărbatului după care tânjea.

Gideon s-a ridicat încet în capul oaselor:

– Eva, ai o pizdulice atât de frumoasă!

Mi-am ținut respirația văzându-l că se înclină spre mine. El își ridică mâinile și mă prinse de coapse, ca să rămân în poziția în care stăteam.

– Nu te mișca! îmi ordonă.

Apoi mă linse, cu o mișcare leneșă.

– O, Doamne, am gemut; începuseră să-mi tremure picioarele.

– Stai jos, zise el răgușit, lăsându-se pe podea în genunchi, în timp ce-i dădeam ascultare.

Simțeam sticla rece pe fesele goale, într-un contrast puternic cu fierbințeala care mă cuprinsese. Mă sprijinisem în brațe, apucându-mă de capătul din spate al mesei ca să nu-mi pierd echilibrul, în timp ce el îmi apăsa coapsele cu palmele, făcându-mă să mă deschid cât mai mult.

Îi simțeam respirația arzătoare pe pielea mea asudată; se uita cu atenție la sexul meu.

– Ai putea fi și mai udă.

M-am uitat la el, gâfâind, pe când își lăsa capul în jos, prinzându-mi clitorisul în gură. Mă simțeam pârjolită, ca de arșiță, devastată de biciul limbii lui. Am țipat, încercând să mă zvârcolesc, dar el m-a prins bine, țintuindu-mă locului. Capul îmi căzuse pe spate; în urechi auzeam bubuitul propriului sânge și gemetele lui Gideon. Limba lui trecea ușor ca bătaia aripilor unui fluture peste ghemulețul de nervi, împingându-mă drept în brațele orgasmului. Mi se încleștase stomacul, pe măsură ce mă apropiam de apogeul plăcerii; părul lui mătăsos îmi mângâia coapsele.

Am scos un icnet ca de animal

– O să-mi dau drumul. Gideon... Doamne... îmi dau drumul.

El își înfipse atunci limba în mine. Nu mă mai puteam ține în coatele slăbite; m-am lăsat cu totul pe spate. Îmi penetra acum cu limba deschizătura sexului, care se strângea în jurul lui, frecându-mi lăuntrurile sensibile, ațâțându-mă cu făgăduiala penetrării după care tânjeam cu adevărat.

– Trage-mi-o, l-am implorat.

Însă Gideon se retrase, lingându-și buzele.

– Nu aici!

Am scos un geamăt de protest când s-a ridicat. Eram atât de aproape de orgasm, că aproape îi simțeam gustul pe buze. El îmi întinse mâna, ajutându-mă să mă ridic în capul oaselor și apoi în picioare. Tremuram toată, așa că el m-a prins și m-a azvârlit pe umăr.

– Gideon!

Însă apoi și-a băgat mâna între picioarele mele, masându-mi sexul ud și umflat de dorință, și nu mi-a mai păsat cum mă ducea, câta vreme mă ducea într-un loc unde să poată să mă posede.

Am intrat pe hol și am cotit, după care ne-am oprit, prea repede ca să fi ajuns în dormitorul lui. Am auzit mânerul mișcându-se, după care s-a aprins lumina.

Eram în dormitorul meu. Gideon mă lăsă jos, cu fața la el.

–De ce aici? am întrebat. Poate că unii bărbați se duceau drept în patul cel mai apropiat, însă Gideon era mult mai controlat. Dacă mă voia în dormitorul acesta, însemna că avea el un motiv.

–Întoarce-te, spuse încetișor.

Ceva în glasul lui... felul în care se uita la mine...

Am privit peste umăr.

Și am văzut leagănul.

Nu era ceea ce mă așteptam.

Când Gideon îmi vorbise pentru prima dată de leagăne pentru sex, le căutasem pe internet. Ceea ce văzusem erau niște chestii șubrede, de atârnat de cadrele ușilor, alte chestii, mai stabile, pe cadre cu patru picioare de sprijin, și unele care atârnau de un bolț fixat în tavan. Toate constau într-o combinație de lanțuri și/sau curele, care erau folosite ca niște atârnători pentru o parte sau alta a corpului. Iar fotografiile cu femei cățărate în ciudățeniile alea arătau stânjenitor.

Sincer, chiar nu pricepeam cum putea să treacă cineva peste postura stânjenitoare și peste teama de a nu cădea, ca să nu mai vorbesc despre posibilitatea de a ajunge la orgasm.

Ar fi trebuit să-mi dau seama că Gideon avea altceva în minte.

M-am întors cu totul, ca să mă uit mai bine la leagăn. La un moment dat, Gideon golise dormitorul. Patul și mobilele dispăruseră. Singurul obiect rămas în cameră era leagănul, suspendat de o structură solidă, asemănătoare cu o colivie. O platformă de metal, lată și solidă, de care erau ancorate părțile laterale și acoperișul din oțel, de care atârnau un scaun și niște lanțuri din metal. În locurile corespunzătoare se zăreau cătușe roșii de piele, pentru încheieturile mâinilor și pentru glezne.

El mă cuprinse în brațe pe la spate, strecurându-și o mână pe sub tricoul meu, pe sân, iar cealaltă între picioare, înfigându-și două degete în mine.

Îmi dădu la o parte părul cu fața lui, sărutându-mă pe gât.

–Cum te simți când te uiți la asta?

Mi-am cântărit răspunsul:

–Intrigată. Ușor speriată.

L-am simțit că zâmbește.

–Hai să vedem cum o să te simți când o să fii în el.

M-a străbătut un fior de nerăbdare și de teamă. Din felul în care erau plasate cătușele, puteam să-mi dau seama că aveam să fiu neajutorată, în imposibilitatea să mă mișc ori să mă dau la o parte. Incapabil să exercit orice urmă de control asupra a ceea ce avea să se întâmple cu mine.

–Eva, vreau să fac asta. Nu ca în noaptea aceea, în lift. Vreau să simți când dețin controlul și să știi că luăm parte împreună la asta.

Mi-am lăsat capul pe pieptul lui. Nu știu cum, dar era mai greu să-i dau consimțământul pe care și-l dorea. Era mai puțină... responsabilitate când lua pur și simplu comanda.

Dar era doar un subterfugiu.

–Îngeraș, care e cuvântul tău de siguranță? șopti el, mușcându-mă ușor de gât. Avea mâini de vrăjitor, cu degete care mă mângâiau ușurel, fără să pătrundă prea adânc în mine.

–Crossfire.

– Dacă spui cuvântul, oprim totul. Spune din nou!

– Crossfire.

Degetele lui iscusite mă trăgeau de sfârc, mulgându-mă cu o îndemânare nebună.

– Nu ai deloc de ce să te temi. Trebuie doar să te așezi pe spate și să-mi primești mădularul. O să te fac să-ți dai drumul fără să fii nevoită să faci nimic.

Am tras adânc aer în piept.

– Am impresia că așa e întotdeauna între noi.

– Încearcă și așa, mă ademeni el, începând să-mi scoată tricoul. Dacă nu-ți place, ne ducem în pat.

O clipă, am vrut să amân, să mai aștept o vreme, ca să mă obișnuiesc cu ideea. Îi făgăduisem că o să accept leagănul, dar nu îmi scotea ochii cu asta...

– Crossfire, șopti el, îmbrățișându-mă pe la spate.

Nu știam dacă îmi amintea că am un cuvânt de siguranță sau îmi spunea că mă iubește atât de mult, încât nu existau vorbe care să exprime ceea ce simțea. Oricare ar fi fost motivul, efectul asupra mea era același. Mă făcea să mă simt în siguranță.

Îi simțeam în plus și încântarea. Respirația îi devenise mai rapidă din clipa în care zărisem leagănul. Îi simțeam mădularul tare ca oțelul, lipit de fesele mele, iar pielea îi ardea de-a dreptul. Dorința lui mi-o biciuia pe a mea, mă făcea să vreau să fac orice, numai săi ofer atât de multă plăcere, încât să-l copleșesc.

Dacă avea nevoie de ceva, voiam ca eu să fiu femeia care să-i ofere. El îmi dăduse atât de mult. Totul.

– Bine, am murmurat. Bine.

El mă sărută pe umăr, apoi veni lângă mine, luându-mă de mână.

L-am urmat spre leagăn, studiindu-l cu atenție. Scaunul îngust atârna la nivelul taliei lui Gideon, ceea ce însemna că trebuia să mă întoarcă spre el cu fața după care să mă ridice în leagăn. Gura lui mi-a atins gura în timp ce fesele mele dezgolite atingeau pielea rece, iar el îmi lingea colțul buzelor cu limba. M-am înfiorat, nu știu dacă de la răcoare, de la sărutul lui sau din cauza fricii.

Gideon se îndepărtă puțin, cu ochii grei de patimă. Mă ridică în poziție, ținând lanțurile nemișcate în timp ce mă lăsam pe spătarul scaunului, care era oblic față de el, făcându-mă să vreau să-mi întind picioarele, pentru echilibru.

– Te-ai obișnuit? mă întrebă, privindu-mă scrutător.

Știam că întrebarea nu se referea numai la confortul meu fizic. Am dat din cap.

El se dădu un pas înapoi, fără să-și ia privirea de pe chipul meu.

– O să-ți prind gleznele. Să-mi spui dacă o să fie ceva în neregulă.

– Bine.

Glasul meu era mai mult o șoaptă sacadată, iar pulsul o luase razna.

El își lăsă mâna să alunece pe piciorul meu, într-o mișcare plină de căldură, provocatoare. Nu mi-am putut feri privirea când mi-a prins cătușa stacojie de piele pe gleznă și a închis catarama de metal. Era prinsă bine, dar nu prea strâns.

Gideon lucra cu mișcări rapide, încrezător. După câteva clipe, și celălalt picior îmi fusese suspendat.

– E în regulă până acum? își îndreptă el privirea spre mine.

– Ai mai făcut asta, am zis eu, bosumflându-mă. Mișcările lui păreau prea bine exersate, ca să fie ale unui începător.

El nu răspunse, ci începu să se dezbrace, la fel de încet și de metodic cum mă legase.

Fascinată, sorbeam lacomă din priviri fiecare centimetru de piele pe care mi-l dezvăluia. Soțul meu avea un trup absolut uluitor. Era atât de tare, de puternic, de viril. Mi-era imposibil să nu mă excit la vederea lui gol.

El își trecu ușor limba peste buze, într-o mângâiere leneșă, încărcată de erotism.

– Tot bine e, îngeraș?

Gideon știa prea bine ce-mi făcea când îl vedeam, și mă excita și mai tare faptul că era destul de îngâmfat încât să folosească împotriva mea această slăbiciune. Și numai Dumnezeu știa că și eu îi răspundeam cu aceeași monedă de fiecare dată când puteam.

– Ești înfiorător de sexy, i-am zis, lingându-mi și eu buzele.

El zâmbi și se îndreptă spre mine, cu mădularul gros și lung curbat spre buric.

– Cred că o să-ți placă foarte mult asta.

Nu trebuia să întreb de ce spusese asta, căci deveni evident de îndată ce îmi luă mâinile în ale lui. Din scaunul leagănului, avantajul pe care îl aveam eu era cât se poate de clar. De la coapse în sus, el era cu totul expus între picioarele mele.

Gideon se aplecă și mă mai sărută o dată. Blând și dulce. Am gemut, luată pe neașteptate de tandrețea lui și de parfumul său bogat.

El îmi dădu drumul la o mână, luându-și mădularul și punându-l între labiile mele. Capul mare se strecură prin zona pe care dorința o făcuse alunecoasă, apoi îmi mângâie clitorisul aflat la vedere. Mă treceau valuri de plăcere, făcându-mă să descopăr cât eram de vulnerabilă. Nu puteam să-mi arcuiesc șoldurile. Nu puteam să-mi strâng mușchii interiori, ca să alung senzația.

Am gemut din greu, fără să vreau. Voiam mai mult, dar nu puteam decât să aștept să-mi dea el.

– Te încrezi în mine, îmi șopti el în timp ce mă săruta.

Nu era o întrebare, dar am răspuns, totuși:

– Da.

Gideon dădu din cap.

– Apucă-te de lanțuri!

Deasupra capului, aveam cătușe pentru încheieturi. Mă întrebam de ce nu le folosise, dar aveam încredere că el știe cel mai bine ce face. Dacă nu credea că sunt pregătită, asta era datorită faptului că mă cunoștea atât de bine. Într-un fel, mă cunoștea mai bine decât mă cunoșteam eu însămi.

Iubirea pe care o simțeam pentru el îmi umplea pieptul, până se revărsă din mine, înlăturând și ultimele urme de teamă care mai adăstau în colțurile minții mele. Nu mă simțisem niciodată atât de aproape de el, nu știusem niciodată că era cu putință să te încrezi atât de complet în cineva.

Am făcut ce-mi ceruse Gideon și am apucat lanțurile. El se apropie din nou; mușchii abdominali îi luceau, cu broboane de transpirație pe ei. Puteam să văd cum îi pulsează venele la gât, pe brațe, pe penis. Inima îi bătea nebunește, ca și a mea. Capul mădularului îi era la fel de ud de excitare ca și păsărica mea. Foamea pe care o aveam unul de altul parcă prinsese o viață proprie, strecurându-se între noi, făcând să dispară lumea întreagă, ca să rămânem doar noi doi.

– Să nu le dai drumul, îmi ordonă el; aștepta până când am dat din cap, în semn că așa voi face, după care trecu la fapte.

Apucă un lanț, în locul unde se întâlnea cu scaunul, iar cu mâna cealaltă își aranjă mădularul în despicătura mea. Capul gros mă împungea în joacă, ațâțându-mă cu făgăduiala plăcerii. Gemeam, așteptându-l să facă acel pas înainte care să-l facă să alunece în mine, căci lăuntrurile mele mă dureau deja, atât eram de disperată să mă umple.

El însă prinse scaunul cu amândouă mâinile și mă trase în mădularul lui.

Sunatul care mi-a scăpat din gât era neomenesc, căci sentimentul sălbatic de erotic de a fi penetrată atât de adânc mă făcea să o iau razna. Se cufundase adânc în mine dintr-o singură mișcare, căci trupul meu nu putea să-i opună nici o rezistență.

Gideon se cutremură, străbătut de un fior puternic.

– Fir-ar! șuieră el. Ce pizdulice bună ai!

Am vrut să-l iau în brațe, dar el împinse scaunul înapoi, despărțindu-mă de mădularul lui tare ca piatra. Senzația că sunt golită îmi smulse un geamă disperat.

– Te rog, am cerșit cu glas slab.

– Ți-am spus să nu dai drumul lanțurilor, răspunse el, cu o strălucire răutăcioasă în ochi.

– Nu mai fac, i-am promis, prinzând așa de tare lanțurile în mână, că mă durea.

El întinse brațele și mă trase înapoi, făcându-mă să alunec la loc în mădularul lui. Simțeam că-mi amorțesc degetele de la picioare. Senzația că sunt lipsită de greutate, că-i sunt întru totul supusă, era de nedescris.

– Vorbește, ceru el. Spune-mi că-ți place așa.

– Fir-ar, am icnit, simțind cum mi se scurgea sudoarea pe ceafă. Nu te opri!

Într-o clipă eram ținută nemișcată, iar în momentul următor mă legănam, fluid, sexul meu alunecând continuu de-a lungul mădularului rigid al lui Gideon, cu o viteză care îmi tăia respirația. Trupul lui lucra ca o mașină bine unsă, brațele pieptul, mușchii abdomenului se încordau, controlând leagănul cu o îndemânare de maestru. Vederea mișcărilor lui puternice, intensitatea cu care se concentra ca să ofere plăcere atât mie, cât și lui, felul în care mă penetra, atât de adânc și de repede...

Am atins orgasmul țipând, fără să pot zăgăzui nebunia care pusese stăpânire pe mine. Iar el continua să mi-o tragă, gemând din greu, cu chipul roșu, inundat de poftă. Nu avusesem niciodată un orgasm atât de puternic, atât de repede. Câteva clipe, care păreau că nu se mai sfârșesc, n-am putut să văd nimic, nu mai puteam să respir, cu trupul lăsat pradă unei plăceri mai feroce decât orice simțisem vreodată.

Leagănul încetini și în cele din urmă se opri. Gideon mai făcu un pas spre mine, afundându-se cu totul în mine. Răspândea un iz decadent, primitiv. A păcat și a sex.

Îmi prinse chipul în palme, dându-mi la o parte șuvițele ude de pe obraji. Sexul meu se cutremura în jurul lui, mult prea conștient de cât era de tare și de gros.

– Tu nu ți-ai dat drumul, l-am învinuit, simțindu-mă mult prea vulnerabilă, după cât de dement îmi fusese orgasmul.

Gideon mă sărută aspru, poruncitor.

– O să-ți leg încheieturile mâinilor. Pe urmă o să-mi dau drumul în tine.

Sfârcurile mere nu mai erau decât niște puncte dureroase.

– O, Doamne!

– Te încrezi în mine, zise el din nou, scrutându-mi chipul.

L-am mai atins o dată, câtă vreme încă mai puteam, trecându-mi mâinile peste pieptul lui ud de sudoare, simțindu-i bătăile disperate ale inimii.

– Mai mult decât în orice pe lume.

Capitolul 19

– Bună dimineața, asule!

Am întors capul la auzul glasului Evei, zâmbind în timp ce intra în bucătărie, îndreptându-se spre cafetieră. Părul îi era încâlcit cu totul, iar picioarele, sexy sub tricoul pe care îl purta.

M-am întors apoi spre aragaz, la frigănelele pe care le făceam, și am întrebat-o:

– Cum te simți?

– Mmmm...

M-am întors din nou spre ea și am descoperit că se înroșise.

– Am febră musculară, spuse ea, punând cafeaua în cafetieră. Înăuntru, foarte adânc.

Am zâmbit larg. Leagănul o poziționase perfect, dându-mi posibilitatea să o penetrez în cel mai bun mod cu putință. N-o pătrunsesem niciodată atât de adânc. Mă gândisem la asta toată dimineața și hotărâsem să vorbesc cu Ash despre planurile lui de renovare. Unul dintre cele două dormitoare trebuia să aibă două dulapuri – unul pentru haine, iar celălalt pentru leagăn.

–Dumnezeule, mormăi ea. Ia te uită ce rânjet! Bărbații sunt niște porci.

–Și uite-mă aici, robotind la aragaz pentru tine.

–Da, da, cum să nu! Și, în timp ce trecea pe lângă mine, cu o cană aburindă în mână, îmi trase o palmă peste fund.

Am prins-o de încheietură înainte să apuce să se îndepărteze și am sărutat-o cu zgomot pe obraz.

–Ai fost uluitoare azi-noapte.

Simțisem atunci că ceva se legase între noi, atât de puternic, încât schimbarea fusese la fel de tangibilă ca și inelele pe care le aveam pe degete, și prețuiam la fel de mult acest lucru.

Ea îmi dărui un zâmbet minunat, după care deschise frigiderul ca să scoată laptele. În timp ce se ocupa de asta, eu am pus în farfurii frigănelele.

–Așteptam să vorbesc cu tine despre ceva, spuse ea, venind lângă mine și așezându-se pe unul dintre scaunele de bar.

–Bine, am răspuns, ridicând din sprâncene.

–Aș vrea să mă implic în Fundația Crossroads – atât financiar, cât și administrativ.

–Asta poate să însemne multe lucruri, îngeraș. Spune-mi ce ai în minte!

Ea dădu din umeri, luându-și furculița.

–Mă gândeam la banii din aranjament pe care mi i-a dat tatăl lui Nathan. Zac pe undeva, printr-o bancă, și după lucrurile prin care a trecut Megumi... Mi-am dat seama că trebuie să pun banii ăștia la muncă și nu vreau să aștept. Aș dori să contribui cu fonduri la programele oferite de Crossroads și la discuțiile pentru găsirea modurilor de a le îmbunătăți.

Am zâmbit în sinea mea, încântat că o văd că se îndreaptă pe calea cea bună.

– În regulă. O să găsim ceva.

– Serios? Strălucea de încântare ca soarele, lumina strălucitoare a lumii mele.

– Sigur că da. Și eu mi-aș dori să acord mai mult timp fundației.

– Putem să lucrăm împreună! Sări în sus de bucurie. Gideon, sunt așa de încântată!

– Îmi dau seama, am răspuns, îngăduindu-mi și eu să zâmbesc.

– Pare o mișcare naturală pentru noi. Ca o extindere a *noastră*, pe bune.

Apoi tăie o bucățică dintr-o frigănea și o băgă în gură, mormăind apreciativ.

– Mă bucur că-ți place.

– Ești sexy *și* știi și să gătești. Sunt chiar norocoasă!

Am hotărât să nu-i spun că abia descărcasem de pe internet rețeta. Mintea mi-a zburat în schimb la spusele ei.

Oare făcusem cumva o greșeală tactică, făcându-i prea repede propunerea lui Mark? Era cu putință ca, dacă aș mai fi lăsat lucrurile să se așeze încă puțină vreme, Eva să fi venit din proprie inițiativă să lucreze la Cross Industries. Puteam să-mi permit însă luxul de a-i lăsa mai mult timp, cu Landon care îmi sufla în ceafă? Nici măcar acum nu eram de părerea asta.

Încercând să temperez orice posibilă dispută, am stat să mă gândesc dacă era bine să aduc vorba acum sau mai târziu despre mutarea lui Mark la Cross Industries. Eva deschisese ușa, vorbind despre lucrul nostru împreună. Dacă nu intram în subiect, riscam ca ea să afle din altă parte.

Riscasem să o pățesc așa sâmbătă, mai ales că Eva și Mark erau prieteni și vorbeau și în afara orelor de serviciu. Ar fi putut s-o sune oricând, dar contasem pe faptul că el stătuse mai întâi să se gândească, să discute cu partenerul său și să se împace cu gândul plecării de la Waters Field & Leaman.

– Și eu trebuie să discut ceva cu tine, îngeraș.

– Sunt ochi și urechi.

Hotărându-mă să par nonșalant, am luat siropul de arțar și mi-am turnat în farfurie.

– I-am oferit o slujbă lui Mark Garrity.

Urmă un moment de tăcere uluită, după care ea zise:

– Ce-ai făcut?

Tonul glasului său îmi confirmă că avusesem dreptate să pun problema pe tapet cât mai curând. Mi-am ridicat privirea spre ea. Se holba la mine.

– I-am propus lui Mark să lucreze pentru Cross Industries, am repetat.

Ea se făcuse albă la față.

– Când?

– Vineri.

– Vineri, repetă ca un papagal. E duminică. Și abia acum îmi spui?

Din moment ce era o întrebare retorică, n-am răspuns, așteptând să pot evalua mai bine situația, ca nu cumva să înrăutățesc și mai mult lucrurile.

– De ce, Gideon?

Am pornit-o pe aceeași cale pe care o folosisem și cu Mark – să le spun celor implicați adevărul pe care era cel mai probabil să-l accepte.

–E un angajat foarte bun. O să aducă o mulțime de beneficii echipei.

–Aiurea! Obrajii i se înroșiseră la loc, de supărare. Nu mă lua de sus! Mă lași fără slujbă și nu ți-a trecut prin cap că e un lucru despre care să discuți mai întâi cu mine?

Am schimbat tactica:

–LanCorp l-a cerut direct pe Mark, nu-i așa?

Ea rămase tăcută câteva clipe.

–Despre asta e vorba? Sistemul PhazeOne? Tu chiar vorbești serios?

Mă întrebasem ce sistem folosise Ryan Landon ca pretext de a se apropia de Eva. Eram surprins că pusese la bătaie un produs atât de vital pentru el; pe urmă m-am dojenit în gând pentru că nu mă așteptasem la asta.

–Eva, nu mi-ai răspuns la întrebare.

–Ce dracu' mai contează? se răsti ea. Da, l-au cerut pe Mark. Și ce-i cu asta? Nu vrei să-l folosească și competitorii tăi? Vrei cumva să-mi spui că a fost o decizie de afaceri?

–Nu, a fost ceva personal, am răspuns, lăsându-mi jos tacâmurile. Eric Landon, tatăl lui Ryan Landon, a investit foarte mult cu tata și a pierdut totul. De atunci, Ryan Landon a fost continuu cu pușca pe mine.

Ea se încruntă, încercând să înțeleagă.

–Prin urmare, nu voiai ca noi să lucrăm la nici o campanie pentru el? Asta vrei să spui?

– Spun că Ryan Landon l-a cerut pe Mark ca să poată să ajungă la tine.

– Ce? De ce? Pe chipul ei, iritarea și mânia se amestecau. E căsătorit, pentru numele lui Dumnezeu! Și-a adus și soția la prânz, alaltăieri. N-ai nici un motiv să fii gelos.

– Poate că nu e interesat în felul acesta de tine, m-am învoit eu. E mai degrabă triumful că tu lucrezi pentru el. Vrea satisfacția de a ști că poate să dea un ordin și tu o să sari să i-l pui în practică.

– E ridicol!

– Eva, nu știi totul. Nu știi de câți ani se străduiește să mă tragă la fund, în orice fel cu putință. Toate hotărârile de afaceri pe care le ia se datorează nevoii de a rescrie legătura dintre numele Landon și Cross. Fiecare succes pe care l-a avut a fost însoțit de menționarea faptului că tatăl lui n-a reușit să vadă ce escroc a fost tata și cât a costat acest lucru familia Landon.

– Sigur că nu știu, zise ea cu răceală. Pentru că nu ți s-a părut potrivit să-mi spui.

– Îți spun acum.

– Când nu mai are nici o importanță! se răsti ea, ridicându-se de la masă ca să iasă din bucătărie.

M-am dus după ea, cum făceam întotdeauna.

– Eva!

Am prins-o de cot, dar s-a scuturat, eliberându-se și întorcându-se cu fața spre mine.

– Nu mă atinge!

– Nu pleca de lângă mine! am mârâit. Dacă e să ne certăm, hai să o facem acum!

– Pe asta te și bazai, nu-i așa? Te-ai gândit că poți să faci ce vrei, după care o să mă duci cu zăhărelul ori o să mi-o tragi ca să mă împaci. Dar nu se poate rezolva așa, Gideon. De data asta, nu poți doar să spui două-trei vorbe ori să mi-o tragi de să-mi iasă ochii ca să se rezolve totul.

– Ce să se rezolve? Am văzut că cineva trage sforile ca să profite de tine și m-am ocupat de asta.

– Așa vezi tu lucrurile? răspunse ea, cu mâinile în șolduri. Ei bine, eu nu văd deloc așa totul. Landon își asumă riscul. Dacă eu și Mark o să ne facem treaba de rahat? El are multe de pierdut cu PhazeOne.

– Exact. Are în companie servicii de publicitate, de marketing și de promovare, la fel ca mine. De ce ar lua un produs cu care a cheltuit o avere – chiar și după standardele mele – și s-ar lăsa descoperit, riscând să aibă parte de un eșec răsunător?

Ea dădu din mâini, pufnind.

– Corect, am replicat mușcător. Nu poți să răspunzi pentru că nu există un răspuns bun. E un pariu care nu-i necesar. Singurele persoane care se ocupă de lansarea ultimei variante de GenTen sunt cele ale căror suflete îmi aparțin.

– Ce vrei să spui?

– Că Landon a așteptat mult timp ca să înșface o halcă din carnea companiei Cross. Poate că nu-i pasă că te-ai căsătorit. Habar n-am ce-i în creierul lui. În cel mai bun caz, vrea să ne împingă într-o zonă în care să nu putem să schimbăm informații între noi.

Ea ridică din sprâncene, ironică.

– Și în ce fel se deosebește asta de felul în care funcționează de obicei relația noastră?

– Oprește-te! am zis, încleștându-mi pumnii, enervat de încăpățânarea ei. Nu pune asta în spinarea noastră, când de fapt e vorba de el. Blestemat să fiu dacă Landon o să te târască în iad din cauza mea!

– N-am spus că te înșeli! Dacă mi-ai fi vorbit despre asta, aș fi luat singură decizia corectă. În schimb, tu mă obligi să plec de la un serviciu care îmi place enorm!

– Stai puțin! Ce hotărâre ai fi luat?

– Nu știu, răspunse ea, zâmbindu-mi cu atâta răceală, că-mi îngheță sângele în vene. Iar acum nici n-o să mai aflăm vreodată.

Apoi îmi întoarse iar spatele.

– Stai!

– Nu, îmi aruncă ea peste umăr. Mă duc să mă îmbrac și plec.

– S-o crezi tu!

Și m-am dus după ea în dormitor.

– Nu pot să mai rămân aici în clipa asta, Gideon. Nici măcar nu vreau să mă uit la tine.

Mi se învâteau gândurile nebunește, în căutarea a ceva ce-ar fi putut-o liniști.

– Mark încă n-a acceptat slujba.

Ea clătină din cap în timp ce deschidea un sertar ca să-și ia niște pantaloni scurți.

– O să accepte. Pot să jur că i-ai făcut o ofertă pe care n-o poate refuza.

– O s-o retrag.

Dumnezeule! Dădeam înapoi și asta mă enerva îngrozitor, dar ea era atât de supărată, că nu aveam cum să ajung la ea. N-o văzusem niciodată atât de distantă cu mine. Îndepărtată, de neatins. După noaptea de un erotism sălbatic de care avuseserăm parte, când apropierea dintre noi ajunsese la cote inimaginabile, îmi era cu neputință să-i îndur atitudinea din acest moment.

–Nu te mai strădui, Gideon! Răul a fost făcut. Dar o să ai un angajat de primă clasă, care o să aducă nenumărate beneficii pentru echipa ta.

Apoi își puse pantalonii și se duse către dulap.

M-am dus în spatele ei, blocându-i calea, în timp ce-și punea papucii în picioare.

–Ascultă-mă, la dracu'! Sunt pe urma ta. Toți. Vor să mă lovească pe mine prin intermediul tău. Eva, să știi că fac tot ce-mi stă în putință. Încerc să ne apăr, și pe mine, și pe tine, în singurul mod pe care îl cunosc.

Ea se opri și se întoarse spre mine.

–Asta e o problemă. Pentru că modul acesta nu merge cu mine. N-o să meargă niciodată cu mine.

–La dracu', *încerc*!

–Gideon, nu trebuia decât să stai de vorbă cu mine. Să știi că o luasem deja singură pe drumul acesta. Să lucrez cu tine la Crossroads era doar primul pas. Mă pregăteam să iau hotărârea de a lucra împreună cu tine, dar tu mi-ai luat-o. Ai luat-o din mâinile amândurora. Și n-o să mai fie niciodată ca înainte.

Certitudinea ca de gheață din tonul ei mă înnebunea de-a dreptul. Mă descurcam când disputele o luau pe alte căi. Puteam să fentez și să schimb strategia pe moment. Nu mă puteam descurca deloc atunci când Eva îmi scăpa din mână. Când ne spuseserăm jurămintele, luasem hotărârea irevocabilă de a renunța la tot – la ambiții, la mândrie, la suflet – numai ca să fiu cu ea. Dacă nu puteam să fac asta, atunci nu mai aveam nimic.

–Nu-mi azvârli mie asta în spinare, îngeraș! am avertizat-o. De fiecare dată când am adus vorba despre posibilitatea să lucrăm împreună, m-ai redus la tăcere.

– Așa că ți-ai tăiat drum cu buldozerul ca să ajungi la mine?

– Voiam să-ți las timp! Aveam un plan. Voiam să te seduc cu posibilitățile, să te las să decizi că modul cel mai bun de a-ți dezvolta potențialul e să fii alături de mine.

– Ar fi trebui să rămâi la planul acela! Dă-te la o parte, te rog.

Nu m-am mișcat din loc.

– Cum aș fi putut să mă țin de un plan, de orice plan, în ultimele săptămâni? Dacă simți că ai dreptate, gândește-te la toate lucrurile prin care am trecut! Brett, nenorocita aia de înregistrare a lui cu tine, Chris, fratele meu, terapia, Ireland, mama, Anne, Corinne, tâmpitul de Landon...

Eva își încrucișă brațele la piept.

– Și trebuia să le faci față singur la toate, nu-i așa? Gideon, eu chiar sunt soția ta? Nici măcar prietena ta nu sunt. Pun pariu că Angus și Raúl știu mai multe despre viața ta decât știu eu. Nu sunt decât pizdulicea drăguță pe care o fuți.

– Taci din gură!

– Dă-te la o parte, până nu se înrăutățește totul și mai mult.

– Nu pot să te las să pleci. Știi că nu pot. Nu așa.

Ea încleștă maxilarul.

– Îmi ceri să-ți dau ceva ce nu am în momentul acesta. Gideon, sunt absolut pustiită acum.

– Îngeraș... Am întins mâna spre ea, cu inima atât de grea, că nu puteam să respir. Chipul ei devastat mă ucidea. Aș fi călcat în picioare orice om care ar fi făcut-o să arate astfel, dar de data aceasta, eu eram făptașul. Ce importanță mai are dacă și tu ai fi luat, oricum, aceeași hotărâre?

– Trebuie să taci, zise ea cu glas răgușit. Pentru că orice vorbă care îți iese din gură mă face să mă gândesc că suntem atât de îndepărtați unul de altul, încât n-a avut nici un rost să ne căsătorim.

Nici dacă mi-ar fi înfipt un pumnal în inimă nu m-ar fi durut atât de tare. Aerul din încăpere devenise fierbinte și stătut, făcând să mi se usuce gâtul și să mă usture ochii. Aveam impresia că mi se clatină pământul sub picioare; însăși temelia vieții mele se clătina, în timp ce Eva se îndepărta tot mai mult de mine.

– Spune-mi ce să fac, am șoptit.

Ei îi înotau ochii în lacrimi.

– Lasă-mă să plec! Dă-mi un pic de spațiu ca să mă gândesc. Câteva zile...

– Nu. *Nu!* Mă cuprinsese o panică atât de mare, că am fost nevoit să mă agăț cu putere de cadrul ușii, ca să nu mă prăbușesc.

– Poate câteva săptămâni. La urma urmelor, trebuie să-mi caut altă slujbă.

– Nu pot, am gemut, gâfâind după aer. Peste ochi mi se coborâse un văl negru, dincolo de care n-o mai vedeam clar decât pe Eva. Pentru numele lui Dumnezeu, cere-mi altceva, Eva!

– Trebuie să mă gândesc ce o să fac de acum înainte, zise ea, frecându-și cu putere fruntea. Și nu mă pot gândi dacă mă privești așa. Nu pot să mă gândesc...

Și încercă să treacă pe lângă mine, dar am prins-o de brațe, sărutând-o, gemând când am simțit-o că se înmoaie o clipă. Îi gustam aroma, îi gustam lacrimile. Sau poate că erau lacrimile mele.

Ea își înfipse însă mâinile în părul meu și mă trase tare. Își întoarse capul, rupând pecetea sărutului.

–Crossfire, suspină, iar cuvântul se prăbuși peste mine ca zgomotul unei împușcături.

I-am dat drumul brusc și m-am dat înapoi clătinându-mă, în ciuda faptului că mintea mea urla să mă agăț de ea.

Am lăsat-o să plece, iar ea m-a părăsit.

Briza mării mi se strecoară în păr și eu închid ochii, absorbind senzația, lăsându-mă legănat de ea. Mișcarea ritmică a valurilor pe plajă și țipetele gălăgioase ale pescărușilor mă țintuiesc în clipa asta, în locul acesta.

Sunt acasă, într-un fel pe care nu l-am mai cunoscut de multă vreme, chiar dacă n-am petrecut decât câteva zile aici. E un loc în care am stat doar cu Eva, așa că toate amintirile de aici sunt imprimate de ea, așa cum nisipul e scăldat de razele soarelui. Ca și nisipul, am fost zdrobit în grăunțe mici de către forțele din jurul meu. Și, ca și soarele, Eva a adus bucurie și căldură în viața mea.

Vine pe terasă, sprijinindu-se de balustradă, alături de mine. Îi simt mâna pe umăr, apoi obrazul care i se lipește de spatele meu gol.

–Îngeraș, șoptesc și o înlănțui cu brațele.

De asta aveam nevoie, să ne întoarcem în locul acesta. Este adăpostul nostru, când lumea se repede la noi, încercând să ne despartă. Aici ne vindecăm unul pe altul.

Mă copleșește ușurarea. S-a întors. Suntem împreună. Acum pricepe de ce-am făcut ceea ce am făcut. Era atât de furioasă, atât de rănită. Pentru o clipă, m-a cuprins o spaimă îngrozitoare că am distrus partea cea mai prețioasă a vieții mele.

–Gideon, șoptește ea, cu glasul ei ademenitor de sirenă. Îmi cuprinde mijlocul cu un braț, înlănțuindu-mă.

Îmi dau capul pe spate și mă las umplut de puterea iubirii ei. Degetele îi alunecă peste șoldul mea, apoi îmi ia mădularul în mână. Îl freacă de la rădăcină până în vârf. Mi se întărește și mi se îngroașă, gata pentru ea. Trăiesc ca să o servesc, ca să o satisfac. Cum a putut să se îndoiască de asta?

Scot un geamăt din străfundurile sufletului; dorința pe care o simt pentru ea și care nu mă părăsește niciodată începe să urce în mine. Din capul umflat al penisului se scurg picături ale dorinței, iar testiculele mi se umflă și se întăresc.

Mâna pe care mi-o ține pe umăr îi coboară pe spatele meu, apăsându-mă ușor, făcându-mă să mă aplec.

Mă supun, pentru că vreau să-și dea seama că îmi este întru totul stăpână. Vreau să înțeleagă că aș face orice, aș da orice ca să fie protejată și fericită.

Mâna ei mă mângâie pe șira spinării, frecându-mă ușor. Mă apuc de balustrada de lemn care înconjoară terasa și îmi depărtez picioarele, așa cum pare că-mi cere ea.

Acum are amândouă mâinile între picioarele mele; îi simt răsuflarea arzătoare și gâfâită în spate. Îmi freacă mădularul ținându-l cu fermitate; are practică. Îl strânge mai tare decât sunt obișnuit s-o facă. Poruncitor. Cu cealaltă mână îmi masează sacul, excitându-mă tot mai tare.

Strânsoarea îi devine mai alunecoasă, pe măsură ce picăturile ce anunță apariția spermei continuă să iasă din penisul meu. Aerul sărat mă împresoară, răcorind sudoarea care îmi îmbrobonează pielea.

–Eva... Îi rostesc numele icnind, excitat nebunește pentru ea, îndrăgostit cu disperare.

Degetele ei, acum unse și mereu foarte agile, alunecă spre spate, mângâindu-mi ademenitor rozeta întunecată a anusului. Îmi place, deși nu vreau asta. Felul în care îmi freacă penisul face să-mi fie greu să respir, să gândesc, să mă împotrivesc...

–Așa, mă ademenește ea.

Încerc să mă dau la o parte, însă ea m-a prins în capcană, așa cum îmi ține mădularul în mână.

–Nu, îi spun, zbătându-mă.

–Îți place, murmură ea, frecându-mi mădularul; tânjesc după atingerea ei și nu-i pot rezista. Arată-mi cât de mult mă vrei.

Apoi își înfige două degete alunecoase în anusul meu. Țip, mă zbat, dar ea mă freacă, se înfige în mine, atinge punctul acela care mă face să vreau să-mi dau drumul mai mult decât orice altceva pe lume. Plăcerea e tot mai mare, chiar dacă îmi curg lacrimile.

Capul îmi cade în pieptul care mi se zbate. Vine. Îmi dau drumul. Nu pot să mă opresc. Nu cu ea...

Degetele din mine se lungesc, se îngroașă. Izbiturile devin tot mai sălbatice, carnea care pălmuiește carnea face să dispară zgomotele oceanului. Aud un mârâit sălbatic, plin de poftă, dar nu e al meu. În mine e un penis care mi-o trage. Mă doare, însă durerea e combinată cu o plăcere bolnăvicioasă, nedorită.

–Freacă-l, gâfâie el. Aproape ai terminat.

Agonia îmi inundă pieptul. Eva nu mai e aici. A plecat. M-a părăsit.

Greața mă copleșește. Îl azvârl cu violență de pe mine; îl aud cum se izbește de ușa glisantă din spate, aud sticla care se sparge. Hugh râde isteric, iar eu mă răsucesc spre el; e pe jos, înconjurat de cioburile strălucitoare, cu părul roșu ca și sângele, cu ochii sclipind de lăcomia aceea pătimașă și josnică.

– Crezi că te vrea? Râde de mine, sărind în picioare. I-ai spus totul. Cine o să te mai vrea după asta?

– Blestemat să fii!

Mă reped și îl pun iar la pământ. Pumnii mei îi izbesc mutra, iar și iar.

Cioburile mă străpung, îmi intră în carne, dar durerea asta e nimic față de ceea ce am în suflet.

Eva a plecat. Știam că o să plece, că n-o s-o pot păstra. Știam, dar sperasem. Nu puteam să mă împotrivesc speranței.

Hugh nu se oprește din râs. Simt când îi sparg nasul. Falca, pomeții. Râsul i se preschimbă într-un gângurit, dar tot râs e.

Îmi ridic brațul, ca să-l mai lovesc o dată.

Și sub mine zace Anne, cu fața atât de desfigurată, încât aproape că n-o mai recunosc. Îngrozit de ceea ce-am făcut, mă dau la o parte, sărind în picioare. Sticla spartă îmi intră adânc în tălpi.

Anne râde, în timp ce din nas și din gură îi gâlgâie sângele și se răspândește prin casa care fusese cândva un sanctuar. Murdărește totul, iar murdăria înlătură soarele, până nu mai rămâne decât o lună mânjită de sânge…

M-am trezit aproape țipând. Părul și trupul îmi erau scăldate în sudoare. Întunericul mă gâtuia.

M-am frecat la ochi și m-am lăsat în patru labe, suspinând. M-am târât spre unica lumină pe care o vedeam, strălucirea palidă și argintie care îmi era singura călăuză.

Dormitorul. Dumnezeule! M-am prăbușit pe jos, chinuit de izvorul lacrimilor. Adormisem în garderobă, căci nu mă putusem mișca de acolo după ce Eva plecase, înspăimântat să fac un pas, literalmente, în orice direcție care ducea spre o viață fără ea.

Ceasul strălucea în încăperea cufundată în beznă.

Era ora unu noaptea.

O nouă zi. Și Eva tot nu era aici.

– Ați venit devreme.

Glasul vesel al lui Scott mă făcu să-mi iau privirea de la fotografia Evei pe care o aveam pe birou.

– Bună dimineața, l-am salutat, deși aveam senzația că încă nu ieșisem din coșmar.

Ajunsesem la birou la puțină vreme după trei dimineața, fără să pot dormi, fără să mă pot duce la Eva. Voiam, aș fi făcut-o – căci nimic nu mă putea ține departe de ea –, însă când i-am verificat telefonul, am observat că se afla în penthouse-ul lui Stanton, într-un loc unde nu mă puteam duce. Chinul, știind că se depărtase în mod voit de mine, mă consuma pe dinăuntru, ca un acid otrăvitor.

Aș fi putut să stau acasă și să-mi fac programul de dimineață, pregătindu-mă să mă duc la serviciu fără Eva. Ar fi fost mai ușor să mă întorc la programul pe care îl avusesem adesea înainte de ea, să mă duc la serviciu cât mai era încă luna pe cer, să-mi găsesc pacea într-un loc unde aveam total controlul.

Azi însă nu era nici vorbă de pace. Numai chinul de a ști că la ora asta ea se afla deja în aceeași clădire cu mine, atât de aproape și totuși mult mai departe decât fusese vreodată.

–Când am ajuns, Mark Garrity aştepta la recepţie, continuă Scott. A spuse că aţi stabilit cu el să vină azi…?

Mi s-a pus un nod în stomac.

–Îl primesc.

M-am ridicat în picioare. Nu mă gândisem decât la Eva şi la oferta pe care i-o făcusem lui Mark, încercând să-mi dau seama cum altfel aş fi putut să procedez. O cunoşteam prea bine pe Eva. Dacă i-aş fi spus despre Ryan Landon, n-aş fi convins-o să plece de la Waters Field & Leaman, după cum nici faptul că-i spusesem despre Anne Lucas n-avea s-o facă să fie mai precaută. Eva avea să se repeadă la ei cu capul înainte, cu un răget de leoaică, pentru a mă apăra, fără să vadă primejdia care o pândea pe ea. Aşa era ea şi o iubeam pentru asta, dar aveam s-o apăr şi eu când situaţia cerea asta.

–Mark!

I-am întins mâna când a intrat şi mi-am dat seama pe dată că avea să accepte. Radia de energie şi ochii îi străluceau de nerăbdare.

Ne-am învoit să înceapă în octombrie, dându-le celor de la Waters Field & Leaman un preaviz de aproape o lună. Voia s-o ia pe Eva cu el şi l-am îndemnat să-i facă el oferta, chiar dacă mă îndoiam că ea avea să accepte. Nu era de acord cu câţiva dintre termenii mei, aşa că am negociat din instinct, discutând fără să am cu adevărat mintea la asta.

În cele din urmă, a plecat bucuros, încântat de felul în care i se schimbase poziţia. Iar eu am rămas cu spaima din ce în ce mai mare că Eva n-avea să mă ierte.

*

Lunea s-a preschimbat, nu știu cum, în marți. Am așteptat, cu o speranță care nu voia să moară, ca ea să mă caute. Să mă sune ori să comunicăm într-un fel. Încă o ceartă teribilă ar fi fost mult mai bună decât tăcerea aceea sfâșietoare.

Dar n-a făcut-o. Nu puteam decât să o privesc pe monitoarele de securitate, devorându-i imaginea ei venind, plecând, ca un om care moare de foame, îngrozit că dacă o să mă apropii o să măresc și mai mult abisul dintre noi.

Am rămas la birou peste noapte, căci mi-era teamă să mă întorc acasă. Mi-era teamă de ce aș fi putut face dacă mă întorceam în oricare dintre casele în care trăiam împreună cu ea. Până și la birou a fost un chin, căci canapeaua pe care făcusem amor cu ea stătea în fața mea ca o amintire de neșters a ceea ce avusesem cu doar două zile în urmă. Am făcut duș în baia de acolo și mi-am pus unul dintre multele costume pe care le țineam la serviciu.

Până acum, nu mi se păruse niciodată ciudat să trăiesc ca să lucrez. Acum însă, eram copleșit de emoții cărora nu le puteam da glas, înțelegând cât de mult ajunsese Eva să-mi umple viața.

Ea și-a petrecut noaptea tot la Stanton. Nu puteam să nu observ că prefera să-și petreacă timpul cu mama ei, ca să nu riște să aibă de-a face cu mine.

Îi trimiteam constant mesaje. Rugăminți să mă sune. „Nu vreau decât să-ți aud glasul." Informații despre nimic. „E mai răcoare azi, nu?" Comentarii despre serviciu. „Nu mi-am dat niciodată seama că Scott se îmbracă mereu în albastru." Și, mai presus de toate, „Te iubesc." Nu știu de ce, mi-era mai ușor să scriu aceste două cuvinte decât să le spun. Și le-am scris mult. Iar și iar. Nu voiam ca ea să uite asta. Oricare mi-ar fi fost cusururile și tâmpeniile, tot ce făceam, tot ce gândeam era iubire pentru ea.

– Arăți ca dracu', zise Arash, măsurându-mă din priviri în timp ce verificam contractele pe care mi le pusese pe birou. Iar te-ai îmbolnăvit?

– Sunt bine.

– Omule, numai bine nu ești.

M-am uitat la el, reducându-l la tăcere.

Se făcuse aproape șase și mă îndreptam spre cabinetul doctorului Petersen, când, în sfârșit, mi-a scris și Eva.

„Și eu te iubesc."

Cuvintele se vălureau în fața mea; îmi dăduseră lacrimile. I-am scris imediat, cu degete tremurătoare, aproape amețit de ușurare. „Mi-e îngrozitor de dor de tine. Putem vorbi, te rog? Trebuie să te văd."

Ea însă n-a răspuns până să ajung la doctorul Petersen, iar asta m-a lovit așa de tare, că eram aproape să mă las copleșit de violență. Mă pedepsea în cel mai rău mod cu putință. Eram agitat ca un drogat, disperat după o doză din ea, ca să pot funcționa. Să pot gândi.

– Gideon! Doctorul Petersen mă întâmpină în ușa cabinetului, cu un zâmbet care i se șterse de pe față imediat ce mă văzu. Se încruntă, îngrijorat: Nu arăți deloc bine.

– Nu sunt bine, am răspuns răstit.

El îmi făcu liniștit semn să iau loc. Am rămas în picioare, răvășit, întrebându-mă dacă n-ar trebui să plec și să mă duc după soția mea. Nu puteam să mai stau și să aștept. Era prea mult pentru mine.

– Poate ar trebui să ne mai plimbăm din nou, zise el. Aș putea să-mi mai dezmorțesc picioarele.

– Sun-o pe Eva, i-am comandat. Spune-i să vină aici. Pe tine o să te asculte.

El clipi, înțelegând.

– Ai probleme cu Eva.

Mi-am scos sacoul și l-am azvârlit pe canapea.

– A luat-o razna! Nu vrea să mă vadă... nu vrea să stea de vorbă cu mine. Cum dracu' ar trebui să ne rezolvăm problemele dacă nici măcar nu vorbim?

– E o întrebare rezonabilă.

– La dracu', sigur că e! Sunt un om rezonabil. Dar ea și-a ieșit din minți. Nu poate s-o mai țină așa. Trebuie s-o aduci aici. Trebuie s-o faci să vorbească cu mine.

– Bine. Dar întâi trebuie să înțeleg ce s-a întâmplat, răspunse el, așezându-se în fotoliu. N-o să-ți fiu de prea mult folos dacă nu știu ce se petrece.

– Doctore, nu te mai juca cu mintea mea, am zis, îndreptând un deget acuzator spre el. Nu azi.

– Cred că sunt la fel de rezonabil ca tine, replică el calm. Și eu vreau ca tu și Eva să vă rezolvați problemele. Cred că știi asta.

Am oftat din greu și m-am lăsat pe brațul canapelei, după care mi-am luat capul în mâini. Îmi zvâcnea îngrozitor de durere la frunte și în ceafă.

– Te-ai certat cu Eva, zise el.

– Da.

– Când ai vorbit ultima dată cu ea?

– Duminică, am zis, înghițind un nod în gât.

– Ce s-a întâmplat duminică?

I-am spus. Am scos totul din mine așa de repede, că el mâzgălea ca nebunul pe tabletă. Cuvintele îmi ieșeau din gură cu furie, iar când am terminat, mă simțeam golit, epuizat. A mai continuat să scrie un pic după ce am terminat, iar apoi și-a ridicat privirea spre mine. În ochii lui am văzut compasiunea, ceea ce mi-a pus un nod în gât.

– Ai făcut-o pe Eva să-și piardă slujba, sublinie el, o slujbă despre care ne-a spus la amândoi că îi place foarte mult. Înțelegi de ce e supărată pe tine, nu-i așa?

– Da, pricep. Dar am avut motive bune. Motive pe care le înțelege. Asta nu pricep. Înțelege, dar tot mă reduce la tăcere.

– Nu sunt sigur că eu înțeleg de ce nu ai discutat despre asta cu Eva înainte s-o faci. Poți să-mi explici?

Mi-am frecat ceafa, acolo unde, din cauza tensiunii, mușchii îmi era încordați ca niște cabluri.

– Ar fi stat o mie de ani să se gândească. I-aș fi lăsat timp să ajungă singură la decizia asta. Și, în timpul acesta, încerc să rezolv o mulțime de alte rahaturi. Suntem loviți din toate părțile.

– Am văzut știrea referitoare la cartea despre tine a lui Corinne Giroux.

– O, da, am rânjit amar. Probabil că i-o fi venit ideea după clipul *Fata de aur* al celor de la Six-Ninths. Landon a ajuns la Eva printr-o fisură din apărarea mea. Nu puteam să risc să-i mai las vreo portiță deschisă, în timp ce mintea mea era la toate celelalte lucruri cu care ne confruntăm acum, eu și Eva.

Doctorul Petersen dădu din cap.

– Te confrunți cu multă presiune. N-ai încredere că Eva te poate ajuta să iei hotărârile necesare? Trebuie să știi că multe dintre conflictele cu mama ei izvorăsc din faptul că nu este consultată înainte să se treacă la fapte.

–Știu asta, am răspuns, încercând să dau o formă gândurilor mele haotice. Dar am nevoie să am grijă de ea. După toate prin care a trecut... Am închis ochii strâns. Știam cât de mult suferise și uneori mi-era prea greu să mă gândesc la asta. Trebuie să fiu puternic pentru ea. Să iau asupra mea lucrurile dificile.

–Gideon, ești unul dintre cei mai puternici bărbați pe care i-am cunoscut, zise încet doctorul.

Am deschis ochii și m-am uitat la el.

–Tu nu m-ai văzut așa cum m-a văzut ea.

Plângând ca un copil. Devastat de amintiri. Masturbându-mă în timp ce dormeam. Violent în timpul somnului. Slab, atât de slab. Neajutorat.

–Crezi că se îndoiește de tine pentru că ai lăsat-o să-ți vadă vulnerabilitatea? Asta nu mi se pare deloc ceva tipic pentru Eva.

Mă usturau ochii.

–Nu știi totul. Pur și simplu... Nu știi.

–Dar ea știe. Și tot s-a căsătorit cu tine. Te iubește – și încă foarte mult – cu toate ale tale. Și spunând asta, îmi zâmbi, iar surâsul lui, fără să știu cum, tăie în mine ca o lamă de cuțit, deschizându-mă. M-ai întrebat cândva dacă relațiile înseamnă compromisuri. Îți aduci aminte?

Am dat din cap că da.

–Gideon, compromisul înseamnă că nu trebuie mereu să fii tu cel puternic. Uneori, poți să te lupți tu cu greutățile, iar alteori, poți să o lași pe Eva s-o facă. Căsătoria nu înseamnă să fii puternic doar tu, ca individ.

Înseamnă să fiți puternici împreună și să vă permiteți luxul de a face cu rândul la purtarea poverilor.

– Eu... Mi-am lăsat iar capul în jos. Și Eva spusese același lucru. Eu încerc. Jur în fața lui Dumnezeu că încerc.

– Știu.

– Trebuie să mă primească înapoi. Trebuie să se întoarcă. Am nevoie de ea. În clipa asta, mă omoară. Mă sfâșie în bucăți, am gemut, uitându-mă la mâinile mele, la inelele pe care mi le dăduse, cu care mă luase în stăpânire. Ce să fac? Spune-mi ce să fac.

– Eva o să vrea să știe că ești dispus să te schimbi. O să vrea să vadă că faci pași concreți ca să-i demonstrezi asta. N-o să se confrunte prea des cu decizii atât de importante, așa că e posibil să adopte o atitudine de tipul „așteaptă și-ai să vezi". Cred că o să fie greu pentru tine. Foarte greu.

Am dat încet din cap, dar nu mai puteam să aștept. Dacă Eva voia dovezi că o să fac orice ca s-o păstrez, atunci aveam să i le dau. Mi-am încleștat pumnii, cu privirea ațintită asupra covorului.

– Am fost... mi-am dres glasul. Terapeutul. Cel pe care l-am avut când eram copil.

– Da?

– El... m-a abuzat. Aproape un an. M-a... violat.

Capitolul 20

„Mi-e îngrozitor de dor de tine. Putem vorbi, te rog? Trebuie să te văd."

– Tot la mesajul acela te holbezi? mă întrebă Cary, dându-se pe spate în pat și lipindu-și fruntea de a mea.

– Nu pot să dorm.

Era un chin să stau departe de Gideon. În fiecare clipă de somn și de trezie mă simțeam ca și cum cineva mi-ar fi smuls inima, lăsându-mi în piept o gaură care se căsca la lume.

Mi-am ridicat privirea spre baldachinul de deasupra patului din camera de oaspeți a mamei. Ca și salonul, dormitorul pe care mi-l dăduse era proaspăt redecorat. Încăperea, aranjată în nuanțe de crem și culoarea mușchiului, era relaxantă și de o eleganță rafinată. Camera de oaspeți în care stătea Cary era amenajată într-un stil mai masculin, în nuanțe de cenușiu și albastru, cu mobile din lemn de nuc, în opoziție totală cu mobilierul alb și lucios din camera mea.

– Când o să vorbești cu el, puștoaico?

–În curând. Doar că... am zis, lipindu-mi telefonul de inimă, cred că amândoi avem nevoie de puțin timp.

Era atât de greu să mă gândesc că eu și cu Gideon ne certaserăm. Uram ideea asta.

Și era și mai rău pentru că el era cel care o dăduse în bară și, ca în orice lucru pe care îl făcea, reușise asta într-un mod spectaculos. Pe de altă parte, nu-mi puteam închipui cum aș putea să continui să trăiesc fără el, și gata. Mă simțeam moartă pe dinăuntru. Singurul gând care mă ajuta să merg mai departe era credința că o să găsim până la urmă o cale să rezolvăm problemele și să fim împreună. Cum am fi putut să nu fim? Cum puteam să-i dau atât de mult din mine cuiva, după care s-o las pe acea persoană să plece?

Mă gândeam la sfatul pe care i-l dădusem lui Trey, la faptul că amândoi ne confruntam cu aceeași decizie – să alegem dragostea ori să ne alegem pe noi? Eram îngrozitor de furioasă pe Gideon că îmi forțase mâna. Recunoșteam că anumite situații mă împingeau în punctul acela, dar nu-mi închipuisem niciodată că și soțul meu avea s-o facă.

Și de ce dracu' alegerile astea două trebuiau să se excludă una pe alta? Nu era cinstit.

–Îl fierbi la foc mic, sublinie Cary, deși nu era nevoie.

–*El* a făcut asta, nu eu.

Gideon îmi luase ceva ce prețuiam, dar, mai rău decât atât, luase de la noi ceva ce prețuiam – liberul meu arbitru și încrederea pe care i-o acordasem, ca să o respecte. După ce cu o noapte în urmă noi... după cât de multă încredere avusesem în el, după cât mă deschisesem în fața lui... Iar el vorbise deja cu Mark. Sentimentul că mă trădase era sfâșietor.

– Mulțumesc că stai cu mine.

– Îmi place Stanton, ridică el din umeri. Nu-i o povară să stau câteva zile aici. La urma urmelor, o *să ne întoarcem* acasă, nu?

– Nu pot să mă ascund o veșnicie.

– Așa ai spus mereu, mormăi el. Mie, personal, îmi place să mă ascund. Doar să fac o amărâtă de pauză și să uit de toate rahaturile.

– Dar rahaturile rămân mereu acolo și te așteaptă.

Și, cum știam asta, preferasem întotdeauna să le înfrunt. Să le înlătur din calea mea, să mi le iau din spate.

– Mai așteaptă, spuse Cary, întinzând o mână și ciufulindu-mă.

Mi-am întors capul și l-am sărutat pe obraz. În ultimele trei zile îl potopisem cu lacrimile mele, iar noaptea dormeam ghemuită în el. Uneori, aveam impresia că doar brațele lui mă mai țineau să nu mă fac bucăți.

Doamne! Mă durea îngrozitor. Eram un dezastru, un zombie în New Yorkul atât de plin de viață.

Unde era Gideon acum? Oare începea să se mai potolească durerea separării noastre? Sau și el era la fel de devastat ca și mine?

– Mark mi-a cerut să vin cu el la Cross Industries, am zis, doar ca să mă forțez să mă gândesc la altceva.

– Păi știai că așa o să fie.

– Da, așa cred, dar încă mi se părea absolut ireal când a adus vorba de asta, am oftat eu. Cary, e așa de încântat! A primit o mărire zdravănă, iar asta o să schimbe enorm lucrurile pentru el și Steven. O să-și poată permite o nuntă cu adevărat elegantă, plus o lună de miere lungă, iar acum își caută un apartament mare. Este greu să am resentimente, când e atât de bine pentru el.

– O să lucrezi pentru Gideon?

– Nu știu. N-am glumit când i-am spus că mă îndreptam deja singură spre hotărârea asta. Acum însă... parcă îmi vine să aplic în altă parte, numai ca să-i fac în ciudă.

Cary își ridică pumnii, schițând câteva mișcări de box.

– Arată-i că nu e șeful tău!

– Da, am zis, dând și eu câțiva pumni în aer, numai ca să mă mai înveselesc puțin. Dar e stupid. N-o să știu niciodată dacă am fost angajată datorită meritelor mele sau a numelui meu, indiferent dacă asta va fi ceva bun sau rău. În orice caz, am o lună la dispoziție până pleacă Mark. Am timp să mă gândesc la asta.

– Poate că cei de la Waters Field & Leaman o să te păstreze. Te-ai gândit la asta?

– E posibilitate. Nu prea știu cum aș reacționa. M-ar scuti să-mi mai caut o slujbă, dar n-aș mai lucra cu Mark, iar mie îmi place slujba mea datorită lui. Oare o să mai vreau să lucrez acolo fără el?

– Îți mai rămân Megumi și Will.

– Da, și asta e ceva, m-am învoit eu.

Amândoi am rămas tăcuți o vreme, înțelegându-ne fără vorbe, după care el zise:

– După cum se vede, tu și cu mine ne plimbăm de colo-colo cu bărcuța „Al dracu' să fiu dacă știu".

– Trey o să sune, l-am asigurat, chiar dacă habar n-aveam ce va spune Trey când o va face.

–Sigur. E un tip de treabă. N-o să mă lase să-mi rod unghiile, spuse Cary, cu un glas ce părea tare ostenit. Nu când o să-mi vorbească, ci ce-o să-mi spună, asta mă sperie.

–Știu. Iubirea ar trebui să fie mai ușoară, m-am plâns și eu.

–Dacă ar fi o comedie romantică, s-ar numi *Pur și simplu dragostea e jalnică.*

–Poate ar fi fost mai bine să rămânem la *Totul despre sex.*

–Am încercat. Am sfârșit la *Un pic însărcinată.* Ar fi trebuit să ajung la *Virgin la 40 de ani*, dar aveam prea mult în spate ca s-o iau de la început.

–Putem să scriem un manual despre „Cum să pierzi un tip în zece săptămâni".

Cary îmi aruncă o privire.

–Absolut perfect.

Dimineața de miercuri m-a lovit ca o mahmureală. Faptul că mă pregăteam să plec la serviciu de la mama de acasă mă ajuta să nu-mi fie chiar atât de dor de Gideon, dar era mai mult decât clar că nu mă ținea la depărtare de mama, care mă înnebunea cu sporovăiala ei neîncetată despre nuntă. Până și Stanton, cu toată capacitatea lui nelimitată de a suporta nevroza mamei mele, îmi arunca priviri cu subînțeles, pline de simpatie, când era în preajmă.

Nu mă puteam gândi deloc acum la nuntă. Nu mă puteam gândi mai departe de fiecare ceas al zilei. Așa reușeam să rezist, luând fiecare oră pe rând.

Când am ieșit din hol, l-am găsit în stradă așteptându-mă pe Angus, cu Bentley-ul, în locul lui Raúl, cu Mercedesul.

Am reușit să zâmbesc, chiar bucuroasă să-l văd, dar eram și îngrijorată.

– Bună dimineața, Angus, am zis, apoi am șoptit, făcând un semn din cap spre mașină: E înăuntru?

El clătină din cap, după care își duse mâna la chipiul lui retro de șofer.

– Bună dimineața, doamnă Cross!

L-am strâns ușor de umăr, înainte să intru în spate, în timp ce el îmi ținea portiera deschisă. Și, după o clipă, intram în nebunia traficului de dimineață, îndreptându-ne spre centru. M-am aplecat spre Angus și l-am întrebat:

– Cum se simte?

– Mai rău decât tine, cred, zise el, aruncându-mi o privire scurtă, după care își îndreptă iar atenția spre trafic. Suferă, fetițo. Noaptea trecută a fost cea mai grea.

– Doamne! M-am prăbușit la loc pe banchetă, neștiind ce să fac.

Nu voiam ca Gideon să sufere. Suferise deja prea mult.

Mi-am luat telefonul și i-am scris: „Te iubesc". Răspunsul lui a venit aproape imediat: „Te sun. Te rog, răspunde!"

Peste o clipă, telefonul mi-a vibrat în mână și fotografia lui mi-a apărut pe ecran. M-am simțit înjunghiată brusc în inimă să-i văd chipul, după ce în ultimele zile evitasem orice imagine a lui. Îmi era la fel de teamă să-i aud glasul. Nu știam dacă o să am putere. Și nici nu aveam răspunsurile pe care le voia de la mine.

Mi-a intrat căsuța vocală și telefonul s-a oprit. Dar imediat a început să sune din nou.

Am răspuns, ducând telefonul la ureche, fără să scot o vorbă. La capătul celălalt s-a așternut tăcerea, un moment îndelung.

–Eva?

Mi s-au umplut ochii de lacrimi la auzul glasului lui Gideon. Era acum atât de aspru, de parcă ar fi fost răgușit. Și ceea ce era și mai rău era speranța care răzbătea din felul în care îmi spusese numele, dorul disperat de care era cuprins.

–E în regulă dacă nu vorbești, zise el morocănos. Eu vreau doar... Oftă apoi din greu. Îmi pare rău, Eva. Vreau doar să știi că îmi pare rău și că o să fac tot ce vrei tu. Vreau doar să repar totul.

–Gideon... I-am auzit suspinul când i-am rostit numele. Cred că ție îți pare rău că nu suntem împreună acum. Dar cred și că o să faci din nou ceva asemănător cu altă ocazie. Încerc să-mi dau seama dacă pot să trăiesc cu asta.

Între noi doi se așternu tăcerea.

–Ce vrea să însemne asta? întrebă el în cele din urmă. Care ar fi cealaltă variantă?

Am oftat; dintr-odată, mă simțeam înfiorător de obosită.

–Nu am nici un răspuns. De asta am plecat. Gideon, vreau să-ți dau totul. Nu vreau niciodată să te refuz, asta e teribil de greu pentru mine, dar în clipa asta, mă tem că dacă fac acest compromis, dacă rămân cu tine, știind cum ești și că nu o să te schimbi, pur și simplu o să ajung să-ți port pică și, în cele din urmă, o să-mi pierd iubirea pe care ți-o port.

– Eva... Dumnezeule! Nu spune asta! Îl auzeam cum suspină. I-am spus doctorului Petersen. Despre Hugh.

– Ce? am exclamat, ridicând brusc capul. Când?

– Aseară. I-am spus totul. Despre Hugh. Despre Anne. O să mă ajute, Eva. A spus niște lucruri... Făcu o pauză. Aveau sens. Despre mine și despre felul cum mă port cu tine.

– O, Gideon! Sunt foarte mândră de tine. Știu că nu ți-a fost ușor.

Îmi puteam închipui cât de greu trebuia să fi fost pentru el. Și eu făcusem o asemenea mărturisire.

– Trebuie să rămâi cu mine. Ai promis. Ți-am spus că o să distrug totul. O s-o dau din nou în bară. Nu știu ce dracu' fac, dar, Doamne... te iubesc. Te iubesc înfiorător de mult. Nu pot să fac asta fără tine. Nu pot trăi fără tine. Eva, mă rupi în bucăți. Nu pot... Și, scoțând un geamă chinuit: am nevoie de tine.

– Doamne, Gideon! Am oftat, în vreme ce lacrimile îmi curgeau în voie pe piept, pe sub decolteul rochiei. Nici eu nu știu ce să fac.

– N-am putea să ne dăm seama împreună? Nu suntem mai buni – mai puternici – împreună?

Mi-am șters lacrimile; știam că machiajul mi se dusese pe apa sâmbetei, dar nu-mi păsa.

– Vreau să fim. Vreau asta mai mult decât orice pe lume. Dar pur și simplu nu știu dacă o să ajungem undeva. Tu nu m-ai lăsat nici măcar o dată să-mi dau seama ce se petrece singură, de capul meu, fără tine. Nici măcar o singură dată.

– Dacă te lăsam... dacă te las... – și *o să te las* – o să te întorci la mine?

– Gideon, nu te-am părăsit. Nu știu cum.

Mă uitam pe fereastră; am văzut doi tineri care se sărutau de la revedere în fața unor uși batante, după care bărbatul a luat-o la fugă.

– Dar da, dacă putem cu adevărat să fim o echipă, nimic nu mă poate ține departe de tine.

– Am auzit că ați pus mâna pe campania pentru PhazeOne.

Mi-am luat privirea de la cafeaua în care punem îndulcitor, privindu-l întrebătoare pe Will.

– Eu n-am auzit nimic.

El însă zâmbea larg; ochii îi străluceau în spatele ochelarilor. Era un tip așa de fericit, ancorat solid într-o relație care funcționa. Îl invidiam enorm pentru seninătatea lui. Eu simțisem așa ceva numai de câteva ori de când eram cu Gideon și de fiecare dată fusese... o binecuvântare. Oare cât de minunat putea să fie să ajungem acolo și să rămânem acolo?

– Așa umblă zvonul.

– Of! am scos eu un oftat exagerat. Și eu mereu aflu ultima.

Toată săptămâna jucasem un rol demn de Oscar. Între încântarea lui Mark, schimbarea iminentă a serviciului, începutul menstruației și încercarea de a pune ordine în haosul din viața mea particulară, mă străduiam să-mi folosesc și ultima picătură de energie care îmi mai rămăsese ca să par calmă. În consecință, evitasem sporovăiala în gașca de la serviciu, ca să-mi limitez contactul cu oamenii. Nu puteam să mă prefac mai mult de atât că sunt fericită/bucuroasă/mulțumită.

– Mark o să mă omoare pentru că ți-am spus, se văită Will, fără să dea însă măcar cât negru sub unghie impresia că i-ar părea rău. Voiam să fiu primul care să te felicite.

– În regulă. Mulțumesc. Poate.

– Să știi că eu mor să pun gheara pe sistemul ăla. Blogurile tehnice colcăie de zvonuri despre caracteristicile pe care le are PhazeOne.

Și, zicând asta, se plecă spre mine, peste blat, bătând rugător din gene. L-am amenințat cu degetul:

– De la mine n-o să auzi nici o vorbuliță.

– Fir-ar! La urma urmelor, măcar trebuie să-ți păstrezi speranța, ridică el din umeri. Probabil o să vă încuie într-o cameră, pe undeva, până la lansare, numai ca să fie siguri că nu se scurge nimic.

– Asta te poate face să te întrebi de ce LanCorp o fi încredințat campania unei agenții din afară, nu?

– Da, chiar, se încruntă el nedumerit. Așa cred. Nu m-am gândit la asta.

Nici eu nu mă gândisem. Gideon însă, da. Mi-am lăsat ochii în cană, amestecând absentă în ea.

– O să apară curând și un nou GenTen.

– Am auzit. Dar la asta n-am de ce să mă gândesc. Toate lumea o să-l cumpere.

Mi-am îndoit degetele, studiindu-mi verigheta, cu gândul la jurămintele pe care le făcusem când o primisem.

– Ai vreun plan pentru prânz? mă întrebă.

Am luat cana și mi-am ridicat iar privirea spre el.

– Da, mă duc să mănânc cu Mark și cu partenerul lui.

– A, bine, zise el, ducându-se spre cafetiera de lângă care tocmai plecam. Săptămâna asta, poate bem și noi ceva după serviciu. Și ne aducem și perechile. Dacă Gideon are cum să vină. Știu că e foarte ocupat.

Am deschis gura. Și am închis-o la loc. Will îmi dăduse prilejul perfect de a-l scuza pe Gideon. Aș fi putut să mă folosesc de el, însă voiam să împărtășesc viața mea socială cu soțul meu. Voiam să fie cu mine. Dacă începeam să-l exclud din viața mea, n-ar fi fost acesta începutul sfârșitului?

– Pare o idee grozavă, am mințit, imaginându-mi deja o seară plină de tensiune. O să vorbesc cu el despre asta. Să vedem ce putem face.

Will dădu din cap.

– Perfect. Să-mi spui!

\-

– Am o problemă.

– Da?

M-am uitat la Mark, care stătea în fața mea la masă. Restaurantul cubanez pe care îl alesese Steven era mare, dar și foarte căutat. Soarele îl lumina printr-un geam imens ce ținea loc de tavan, iar mozaicurile colorate decorau spațiul cu papagali și frunze de palmieri. Muzica de sărbătoare mă făcea să mă simt ca și cum aș fi plecat în vacanță într-un loc exotic, în vreme ce aromele delicioase ale condimentelor îmi trezeau pofta de mâncare pentru prima dată de câteva zile bune. Mi-am frecat mâinile.

– Hai s-o rezolvăm!

Steven dădu din cap.

– Eva are dreptate. Las-o pe mâna noastră.

Mark puse meniul într-o parte și se sprijini cu coatele de masă.

– Păi, domnul Waters mi-a cerut de dimineață să încep să lucrez la proiectul cu LanCorp.

– Ura! am aplaudat eu.

– Nu te bucura prea repede! Din această cauză, a trebuit să-l anunț și să-i dau preavizul. Sperasem să aștept până vineri, dar ei au nevoie de cineva care să stea cu clientul pe toată durata proiectului, nu doar în prima lună.

– Da, ai dreptate, m-am învoit eu, iar zâmbetul mi-a pierit de pe față. Dar ce nasol!

– Mda, a fost aiurea, dar... Și dădu din umeri. Asta e. Pe urmă i-a chemat pe ceilalți parteneri. Ei mi-am zis că cei de la LanCorp au insistat atât de mult ca eu să conduc campania când au contactat agenția, încât partenerii sunt îngrijorați că o să piardă contractul dacă nu mă ocup de el.

Steven zâmbi larg, bătându-l pe umăr.

– Asta ne place să auzim!

Mark zâmbi sfios.

– Ce-i drept, fără îndoială a fost de mare ajutor. Ei, și oricum, mi-au oferit o promovare și o mărire de salariu dacă rămân.

– Uau! m-am dat eu pe spate. Asta chiar că e de mare ajutor.

– Nu-mi pot oferi cât mi-a oferit Cross. Nici măcar pe jumătate, dar hai să fim cinstiți, el mă plătește cât nu fac.

– Asta zici tu, pufni Steven. Meriți toți banii, până la ultimul cent.

Am dat și eu din cap aprobator, deși aveam doar o idee vagă despre cât pusese Gideon pe masă.

– Sunt întru totul de acord.

– Dar simt că ar trebui să le fiu loial, măcar un pic, celor de la Waters Field & Leaman, spuse Mark, frecându-și bărbia. Au fost buni cu mine și vor să mă păstreze, chiar dacă știu că pot fi cumpărat de altcineva.

– Ai făcut treabă bună pentru ei destui ani, contraatacă Steven. Au câștigat foarte mult de pe urma ta. Nu le datorezi nici o favoare.

– Știu. Și n-aveam nici o problemă să las biroul gol, pentru că pot să fac rost repede de alți oameni. Dar nu mă simt deloc în apele mele să știu că din cauza mea o să piardă campania pentru LanCorp.

– Însă asta nu e hotărârea ta, am subliniat eu. Dacă LanCorp nu continuă cu agenția, e treaba lor.

– Am încercat și eu să gândesc în felul acesta. Dar tot nu e ceva ce vreau să se întâmple.

Chelnerul venise să ia comanda. M-am uitat la Steven.

– Poți să faci onorurile?

– Sigur că da.

Și se uită la Mark, care dădu din cap, în semn că îi cere același lucru. Așa că Steven comandă pentru toți.

Am așteptat până am rămas din nou singuri, fără să știu cum să spun ceea ce trebuia spus. În cele din urmă, am trântit-o direct:

– Eu nu pot să lucrez la campania pentru PhazeOne.

Mark și Steven se uitară la mine cu ochii holbați.

– Uite, disputa dintre Landon și Cross se întoarce cu multă vreme în urmă, le-am explicat, iar între ei este o ranchiună urâtă. Gideon e cam îngrijorat, iar eu îi înțeleg punctul de vedere. E destul de puternic ca să mă facă să fiu precaută.

Mark se încruntă nelămurit.

–Landon știe cine ești. Și nu are vreo problemă cu asta.

–Știu. Dar PhazeOne e o afacere zdravănă. Există riscuri legate de accesul la ea, iar eu nu vreau în nici un fel să le măresc.

Mi-era greu să recunosc că Gideon avea dreptate, pentru că știam că și eu aveam dreptate. Iar asta ne adusese într-un impas din care nu știam cum o să ies.

Steven se aplecă spre mine, privindu-mă scrutător.

–Tu vorbești serios.

–Mă tem că da. Mark, decizia ta nu trebuie să fie în nici un fel influențată de-a mea, dar m-am gândit că trebuie să știi și asta.

–Nu prea cred că pricep, zise Mark.

–Ea îți spune că dacă rămâi la slujba asta, o să-ți pierzi și banii, și asistenta, clarifică Steven situația. Sau poți să pleci la Cross Industries, așa cum te-ai învoit deja, să iei banii și să o păstrezi și pe Eva.

–Păi...

O, Doamne! Era mai greu decât crezusem că a fi. Auzisem de asta, dar acum trăiam pe pielea mea: orice femeie care pierde ori renunță la o slujbă care îi place din cauza unui bărbat îi va purta ranchiună din cauza asta... Oare ce mă făcuse să cred că eu o să fiu scutită în vreun fel de asta?

–Nu pot să spun că eu o să fac mișcarea împreună cu tine.

Mark se prăbuși cu spatele de spătarul tapițat cu vinil grena.

–Asta înrăutățește și mai rău lucrurile.

–Nu spun sigur că n-o s-o fac, am zis, încercând să prezint situația ca și cum n-ar fi fost cine știe ce. Pur și simplu, nu sunt sigură că eu și Gideon ar trebui să lucrăm împreună. Adică nu sunt sigură că el ar trebui să fie șeful meu... sau cum i-o zice. Știi la ce mă refer.

–Mă calcă pe nervi că trebuie s-o spun, zise Steven, dar are dreptate.

–Asta nu mi-e de ajutor cu problema mea, mormăi Mark.

–Îmi pare rău.

Nici nu puteam să le spun cât îmi părea de rău. Nici nu mă simțeam în stare să pot da vreun sfat. Cum aș fi putut să fiu obiectivă în privința opțiunilor lui Mark?

–Pe de altă parte, am zis totuși, tu ești, fără îndoială, o marfă de prima mână.

Steven îi dădu un cot lui Mark, rânjind.

–Eu știam deja.

–Așa deci, zise Cary, trecându-și o mână peste mine când m-am cuibărit lângă el, iar am ajuns aici.

Încă o noapte acasă la mama. În cele din urmă, devenise bănuitoare, mai ales că era a patra noapte la rând pe care o petreceam la ea. Îi mărturisisem că m-am certat cu Gideon, dar nu și de ce. Nu credeam că ar fi înțeles. Sunt sigură că părerea ei ar fi fost că, pentru un om cu poziția lui Gideon, era perfect normal să țină sub control toate micile detaliile supărătoare. Iar cât despre faptul că era posibil să-mi pierd slujba? De ce aș vrea să muncesc, când nu aveam nici un motiv financiar s-o fac?

Ea nu pricepea. Unele fete voiau să fie exact ca mamele lor când aveau să fie mari; eu voiam să fiu exact pe dos. Și nevoia mea de a fi o anti-Monica era motivul principal pentru care mă opuneam cu atâta înverșunare lucrului înfăptuit de Gideon. Orice sfat pe care mi-l putea da ea n-avea decât să înrăutățească lucrurile. Aproape că-i purtam o pică la fel de mare ca și lui.

–Mâine mergem acasă, am zis.

La urma urmelor, îl văzusem pe Gideon la doctorul Petersen. Simțisem o curiozitate disperată să văd cum aveau să meargă lucrurile. Nu puteam decât să sper că terapia luase pentru Gideon o întorsătură majoră. Dacă era așa, poate mai erau și alte cotituri pe care le puteam face. Împreună.

Îmi țineam pumnii.

Și, cu adevărat, trebuia să-i acord credit lui Gideon pentru că se străduia din răsputeri să-mi ofere spațiul pe care i-l cerusem. Ar fi putut să mă prindă la înghesuială în lift sau în holul de la Crossfire. I-ar fi putut spune lui Raúl să mă ducă la el acasă, în loc să meargă unde îi ceream eu. Gideon chiar se străduia.

–Ai vreo veste de la Trey? l-am întrebat.

Era aproape miraculos, cum de reușeam, eu și Cary, să ajungem în același punct, în același timp. Sau poate că eram blestemați amândoi.

–Mi-a trimis un mesaj în care spunea că se gândește la mine, dar că nu e încă pregătit să vorbească.

–Ei bine, asta e ceva.

–Crezi? întrebă el, mângâindu-mă pe spate.

–Da. Și eu am ajuns în același punct cu Gideon. Mă gândesc tot timpul la el, însă în clipa asta nu-i pot spune nimic.

– Deci ce urmează? Unde o să te îndrepți de acum înainte? Când o să te hotărăști că ai ceva mai mult de spus?

M-am gândit o vreme la asta, în timp ce mă uitam la Harrison Ford cum caută răspunsuri în *Evadatul*, la care ne uitam fără sonor.

– Cred că atunci când o să se schimbe ceva.

– Vrei să spui când o să se schimbe el. Și dacă nu o face?

La asta încă nu aveam un răspuns, iar când încercam să mă gândesc, simțeam că o cam iau razna. Așa că i-am răspuns lui Cary cu o altă întrebare:

– Știu că vrei să pui copilul pe primul loc, iar acesta este lucrul corect. Dar Tatiana nu e fericită. Și nici tu. Trey fără îndoială că nu e. Treaba asta nu merge, pentru nici unul dintre voi. Te-ai gândit că ai putea să fii cu Trey și că ați putea-o ajuta amândoi pe Tatiana cu copilul?

– Tat n-o să accepte, pufni el. Dacă e nefericită, toți trebuie să fie nefericiți împreună cu ea.

– Nu cred că asta a trebui să fie hotărârea ei. E la fel de responsabilă ca și tine pentru că a rămas însărcinată. Nu trebuie să faci cine știe ce penitență, Cary, am adăugat, punându-i mâna pe brațul cu care mă ținea, mângâindu-i cu blândețe cicatricele proaspete de pe partea interioară a antebrațului. Fii fericit cu Trey! Fă-l fericit. Și dacă Tatiana nu e fericită că are parte de doi tipi super care au grijă de ea, atunci... nu face bine ceea ce face.

Cary râse încetișor, sărutându-mă ușor pe creștet.

– Rezolvă-ți și propriile probleme la fel de ușor!

– Aș vrea să pot.

Îi doream asta mai mult decât orice. Dar știam că n-avea să fie ușor.

De fapt, mă temeam că va fi imposibil.

M-au trezit vibrațiile telefonului.

Când mi-am dat seama ce se auzea, am început să pipăi orbește după el prin pat, până când l-am găsit. Dar apelul se terminase deja.

Mijindu-mi ochii ca să mă uit la ecranul mult prea strălucitor, am văzut că era trecut de trei noaptea și că mă sunase Gideon. Mi-a sărit inima din loc, iar îngrijorarea mi-a alungat somnul. Mă culcasem din nou cu telefonul în brațe, fără să mă pot opri să citesc iar și iar multele mesaje pe care mi le trimisese.

L-am sunat înapoi.

– Îngeraș, răspunse el din prima, cu glas răgușit.

– S-a întâmplat ceva?

– Nu. Da, oftă el din greu. Am avut un coșmar.

– Oh! am zis, clipind, cu ochii la baldachinul pe care nu-l puteam vedea în întuneric. Mama era o partizană înfocată a draperiilor groase, susținând că erau absolut necesare într-un oraș unde nu se făcea niciodată cu adevărat beznă. Îmi pare rău.

Era o replică tâmpită, dar ce altceva aș fi putut să spun? N-avea nici un rost să întreb dacă voia să vorbim despre asta. Căci nu voia niciodată.

– În ultima vreme am tot avut coșmaruri, spuse el cu glas ostenit. De fiecare dată când adorm.

Mi s-a strâns și mai tare inima de durere. Mi se părea imposibil să îndur atâta chin, dar se făcea tot mai mare. Învățasem asta cu multă vreme în urmă.

– Gideon, ești stresat. Nici eu nu dorm bine. Apoi am adăugat, pentru că trebuia s-o spun: Mi-e dor de tine.

– Eva...

– Scuze... Poate n-ar trebui să spun asta, am zis, frecându-mă la ochi.

Poate că era un semnal amestecat care n-avea decât să înrăutățească lucrurile pentru el. Mă simțeam vinovată că nu eram lângă el, deși știam că aveam motive serioase pentru asta.

– Ba nu, am nevoie să aud asta. Eva, sunt speriat. N-am simțit niciodată o asemenea spaimă. Mă tem foarte tare că tu n-o să te mai întorci... că n-o să-mi dai încă o șansă.

– Gideon...

– La început l-am visat pe tata. Ne plimbam pe plajă și mă ținea de mână. În ultimul timp, tot visez plaja.

Am înghițit în sec, cuprinsă de durere.

– Poate că asta înseamnă ceva.

– Poate. În vis eram mic. Trebuia să-mi ridic mult privirea ca să-i văd fața lui tata. Zâmbea, dar mereu mi-l amintesc zâmbind. Deși spre sfârșit l-am auzit de multe ori cum se certa cu mama, nu-mi pot aminti altă expresie pe chipul lui, în afară de zâmbet.

– Sunt sigură că l-ai făcut fericit. Și mândru. Probabil că zâmbea mereu când se uita la tine.

El rămase tăcut câteva clipe, iar eu m-am gândit că poate asta era. Pe urmă continuă:

– Pe urmă te-am văzut în fața mea pe plajă, îndepărtându-te de noi.

M-am așezat într-o rână, ascultându-l cu toată atenția.

–Briza îți răvășea părul și soarele ți-l lumina. Mă gândeam că e frumos. I-am arătat lui tata. Voiam să-ți întorci capul ca să-ți vadă chipul. Știam că ești minunată Și voiam să te vadă și el.

Lacrimile îmi șiroiau din ochi, scurgându-se pe perna udă.

–Am încercat să alerg după tine. Îl trăgeam de mână și el mă ținea, râzând de mine că alerg după fete frumoase, deși sunt așa de mic.

Îmi imaginam scena foarte clar în minte. Aproape că puteam să simt briza răcoritoare care îmi răvășea pletele și să aud țipetele pescărușilor. Îl puteam vedea pe micul Gideon în fotografia pe care mi-o dăduse mie, ca și pe chipeșul și charismaticul Geoffrey Cross.

Îmi doream un astfel de viitor. Cu Gideon mergând pe plajă împreună cu fiul nostru, care să-i semene leit, iar soțul meu să râdă, pentru că toate necazurile noastre fuseseră lăsate în urmă și ne aștepta un viitor luminos și fericit.

El însă spusese că fusese un coșmar, așa că mi-am dat seama că viitorul pe care îl aveam eu în minte nu era ceea ce văzuse el.

–Îl trăgeam foarte tare de mână, continuă el, înfigându-mi picioarele în nisip ca să am mai multă forță. Era însă mult mai puternic decât mine. Iar tu te îndepărtai tot mai mult. El a râs din nou. Dar acum nu mai era râsul lui. Era râsul lui Hugh. Și, când m-am uitat din nou în sus, nu mai era tata.

–O, Gideon! am rostit suspinând, căci nu mai puteam să-mi ascund compasiunea și durerea. Dar și ușurarea că, în sfârșit, vorbea cu mine.

–Mi-a spus că tu nu mă vrei, că plec pentru că știi totul și ți s-a făcut silă. Că pleci cât poți tu de repede.

–Nu-i adevărat! am exclamat, ridicându-mă în capul oaselor. Știi că nu-i adevărat. Te iubesc. Și pentru că te iubesc atât de tare mă gândesc așa de mult la asta. *La noi.*

–Încerc să-ți las spațiu. Dar am impresia că ar fi cum nu se poate mai ușor să ne înstrăinăm unul de altul. Trece o zi, pe urmă încă una. Tu o să-ți faci un nou program, în care eu n-o să mai fiu... Dumnezeule, Eva! Nu vreau să mă părăsești.

Am început să vorbesc grăbită, iar gândurile mi se învălmășeau să-mi iasă din gură.

–Gideon, există o cale să ieșim din asta, știu că există. Dar când sunt împreună cu tine mă pierd în tine. Nu vreau decât să fiu cu tine și să fiu fericită, așa că las ca lucrurile să meargă așa și dau totul la o parte din minte. Facem dragoste și eu cred că o să fim bine, pentru că avem asta și e perfect.

–Chiar e perfect. E totul.

–Când ești în mine, când mă privești, simt că putem să trecem peste orice. Dar chiar trebuie să lucrăm la asta! Nu trebuie să ne fie frică să ne rezolvăm problemele pentru că nu vrem să ne pierdem unul pe altul.

El gemu încetișor.

–Eu vreau doar să fim împreună și să nu ne batem capul cu rahatul celălalt!

–Știu, am zis, ducându-mi mâna la piept, să-mi domolesc durerea. Dar cred că trebuie să câștigăm dreptul acesta. Și nu putem s-o facem dacă fugim de lume un weekend sau o săptămână întreagă.

–Și cum să-l câștigăm?

– Noaptea asta a fost bună, am răspuns, ștergându-mi lacrimile de pe obraji. Faptul că m-ai sunat și mi-ai povestit visul tău. Gideon, acesta e un pas bun.

– Atunci, o să facem pași în continuare. Trebuie să mergem împreună, altfel o să sfârșim prin a ne separa. Nu lăsa să se întâmple asta! Eu mă lupt aici, cu tot ce am. Luptă și tu pentru mine!

Lacrimile mă podidiseră iar. Am rămas așa o vreme, plângând, știind că mă aude și că suferă din cauza asta. În cele din urmă, mi-am înghițit durerea și am luat în grabă o hotărâre.

– Mă duc la cafeneaua aceea de pe Broadway colț cu Eighty-five, care are deschis toată noaptea, ca să-mi iau o cafea și un croasant.

El rămase tăcut aproape un minut.

– Ce? Acum?

– Chiar acum, am răspuns, aruncând cearșaful de pe mine și ridicându-mă în picioare.

În cele din urmă, pricepu:

– În regulă.

Am închis, mi-am azvârlit telefonul pe pat și am pipăit după comutator. Am alergat să-mi iau geanta mare de voiaj și mi-am scos din ea rochia lungă, de un galben untos pe care o luasem cu mine pentru că era ușor de împachetat și foarte confortabilă.

Acum, că mă hotărâsem să-l văd pe Gideon, abia așteptam să ajung la el, însă aveam și eu mândria mea. Mi-am pieptănat părul cu atenție și m-am machiat un pic. Nu voiam să mă vadă după patru zile și să se întrebe ce-l apucase să fie așa înnebunit după mine.

Telefonul mi-a zbârnâit, semn că aveam un mesaj, și m-am repezit să-l iau. Era de la Raúl: „Sunt afară, cu mașina".

M-a străbătut un curent electric. Și Gideon abia aștepta să mă vadă. Cu toate astea, nu pierdea nimic din vedere.

Mi-am aruncat telefonul în geantă, mi-am tras sandalele în picioare și m-am dus grăbită la lift.

Când Raúl a parcat, Gideon mă aștepta în stradă. Multe dintre prăvăliile de pe Broadway aveau obloanele trase și erau cufundate în beznă, deși strada era foarte bine luminată. Soțul meu stătea în picioare, în lumina aruncată de becurile de la terasa cafenelei, cu mâinile în buzunarele blugilor închiși la culoare și cu o șapcă de baseball inscripționată Yankees trasă mult peste față.

Ar fi putut fi luat drept un tânăr oarecare, în puterea nopții. Atrăgător, fără îndoială, după felul cum i se mula trupul puternic în haine și după încrederea în sine care emana din felul în care stătea. M-aș fi uitat la el și a doua oară, ba chiar și a treia. Nu era la fel de intimidant când nu era în costumele la trei piese pe care le purta cu atâta eleganță, însă tot întunecat și primejdios rămânea, destul cât să mă facă să mă abțin de la flirturile ușurele pe care le inspirau bărbații cei mai frumoși. Fie că era în blugi sau în costume de la Fioravanti, Gideon Cross nu era un bărbat cu care să te joci.

Ajunse lângă mașină chiar înainte ca Raúl să oprească de tot, deschizându-mi portiera și apoi rămânând nemișcat, scrutându-mă atât de flămând, cu atâta posesivitate arzătoare, că mi-a tăiat respirația.

Am înghițit cu greu nodul care mi se pusese în gât, uitându-mă la el cu o privire la fel de flămândă. De necrezut, dar se făcuse și mai chipeș, liniile feței sale sculptate deveniseră și mai perfecte din cauza chinului prin care trecea. Cum putusem să trăiesc în ultimele zile fără să-i privesc chipul?

Îmi întinse mâna și i-am luat-o, tremurând de nerăbdare în așteptarea atingerii lui. Mângâierea pielii lui mă înfioră toată, iar inima mea rănită revenea la viață acum că era iar în contact cu el.

Mă ajută să ies din mașină, apoi închise portiera, bătând de două ori cu palma în capotă, pentru ca Raúl să poată pleca. În timp ce Mercedesul se îndepărta, am rămas așa, la maximum treizeci de centimetri depărtare unul de altul. Aerul dintre noi scânteia de atâta tensiune. Trecu un taxi, claxonând o mașină care intrase pe Broadway fără să se asigure. Zgomotul puternic ne făcu pe amândoi să tresărim. El făcu un pas spre mine, cu ochi aprinși ca niște cărbuni pe sub cozorocul șepcii.

– O să te sărut, spuse cu glas răgușit.

Apoi îmi prinse fața în palme și-și lăsă capul în jos, lipindu-și gura de a mea. Buzele lui, atât de moi, de puternice și de uscate, le apăsau pe ale mele ca să se deschidă. Limba i se vârî adânc în mine, mângâietoare, se retrase, apoi se strecură din nou înăuntru. Gemea, ca și cum ar fi fost pradă unei dureri insuportabile. Sau plăcerii. Eu le simțeam pe amândouă. Frecarea fierbinte a limbii lui în gura mea era ca și cum am fi făcut dragoste încet și cu tandrețe. Încet, ritmic, cu îndemânare, cu ațâțarea perfectă a patimii ținute în frâu.

Am gemut, în vreme ce euforia mi se răspândea în vene ca șampania, iar pământul începuse să se învârtească sub mine, obligându-mă să mă agăț de el ca să nu-mi pierd echilibrul, apucându-l cu mâinile de încheieturi.

Am scâncit în semn de protest când s-a retras; mă dureau buzele și mi se umflaseră, iar sexul îmi era ud tot de dorință.

–O să mă faci să-mi dau drumul, șopti el, fără să poată rezista ispitei de a-și mai atinge pentru ultima oară buzele de ale mele. Aproape că am făcut-o.

–Nu-mi pasă.

El zâmbi, alungând tenebrele.

–Data viitoare o să-mi dau drumul în tine.

La gândul acesta, nu mi-am putut stăpâni un geamăt. Voiam asta, dar știam că deocamdată era prea devreme. Că aveam să cădem prea ușor în modelul nesănătos în care stătuserăm până acum.

–Gideon...

El zâmbi trist de data asta.

–Bănuiesc că deocamdată o să ne mulțumim cu o cafea și un croasant.

În clipa aceea, m-am îndrăgostit și mai tare de el. Cedând unui impuls, i-am scos șapca și l-am sărutat pe gură cu zgomot.

–Doamne, oftă el, privindu-mă cu atâta tandrețe, că mi-a venit din nou să plâng. Mi-a fost îngrozitor de dor de tine!

I-am pus din nou șapca pe cap și l-am luat de mână, trăgându-l printre cordoanele care delimitau spațiul de afară unde se putea sta la mese. Am intrat în cafenea și ne-am așezat la o masă la fereastră, față în față. Însă nu ne-am dat drumul la mâini, strângându-ne, mângâindu-ne, atingându-ne unul altuia verighetele.

Când chelnerița ne-a adus meniurile, am dat comanda, după care ne-am întors din nou unul spre celălalt.

– Nici măcar nu mi-e foame, i-am spus.

– În orice caz, nu de mâncare, a replicat și el.

I-am aruncat o privire ironică, făcându-l să zâmbească. Pe urmă i-am spus despre contraoferta pe care cei de la Waters Field & Leaman i-o făcuseră lui Mark.

Părea greșit să discutăm despre lucruri atât de practice, de lumești, când inima mi-era plină de iubire, de ușurare, însă trebuia să continuăm să vorbim. Nu era de ajuns să ne reconectăm unul la altul; voiam o reconciliere deplină și totală. Voiam să mă mut cu el în penthouse-ul renovat, să ne începem viața împreună. Și ca să facem asta, trebuia să continuăm să comunicăm despre lucrurile pe care ne străduisem să le evităm în relația noastră.

Când am terminat, Gideon dădu din cap mohorât.

– Nu mă miră. Un cont ca acesta ar trebui să fie manevrat de unul dintre parteneri. Mark e bun, dar este junior manager. Probabil că LanCorp a forțat lucrurile ca să-l obțină pe el. Și pe tine. Cererea e destul de neobișnuită, încât să-i facă pe parteneri să se îngrijoreze.

Mi-a zburat gândul la votca Kingsman.

– Și tu ai procedat la fel.

– Da, așa e.

– Nu știu ce-o să facă, am zis, cu ochii la mâinile noastre înlănțuite. Dar i-am spus că nu pot să lucrez la campania pentru PhazeOne, chiar dacă el ar gestiona-o.

Am simțit că Gideon mă strânge și mai tare de mână.

– Ai motive bune să faci ceea ce faci, am continuat încetișor, chiar dacă nu-mi plac.

El trase aer în piept încet și adânc.

– Dacă el pleacă, vii cu el la Cross Industries?

– Încă nu știu. Deocamdată, încă mă simt plină de ranchiună. Și dacă lucrurile nu se schimbă, n-o să fie o relație sănătoasă de lucru pentru nici unul dintre noi.

El aprobă cu o mișcare a capului.

– Destul de cinstit.

Chelnerița se întoarse, aducându-ne ceea ce comandasem. Eu și Gideon ne-am dat drumul la mâini, ca să-i lăsăm loc să pună farfuriile. După plecarea ei, tăcerea coborî între noi. Aveam atâtea de spus, dar la fel de multe despre care trebuia mai întâi să ne dăm seama.

El își drese glasul.

– Diseară, după ședința cu doctorul Petersen, pot să te iau să cinăm în oraș?

– Da, mi-ar plăcea, am acceptat cu nerăbdare, recunoscătoare că putem să depășim momentul stânjenitor și să facem ceva.

Puteam să văd aceeași ușurare și în liniile puternice ale umerilor săi, așa că am vrut să contribui și eu la depășirea momentului:

– Will m-a întrebat dacă am vrea să bem ceva împreună cu el și cu Natalie săptămâna asta.

Pe chipul lui Gideon se ivi umbra unui zâmbet.

– Cred că ar fi super.

Pași mici. Aveam să începem cu ei și să vedem unde ne duc.

M-am ridicat de la masă. Gideon se ridică și el de îndată, privindu-mă îngrijorat. Eu am dat ocol mesei și m-am așezat pe scaunul de lângă el, iar după ce s-a așezat la loc, m-ám sprijinit de el.

El mă cuprinse cu brațul și-mi puse capul în scobitura gâtului. Iar când m-am cuibărit acolo, a oftat ușor.

– Să știi că tot nebună după tine sunt, i-am zis.

– Știu.

– Și încă sunt îndrăgostită de tine.

– Slavă Domnului! spuse el, sprijinindu-și obrazul de creștetul meu. O să vedem ce facem în continuare. O să ne revenim.

Am rămas așa la masă, împreună, privind cum se trezește orașul din somn. Cerul se lumina. Iar ritmul vieții devenea mai rapid.

Era o nouă zi, care ne aducea șansa unei noi încercări.

Mulţumiri

În spatele meu sunt nenumărate persoane care mi-au dat putința să scriu, să-mi țin angajamentele și să nu-mi pierd mințile.

Mulțumiri lui Hilary Sares, care mă ajută să-mi păstrez calea redactându-mi fiecare carte pe măsură ce o scriu. Mă bazez pe ea mai mult decât vă imaginați.

Mulțumesc, Kimberly Whalen, minunata mea agentă, pentru tot ceea ce faci, dar mai ales pentru tot sprijinul pe care mi-l dai. Sunt recunoscătoare pentru tine în fiecare zi.

Îți mulțumesc, Samara Day, pentru tot stresul pe care îl iei de pe umerii mei. Nici nu-mi pot închipui cât de jos aș fi fără tine.

Mulțumiri copiilor mei, care îndură să stea fără mine lungi perioade de timp, atunci când lucrez (și pentru că îndură toate neplăcerile ce decurg din asta). N-aș putea să fac ceea ce fac dacă nu aș avea sprijinul vostru. Vă iubesc.

Mulțumesc întregii echipe extraordinare de la Penguin Random House: Cindy Hwang, Leslie Gelbman,

Alex Clarke, Tom Weldon, Rick Pasccello, Craig Burke, Erin Galloway, Francesca Russell, Kimberley Atkins... și n-am făcut decât să zgârii un pic suprafața Statelor Unite și a Marii Britanii. Multe echipe lucrează și în Australia, Irlanda, Canada, Noua Zeelandă, India și Africa de Sud. Vă sunt recunoscătoare tuturor pentru tot timpul și efortul pe care l-ați depus pentru publicarea cărților mele.

Mulțumiri lui Liz Pearsons și echipei de la Brilliance Audio pentru că i-au făcut pe ascultătorii audiobook-urilor să fie atât de încântați de ele!

Și mulțumiri tuturor editorilor mei internaționali, care lucrează neobosiți în țările lor. Aș dori să vă pot mulțumi personal. Vă rog să mă credeți că mă simt binecuvântată că lucrez împreună cu voi.

În seria CROSSFIRE
au apărut:

ATRACȚIA

REVELAȚIA

ÎMPLINIREA

În colecția PASSION
au apărut:

DULCE ABANDON

DULCE SUPUNERE

PLĂCERI INTERZISE

Tiparul executat la:

EuroBusiness Tiper
PRINTING SOLUTIONS

office@tipografiaeurobusiness.ro
www.tipografiaeurobusiness.ro